HAYMONkrimi

Theresa Prammer

Schattenriss

Kriminalroman

Für Joseph und die Schauspielakademie Neulengbach –
ihr rockt!

Das Vertrauen der Unschuldigen ist des Lügners mächtigstes Werkzeug.
Stephen King

Zweifle an der Sonne Klarheit, zweifle an der Sterne Licht. Zweifle, ob lügen kann die Wahrheit, nur an meiner Liebe nicht.
William Shakespeare

Prolog

Mit sieben Jahren hatte sie gelernt, dass es Wahrheiten gab, die man besser für sich behielt.

Damals war es der nette ältere Schulwart mit den dunklen Knopfaugen und den rosigen Wangen, der immer ein freundliches Lächeln auf den Lippen hatte. Auch, als er sie in den Heizungskeller der Schule mitnahm. Um ihr etwas zu zeigen, das ein Geheimnis sein sollte.

Er hatte sich das falsche Kind dafür ausgesucht, sie war klug genug, um zu wissen, dass er so etwas nicht tun durfte. Als sie von dem Vorfall erzählte, gab es einen großen Tumult. Der Schulwart beteuerte seine Unschuld, niemals würde er sich an einem Kind vergehen, schließlich arbeitete er schon jahrelang in dem Beruf. Das sei alles nur ihre lebhafte Fantasie.

Immer wieder wurde sie von allen möglichen Leuten befragt. Ihre Mutter weinte viel. Ob wegen ihr oder wegen der Unannehmlichkeiten, war ihr nicht klar. Ihr Vater war ständig genervt. Er sah sie anders an als früher. Vielleicht dachte auch er, dass sie sich das alles ausgedacht hatte. Der Schulwart wurde letztendlich doch gekündigt, ihre Lehrerin gab ihr ab dem Zeitpunkt schlechte Noten und nutzte jede Gelegenheit, um sie vor der Klasse bloßzustellen – damals wusste noch niemand, dass die Frau eine Affäre mit dem Schulwart hatte.

Zehn Jahre waren seit diesem Nachmittag im Heizungskeller vergangen, in denen ihre schulische Karriere eher zweifelhaft verlaufen war, die Eltern sich hatten scheiden lassen und sie mit einer gewaltigen Portion Skepsis durchs Leben ging. Mit der Zeit hatte sie eine Fähigkeit entwickelt, ganz von selbst und so selbstverständlich, als wäre ihr an einer Hand ein sechster Finger gewachsen.

Sie hatte angefangen zu lügen. Die Wahrheit brachte zu oft Probleme. Es fiel ihr leicht. Sie wusste nicht, ob sie einfach ein Talent dafür hatte. Sie konnte so viel und unbeschwert lügen, dass sie sich manchmal fragte, ob vielleicht eine spezielle Veränderung in ihrem Gehirn eingesetzt hatte. Eine Art Angebot und Nachfrage der Evolution.

„Wollen wir nochmal?“, fragte der achtzehnjährige Junge neben ihr. Auf seiner Stirn standen Schweißperlen, er grinste sie an.

Sie verzog die Mundwinkel und schüttelte den Kopf. „Ich würd voll gern, Julian, echt. Aber ich kann nicht. Ich muss nach Hause. Meine Mutter killt mich sonst“, log sie. Kein Wort davon, dass ihr Herz im dreifachen Tempo klopfte, ihr schlecht und so schwindlig war, dass der Boden unter den Füßen schwankte.

„Bitte. Nur noch einmal. Du hast doch Ferien.“ Er sah sie mit seinen großen Augen an und deutete zum Kassenhäuschen der Loopingbahn, vor dem sich seit ihrer Fahrt wieder eine kleine Schlange gebildet hatte. Für sie war es ab dem ersten Looping der reinste Horror gewesen. Dieses Gefühl, gleichzeitig zu fallen, kopfüber zu hängen und völlig ausgeliefert zu sein, hatte sie in Panik versetzt. Was sie sich nicht hatte anmerken lassen.

„Ich zahl auch wieder“, sagte er und holte weitere hundert Euro aus der Hosentasche. Es war seine Idee gewesen, in den Prater zu gehen. Was sie süß fand, denn normalerweise wollten die Jungen etwas ganz anderes. Nicht mal in der Geisterbahn hatte er die Hand um sie gelegt oder versucht, ihr unter den kurzen Rock zu fassen. Wie oft hatte sie sich gewünscht, mit jemandem wie ihm auszugehen. Julian hatte sie schon früher, als sie jünger waren, nach ihrer Meinung gefragt. Sich mit ihr über alles Mögliche unterhalten. So wie jetzt. Er hatte noch nie zu der Art von Burschen gehört, die ihr gierig auf den Busen starrten. Er interessierte sich für sie. Und sie mochte ihn. Schon lange. Was ihr ein bisschen peinlich war, darum hatte sie auch abgelehnt, als er sie vor drei Wochen das erste Mal nach einem Date gefragt hatte. Aber er war hartnäckig geblieben. Das war nur eine der Eigenschaften, die sie an ihm schätzte. Davon wusste niemand. Und wenn es nach ihr ging, sollte auch keiner davon erfahren. Denn Julian war nicht wie die anderen.

Er war ernst, verschlossen, sehr dünn, trug meistens Sakkos, was für einen Achtzehnjährigen recht schräg war. Es wirkte bei ihm nicht im Mindesten cool, sondern ein bisschen, als würde er angestrengt versuchen, sich älter zu machen.

Sie hatte bereits früher mitbekommen, wie manche über ihn redeten, „voll strange" und „cringe" waren die netteren Kommentare.

Heute trug er kein Sakko, sondern ein Hemd und Sneakers. Sein Vorschlag mit dem Prater hatte sie erstaunt. Diese Vorliebe für schnelle Fahrten hatte er früher, als sie jünger waren, nie erwähnt. Das hätte sie ihm nicht zugetraut. Er war also doch überraschend normal.

Gleichzeitig verunsicherte sie seine Zurückhaltung, was sie betraf. Vielleicht hatte sie seine Erwartungen nicht erfüllt? Und er stand einfach nicht auf sie?

„Ich muss los, Julian."

„Bitte geh nicht." Er fasste nach ihrer Hand, hielt sie in seiner. Sein Blick wurde ernst. „Ich ... Anna-Sophie, ich mag dich. Schon immer. Und ..." Jemand rempelte ihn an, er reagierte kurz erschrocken. „Können wir irgendwo anders reden?", fragte er.

Sie bemühte sich, nicht zu zeigen, wie sie sich freute, und nickte. Er führte sie aus dem Abschnitt mit den Fahrgeschäften des Praters hinaus. Wortlos entfernten sie sich von dem Trubel, gingen in die begrünte Hauptallee. Um 22 Uhr war es hier, bis auf ein paar vereinzelte Hardcore-Jogger und Betrunkene, menschenleer. Obwohl sie schon mit einigen Jungen geschlafen hatte – was nicht so aufregend war, wie sie erwartet hatte –, fühlte sie sich in seiner Gegenwart seltsam nervös. Auf eine gute Art.

Er senkte den Kopf, scharrte mit dem Schuh im Kies und vergrub die Hände in den Hosentaschen.

„Ich mag diesen Platz. Nicht weit entfernt ist die Wirtschaftsuni. Ab Herbst werde ich zwei Studien gleichzeitig belegen. Am liebsten würde ich noch ein drittes dazunehmen, aber das geht nur in Ausnahmefällen."

Sie musste grinsen. Er war der einzige Achtzehnjährige, der so etwas sagte, ohne lächerlich oder angeberisch zu wirken.

„Das wolltest du mir sagen?"

„Ähm, nein, also ...", druckste er herum, „... es ist etwas anderes." Er sah sie mit einem tiefen Blick an, strich ihr sanft mit dem Daumen eine Haarsträhne aus dem Gesicht und lächelte sie an. Für einen Moment wurde alles unwichtig. Ihre nervende Mutter, deren ganzer esoterischer Klimbim, das Gefühl, nie gut genug zu sein, die Schule. Da war eine Verbindung zwischen ihnen, die sie noch nie bei jemandem empfunden hatte.

Ohne nachzudenken, stellte sie sich auf die Zehenspitzen und drückte ihre Lippen auf seine. Ihr Kuss blieb unerwidert. Er öffnete weder die Lippen, noch spitzte er sie. Sie löste sich wieder von ihm. Seinen Blick konnte sie nicht deuten. Julian sah aus, als wäre er ... ja, was? Erschrocken? Angeekelt? Normalerweise wollten die Jungen mehr. So eine Reaktion wie von ihm hatte sie noch nie erlebt.

Oh Gott, wie peinlich.

„Was?", fragte sie laut.

Er sah sie verdattert an. So ein Mist. Das war's, den Abend konnten sie beenden. Sie wollte sich umdrehen, da zog er sie zurück. Er nahm ihr Gesicht in seine Hände und küsste sie.

Das war ein anderer Kuss als alle, die sie jemals erlebt hatte. Keine drängende Zunge, die sich in ihren Mund schob. Es war ein liebevoller, erwachsener, leidenschaftlicher und wunderbar zärtlicher Kuss. Als wäre wirklich sie gemeint. Ihre Knie wurden weich. Noch nie war sie so geküsst worden.

„Wow“, entkam es ihr, als sich ihre Lippen lösten.

„Wow“, sagte er, nahm sie in seine Arme, wiegte sie hin und her.

Sie vergrub ihr Gesicht in seiner schmalen Brust. Wie gut er roch. Sie konnte sich gar nicht erinnern, wann sie sich das letzte Mal in ihrem Leben so sicher und geborgen gefühlt hatte. Es musste lange her sein.

Sie hob den Kopf und lächelte ihn an. „Wollen wir zurück in den Prater?“, fragte sie. „Ich wäre jetzt bereit für die nächste Runde auf der Loopingbahn.“

„Echt?“ Er grinste übers ganze Gesicht.

„Ja, echt“, sagte sie. Und diesmal war es die Wahrheit.

Es wurde nicht nur die Loopingbahn. Sie fuhren auch Break Dance, Ketten-Karussell, Autodrom und mit einer Achterbahn im Liegen, in der man nebeneinander mit dem Kopf voran wie Superman die Schienen entlang geschossen wurde. Sie hielt seine Hand umklammert, schrie aus vollem Hals und hatte gleichzeitig wahnsinnig viel Spaß. Als wäre da in ihr eine Tür aufgegangen, von der sie gar nicht gewusst hatte, dass sie da war.

„Hey, hast du Hunger?“, fragte er, nachdem sie beim Dosenwerfen einen kleinen Teddybären gewonnen hatten.

„Und wie.“ Die Zeit war nur so verflogen.

Sie aßen Langos und Pommes. Und er kaufte zwei Cola. Dann setzten sie sich auf eine Bank vor dem Blumenrad, er holte einen Schaumbecher für sich und für sie Zuckerwatte.

„Puh, ich platze gleich.“ Sie lachte und rieb sich den Bauch.

„Na, und ich erst.“

Ihr war aufgefallen, dass er sich manchmal umsah. Ganz plötzlich. Seine Gesichtszüge wurden dann angespannt. Als hätte er Angst.

„Vorhin, als wir aus dem Autodrom gekommen sind, war da was?", fragte sie und zog mit den Lippen an der Zuckerwatte.

„Was meinst du?"

Bevor sie antworten konnte, läutete ihr Handy. Sie fischte es aus der Jackentasche und sah „Mama" am Display. Dann erstarb der Klingelton.

17 Anrufe in Abwesenheit. Scheiße. Es war hier so laut, dass sie nichts gehört hatte. Und schon läutete das Handy erneut.

„Ich bin gleich wieder da", sagte sie und drückte ihm die Zuckerwatte in die Hand. Sie musste irgendwohin, wo es leise war und sie die Musik aus den Fahrgeschäften nicht verraten würde. Ihre Mutter würde sonst ausflippen.

Der Weg zurück in die Hauptallee war von hier zu weit. Nicht abzuheben war keine Option. Denn dann stünde ihre Mutter bei ihrer besten Freundin Sarah, bei der sie angeblich den Abend mit Netflix und in Pyjamas verbrachte, auf der Matte. Sarah gehörte zu den wenigen Menschen, zu denen sie ehrlich war. Na gut, vielleicht auch nicht immer. Von ihrem Treffen mit Julian hatte sie nichts gesagt. Sarah glaubte, es wäre irgendein Date mit irgendeinem Typen. Aber sonst war sie ehrlicher zu ihr als zu allen anderen.

Warum zum Teufel rief ihre Mutter überhaupt um halb zwölf in der Nacht an? Wahrscheinlich hatte sie wieder irgendwelche schlechten Karten gelegt oder eine ungünstige Sonne-Mond-Sterne-Konstellation entdeckt. Sie spielte jedes Mal mit, tat, als würde sie auch an dieses Zeug glauben. Alles, was ihr Freiheit verschaffte, war ihr recht.

Sie schlug Haken durch die Menschenmenge, doch mit jedem Meter, den sie zurücklegte, wurde die Umgebung nur noch lauter. Über die Lautsprecher wurde Usher von Lizzo übertönt, dazwischen „Die nächste Fahrt – wer traut sich“ und „Kommen Sie, kommen Sie …“-Ansagen.

Das Handy verstummte, nur um im nächsten Moment erneut zu klingeln.

In Gedanken überschlug sie, was schlimmer wäre – nicht ranzugehen oder zuzugeben, dass sie im Prater war um diese Uhrzeit. Da sah sie zwischen zwei Schießbuden den Eingang zu den öffentlichen Toiletten.

Vielleicht würde der Lärm dort drinnen sogar als Netflix-Filmgeräusche durchgehen. Sie schlüpfte hinein. Ein Drehkreuz hielt sie auf. 50 Cent, um die Schranke zu passieren. Erneut erstarb das Handy, nur um im nächsten Augenblick wie verrückt wieder zu läuten. Sie konnte die Hysterie aus dem Klingelton förmlich heraushören. Mit einem raschen Blick vergewisserte sie sich, dass es hier kein Personal gab. Dann schlüpfte sie unter der Schranke durch, stürmte in die erste freie Kabine.

„Mama, sorry, ich …“

„Oh Gott. Wo bist du?“

„Aber du weißt doch, ich bin …“

„Wo bist du?“ Das hörte sich nach mehr als ungünstigen Tarot-Karten an.

„Ich … was ist denn los?“

„Anna-Sophie, sag mir, wo du bist!“

„Bei Sarah …“

„Lüg mich nicht an. Sarah wurde ins Krankenhaus gebracht.“

„Was? Warum? Was ist passiert?“ Ihr Herz fing an, noch viel schneller zu schlagen als vorhin in der Loopingbahn.

„Bitte, ich bin dir nicht böse. Sag mir nur, wo du bist und ob du dasselbe genommen hast wie Sarah!“

„Ich … was genommen?“

„Drogen.“

„Was für Drogen? Warte, Sarah, sie hat …“

„Hast du dasselbe genommen wie sie?“ Ihre Mutter klang völlig hysterisch.

„Nein. Nein, Mama, ich schwöre, ich hab nix genommen."

„Sag mir die Wahrheit."

„Das ist die Wahrheit. Was hat sie genommen?"

„Das weiß ich nicht. Sie wurde von der Rettung ins Krankenhaus gebracht. Wo bist du?"

Tränen stiegen ihr in die Augen, ihre Stimme versagte. So eine Scheiße.

„WO BIST DU, ANNA-SOPHIE?"

„Im Prater."

„Mit wem?"

„Mit einem Jungen."

„Komm sofort nach Hause."

„Aber ..."

„Hast du Geld für ein Taxi?"

„Ich ... ja, ich hab 50 Euro."

„Ist der Junge bei dir?"

„Ja."

„Dann gib ihn mir."

„Das geht nicht, ich bin am Klo."

„Wie heißt er?"

„Peter", log sie, weil so der letzte Junge hieß, mit dem sie ausgegangen war.

„Wie noch?"

Panisch sah sie sich um. Ihr Hirn war wie leergefegt. Auf der Toilettentür war ein Aufkleber mit der Nummer des 24-Stunden-Frauennotrufs mit dem Slogan „Halt! Zu mir!".

„Peter Zumir", sagte sie, ohne darüber nachzudenken.

„Woher kennst du ihn?"

„Aus der Schule", log sie weiter.

„Sag Peter, er soll dich zum Praterstern bringen. Dort stehen Taxis."

„Mama, wo haben sie Sarah hingebracht?"

Ein Seufzen. „Ins allgemeine Krankenhaus."

„Weißt du, was für Drogen es waren?"

„Nein."

„Sie wird wieder gesund, oder? Es ist nicht schlimm?"

Kurzes Schweigen ihrer Mutter.

So eine Scheiße, was hatte Sarah getan? Tränen liefen ihr über die Wangen.

„Komm nach Hause."

„Aber ..."

„Wir werden für Sarah chanten."

Am liebsten hätte sie losgebrüllt, dass dieses Chanten völlig blöd war. Wie die Pendel, die Tarotkarten, das Aus-der-Hand-Lesen und der ganze Mist. Einfach alles. Doch sie sagte nichts und versprach, nach Hause zu kommen. Ihr Hals fühlte sich wie zugeschnürt an. Instinktiv strich sie mit den Fingern über das selbstgeknüpfte rote Freundschaftsarmband am Handgelenk, das Sarah ihr zu Weihnachten geschenkt hatte. Sie schluckten doch nie irgendwelches Zeug, seit dieser Party letztes Jahr. Ein Mädchen aus der Nebenklasse hatte nach einer angeblich harmlosen Ecstasypille einen Hirnschaden erlitten. Sie würde ihr Leben lang schwerstbehindert bleiben, konnte weder ihren Namen sagen, geschweige denn jemals wieder etwas ohne Hilfe tun. Sarah traf sich seit einiger Zeit mit diesem Typen, der bereits studierte. Vielleicht hatte der ihr was gegeben, ohne dass ihr klar war, was sie da nahm? Sie musste zu ihr. Sofort.

Ihre Hände zitterten, sie konnte kaum die Klotür entriegeln. Vor dem Drehkreuz, unter dem sie durchgeschlüpft war, stand ein großer Glatzkopf in einer schwarzen Security-Uniform und verstellte ihr den Weg. Wortlos deutete er in die obere Ecke beim Eingang. Eine Kamera.

Sie wollte sich an ihm vorbeidrücken, er schüttelte den Kopf.

„Das macht 50 Euro. Steht da. Kannst nicht lesen?“

Bei widerrechtlichem Betreten ohne Abgabe der 50 Cent Reinigungsgebühr sind 50 Euro zu bezahlen.

„Ich brauch das Geld für ein Taxi. Meine Freundin ... sie ist im Krankenhaus“, sagte sie.

„Ja, klar. Und ich bin der Scheich von Brunei und mach das hier nur zum Spaß, damit mir nicht fad wird.“

Wortlos holte sie den Geldschein aus der Jeans. Er nahm ihn, tippte etwas in eine kleine Registrierkasse und reichte ihr den Beleg, den das Gerät ausspuckte.

Sie brauchte Geld für ein Taxi. Ihre Mutter rief erneut an. Sie ließ das Handy läuten. Es hatte ein wenig zu regnen begonnen, sie rannte zurück zu der Bank, auf der Julian auf sie warten sollte. Statt ihm saß dort eine Familie mit zwei Kindern, die sich Regenponchos anzogen. Sie rief ihn an. Er musste sein Handy abgedreht haben, es ging sofort die Mobilbox ran. Auch beim zweiten Mal. Mist. Wo war er hin?

War er ihr gefolgt? Sie lief zurück zu den Toiletten, wählte dabei immer wieder seine Nummer, landete aber jedes Mal in der Mobilbox. Während der Regen stärker wurde, strömten immer mehr Menschen zum Praterstern.

Sie wollte wieder zum Blumenrad, da sah sie ihn in der Menge vor sich. Er ging zielstrebig in die andere Richtung, wahrscheinlich suchte er sie. Es war zu laut, er hörte nicht, wie sie nach ihm rief. Es sah aus, als wollte er in die Hauptallee. Vielleicht dachte er, sie wäre dorthin zurückgegangen?

Sie rannte ihm nach. Eine Horde Betrunkener kam ihr entgegen und versperrte ihr den Weg. Als sie vorüber waren, hatte sie ihn aus den Augen verloren.

Sie lief in die Allee, in die er sie vorhin geführt hatte.

„Julian?“

Keine Spur von ihm. Ein gigantischer Blitz erleuchtete die Dunkelheit für den Bruchteil einer Sekunde. In der Ferne sah sie eine Bewegung bei den Bäumen. Es blitzte nochmal. Jemand in einem hellen Hemd war dort verschwunden. War er das?

„Julian?“, schrie sie, so laut sie konnte.

Regentropfen prasselten herab. Sie rannte in die Richtung, in der sie meinte, Julian gesehen zu haben. Da waren nicht nur Bäume, es war ein Seitenweg. Kaum von der Allee einzusehen, verdeckt von Büschen und Bäumen. Und so dunkel, dass man fast nichts sehen konnte.

„Julian?“

Keine Antwort. Sie ging ein paar Schritte ins Dickicht, hielt inne. Rief wieder seinen Namen. Nur der Regen auf den Blättern war zu hören. War er es gar nicht gewesen? Sie nahm ihr Handy heraus, schaltete die Taschenlampe ein. Keine Spur von Julian. Sie drehte sich um, wollte kehrtmachen und zurück zur Allee. Da packte sie jemand am Arm. Ihr Schrei erstickte in ihrer Lunge. Sie blinzelte.

Es dauerte einen Moment, bis sie das Gesicht erkannte. Das war Julian. Er starrte sie erschrocken an.

„Mach das Licht aus“, zischte er.

„Meine beste Freundin ist im Krankenhaus. Ich muss zu ihr.“

„Psst. Sei leise.“

„Wieso, was ist los?“

„Psst.“

Er war ganz anders als vorhin.

„Ich brauch Geld für ein Taxi“, sagte sie.

Ohne Vorwarnung stieß er sie weg. Sie taumelte, stolperte über eine Wurzel, fiel hin.

„Was soll das?“

„Hau ab“, fauchte er.

„Aber ...“

„Hau sofort ab. Verschwinde.“

„Julian ...“

Da packte er sie, zog sie hoch. Sie dachte, er wollte sie schlagen, doch er schob sie Richtung Hauptallee. Mit einem Ruck stieß er sie von sich. Dafür, dass er so dünn war, war er erstaunlich kräftig. Sie strauchelte wieder, fing sich im letzten Moment.

„Es tut mir so leid, Anna-Sophie“, hörte sie ihn noch sagen. Als sie sich umdrehte, war er in der Dunkelheit verschwunden.

Was war das? Wieso tat es ihm leid, und dann benahm er sich wie das größte Arschloch? War er noch ganz dicht?

Sie rannte los, ihre Tränen vermischten sich mit den Regentropfen. Immer mehr Menschen gingen zur U-Bahn, sie bewegte sich eilig durch die Menge, bis sie am Praterstern war. Sie musste ihre Mutter anrufen, wollte ihr Handy aus der Jeans holen. Es war nicht da. Sie hatte es noch gehabt, bevor sie hingefallen war. Auch das Freundschaftsarmband von Sarah war weg. Es musste abgerissen sein. Scheiße, Scheiße, Scheiße. Ein Wimmern kam aus ihrer Kehle, aber hier war es so laut, dass niemand es registrierte.

Wie ferngesteuert rannte Anna-Sophie zurück. Zum Glück fand sie sofort den schmalen Waldweg, in den sie Julian gefolgt war. Hier musste ihr Handy sein.

Von Julian war nichts mehr zu sehen. Sie kniete sich auf den durchnässten Waldboden und tastete nach ihrem Handy. Da war es nicht. War es beim Sturz weiter weggeschleudert worden, ins Unterholz? Wenn sie nur mehr sehen könnte.

Einen Moment lang hatte sie das Gefühl, in der Dunkelheit vor ihr würde sich etwas bewegen. Ein schwarzer Schatten.

„Julian? Bist du das?“

Keine Antwort. Sie blinzelte, strich sich die nassen Haare aus dem Gesicht. Wahrscheinlich spielte ihr die Angst einen Streich. Sie brauchte endlich ihr verfluchtes Handy. Hinter ihr knackste es im Unterholz. Sie wollte sich umdrehen, da hörte sie aus der Dunkelheit den Klingelton ihres Telefons. Im nächsten Moment bekam sie keine

Luft mehr. Sie wurde zu Boden gedrückt, ein durchdringender Schmerz bohrte sich in ihren Rücken. Etwas hatte sich so blitzschnell um ihren Hals gezogen, dass sie nicht schreien konnte. In ihrem Kopf kreischte sie „Mama". Im nächsten Moment verlor sie das Bewusstsein.

Miriam Schill hielt den Rosenquarz fest umklammert, während sie erneut auf die Kurzwahltaste ihres Handys drückte. Ihre Tochter Anna-Sophie war noch immer nicht zu Hause. Und sie ging auch noch immer nicht an ihr Handy. Seit sie sie zum letzten Mal erreicht hatte, war bereits eine Stunde vergangen und es regnete in Strömen. Die Tropfen prasselten an die Fensterscheiben, Donner war zu hören. Ein richtig heftiges Sommergewitter mitten in der Nacht. Und ihre Tochter war da draußen. Vielleicht hatte sie wegen des Unwetters kein Taxi bekommen? Oder sie hatte sich untergestellt, um zu warten, bis der Regen aufhörte?

Miriam war besorgt, dann wieder wütend, bis die Sorge erneut die Oberhand gewann. Jetzt verstand sie auch die Tarot-Karte, die sie heute Morgen gezogen hatte – der Narr. Sie hatte gedacht, es würde bedeuten, sie solle ihr Leben mit mehr spielerischer Freude bereichern. Aber das Universum hatte ihr eine völlig andere Botschaft vermitteln wollen.

Sie war hier der Narr. Wie dumm sie war, sich von Anna-Sophie hinters Licht führen zu lassen. Im Prater war ihre Tochter statt bei ihrer Freundin. Mit einem Jungen namens Peter Zumir. Hatte sie diesen Namen schon mal erwähnt? Nein, daran würde sie sich erinnern.

Das würde ein Nachspiel haben. Wenn ihre Tochter nur erstmal sicher in ihrem Bett lag.

Weitere 15 Minuten verstrichen. Keine Anna-Sophie. Kein Rückruf. Bereits zwei Mal hatte sie bei Sarahs Mutter nachgefragt, weil sie dachte, vielleicht wäre Anna-Sophie direkt ins Krankenhaus gefahren. Aber ihre Tochter war weder aufgetaucht, noch hatte sie sich bei ihnen gemeldet.

Sarah ging es besser, sie schlief. Es schien zum Glück nur ein Kreislaufkollaps gewesen zu sein. Keine Drogen, nur zu viel Alkohol auf nüchternen Magen. Dieses Mädchen war zu dünn, kein Wunder. Man würde sie zur Sicherheit die Nacht über im Krankenhaus behalten. Falls Anna-Sophie käme oder Sarah aufwachte, versprach Sarahs Mutter, sich sofort zu melden.

Doch Miriam Schills Handy blieb stumm.

Wieder und wieder rief sie bei ihrer Tochter an. Zuerst hatte es wenigstens noch durchgeläutet, jetzt landete sie direkt in der Mobilbox.

Die paar Mitschülerinnen, von denen sie die Handynummer hatte, rief sie trotz später Uhrzeit an. Kaum eine meldete sich, es war schließlich bereits halb eins. Und falls doch, reagierten sie nicht besorgt, als Miriam den Grund für die späte Störung erklärte, sondern ungehalten. Genervt. Das überraschte Miriam und kränkte sie gleichzeitig. Sie hatte immer gedacht, ihre Tochter wäre beliebt.

Miriam konnte nicht still sitzen, sie tigerte durch die Wohnung. Sollte sie ihren Exmann, Anna-Sophies Vater, anrufen? Seit Miriam sich nicht mehr um das geteilte Sorgerecht kümmern musste, hatten sie keinen Kontakt. Sie nahm ihr Handy. Erst da fiel es ihr ein. In einem Wutanfall vor ein paar Wochen hatte sie seine Nummer aus ihren Kontakten gelöscht. Weil er ihr ein Familienfoto geschickt hatte – mit seiner blutjungen Freundin und dem ein Jahr alten Baby in dieser neuen, schicken Wohnung mit Balkon. Unabsichtlich. Sofort danach kam ein „Sorry, wollte es Anna-Sophie senden“. So ein Schwachsinn. Hielt er sie für so dumm, ihm das zu glauben?

Wenn sie ihn erreichen wollte, müsste sie ihre Ex-Schwiegermutter anrufen. Nein, da würde sie lieber selbst in den Prater fahren und nach ihrer Tochter suchen. Was aber auch völlig verrückt war, vielleicht war sie schon längst nicht mehr dort. Und wenn sie die Polizei rief?

Sie könnte ja die Sim-Karte aus dem Handy nehmen, dann wäre ihr Anruf wieder anonym. Aber das war in dem Fall idiotisch, weil es um ihre Tochter ging. Nein, sie müsste sich zu erkennen geben. Ihr ganzer Körper verkrampfte sich bei dem Gedanken. Der Polizei war nicht zu trauen. Die würden sich wahrscheinlich wieder über sie lustig machen. Wie schon so oft. Aber was konnte man auch von einer Institution erwarten, die ihr Hauptgebäude am Schottenring auf einem Friedhof voller ungeborgener Leichen errichtet hatte?

Sie versuchte zu chanten, die Engel herbeizurufen, damit sie ihre Tochter beschützten.

Dann hatte sie eine Idee: die Tarotkarten. Das war es. Schon heute Morgen hatten sie ihr einen Hinweis gegeben. Miriam setzte sich an den Küchentisch, mischte durch und fächerte mit gekonnter Handbewegung die Karten vor sich auf. Sie schloss die Augen. Auf die Karten und die Sterne konnte sie immer vertrauen. Das waren die Wegweiser ihres Lebens. Sie atmete ein paar Mal tief durch, dachte an ihre Tochter und zog mit der linken Hand eine Karte.

Der Mond. Er stand dafür, dass nichts so war, wie es schien. Das stimmte, aber half ihr nicht weiter. Sie mischte erneut.

Die Hohepriesterin.

Sie stand für Verbundenheit und Intuition. Auch das gab ihr keine Antwort. Ein drittes Mal würde sie noch ziehen.

Die Liebenden.

In ihrem Inneren machte es „klick“, als würde ein Schloss einrasten. Eine Erkenntnis, mit der auch die beiden anderen Karten Sinn ergaben. Nichts war, wie es schien, Anna-Sophie hatte nicht nur irgendeinen Jungen getroffen, sie war verliebt in ihn. Das sagte ihr die Intuition, denn sie war mit ihrer Tochter innerlich schon immer mehr verbunden als andere Mütter. Und Anna-Sophie war nicht aufgetaucht, weil sie die Nacht mit dem Jungen verbrachte.

Wie auf Kommando läutete ihr Handy.

„Hallo Miriam, Sarah ist wach“, meldete sich Sarahs Mutter. „Ich hab das Handy auf laut gestellt.“

„Hallo.“ Sarahs Stimme klang schwach und dünn. Trotzdem konnte Miriam den Widerwillen heraushören.

„Hat Anna-Sophie sich bei dir gemeldet?“, fragte sie das Mädchen.

„Nein.“

Das hatte nichts zu bedeuten, es war lediglich eine Bestätigung, wie verliebt Anna-Sophie war.

„Wie geht es dir?“, erkundigte sich Miriam.

„Geht so.“ Ein Seufzen war zu hören.

Miriam verkniff sich den Kommentar, der ihr auf der Zunge lag. Hoffentlich war Sarah dieser Krankenhausaufenthalt Lehre genug.

„Kannst du Anna-Sophie sagen, sie soll mich anrufen, wenn sie heimkommt?“, bat Sarah. „Sie geht nicht an ihr Handy.“

„Ich weiß. Sie ist bei Peter“, sagte Miriam und bemühte sich um einen verschwörerischen Tonfall.

„Welcher Peter?“

„Der Peter, in den sie verliebt ist.“

„Aha.“

„Kannst du mir seine Telefonnummer geben?“

„Nein.“

Irgendwas an diesem „Nein“ irritierte Miriam. Es klang ängstlich. Wollte Sarah ihn schützen?

„Warum nicht?“

Keine Antwort. Nur ein Wispern war zu hören, es klang nach Sarahs Mutter. Irgendwas wie „Jetzt red schon“.

„Ich kenne diesen Peter nicht“, sagte Sarah. „Und ich glaube nicht, dass Anna-Sophie in ihn verliebt ist. Sie hat ihn doch heute zum ersten Mal getroffen.“

„Aber ... woher kennen sie sich?“

Wieder keine Antwort.

„Bitte, Sarah, woher kennen sie sich?“

„Ich weiß es nicht mehr genau. Kann sein, über Tinder“, sagte Sarah leise.

„Tinder?“

Das konnte nicht sein. Tinder. Dafür war ihre Tochter doch noch viel zu jung. Das bedeutete, dieser Peter war ein Fremder. Irgendjemand.

In Miriams Ohren rauschte es. Sie hatte das Gefühl zu fallen. Die Küche fing an, sich zu drehen.

Ein Donnerschlag krachte so laut, dass die Fensterscheiben erzitterten, ein Blitz erhellte das Zimmer. Miriam zuckte zusammen, sie bekam kaum Luft.

„Miriam? Bist du noch dran?“, fragte Sarah.

Sie konnte nicht mehr antworten und legte auf.

Ihre Finger zitterten so sehr, dass sie drei Anläufe brauchte, um die Nummer des Polizeinotrufs zu wählen.

1.

„Ich stech dich ab, du verdammtes Schwein."

Edgar Brehm war überrumpelt, als er von hinten gepackt, in den Hauseingang gezogen und mit dem Gesicht gegen die Wand des Stiegenhauses gedrückt wurde. Im ersten Moment registrierte er das kalte Metall an seinem Hals nicht. Bis vor ein paar Sekunden hatte er sich in der belebten Naglergasse im ersten Bezirk befunden und einen vermeintlich untreuen Ehemann beschattet.

„Edgar? Edgar ... was ist los?", hörte er Tonis Stimme aus dem Handy, das er noch immer ans Ohr gepresst hielt. Sie hatten plötzlich ihr Zielobjekt aus den Augen verloren. Weswegen er Toni zum U-Bahn-Eingang Herrengasse geschickt hatte, während er selbst Richtung Hotel Orient weiterging. Wiens berühmtestes Stundenhotel war eine Querstraße von hier entfernt. Der Hotspot für stilvolles Fremdgehen. Was für ein Klischee.

Edgar wollte Toni antworten, dass sie wegbleiben sollte, doch der Angreifer schlug ihm das Telefon aus der Hand. Er schrie ihn weiter an, klang wie ein gequältes Tier.

Edgar war nicht nur ehemaliger Polizeibeamter, seit mehr als 20 Jahren arbeitete er als Privatdetektiv. Es gab so gut wie nichts, das er in seinem Beruf noch nicht erlebt hatte. Aber Toni war seine Assistentin und erst Anfang 20, eine Schauspielschülerin, die er seit ein paar Wochen beschäftigte. Er hatte ihren Exfreund aufgespürt – leider ohne die beachtliche Summe, die er Toni abgenommen hatte. Im Gegenzug hatte sie ihm als Lockvogel bei der Aufklärung eines Falls in der Filmbranche geholfen.

Seit Edgars Detektei vor ein paar Wochen deshalb in den Medien gewesen war, flogen die Aufträge nur so herein. Als hätte ganz Wien in diesem heißen August nichts anderes zu tun, als Ehebrüche zu begehen. Wofür die vielen Online-Seitensprungportale verantwortlich waren, die wie Pilze aus dem Boden schossen. Früher musste man erst jemanden kennenlernen, der interessiert war, bevor der Entschluss folgte, sich auf eine Affäre einzulassen. Heutzutage war es umgekehrt. Die eigene Entscheidung, fremdzugehen, war der Auslöser. Dann fehlten nur noch ein paar Klicks, bis der passende Gegenpart gefunden war.

Edgar hatte eine gespaltene Einstellung zum Internet – es war Fluch und Segen zugleich und schien die besten wie auch die schlechtesten Seiten der Menschen zum Vorschein zu bringen. Auf jeden Fall war es für den Aufschwung seiner Detektei verantwortlich.

Aber nicht nur deswegen hatte er Toni engagiert. Nach seinen Herzproblemen vor ein paar Monaten war er noch längst nicht wieder auf der Höhe. Nichts Besorgniserregendes, wenn man ihn fragte. Zu viel Stress, Übergewicht, Unsportlichkeit, die Heilige Dreifaltigkeit des Älterwerdens. Was die Ärzte, um die er gerne einen großen Bogen machte, nicht so entspannt sahen.

Deshalb – und weil Toni ihre Aufgabe nach anfänglichen Schwierigkeiten sehr gut gemacht hatte und ohnehin in gravierenden Geldnöten war – hatte er ihr diesen Sommerjob angeboten. Das war der offizielle Grund.

Inoffiziell mochte er die junge Frau mit den kurzen schwarzen Haaren und den großen grünen Augen. Ihre Unbedarftheit erinnerte ihn an eine frühere Version von sich selbst, bevor das Leben ihn mit einer großen Portion Vorsicht und Misstrauen ausgestattet hatte. Toni war ihm in der kurzen Zeit, die sie einander kannten, ans Herz gewachsen.

Darum war alles, an das er in diesem Moment denken konnte, dass sie wegbleiben musste. Wer auch immer dieser Wahnsinnige war, Toni sollte ihm nicht begegnen. Aus der engen Naglergasse fiel ein wenig Licht in das Treppenhaus, aber nicht genug, um die vorbeiströmenden Touristen auf das aufmerksam zu machen, was hier vor sich ging.

„Toni, komm nicht her“, rief Edgar Richtung Handy am Boden, weiter kam er nicht. Der Fuß seines Angreifers kickte sein Telefon in den dunklen Flur. Ein Fuß, der in einem dunkelbraunen, glänzenden Lederschuh steckte. Wahrscheinlich Maßschuhe, auf jeden Fall auf den ersten Blick teuer.

Wer in aller Welt war das?

Edgar wollte sich umdrehen, die Klinge wurde stärker an seinen Hals gepresst. Ihm brach der Schweiß aus. In seinen Ohren begann es zu dröhnen. Nein, nicht jetzt. Nicht schon wieder.

„Hören Sie, Sie können mein Geld, meine Brieftasche und mein Handy haben. Wir können das friedlich ...“, begann er ruhig.

„Halts Maul.“ Es klang nach einem Schluchzen. „Seit wann geht das bereits?“

„Das ist sicher eine Verwechs...“

Edgars Handy klingelte in der Entfernung. Er flehte innerlich, dass es nicht Toni war, die nach ihm suchte. Er musste diesen Wahnsinnigen beruhigen, bevor sie ihn fand.

„Ich will wissen, seit wann?“, heulte der Mann auf.

„Ich weiß nicht, wovon Sie sprechen. Seit wann was?“

„Verarsch mich nicht.“

„Wenn Sie mich loslassen, verspreche ich Ihnen, mich nicht zu wehren. Wir werden uns einfach unterhalten. Okay?“

„Du hältst mich wohl für sehr blöd.“

Wieder klingelte Edgars Handy im dunklen Hausflur.

„Das ist sie sicher“, sagte der Mann.

„Wer?“

„Meine Frau.“

„Wer ist Ihre Frau?“

„Meine Frau ist die, die dich anruft und fragt, wo du bleibst.“

„Ich kenne Ihre Frau nicht ...“

Ein Laut, der wie ein jaulender Hund klang, war zu hören.

„Muss ich dir erst wehtun, damit du es zugibst?“

„Bitte, mir geht es nicht gut“, versuchte Edgar den Mann zu besänftigen.

Es war die Wahrheit, auch, wenn er das mehr aus Taktik erwähnte.

„Dir soll es auch nicht gut gehen. Seit wann vögelst du meine Frau?“

„Das ist eine Verwechslung, und wenn Sie mich loslassen, werden wir alles klären.“

Statt einer Antwort spürte Edgar, wie das Messer an seinem Hals zu zittern begann. Dieser Mann handelte im Affekt. Was Edgar kein bisschen beruhigend fand. Das machte ihn noch unberechenbarer.

„Wie heißt Ihre Frau?“, fragte er.

„Spiel nicht den Unschuldigen.“

„Ich spiele nichts.“ Pffft-pffft-zisch – Edgars Herzschlag fühlte sich plötzlich an wie ein verstopftes Abflussrohr. „Hören Sie …“, keuchte er. „Ich bin Privatdetektiv und …“

„Seit wann du meine Frau vögelst, will ich wissen.“

Dieser Irre hörte ihm gar nicht zu.

„Ich kenne weder Ihre Frau, noch hätte ich irgendwelche Ambitionen, mit ihr …“

„DU SOLLST NICHT LÜGEN.“

Das Messer wurde stärker an seinen Hals gedrückt. Sein Handy klingelte erneut.

„Edgar?“, hörte er im nächsten Moment seinen Namen aus der Gasse. Das war Toni. Sie suchte ihn und dank des läutenden Handys würde sie ihn gleich entdecken.

„SAG MIR DIE WAHRHEIT“, brüllte der Mann.

„Das ist … die Wahrheit. Lassen Sie mich los.“

Der Kerl dachte nicht daran, im Gegenteil. Wieder hörte er Toni rufen. Sie war nahe.

„SEIT WANN VÖGELST DU MEINE FRAU?“

„Ich bin Privatdetektiv, sehen Sie in meiner Brieftasche nach, mein Name ist Edgar Brehm. Wie heißen Sie?", versuchte er es wieder.

„DAS IST MIR SCHEISSEGAL, WAS DU BIST UND WIE DU HEISST. MEINE FRAU WIRST DU NICHT MEHR VÖGELN."

„DAS WILL ICH AUCH NICHT."

„Lügner."

„Ihre Frau interessiert mich nicht."

„LÜGNER."

„ICH BIN KEIN LÜGNER. ICH BIN SCHWUL."

Das wirkte. Edgar spürte, wie sich der Griff des Mannes lockerte. Blitzschnell beugte er sich zur Seite, fasste nach hinten und versuchte, den Unterarm seines Angreifers zu packen. Im nächsten Moment spürte er einen scharfen Schmerz in seiner Hand. Er hatte danebengegriffen. Das Messer fiel klirrend zu Boden. Reflexartig stieß er es mit dem Fuß weg und ging in die Knie. Es war ein Schweizer Klapptaschenmesser. Die Mini-Ausgabe. An einem Schlüsselbund. Ein Schlüsselanhänger.

„Scheiße, was ..."

Das kam von Toni. Sie stand in der offenen Haustür, die Augen weit aufgerissen. Als sie ihn an der Mauer kauernd entdeckte, stürzte sie auf ihn zu.

„Geht's dir gut?"

Sie drückte auf das Ganglicht, und Edgar öffnete seine Hand. Lediglich ein roter Strich war auf der Handfläche zu sehen, wie eine markierte Lebenslinie.

„Alles gut", sagte er heiser.

„Herr Hagenbauer, sind Sie irre?", hörte er Toni fragen.

Erst da sah Edgar hoch. Vor ihm stand zitternd und verheult ihr Zielobjekt, Erwin Hagenbauer, 38 Jahre alt, Halbglatze, als technischer Projektkoordinator bei einem Telekommunikationsunternehmen tätig. Seine Frau, eine Eventmanagerin, die ihren Mann des Ehebruchs verdächtigte, hatte Edgar engagiert. Hagenbauer hatte etwas von einem verschreckten Vogel, wie er ruckartig den Kopf von Toni zu Edgar und wieder zu Toni drehte.

„Woher ... Sie kennen meinen Namen?"

„Ja, und Sie haben soeben den Detektiv verletzt, den Ihre Frau angeheuert hat", fauchte Toni.

Edgar fluchte innerlich. Das war gegen die Ethik seiner Arbeit, sie hätte das dem Mann nie sagen dürfen.

Hagenbauer trat einen Schritt zurück, schnappte nach Luft.

„Sie sind ... meine Frau hat was?"

„Einen Detektiv angeheuert, weil Sie fremdgehen." So wütend hatte Edgar Toni noch nie erlebt. Sie baute sich vor Hagenbauer auf, und obwohl sie zwei Köpfe kleiner war als er, zuckte der Mann vor ihr zurück. „Ich rufe die Polizei."

Edgar wollte Toni aufhalten. Das würde ihm nur Schwierigkeiten bringen, denn Toni hatte gegen die Verschwiegenheitsverpflichtung von Edgar und Hagenbauers Frau verstoßen. Mit strenger Miene funkelte Toni weiter Hagenbauer an, während sie langsam ihr Handy aus der Jeans fischte. Oder bluffte sie? Es machte fast den Anschein. Sie hielt das Telefon drohend vor sich, während sie Hagenbauer nicht aus den Augen ließ, als wartete sie auf ein Geständnis. Sie erstaunte Edgar immer wieder.

Er rappelte sich hoch, seine Knie fühlten sich ein wenig weich an. Sonst ging es ihm gut.

„Ich betrüge meine Frau nicht. Ich dachte, sie betrügt mich. Mit dem da." Hagenbauer deutete auf Edgar.

„Wie kommen Sie auf diese absurde Idee?", fragte Toni.

Der Mann wischte sich über die Stirn, seine Hand zitterte. „Weil ich seit einiger Zeit das Gefühl habe, meine Frau verheimlicht mir was. Und man liest doch so viel, wie einfach das geworden ist, durch diese ganzen Apps. Darum war ich in den letzten drei Tagen nicht in der Firma, sondern ... ich bin ihr gefolgt. Und da hab ich ihn entdeckt." Er deutete wieder auf Edgar. „Immer in der Nähe meiner Frau."

Toni verdrehte die Augen. „Das ist unmöglich. Wir verfolgen Sie seit drei Tagen. Wissen Sie, was ich glaube? Sie haben bemerkt, dass Sie beobachtet werden, und deshalb ..."

„Wo ist Ihre Frau jetzt?", unterbrach Edgar.

„In dem französischen Bistro gleich nebenan."

„Im Le Bol?", fragte Toni.

„Ich weiß den Namen nicht." Er sah wieder zu Edgar. „Ich dachte, Sie wollen zu ihr und dann weiter mit ihr ins Hotel Orient", sagte er kleinlaut.

„Toni, bitte sieh nach", sagte Edgar.

Sie nickte und drückte sich an Hagenbauer vorbei, der sofort zur Seite sprang.

Edgar strich den Staub von den Hosenbeinen. Er fühlte sich wackelig. Das Ganglicht erlosch, keiner von ihnen betätigte es erneut. Das schwache Dämmerlicht vom Eingang reichte.

„Sie werden mir das wahrscheinlich nicht glauben. Aber es tut mir wirklich sehr leid", sagte Hagenbauer. „Ich wollte Ihnen nicht ... meine Frau denkt echt, ich hätte eine Affäre?"

„Ja. Hat sie recht?"

„Um Gottes willen. Meine Frau ist mir anstrengend genug. Ich meine, ich wollte sagen ... wie kommt sie darauf, dass ich Zeit für eine Zweite hätte?"

„Also haben Sie jetzt eine oder nicht?"

„Nein, ich habe keine Affäre."

„Wenn das stimmt, dann heißt das, wir haben Sie die letzten drei Tage dabei beschattet, wie Sie Ihre Frau beschattet haben."

Edgars Handy läutete erneut aus dem Hausflur.

„Ich hole es Ihnen", sagte Hagenbauer. Das schlechte Gewissen war dem Mann anzusehen, als er Edgar sein

Telefon reichte. Eine unterdrückte Nummer. Edgar drückte auf den Annahmeknopf und sah, wie Frau Hagenbauer mit Toni im Hauseingang erschien.

„Martin ... was machst du da?“, fragte Frau Hagenbauer.

Ihr Mann brach in Tränen aus. Den zornigen Blick von Toni schienen beide nicht zu bemerken.

Edgar dachte noch, dass dieser Fall einen Platz in den absurdesten Anekdoten seines Detektivlebens bekommen sollte, als er sich am Telefon meldete. Eine Geschichte, die er auf Partys erzählen könnte. Wenn er auf Partys gehen würde.

„Brehm.“

„Hallo Edgar“, sagte eine männliche, leicht rauchige Stimme mit samtenem Unterton. Edgar brauchte einen Moment – sein Herz fing wieder an, außer Takt zu schlagen.

Er wusste, wer das war.

Obwohl es fast schon 20 Jahre her war, würde er diese Stimme immer erkennen.

2.

Toni stand etwas abseits des Ehepaars Hagenbauer und wartete, während Edgar im dunklen Hausflur leise telefonierte. Sie verfluchte alles an diesem Tag.

Und das nicht erst seit jetzt.

Sie war völlig übermüdet aufgewacht. Seit vier Uhr hatte sie sich schlaflos im Bett gewälzt und war erst kurz vor dem Läuten des Weckers wieder eingeschlafen. Dann hatte die Kaffeemaschine nicht funktioniert. Und keine saubere Wäsche war mehr da und sie musste den Schmutzwäscheberg durchwühlen. Gerade heute. Dass dieser Irre Edgar angegriffen hatte, war wie die Kirsche auf der Torte der Unerfreulichkeiten.

Sie mochte Edgar, oft hatte sie dieses unbestimmte Gefühl, als würden sie einander lange kennen. Und es war definitiv der spannendste und abwechslungsreichste Sommerjob, den sie jemals gehabt hatte. Was es allerdings mit ihrer ohnehin von Liebeskummer angeschlagenen Seele anstellen würde, Ehepartner beim Fremdgehen zu überführen, damit hatte sie nicht gerechnet. Als würde jeder neue Fall ihre Wut und Verzweiflung wegen dem, was Felix getan hatte – sie mehr als ein Jahr zu belügen und zu bestehlen –, auf irrationale Weise anfeuern.

„Oh Gott, ist das unangenehm“, murmelte Frau Hagenbauer immer wieder, während ihr Mann mit ihr flüsterte. Toni verstand nur Wortfetzen. Er hatte aufgehört zu weinen, und es klang, als würden sie über diverse Geldsummen verhandeln. Die beiden wirkten in Tonis Augen eher wie zwei Kollegen, die einander misstrauten, nicht wie ein Ehepaar. Aber vielleicht projizierte sie auch nur ihr eigenes verworrenes Gefühlsleben auf die Szene.

Endlich beendete Edgar das Telefonat. Toni erschrak, als er zu ihnen zurückkam, er war furchtbar blass. Seine Stirn glänzte verschwitzt, und als er sich über die Oberlippe strich, zitterte seine Hand. Sie warf Herrn Hagenbauer einen vernichtenden Blick zu.

„Das tut mir alles schrecklich leid. Wenn Sie von einer Anzeige absehen, werden wir uns finanziell erkenntlich zeigen", sagte Frau Hagenbauer.

„Sehr erkenntlich", sagte ihr Mann und nickte.

Toni wusste von Edgars Missverhältnis zur Polizei. Auch davon, dass es ehemalige Kollegen gab, die nur darauf warteten, ihm eines auszuwischen. Aber sie mussten trotzdem etwas tun. Mit den Lippen formte sie stumm „Fernanda" in Edgars Richtung. Sie war nicht nur Polizistin und eine von Edgars engsten Freundinnen, ihre Dienststelle, die Landespolizeiinspektion am Schottenring, lag lediglich zehn Minuten entfernt. Edgar schüttelte leicht den Kopf.

„Die Rechnungssumme bleibt unverändert. Ich maile Ihnen die Abrechnung", sagte er zu den Hagenbauers. „Tun Sie sich bitte einen Gefallen und begeben Sie sich so rasch wie möglich in Paartherapie."

„Aber wir brauchen doch keine Paartherapie", sagte Frau Hagenbauer.

Ihr Mann bedeutete ihr, ruhig zu sein.

„Ja, das werden wir", sagte er rasch. „Vielen Dank."

Das Ehepaar bedankte sich überschwänglich und schüttelte zuerst Edgar und dann Toni die Hand, bevor sie fluchtartig den Hausflur verließen.

„Wirklich? Du lässt den einfach so davonkommen?", fragte Toni.

Edgar sah sie nicht an. Er wirkte irritiert.

Wahrscheinlich steckte ihm der Schreck von eben in den Knochen. Toni versuchte, sich nicht anmerken zu lassen, wie sehr sie sich um Edgar sorgte. Er war nicht gerade gut darin, auf seinen Gesundheitszustand aufzupassen. Wenn es nach ihr ging, hätte sie ihm längst ein Sportprogramm aufgehalst und ihm gesünderes und vor allem regelmäßiges Essen verordnet. Außerdem schien er nicht viel zu schlafen. Nicht selten kam es vor, dass er ihr mitten in der Nacht E-Mails schickte. Die sie deshalb las, weil sie auch nicht schlafen konnte.

Sie hoffte, für Edgars durchwachte Nächte war Vincent Blum verantwortlich. Der junge und leider nicht besonders erfolgreiche Schauspieler, der nebenbei als Fitnesstrainer arbeitete, war verliebt in Edgar. Ein paar Mal hatte sie Vincent im Hintergrund gehört, wenn sie am Wochenende mit Edgar telefoniert hatte. Doch wenn sie Edgar darauf ansprach, schien seine Begeisterung sich in Grenzen zu halten. Vincent war deutlich jünger als er, seine dunkle Hautfarbe und der durchtrainierte Körper verliehen ihm das Aussehen eines Models. Das Einzige, was nicht zu seiner perfekten Erscheinung passte, war seine Stimme. Bei einer Schilddrüsenoperation waren seine Stimmbänder geschädigt worden, weswegen er in erstaunlich hoher Tonlage sprach. Was ihm als Schauspieler immer wieder Absagen einbrachte. Modelaufträge lehnte er ab – anscheinend bekam er davon aber eine ganze Menge.

Nach ein paar Gläsern Chianti hatte Edgar Toni anvertraut, Vincents Alter und seine objektive Schönheit waren dafür verantwortlich, dass er den jungen Mann auf Abstand hielt. In ihren Augen war das absolut lächerlich.

Ja, es stimmte, er war viel älter als Vincent. Und es konnte sein, dass er vielleicht ein paar Kilo zu viel wog. Das größere Problem war allerdings seine Unsportlichkeit, er kam außer Atem, wenn sie ein Stockwerk hochstiegen. Aber das alles spielte in Wahrheit keine Rolle. Denn Edgar war einfach umwerfend. Seine freundliche, ruhige Art, die das Gefühl von Sicherheit vermittelte, sein Charisma, durch das er alle Blicke auf sich zog, wenn er einen Raum betrat. Sein trockener Humor, den Toni liebte. Und er war groß, nein, riesig. Seit einiger Zeit trug er einen Dreitagebart, der ihm unglaublich gut stand. Er passt zu seinem dichten silbernen Haar und den erstaunlich blauen

Augen in dem markanten Gesicht. Jenen blauen Augen, die nun vor sich hinstarrten.

„Geht es dir gut, Edgar? Hast du heute schon was gegessen?“

Eine lächerliche Frage, wenn man bedachte, dass er gerade bedroht worden war.

Edgar hob den Kopf, lächelte leicht und nickte. „Ja. Das ist es nicht.“

„Was ist es dann?“

Er zögerte. Automatisch griff sie in ihren Rucksack und reichte ihm ihre Wasserflasche.

„Danke.“ Er seufzte, nahm einen Schluck und lehnte sich gegen die Wand. „Der Anruf eben, das war ein neuer Fall. Ganz in der Nähe, Taborstraße, aber ...“

„Wenn ich mitkommen soll, ich hab noch Zeit. Ich hab sowieso angenommen, wir sind länger mit diesem Irren beschäftigt. Das war schon verrückt. Was für absurde Sachen Menschen manchmal angeblich aus Liebe machen.“

Sie trank einen Schluck und stopfte die Wasserflasche wieder in ihren Rucksack. Edgar sah sie nachdenklich an.

„Was ist los, Edgar? Du hast doch was?“

Sein Räuspern hallte im Stiegenhaus. Er schien zu zögern, doch dann sagte er: „Lass uns erst mal ein Taxi nehmen und schauen, ob wir den Fall übernehmen.“

„Ein Taxi in die Taborstraße? Die ist doch ganz in der Nähe.“

„Aber ... na gut. Okay.“

„Worum geht es denn?“

„Ein Achtzehnjähriger ist gestern nicht nach Hause gekommen und wir sollen ihn finden.“

Toni hatte das Gefühl, dass Edgar etwas für sich behielt. Vielleicht ging es um was Illegales? Wie spannend, sie freute sich richtig. Das war eine nette Abwechslung zu all den Ehebrüchen.

Die Hitze hüllte sie ein, als sie aus dem kühlen Treppenhaus auf die Naglergasse traten. Das Gewusel der Touristen hatte zugenommen, sie bogen ab auf die Tuchlauben. Stimmengewirr und Lachen aus dem Gastgarten des Fabios schwappte durch die kurze Fußgängerzone. Sehnsüchtig sah Toni zu dem Eissalon, den sie passierten. Jetzt eine Kugel Nougat- und Erdbeercreme-Eis! Sie hatte so gut wie immer Hunger, was alle in ihrem Umfeld mit Erstaunen zur Kenntnis nahmen. Den Satz „Wo isst du das alles hin?" hörte sie fast täglich.

„Wann musst du in der Schauspielschule sein?", fragte Edgar.

„Ich hab noch mehr als zwei Stunden Zeit." Wie sie es sagte, hörte es sich nach einem Ultimatum an.

„Du klingst nicht begeistert."

Sie wichen einer Reisegruppe aus, die ihrem Guide Richtung Ankeruhr hinterhertrottete.

„Bin ich auch nicht."

„Warum? Ich dachte, du freust dich darüber, das ist doch eine Chance?"

Toni seufzte. Die Schmitz – der Drachen von Schulleiterin – hatte sie vor einer Woche angerufen. Im Konservatorium gab es für den dritten Jahrgang einen Sommerkurs. Eine Teilnehmerin hatte sich das Bein gebrochen und war ausgefallen. Laut Schmitz war es eine Ehre, dass Toni als Ersatz ausgewählt worden war. Obwohl sie erst in den zweiten Jahrgang kam. Niemand anderes als der berühmte Tim Ravinger, der vor sechs Jahren seinen Abschluss am Konservatorium gemacht hatte und mittlerweile einer der erfolgreichsten Schauspieler Deutschlands war, leitete ihn. Toni hatte Ravinger in ein paar Filmen, zwei Netflix-Serien und bei einem Gastspiel der Wiener Festwochen als Cyrano de Bergerac gesehen. Die Rollen waren komplett unterschiedlich. Und er in jeder davon brillant. Egal, ob im Theater mit großer Nase, auf Netflix als Serienmörder mit gespaltener Persönlichkeit oder im historischen Film als Sohn der Haushälterin einer reichen Familie, der sich unstandesgemäß in die Tochter des Hauses verliebte. Er schlüpfte in jede Figur, als wäre er ein Teil von ihr und die Rolle sei nur für ihn geschrieben worden. Kein Wunder, dass er so viele Auszeichnungen bekommen hatte.

Auf Tonis Frage, wieso die Wahl ausgerechnet auf sie und nicht auf jemand anderen gefallen war, hatte die Schmitz nicht geantwortet. Und genau da lag das Problem. Die Schmitz hatte Toni bereits im ersten Jahr an der Schauspielschule das Leben schwer gemacht. Die Schulleiterin war strenger zu Toni als zu allen anderen.

„Vielleicht versucht die Schmitz auf diese Art, mich loszuwerden", sagte Toni.

„Wie meinst du das?"

Sie überquerten die Brücke über den Donaukanal, wichen Radfahrern aus, die mit rasantem Tempo vorbeizischten.

„Na ja, mit Ravingers Hilfe. Ich weiß auch nicht, es klingt wahrscheinlich paranoid ..."

„Ein wenig."

„Aber du kennst die Schmitz nicht", verteidigte sie sich. „Ich hab rausgefunden, dass sie die Lehrerin vom Ravinger war. Bei einer Preisverleihung hat er ihr in seiner Rede gedankt. Die beiden waren ein Herz und eine Seele."

„Woher weißt du das?"

„Ich hab mir die Rede auf YouTube angesehen. Sie hat ihn sicher für diesen Sommerkurs geholt, wieso wäre er sonst da? Der dreht doch die ganze Zeit. Und dann will sie ausgerechnet mich als Ersatz für die ausgefallene Teilnehmerin? Wo sie letztes Jahr versucht hat, mich rauszuwerfen? Dass sie es nicht geschafft hat, war ein Glücksfall, mehr nicht."

Edgar blieb stehen, sah Toni an und nickte bedächtig. „Ich verstehe. Aber du besuchst den Kurs trotzdem."

„Klar. Wenn die Schmitz mich loswerden will, dann schafft sie das früher oder später ohnehin." Sie klang couragierter, als sie sich fühlte. „Mit etwas Glück lern ich wenigstens noch was vom Ravinger."

Dass ihr dieser Sommerkurs einen gewaltigen Strich durch ihre Planungen machte, erwähnte sie nicht.

Toni hatte erst gestern ihr Budget überschlagen. Seit Felix das gesamte Ersparte, das sie für ihre Oma verwaltete, für seine Spielschulden abgezweigt hatte, konnte sie die Wohnungsmiete in der Seniorenresidenz für ihre Oma bald nicht mehr zahlen. Das Honorar, das sie von Edgar bekam, war mehr als großzügig. Trotzdem reichte es nicht. Ihre Oma war schon in eine viel kleinere Wohnungseinheit umgezogen, was Toni furchtbar bedauerte. Ein weiterer Nebenjob ging sich nicht aus neben der Schauspielschule, deshalb hatte sie sich entschlossen, aus ihrer Wohnung eine WG zu machen. Dazu musste sie eine, vielleicht sogar zwei Mitbewohnerinnen finden. Was sie im Moment ein wenig überforderte, sie hatte bis jetzt nur mit ihrer Oma und dann mit Felix zusammengelebt. Zwei Menschen, die sie von ganzem Herzen liebte, beziehungsweise in Felix' Fall: geliebt hatte.

Aber wie wäre das Zusammenleben mit jemandem völlig Fremden? Welche Zimmer sollte sie freigeben, welches für sich behalten? Wie viel Miete durfte sie verlangen? Und vor allem, wie würde sie es nach Felix schaffen, wieder jemandem vorbehaltlos zu vertrauen?

Vielleicht war sie einfach heillos naiv und dafür prädestiniert, in solche Fallen zu tappen. Oder es war umgekehrt, sie vertraute einfach niemandem mehr und würde sich dann in ihrer eigenen Wohnung wie eine Fremde fühlen. Natürlich war Toni klar, dass dieses Gedankenkarussell in erster Linie ihrer Angst vor einer erneuten Enttäuschung entsprang. Aber auch wenn sie das rational wusste, emotional fühlte es sich sehr real an.

Edgar deutete zu der Eingangstür des Altbaus hinter sich.

„Gut. Wir sind da."

Er schien einen Augenblick zu warten. Dann drückte er auf die Gegensprechanlage. Ein kurzes Surren, doch er reagierte nicht.

„Was ist los?“, fragte Toni.

Er sah sie an. In den letzten Wochen hatte Toni Edgar ziemlich gut kennengelernt. Kein Wunder, so viel Zeit, wie sie zusammen verbrachten. Aber nun war etwas an ihm, das sie erstaunte.

Denn zum ersten Mal wirkte es, als wäre Edgar nervös.

I.

Ich kenne deine Geheimnisse. Ich kenne sie alle. Und ich bin froh, dass ich sie kenne. Willst du wissen, warum?

Als ich klein war, habe ich immer gedacht, die Welt ist gerecht. Ich dachte, die Guten werden belohnt und die Bösen bekommen ihre gerechte Strafe.

Was für ein Schwachsinn!

In Wahrheit ist das einzige Gesetz: Fressen oder gefressen werden. Das gilt immer. Für alles.

Es gilt auch für dich.

Vielleicht werden deine Geheimnisse ans Licht kommen. Vielleicht wird sich alles ändern. Es kommt darauf an, wie du dich verhältst.

Du merkst es nicht, aber ich beobachte dich. Und verstecke mich dabei hinter meiner Fassade, wie ich es immer schon getan habe. Ich warte ab.

Jeder verteidigt seine eigene Maske.

Weißt du eigentlich, dass hier niemand einen Scheiß darauf gibt, wer du wirklich bist? Weder die Frau mit den langen grauen Haaren. Noch das Mädchen mit den schiefen Zähnen, der Mann mit dieser hässlichen Krankenkassenbrille. Sie sehen dich, doch sie sehen nichts.

Am liebsten möchte ich ihnen allen deine Geheimnisse erzählen. Sie ihnen ins Ohr flüstern und dabei zusehen, wie die Farbe aus ihren Gesichtern weicht.

Aber das tue ich nicht. Denn ich bin kein schlechter Mensch. Gott ist mein Zeuge.

3.

Edgar zuckte zusammen, als er den schlanken Mann um die 40 sah, der die Wohnungstür im zweiten Stock öffnete. Er war so angespannt, es brauchte einen Moment, bis er begriff: Das war nicht Ralph. Wie merkwürdig, Ralphs Stimme hatte er am Telefon sofort erkannt, aber er hatte keine Vorstellung, wie er jetzt aussah.

Der Mann trug eine Brille mit Goldrand, ein hellblaues Hemd unter einem schmal geschnittenen dunklen Sakko, er hatte einen gestutzten Vollbart und brünette kurze Haare. Er wirkte angespannt, bemühte sich aber um ein Lächeln. Es war absurd, wie erleichtert Edgar für einen kurzen Moment war, nicht von Ralph in Empfang genommen zu werden. Als würde das irgendeinen Unterschied machen.

Seine Bereitschaft, Ralphs Bitte sofort nachzukommen, hatte ihn selbst überrumpelt. Es war ein Reflex gewesen.

Am liebsten hätte er am Weg her Ralph zurückgerufen und gesagt, es tut mir leid, ich kann den Jungen doch nicht suchen. Aber wenn das die Wahrheit war, wieso stand er dann hier?

„Herr Brehm?“, fragte der Mann und legte die Stirn in Falten.

Edgar nickte und deutete auf Toni. „Das ist meine Mitarbeiterin, Frau Lorenz.“

„Gustav Hammer, ich bin der Verlobte von Kirsten. Vielen Dank, dass Sie so kurzfristig kommen konnten. Bitte hier entlang.“

Er führte sie durch einen schmalen Flur, an dessen Wänden viele gerahmte Fotos hingen. Auf den meisten war eine hübsche blonde Frau mit einem Jungen. Sie lachten in die Kamera oder alberten herum. Vom Flur konnte man in die Küche sehen, sauber und aufgeräumt.

Am Ende des Flurs lag das Wohnzimmer. Edgar machte sich darauf gefasst, gleich Ralph zu begegnen. Doch niemand war da.

„Bitte nehmen Sie Platz“, sagte der Mann. „Ich hole Kirsten, sie hat sich kurz hingelegt. Wollen Sie einen Kaffee?“

„Ja, gerne“, antwortete Toni, Edgar schüttelte den Kopf.

Der Mann nickte, drehte sich um und verschwand in den Flur, eine Tür, die geöffnet und geschlossen wurde, war zu hören. Dann war es ruhig.

Und erst da fiel Edgar auf, dass Ralph nichts davon gesagt hatte, dass er hier war. Er hatte Edgar nur um seine Hilfe gebeten und diese Adresse genannt. Sonst nichts. Und da Edgar nicht annahm, dass Ralph sich gemeinsam mit der Frau hingelegt hatte, wurde er augenblicklich entspannt.

Natürlich war Ralph nicht hier.

Es wäre auch ein zu absurdes Aufeinandertreffen gewesen, wenn man bedachte, unter welchen Umständen sie sich das letzte Mal gesehen hatten.

Er schaute sich um, jetzt aufmerksam. Der Raum war hell und freundlich, viele Grünpflanzen, ein vollgestopfter Bücherschrank, zwei weiße Kommoden, ein kleiner Esstisch mit vier Stühlen, eine hellgrüne Couch mit bunten Polstern. An der Wand ein großer, in Gold gerahmter Druck von Van Goghs Caféterrasse am Abend. Edgar liebte dieses Bild. Obwohl es häufig als Poster verramscht wurde, hatte es nichts von seinem Charme verloren. Er trat einen Schritt näher. Nein, das war kein Druck. Jemand hatte das Gemälde kopiert. Und das ziemlich gut. Er nahm seine Lesebrille und begutachtete das Bild genauer. An einem der ersten Kaffeehaustische waren die Schemen zweier Personen, sie saßen am Tisch, gesichtslos, einander zugewandt. Edgar kannte das Bild gut, er war sich sicher, diese zwei waren nicht im Original. In der unteren Ecke standen die Initialen.

„Wer ist das, J. K.?“, fragte Toni. Sie war neben ihn getreten.

Eine laute Frauenstimme war vom Flur zu hören. Was sie sagte, war nicht zu verstehen, es klang ungehalten.

Wieder öffnete und schloss sich eine Tür, der Mann kam zurück. Er verzog den Mund und hob entschuldigend die Schultern.

„Kirsten ist sofort da. Was wollte ich gleich? Ach ja, der Kaffee.“

„Ich nehme doch einen, wenn es keine Umstände macht“, sagte Edgar. Wie es aussah, würde es länger dauern.

„Natürlich.“

Hammer verschwand, Geschirrgeklapper war über den Flur zu hören.

„Du gehst einfach, wenn es zu lange dauert“, sagte Edgar zu Toni. Sie war zur Kommode getreten, auf der die Gipsskulptur einer bunt bemalten Eule Briefe beschwerte, und bedeutete ihm, rüberzukommen. Die Eule sah aus, als hätte sie ein Kind gemacht.

Kirsten und Julian König war auf einem Briefkopf zu lesen.

„Julian König“, sagte Toni, „J. K. – sind das die Initialen auf dem Bild?“

„Ja. Mein Sohn Julian hat es gemalt“, sagte eine Frauenstimme hinter ihnen. Sie hatten niemanden hereinkommen gehört und drehten sich gleichzeitig um. „Ich bin Kirsten König.“

Edgar wollte antworten, aber er schaffte es nicht. Er starrte auf den Mann neben Kirsten König. Schlagartig fing sein Herz an, wie wild zu schlagen. Wie aus weiter Ferne hörte er Toni: „Wow, das ist ein tolles Bild. Hat er die Eule auch gemacht?“

„Ja, da war er noch klein.“

Ralph hatte sich auf den ersten Blick kaum verändert.

Er war schlank, aber nicht mehr ganz so dünn wie früher. Und er trug denselben Haarschnitt, nur waren seine hellbraunen Haare mittlerweile mit etlichen grauen Strähnen durchzogen. Ein paar Falten mehr, doch noch immer dieses ausdrucksstarke, vertraute Gesicht mit den Grübchen und den erstaunlichsten Augen, die Edgar je gesehen hatte. Ohne Zweifel, Ralph gehörte zu den Männern, denen das fortschreitende Alter nichts anzuhaben schien. Als steckte da ein junger Mann in der Hülle eines älteren. Was auf Edgar nicht zutraf – er war in genau der Hülle, in die er gehörte.

Ralph war in Schwarz gekleidet, Hemd, Sakko, Hose, trotz der sommerlichen Temperatur. Als wäre er in Trauer.

„Hallo Edgar."

Ralph löste sich von der Frau, kam mit ausgestreckter Hand auf ihn zu. Sein Lächeln war gleichzeitig wehmütig und herzlich, so dass Edgar nicht anders konnte, als ebenfalls zu lächeln. Ein nachdrücklicher Händedruck, wie bei ihrer ersten Begegnung, der Edgar für einen Augenblick vergessen ließ, dass sie aus beruflichen Gründen hier waren.

Ralph ließ seine Hand los, senkte den Blick und rückte geschäftig die Stühle zurecht. Ob er sich auch erinnerte? Oder war ihm die Begegnung mit Edgar unangenehm?

„Wo ist Gustav?", fragte Ralph.

„Er macht Kaffee", sagte Edgar.

„Ich helfe ihm." Kirsten König verließ den Raum.

Im nächsten Moment war ihr Schluchzen aus der Küche zu hören und murmelnde tröstende Worte von Gustav Hammer.

Ralph hob entschuldigend die Schultern. Er wollte etwas sagen, da klirrte es hinter Edgars Rücken.

„Oh nein", hörte er Toni und wandte sich um. Toni starrte erschrocken auf die zerbrochene Eulen-Skulptur am Parkettboden. „Entschuldigung, ich wollte das nicht", sagte sie mit bebender Stimme.

Ralph eilte zu ihr und beide bückten sich, um die Scherben aufzuheben.

„Was …?" Keiner hatte bemerkt, dass Kirsten König aus der Küche zurückgekommen war. Tränen stiegen ihr in die Augen, als sie erkannte, was zu Bruch gegangen war.

„Es tut mir unendlich leid, Kirsten. Das ist meine Schuld", sagte Ralph rasch, bevor Toni auch nur den Mund öffnen konnte. „Mir ist die Eule runtergefallen, ich wollte sie mir ansehen. Bitte verzeih. Kann man sie kleben?"

Edgars Knie wurden weich. Ralph nahm die Schuld auf sich. Obwohl er Toni nicht einmal kannte. Nur, um sie zu schützen. Er hatte sich nicht geändert. Dieser Mann war wie Licht und Schatten – die besten und schlechtesten Seiten vereinte er in sich.

„Wie gesagt, es geht um Julian, Kirstens Sohn", eröffnete Ralph das Gespräch, als alle Platz genommen hatten. Er dankte, dass sie so kurzfristig Zeit hatten, und schob ein paar bemühte Floskeln wie „wahrscheinlich nur schwierige Phase" und „verwirrendes Erwachsenwerden" ein. Dabei sah er Toni an und vermied den Blick zu Edgar.

Kirsten König hielt etwas umklammert in der Hand. Edgar konnte nicht erkennen, was es war.

Edgar wusste nicht, wieso, doch trotz seiner Anteilnahme wirkte Ralph unbeteiligt und distanziert. Als wäre er eine Art Moderator. War Ralph der Anwalt der Frau? Hatte er letztendlich seinen Job als Hotelmanager an den Nagel gehängt? Vielleicht sogar Jus studiert? Der Gedanke gefiel Edgar. Ralph hatte immer den Wunsch gehabt, sich beruflich zu verändern.

Er bemühte sich, seine Aufmerksamkeit auf Kirsten König zu lenken. Sie war schlank und hatte eine athletische Figur. Durch ihre fließenden Bewegungen wirkte sie gleichzeitig kraftvoll und elegant. Er schätzte sie auf Anfang 40. Blonde Haare, die zu einem lockeren Pferdeschwanz gebunden waren, aufrechte Haltung, ein zarter Duft nach Parfum. Eine silberne Halskette mit einem Herzanhänger, perlmuttfarben manikürte Nägel. Man sah ihr an, dass sie Wert auf ihre Erscheinung legte.

„Julian ist gestern nicht nach Hause gekommen", sagte Ralph. „Er ist niemand, der so etwas macht. Julian hat gerade erst die Matura mit Auszeichnung bestanden. Er ist ein unglaublich lieber junger Mann und sehr gewissenhaft."

„Ja, das ist er." Kirsten König lächelte traurig, öffnete ihren Griff und schob ein Passfoto über den Tisch.

„Darf ich?", fragte Edgar.

Sie nickte kaum merklich.

Der Mann auf dem Foto hatte ein schmales Gesicht, ebenmäßige Gesichtszüge, hohe Wangenknochen und einen ernsten Blick.

„Er ist wirklich erst 18?", fragte Edgar.

Julian König war eine eigenartige Mischung. Wäre Edgar ihm auf der Straße begegnet, hätte er nie angenommen, einen Teenager vor sich zu haben. Trotzdem machte er auf Edgar einen zerbrechlichen und sensiblen Eindruck. Als läge eine versteckte Traurigkeit in seinen Augen. Edgar schob das Bild zu Toni.

„Er sieht viel älter aus. Oder ist das nur das Foto?", fragte Toni.

„Nein. Er ist nicht so wie andere Jungs in seinem Alter", sagte Kirsten König tonlos. „Das war er noch nie."

„Ist irgendwas vorgefallen?", fragte Edgar.

„Sie meinen, so etwas wie ein Streit?" Sie warf einen unauffälligen Blick Richtung Küche. Als wollte sie sich vergewissern, ob ihr Verlobter, der den Kaffee machte, zuhörte. „Ich hab Julian gestern in der Früh gesagt, dass ich erst spät nach Hause kommen werde, weil Gustav und ich essen gehen wollten. Aber ich musste kurzfristig einen

Artikel überarbeiten und deshalb haben wir den Restaurantbesuch verschoben."

Die Antwort auf Edgars Frage hatte sie geschickt umgangen. Also wahrscheinlich ja.

„Kirsten arbeitet in der Redaktion einer Zeitschrift, sie ist Journalistin", sagte Ralph.

„Bei einer Frauenzeitschrift", ergänzte Kirsten König mit einem bemühten ironischen Lächeln.

Edgar musste sich anstrengen, konzentriert zu bleiben. Dankbar sah er, wie der Verlobte von Kirsten König mit einem Tablett hereinkam. Während er Tassen austeilte, ihnen Kaffee einschenkte und Kirsten König ungefragt eine Tasse Tee hinstellte, machte Edgar sich ein paar Notizen.

„Julian war in der Bibliothek und anschließend bei mir. Er wollte dann nach Hause", sagte Ralph.

„Er ist auch nach Hause gekommen", sagte Kirsten König, bevor Edgar fragen konnte, wieso der Junge bei Ralph war. „Ein paar ausgeliehene Bücher sind da. Am Abend, als ich heimgekommen bin, war er fort. Normalerweise meldet er sich ab, aber ich habe mir nichts dabei gedacht. Er hat ja angenommen, ich würde ausgehen. Während ich auf ihn gewartet habe, bin ich eingeschlafen. Als ich um kurz nach drei aufgewacht bin, war er noch immer nicht zu Hause. Da hab ich ihn sofort angerufen. Es war gleich die Mobilbox an."

„Die Sache ist, er ist zwar sehr eigenständig, aber trotzdem ist das völlig untypisch für Julian", sagte der Verlobte von Kirsten König, dessen Namen Edgar schon wieder vergessen hatte. „Er ist unglaublich gewissenhaft."

„So etwas ist noch nie vorgefallen?"

„Nein, nie", platzte der Verlobte heraus. Edgar sah fragend zu Kirsten König, sie hatte den Kopf gesenkt und kratzte über einen Fleck auf der Tischplatte.

„Haben Sie eine Ahnung, wo er sich aufhalten könnte? Bei Freunden, jemandem aus der Familie vielleicht?"

„Sein Vater lebt leider nicht mehr, Freunde hat er kaum.

Bei seinen ehemaligen Schulkollegen ist er auch nicht, da haben wir nachgefragt."

„Haben Sie die Polizei kontaktiert?", fragte Edgar. Kirsten König sah hoch, Edgar registrierte ein leichtes Zucken in ihrem Gesicht.

„Natürlich, wir wollten sichergehen, dass ihm nichts zugestoßen ist. Wir haben vorerst noch keine Abgängigkeitsanzeige erstattet. Er hat sicher nichts angestellt, aber ... na ja, er soll keine Schwierigkeiten bekommen", antwortete wieder Hammer. Er blickte zu Kirsten König hinüber, sie machte einen leicht verlegenen Eindruck. Sein Bauchgefühl sagte Edgar, dass wahrscheinlich eine ganz andere Geschichte dahintersteckte. Er wollte nachfragen, da läutete Ralphs Handy. Mit Blick auf das Display stand Ralph auf.

„Da muss ich ran. Entschuldigung", sagte er und verließ eilig das Zimmer.

„Ach, Gustav, wärst du so lieb und holst mir aus dem Bad das Pfefferminzöl", sagte Kirsten König zu ihrem Verlobten und fuhr sich über die Schläfe.

„Hast du Kopfschmerzen?", fragte er.

Sie nickte. „Im Spiegelschrank, rechts."

„Natürlich."

Kaum waren sie alleine, beugte sich Kirsten König ein wenig vor. Sie senkte ihre Stimme. „Ich wollte nicht, dass Gustav es hört, aber der Grund, warum ich keine Vermisstenanzeige aufgeben möchte, ist ... ich glaube, Julian wird wieder auftauchen. Gestern in der Früh gab es eine ... es ist wirklich peinlich. Gustav hat hier übernachtet und Julian wusste das nicht." Sie senkte den Blick. „Gustav und ich haben ... wir waren gerade dabei ... wir haben miteinander geschlafen. Julian ist währenddessen reingeplatzt, wir haben beide nichts davon bemerkt. Julian hat gewartet, bis Gustav weg war, dann ist er ausgeflippt. Er war außer sich."

„Und warum?", fragte Toni.

„Ich habe keine Ahnung. Ich war vollkommen überrascht, wie sehr es ihn verstört. Es bereitet mir furchtbare Sorgen, was dieser Moment der Beziehung zwischen Julian und mir zugefügt hat.“

„Wie lange sind Sie und Gustav denn bereits ein Paar?“

„Seit fast einem Jahr. Aber Julian hat Gustav erst vor einem Monat kennengelernt. Als Gustav mir einen Heiratsantrag gemacht hat.“ Sie winkte ab, als hätte es nichts damit zu tun. „Jedenfalls, wegen dieser Sache wollte ich gestern Abend nicht mit Gustav essen gehen, sondern mit Julian reden. Ich wollte ihn fragen, was los ist. Er …“

Kirsten Königs Verlobter kam zurück und sofort verstummte sie. Hatte sie Angst vor ihm?

„Tut mir leid, ich kann das Pfefferminzöl nicht finden. Bist du sicher, dass es im Bad ist?“

Sie schüttelte den Kopf, murmelte etwas Unverständliches. Es war eindeutig, sie hatte ihn nur aus dem Zimmer schicken wollen.

„Wir möchten Sie gerne engagieren, damit Sie nach Kirstens Stiefsohn suchen“, sagte Hammer zu Edgar.

„Stiefsohn?“

„Ja, Entschuldigung, das haben wir nicht erwähnt. Julian ist der Sohn von Kirstens verstorbenem Mann. Er hat ihn damals mit in die Ehe gebracht, da war Julian drei“, sagte der Verlobte, als wäre das besonders wichtig.

Kirsten König schürzte die Lippen, sagte aber nichts. Edgar hatte den Eindruck, es störte sie, dass ihr Verlobter das erwähnt hatte.

„Frau König, könnten Sie mir Julians Zimmer zeigen?“, fragte er und stand auf. „Toni, würdest du in der Zwischenzeit Herrn Hammer weiter befragen?“

„Natürlich“, sagte sie, obwohl er die leichte Panik in ihren Augen erkannte. Aber Edgar wusste, sie würde es gut machen.

Er musste alleine mit der Frau sprechen. Und er wollte nachfragen, warum Ralph hier war. Gustav Hammer sah nicht erfreut aus, er wollte etwas sagen, doch Ralph tauchte in der Zimmertür auf und unterbrach ihn.

„Entschuldigt, ich kann nicht bleiben. Eine Krankensalbung."

Er ging an Edgar vorbei und reichte Toni zum Abschied die Hand.

„Krankensalbung? Was ist das?", fragte sie.

„Ein Sterbesakrament", sagte Ralph und sah zum ersten Mal Edgar an, ohne gleich wieder den Blick abzuwenden. „Ich bin Priester."

4.

Toni saß im großen Saal im zweiten Stock des Konservatoriums. Der Raum erinnerte an einen Turnsaal, wäre nicht die Bühne samt Scheinwerfern auf der Querseite gewesen. Sie wartete mit den anderen Studierenden auf die Ankunft von Tim Ravinger. Sie war die Einzige aus ihrem Jahrgang, kannte aber die meisten vom Sehen.

Es war nicht so, dass irgendwer der Anwesenden ihr den Eindruck vermittelte, sie wäre hier falsch. Nein, das tat sie selbst. Was natürlich völliger Blödsinn war, sie nahm niemandem den Platz weg, es war einfach eine Teilnehmerin ausgefallen. Ein bisschen wehmütig dachte sie an Lena und wie schön es wäre, mit ihr gemeinsam hier zu sitzen.

Sie hatten sich auf der Schauspielschule kennengelernt und waren in ihrem ersten Jahr die besten Freundinnen geworden. Lena befand sich während der Sommerferien auf Interrail-Tour durch Europa, von der sie ihr regelmäßig Fotos schickte. Sie war alleine unterwegs. „Um mich selbst zu finden“, hatte sie gesagt. Eine Aussage, die typisch für Lena war, denn sie war immer auf der Suche nach einer besseren, begabteren, selbstsichereren Version von sich selbst. Sie fand, das spräche für ihren Ehrgeiz, aber Toni hatte eher den Eindruck, in Lenas Seele lebte ein kleiner Diktator, der ihr immer wieder sagte, sie sei nicht gut genug. Toni wusste sehr genau, wie sich das anfühlte. Doch seit einiger Zeit, genauer gesagt seit einem Jahr, hatte ihr innerer Kritiker ein sehr reales äußeres Erscheinungsbild bekommen – die Schmitz.

Die nämlich machte Toni nieder wie niemand sonst. Das hatte Toni ganz von selbst in eine Art Opposition treten lassen, die den inneren Kritiker zumindest ansatzweise zum Verstummen brachte. Nein, sie war sicher nicht von der Schulleiterin für diesen Kurs ausgewählt worden, weil die fand, sie gehöre gefördert. Das konnte Toni sich abschminken.

Die Uhr an der Wand zeigte, dass Ravinger sich nun bereits 20 Minuten verspätete.

„Mann, wann kommt der denn endlich?“, sagte irgendwer.

In diesem Moment wurde die große Tür schwungvoll aufgestoßen. Alle drehten sich erwartungsvoll hin. Statt Ravinger betrat allerdings Janina den Raum – sie war im dritten Jahrgang und mit ihren langen roten Locken und dem atemberaubend schönen Gesicht die glamouröseste Schülerin, die das Konservatorium zu bieten hatte. Vor ihrer Aufnahme in die Schauspielschule war sie zwei Jahre lang ein erfolgreiches Model gewesen. Es gab hier niemanden, der das nicht wusste. Und zwar deshalb, weil sie es jedem erzählte. Um im selben Atemzug zu betonen, wie oberflächlich und anstrengend das Modelleben gewesen war. Eine große Portion Eitelkeit konnte man ihr nicht absprechen, und trotzdem musste man sie einfach mögen. Sie war laut, lustig und hatte einen derben Humor, den man ihrer Erscheinung nie zutrauen würde. Außerdem, so fand Toni, war Janina eine großartige Schauspielerin. Und das wusste sie auch.

„Tim ist noch nicht da?“

Janina hatte ihn beim Vornamen genannt, was bedeutete, dass sie ihn besser kannte als alle Anwesenden.

„Nein. Wie es sich für so einen berühmten Schauspieler gehört, der von der Schmitz gezwungen wird, im Sommer zu unterrichten“, sagte eine in einem pinkfarbenen Jumpsuit.

Alle lachten, bis auf Janina. Sie schien enttäuscht, als hätte sie mit einem großen Auftritt gerechnet. Sie nahm sich einen Stuhl, setzte sich aber nicht wie alle anderen in den Sesselkreis.

Angeblich gab es eine Anweisung, die alle außer Toni per Mail bekommen hatten. Weder durfte man den Raum nach dem Betreten verlassen noch den Platz wechseln, bis der Unterricht begann.

Niemand hier schien das in Frage zu stellen. Als wäre es Teil des Kurses. Für Toni klang es mehr nach einem Sozial-Experiment, an dem sie teilnahmen.

Janina beschäftigte sich mit ihrem Handy und tippte wild darauf herum.

Ein paar andere nutzten die Zeit, um sich in alle möglichen Positionen zu dehnen. Die Teilnehmerin neben Toni formte stumme ausladende A's und O's mit ihren Lippen, reckte die Arme über den Kopf und bewegte sie wie Äste im Wind.

Alle benahmen sich ein bisschen seltsam, was an der Schauspielschule nicht ungewöhnlich war. Auch ein Grund, warum Toni sich hier wohlfühlte. Man konnte ziemlich alles tun, solange niemand Schaden nahm, ohne dafür schräg angeschaut zu werden. Aber obwohl sich alle entspannt gaben, war die Anspannung spürbar.

Auch Toni war angespannt – aber nicht wegen Ravinger und noch nicht mal wegen der Schmitz.

Dieser seltsame Vormittag ging ihr einfach nicht aus dem Kopf. Obwohl sie nicht sagen konnte, warum, hatten Kirsten König, ihr Verlobter und dieser Priester ein beklemmendes Gefühl in ihr hinterlassen. Als wäre ihr ganzer Körper in eine zu enge Strumpfhose gepackt. Einiges in der Wohnung war mehr als merkwürdig gewesen. Und ein bisschen fühlte es sich an, als wäre es gar nicht wirklich real. So wie hier, wo alle ihre Lockerheit vor sich hertrugen und dabei gar nicht locker waren. Irgendwie ergab die ganze Sache keinen Sinn. Oder hatte sie einfach zu viel Kaffee getrunken, war deshalb nervös und bildete sich das alles ein?

Die komischen Blicke zwischen Edgar und dem Priester waren sicher keine Einbildung. Als wären beide darauf bedacht gewesen, einander ja nicht zu lange anzusehen. Und dann starrten sie auf Toni – als wären sie Kinder, die Fangen spielten, und Toni musste als „Leo" herhalten.

Außerdem fiel dieser Priester in eine Kategorie, in die

er für Toni gar nicht passen sollte. Was ein Vorurteil war, denn wer sagte, dass nicht auch ein Priester ein „junger Alter" sein konnte, wie man es sonst nur von Männern in der Öffentlichkeit kannte?

Er war eindeutig in Edgars Alter, und obwohl man ihm das ansah, wirkte er durch seine Art um Jahre jünger.

Sofort nachdem der Priester die Wohnung so eilig verlassen hatte, war Edgar aufgesprungen und aufs Klo gegangen. Als er zurückgekommen war, hatte er den Fall abgelehnt. Toni war überrascht gewesen. Im ersten Moment dachte sie, das wäre eine Taktik von ihm. Aber er meinte es ernst. Als Begründung gab er an, es sei sinnlos, sie wüssten nicht, wo sie suchen sollten, wenn es keine Vermisstenanzeige gab. Er bräuchte den letzten Aufenthaltsort des Jungen, bei dem das Handy eingeloggt war. Und den bekam man erst, wenn er bei der Polizei mit einer Vermisstenanzeige als abgängig gemeldet wurde.

Toni wusste sehr gut, Edgar hatte seine Quellen, um so etwas und auch noch mehr herauszufinden. Das war sicher nicht der wahre Grund für seine Entscheidung. War ihm was aufgefallen, das ihn umgestimmt hatte?

Fast noch schräger empfand Toni, wie erleichtert der Verlobte von Kirsten König bei ihrer Verabschiedung gewirkt hatte. Als wäre er froh, dass sie gingen. Dabei hatte er doch gesagt, er wollte Edgar als Detektiv engagieren und Kirsten König wäre dagegen. Wenn das stimmte, hätte er enttäuscht sein müssen, vielleicht sogar verärgert.

Kirsten König hatte Edgars Absage resigniert hingenommen. Auf jeden Fall nicht erleichtert oder erfreut. Den Seitenblick zu ihrem Verlobten hatte Toni nicht deuten können. War sie genervt? Vielleicht mochte ihr Verlobter den Stiefsohn nicht und sie wusste, seine Bemühungen, nach Julian zu suchen, waren nichts weiter als eine Alibihandlung gewesen? Wieso war es dem Verlobten eigentlich so wichtig, zu erwähnen, dass Julian Kirsten Königs

Stiefsohn war? Anscheinend spielte das für Kirsten keine Rolle, sie hatte von ihrem Sohn gesprochen. Was Toni ein wenig wehmütig machte, wenn sie an ihre eigene Mutter dachte.

Toni war von ihrer Oma aufgezogen worden, die sie schrecklich vermisste, seit sie in die luxuriöse Seniorenresidenz nach Baden gezogen war. Ihre Kindheit hatte holprig begonnen, weil ihre Mutter nicht in der Lage gewesen war, für sie zu sorgen. Dass ihr Aufwachsen dann im Großen und Ganzen schön und behütet geworden war, dafür hatte ihre Großmutter gesorgt. Sie waren ein bisschen wie zwei Schiffbrüchige, die eine Insel gefunden hatten. Trotzdem, oder vielleicht auch deswegen, blieb dieses unbestimmte Gefühl in ihr, wenn sie an ihre Mutter dachte – als wäre da ein Loch, das nie gestopft werden konnte. Ihren Vater hatte Toni nie kennengelernt. Nicht, weil er irgendwas getan hatte, sondern weil ihre Mutter schlicht und einfach nicht gewusst hatte, wer er war. Es war eine betrunkene Begegnung in einem Lokal von vielen, an die sie sich nicht hatte erinnern können. Was eine wunderbare und leicht dramatische Geschichte für zukünftige Interviews abgeben würde, meinte Lena, die in einem sehr konservativen Haushalt aufgewachsen war, gegen den sie noch immer rebellierte.

Toni sah wieder zur Uhr. Jetzt waren es schon 25 Minuten, die Ravinger zu spät kam. Und wenn er gar nicht auftauchte? Wie lange musste sie warten, bis sie zu Edgar in die Detektei fahren und ihn fragen konnte, wieso er den Fall plötzlich abgelehnt hatte?

Auf der Taborstraße hatte er sofort ein vorbeifahrendes Taxi herangewunken. „Wir sehen uns morgen“, hatte er gesagt und war einfach eingestiegen. Als sie nun daran dachte, fiel ihr erst auf, wie blass er gewesen war und wie zerstreut er gewirkt hatte. Ob es ihm gut ging? Nein, blöde Frage, es ging ihm nicht gut. Sie hatte doch selbst mitbekommen, wie wackelig er nach diesem verrückten Überfall heute Morgen gegangen war. Hatte sein Zustand etwas damit zu tun, dass er diesen Fall nicht übernehmen wollte? Sie musste mit ihm reden. Jetzt. Sofort.

Niemand schien zu registrieren, dass sich Toni aus dem großen Saal schlich, um Edgar anzurufen. Sie setzte sich auf die Treppe. Wenn Ravinger heraufkäme, würde sie ihn rechtzeitig hören.

„Was ist los?", fragte Edgar. Seine Stimme klang merkwürdig. Ein bisschen belegt.

„Geht es dir gut?"

„Sicher."

„Wieso suchst du nicht nach diesem Julian?"

Er seufzte. „Das hat viele Gründe. Ich hab jetzt schon mehr Aufträge, als ich bewältigen kann."

„Ist es, weil ich den Schauspielkurs machen muss und doch nicht so viel Zeit habe?"

„Nein."

„Und warum dann?"

„Wenn sie keine Vermisstenanzeige aufgeben, dann kann es auch nicht so dringend sein."

„Dieser Verlobte war seltsam. Findest du nicht?"

„Kann schon sein."

„Glaubst du, Julian ist wirklich weg, weil er die beiden beim Sex überrascht hat?"

„Kann sein."

„Aber da muss doch noch mehr dahinterstecken. Ich meine, der ist 18 und keine acht. Und dann dieser Kevin-Bacon-Verschnitt von einem Priester, woher kennt ihr euch eigentlich?"

„Ich ... ich dachte, du bist in deinem Kurs?" Sie hörte, wie Edgar schwerer atmete.

„Hat noch nicht begonnen. Geht es dir wirklich gut?"

„Es ist alles in Ordnung, Toni. Mach dir keine Sorgen. Ich muss jetzt weiterarbeiten."

Im Hintergrund hörte Toni den Kater miauen. Er gehörte Edgar nicht, kam aber regelmäßig in sein Büro, um gefüttert zu werden.

„Hast du dem Kater was zu fressen gegeben?“, fragte sie.

„Ich hab vergessen, Katzenfutter zu kaufen. Mache ich später.“

Noch ein Indiz, dass es Edgar nicht gut ging. Es war eindeutig, dass er ihr nicht die Wahrheit sagte.

„So. Es reicht, Edgar. Ich spiel da nicht mehr mit. Sei ehrlich.“

„Bitte?“

„Macht dir dein Herz wieder Probleme? Ist es das? Ist ja kein Wunder. Du musst endlich besser auf dich achten. Das sagt auch Vincent.“

„Besser auf mich ...?“

„Ja. Gesunde Ernährung. Sport. Oder wenigstens Bewegung. Yoga, schwimmen, was weiß ich.“

„Yoga ...“ Es klang nach einem unterdrückten Lachen am anderen Ende der Leitung.

„Ich mein das ernst. Ab sofort. Vincent soll dir ein Programm zusammenstellen. Und nimm dir ein paar Tage frei. Seit der Sache mit Steiner hast du durchgearbeitet. Und das war im Juni.“

Was Edgar antwortete, konnte Toni nicht hören.

„Bist du dann fertig?“, sagte eine laute Männerstimme hinter ihr. So durchdringend, dass sie zusammenzuckte. Sie drehte sich um. Das war Ravinger. Er stand an die Wand gelehnt, hatte die Arme verschränkt, die Missbilligung in seinem Blick wirkte übertrieben. Der dunkelblaue Pulli spannte ein wenig an seinem muskulösen Oberkörper. Es wäre als Angeberei durchgegangen, wären sein zerknittertes Gesicht, die unordentlichen Haare und die dunklen Augenringe nicht gewesen. Er sah aus, als wäre er eben erst aufgestanden. Aber vielleicht war das sein neuer Look.

„Ich melde mich später", sagte Toni zu Edgar und legte auf.

Ravinger hatte nicht die Treppe benutzt, was bedeutete, er war schon die ganze Zeit im zweiten Stock gewesen. Hatte er sie alle in dem Raum beobachtet?

Toni stand auf, steckte das Handy in die Jeans. Er musterte sie grimmig. Wie lange hatte er dagestanden?

Ravinger war in Wirklichkeit noch eindrucksvoller als auf dem Bildschirm. Er war höchstens fünf oder sechs Jahre älter als Toni, aber er hatte etwas an sich, das den Eindruck vermittelte, er hätte bereits viel erlebt. Was ja auch stimmte, Ravinger war 21 gewesen, als er die Schauspielschule abgeschlossen und seine steile Karriere begonnen hatte. Er schürzte die Lippen. Nicht die Spur von Freundlichkeit war in seinem Blick finden.

„Antonia Lorenz?"

Woher kannte er ihren Namen? Wahrscheinlich hatte er Unterlagen über alle Teilnehmer. Toni versuchte, sich nicht anmerken zu lassen, wie sie die Feindseligkeit in seiner Stimme traf. Idiot! Sie nickte.

„Tim Ravinger?", fragte sie zurück.

Es war als Scherz gedacht, um die Situation aufzulockern. Er reagierte nicht. Ohne etwas zu sagen, drehte er sich um und ging in den großen Saal. Von drinnen war Applaus zu hören.

Am liebsten wollte Toni auf der Stelle von hier weg. Dieser Kerl war zweifelsfrei ein Arschloch. Kein Wunder, dass er sich so gut mit der Schmitz verstand. Vielleicht hatte die Schmitz also tatsächlich einen Weg gefunden, Toni loszuwerden. Und so musste sie es nicht mal selbst machen. Sie hatte Ravinger.

Doch noch beunruhigender als diesen Gedanken fand Toni die Tatsache, dass sie noch nie in ihrem Leben einem anziehenderen Mann begegnet war.

5.

Die Abenddämmerung setzte ein, als Toni aus der U-Bahn stieg und gedankenverloren die Auhofstraße entlangging. Sie hatte Edgar eine Nachricht geschickt, dass sie vorbeikommen würde. Er hatte nicht geantwortet. Aber ihn anzurufen und damit zu riskieren, dass er ablehnte, kam nicht infrage. Einerseits, weil sie sich Sorgen um ihn machte, andererseits, weil sie nicht allein sein wollte. Sie würde zuerst in der Detektei vorbeischauen und dann zu ihm nach Hause gehen. Seine Wohnung befand sich ganz in der Nähe. Wie sie ihn kannte, hatte er sicher noch nichts Richtiges gegessen. Sie hatte vom asiatischen Imbiss am Stephansplatz zwei Portionen Misosuppe, Salat und Sushi mitgenommen. Obwohl sie riesigen Hunger hatte und ihr mehr nach Frühlingsrollen und gebratenen Nudeln mit panierten Hühnerstreifen war. Aber Edgar auf gesunde Ernährung zu setzen, während sie vor ihm vor Fett triefende Speisen schlemmte, brachte sie nicht übers Herz.

Sie war fast überrascht, als sie plötzlich vor der Detektei stand. Als hätte sich ihr Unterbewusstsein abgekoppelt und sie automatisch hergeführt. Während ihr Bewusstsein damit beschäftigt war, einzuordnen, was heute Nachmittag abgelaufen war.

Der Unterricht bei Tim Ravinger hatte nicht besonders spektakulär begonnen. Zuerst hatten sie sich auf ihren Stühlen sitzend entspannt, ewig lang. Das kannte sie schon, wenn auch in verkürzter Form. Es war eine der Übungen des berühmtesten amerikanischen Schauspiellehrers Lee Strasberg.

Danach hatte es eine Pause gegeben. Nur, um anschließend mit der Entspannung weiterzumachen – da das Wechselspiel von Anspannung und Entspannung die Grundvoraussetzung aller Wahrhaftigkeit beim Schauspiel sei, sagte Ravinger. Auf Fragen ging er nicht ein. Es wurde nur weiter entspannt. Von den Haarspitzen bis zu den kleinen Zehen. Ein paar brachen in Tränen aus, Toni dagegen war nur eingenickt und mehrmals fast vom Sessel gerutscht. Im letzten Moment hatte sie es gerade noch geschafft, nicht auf den Boden zu knallen. Dann hatte Ravinger ihnen erklärt, es würde keinen Gruppenunterricht geben, sondern Einzelstunden. Jeder würde einen Monolog mit ihm erarbeiten, den er vorgab. Er reichte einen Stundenplan herum, wann er diese Woche Zeit hatte.

Toni hatte sich täglich gleich für die erste Stunde um zehn Uhr eingetragen, damit sie es schnell hinter sich bringen konnte.

Anschließend kam die Abschlussübung. Ravinger hatte angeordnet, alle sollten sich in Zweiergruppen gegenübersetzen. Knie an Knie, damit man sich direkt in die Augen sehen konnte. Ravinger teilte die Paare ein. Toni blieb allein.

Sie erwartete, dass Ravinger sie einer Zweiergruppe zuordnen würde, oder sie sollte einfach zusehen? Doch er hob ganz selbstverständlich seinen Stuhl hoch, stellte ihn vor Toni und nahm Platz.

Toni sah, wie Janina ihr einen nicht sehr freundlichen Blick zuwarf. Vielleicht war sie aber auch nur verärgert, weil Ravinger sie vorhin gleich abgewürgt hatte, als sie von ihrer Modellaufbahn erzählen wollte. Anscheinend kannten die beiden sich doch nicht.

„Seht eurem Gegenüber in die Augen“, sagte Ravinger. „Sonst nichts. Lasst euch aufeinander ein. Erzwingt nichts, unterdrückt nichts. Was auch immer passiert, lasst es einfach zu.“

Und was dann geschah, reihte sich in die Verrücktheiten dieses Tages ein. Nein, es ließ sogar alles, was vorher passiert war, irgendwie klein und unbedeutend erscheinen.

Am liebsten hätte Toni danach Lena angerufen, aber die war gerade irgendwo im spanischen Hinterland unterwegs, mit ein paar Leuten, die sie in Barcelona kennengelernt hatte.

Toni ging durch den Rundbogeneingang des herrschaftlichen Backsteingebäudes, weiter in den Innenhof, zu dem schäbigen Haus, in dem die Detektei untergebracht war. Sie sah hinauf zu den Fenstern im ersten Stock. Es brannte Licht, was bedeutete, Edgar war da und arbeitete. Vielleicht war er auch wieder mal auf der viel zu kurzen antiken Couch eingeschlafen.

„Guten Abend“, sagte eine Männerstimme. Sie drehte sich um, da stand der Priester. Er trug Jeans, ein weißes T-Shirt und darüber eine dünne graue Jacke. Niemand wäre auf die Idee gekommen, was er von Beruf war. Oder nannte man diesen Job Berufung? War es überhaupt ein Job? Er lächelte sie müde, aber freundlich an.

„Oh, hallo“, sagte sie. „Wollen Sie zu Edgar?“

Er nickte und reichte ihr die Hand. Sein Händedruck war warm und nachdrücklich. Mit der anderen hob er eine Rotweinflasche in die Höhe.

„Ist er da?“

Das sah nicht so aus, als wäre er gekommen, um Edgar zu überreden, nach diesem Julian zu suchen.

„Ja. Ich habe mich noch gar nicht bei Ihnen bedankt.“

„Wofür?“

„Dass Sie die Schuld auf sich genommen haben, wegen der Eule.“

Er lächelte, winkte ab: „Ich dachte, Kirsten könnte es mir eher verzeihen – wer wirft schon einem Priester ein Missgeschick vor?“

„Dürfen Priester denn lügen?“, rutschte es Toni heraus.

Er lachte auf. „Das würde ich nicht als Lüge verbuchen, mehr als Ausrede zum Wohle aller Beteiligten. Ich denke, Gott wird es mir vergeben.“ Er zwinkerte Toni zu. „Und falls nicht, habe ich ja immer noch die Beichte.“

Jetzt musste Toni auch lachen.

Sie hatte keine besonders hohe Meinung von Priestern.

Das letzte Mal war sie mit acht Jahren in der Kirche gewesen. Damals auch nur deshalb, weil sie ihrer Oma in den Ohren gelegen hatte, einmal zu einer Sonntagsmesse gehen zu wollen, weil Marie, ihre Sitznachbarin in der Volksschule, immer damit angab.

Es war so langweilig gewesen, dass die eine Stunde Messe Toni vorgekommen war wie drei. Sie hatte so gut wie nichts verstanden. Der Priester hatte sich noch unechter angehört als die Politiker im Fernsehen, und die Lieder klangen, als würde jeder singen, was er wollte. Als Toni dann beim dritten Lied statt „Großer Gott, wir loben dich“ einfach „Oh, Don Carlos, warum bist du so harmlos?“ – aus dem Film „Hallo Dienstmann“ gesungen hatte und von gleich drei Besuchern mit giftigen Blicken zum Schweigen gebracht wurde, wollte sie gehen.

Während sie auf den Bus gewartet hatten, hatte ihre Oma gesagt: „Der göttliche Funke hat uns dort nicht ereilt. Aber das wird er schon noch.“

Zu Hause hatten sie sich mit zwei Tassen Kakao und Apfelstrudel aufs Sofa gekuschelt und auf DVD zum millionsten Mal „Hallo Dienstmann“ angesehen. Das „Don Carlos“-Lied hatten sie beide in voller Lautstärke mit Susi Nicoletti mitgesungen. Toni wusste nicht, wie ein göttlicher Funke sich anfühlte, aber sie wusste, dass sie in dem Moment sehr glücklich war.

In die Kirche waren sie nie wieder gegangen.

Auf jeden Fall würde sie nicht offen mit Edgar reden können, wenn dieser Priester dabei wäre.

„Ich will nicht stören“, sagte er, als würde er ihre Skepsis bemerken. „Ich kann später wiederkommen. Entschuldigung, ich habe mir Ihren Namen nicht gemerkt.“

„Toni.“

„Hallo, Toni, ich bin Ralph.“

Er lächelte und Toni dachte, vielleicht würde es ein ganz netter Abend werden.

„Hallo Ralph. Sie stören nicht“, lächelte sie also zurück. „Kommen Sie mit. Das Sushi reicht auch für drei. Solange uns der Kater nichts wegfrisst.“

Er lachte wieder. „Danke, das ist sehr nett. Edgar hat einen Kater?"

„Ist nicht seiner. Er ist ein Streuner. Wie in dem Film ‚Frühstück bei Tiffany', darum heißt er auch nur Kater."

Er nickte, schien noch etwas sagen zu wollen, aber dann tat er es doch nicht.

„Man denkt gar nicht, dass Sie Priester sind", sagte Toni, als sie das Haus betraten.

„Ach so? Wieso nicht?"

„Ich weiß auch nicht. Ich schätze, weil Priester nicht so normal aussehen?"

„Das nehm ich als Kompliment, danke. Edgar und Sie ... ihr wirkt sehr vertraut ..."

„Ja, das denke ich mir auch öfter. Dabei haben wir uns erst vor ein paar Wochen bei einem Fall kennengelernt."

„Wirklich? Das hätte ich nicht vermutet."

Toni nickte. „Und Sie, woher kennen Sie Edgar?"

„Von früher", sagte Ralph. „Ist sehr lange her."

Toni wollte ihn fragen, was er mit früher meinte, da hörte sie durch das Treppenhaus Edgars Stimme aus dem Büro. Er klang ungehalten.

„Was soll ich denn noch sagen?", fragte er laut.

Wahrscheinlich erwartete er so kurz nach 20 Uhr niemanden mehr und hatte die Tür nicht zugemacht, damit der Kater aus und ein spazieren konnte.

„Wie wäre es mit ‚ich liebe dich auch'?", entgegnete die hohe Stimme von Vincent Blum.

Toni zuckte zusammen.

„Oder dass du endlich mal damit rausrückst, was du für mich empfindest?", fuhr Vincent fort.

„Es spielt keine Rolle, was ich für dich empfinde", sagte Edgar. „Ich bin zu alt für dich und du ... das führt doch zu nichts."

Ralph ging hinter ihr her. Sollte sie einfach umdrehen und mit dem Priester wieder runtergehen? Sie nahm ihr Handy und wählte Edgars Nummer. Weder ertönte der

Klingelton, noch ging er ran. Wahrscheinlich hatte er es wieder leise gestellt. Toni machte extra laute Schritte, damit Edgar sie hörte.

„Nicht das schon wieder. Du tust ja, als wärst du bereits mit einem Bein im Grab."

„Sieh dich doch an, Herrgott."

„Bist du wirklich so oberflächlich, dass es hier um mein Aussehen geht?"

„Können wir es nicht einfach dabei belassen, was war, und als Freunde auseinandergehen?"

Toni war oben angekommen und blieb am Treppenabsatz stehen. Ralph trat neben sie. Er sah sie nicht an, sein Kopf war geneigt. Wahrscheinlich dachte er, Vincent wäre eine Frau. Seine Stimme klang ja auch nicht nach einem Mann.

„Was?", kreischte Vincent. „Was redest du da? Gerade eben hab ich dir gesagt, dass ich dich liebe, und jetzt willst du dich trennen?"

Edgar antwortete nicht.

„Ich glaube, wir sollten besser unten warten", murmelte Toni und deutete hinter sich.

„Wer ist da?", hörte sie Edgar aus dem Büro. Wieso hatte er das bemerkt und nicht ihre Schritte vorhin?

„Ich bin's", rief sie. „Und ..."

„Ralph", sagte der Priester.

Edgar öffnete die Tür und trat in den Gang.

Hinter ihm tauchte Vincent auf. Sein Gesicht war tränennass, er nickte Toni kurz zu und lief an ihnen vorbei, die Treppen hinunter. Ralph sah ihm nach.

„Wir haben uns unten vor dem Haus zufällig getroffen", sagte Toni so unbekümmert wie möglich.

„Was willst du hier?", brummte Edgar.

„Ich ...", begann Toni.

„Nicht du, Toni. Ralph. Was willst du hier?"

„Können wir uns in deinem Büro unterhalten? Ich habe eine Flasche Merlot dabei."

„Ich habe keine Zeit, ich muss arbeiten."

„Dann nur kurz. Und ich lasse dir die hier." Er streckte Edgar die Weinflasche entgegen.

„Nein, danke. Auf Wiedersehen."

Edgar fixierte den Priester mit finsterem Blick. So unfreundlich hatte Toni ihn noch nie erlebt. War es, weil Ralph das Gespräch mit Vincent mitgehört hatte? Oder hatte Edgar generell Probleme mit der Kirche?

„Ich verstehe", sagte Ralph. „Und das habe ich auch verdient." Toni stutzte. Was konnte ein Priester schon Schlimmes verbrochen haben? „Bitte, Edgar, können wir kurz über Julian sprechen? Danach gehe ich sofort."

Edgar drehte ihm den Rücken zu und ging zurück in sein Büro.

„Da gibt es nichts zu besprechen, ich habe den Fall abgelehnt. Es ist besser, du gehst jetzt, Ralph."

Anscheinend dachte der Priester gar nicht daran, denn er folgte Edgar. Von Toni schien keiner der beiden mehr Notiz zu nehmen. Sie wusste nicht so recht, ob sie am Gang warten oder ebenfalls ins Büro treten sollte.

„Julian ist ein guter Junge, Edgar. Ich weiß nicht, wieso er weggelaufen ist ..."

„Weil er die König beim Sex mit diesem Kerl erwischt hat", zischte Edgar wütend.

„Woher weißt du das?"

„Sie hat es mir gesagt."

„Davon wusste ich nichts."

Kein Wunder, so was erzählt man einem Pfarrer auch nicht, dachte Toni.

„Was geht das dich überhaupt an?", fragte Edgar. „Wieso kümmern sie sich nicht selbst darum?"

„Ich werde die beiden trauen."

Daraufhin war nichts zu hören.

Als Toni das Büro betrat, schienen weder Edgar noch Ralph es zu bemerken. Sie standen an gegenüberliegenden Seiten des Raums, ein bisschen hatte es etwas von einem

Western. Toni stellte die Papiertasche mit dem Sushi leise auf der kleinen Couch ab und setzte sich.

„Das ist keine Antwort“, sagte Edgar schließlich.

Der Priester schien zu zögern. Er rieb sich die Hände, als wäre es kalt, dabei hatte es sommerliche 25 Grad.

„Ich weiß, aber ich fühle mich verpflichtet“, sagte er schließlich. Er wirkte zerknirscht. Was auch immer er getan hatte, dass Edgar sich so verhielt, er tat Toni leid.

„Du lieber Himmel.“ Edgar verdrehte die Augen. „Ihnen fühlst du dich verpflichtet? Ist das ein Scherz?“

„Entschuldige, das klingt anders, als ich es gemeint habe.“

Edgar schien etwas entgegnen zu wollen. Seine Adern waren aus dem Hals getreten, so wütend schien ihn diese Antwort zu machen. Doch sein Blick fiel auf Toni und er nahm einen tiefen Atemzug.

„Ist es, weil die Frau schwanger ist?“, fragte er.

„Ich wusste nicht, dass sie es dir gesagt haben. Sie wollten es erst nach der Hochzeit bekannt geben.“

„Oh, wie schön katholisch“, ätzte Edgar. „Du bist doch ein katholischer Priester, oder?“

Ralph nickte.

„Das dachte ich mir. Wenn, dann richtig. Das war ja schon immer deine Devise. Und nein, sie haben mir nicht gesagt, dass sie schwanger ist.“

„Woher weißt du es dann?“

Das hätte Toni auch gerne erfahren, aber Edgar zuckte nur mit den Achseln. Mit einem Mal schien er sehr müde zu sein.

„Das setzt ihr alles sehr zu. Kirsten soll sich schonen, es ist keine einfache Schwangerschaft“, sagte Ralph.

„Wird deshalb keine Vermisstenanzeige aufgegeben?“, rutschte es Toni heraus. „Damit sie sich nicht aufregt? Oder weil sie dann von der Schwangerschaft erzählen müssten?“

„Weder noch“, sagte Ralph und drehte sich zu ihr. „Gustav bildet sich ein, es würde Julian in Schwierigkeiten bringen. Der Junge ist sehr klug, nein, das ist eigentlich eine Untertreibung. Im Herbst fängt er an zu studieren."

„So ein Schwachsinn", unterbrach ihn Edgar. „Eine Vermisstenanzeige ist keine Vorstrafe. Sag ihnen das. Außerdem gibt es viele hervorragende Detektive in Wien, die nach dem Jungen suchen können, wenn sie das unbedingt wollen."

Das Handy des Priesters läutete, er schien über die Unterbrechung richtiggehend erleichtert zu sein.

„Entschuldige, ich muss ran, das ist Gustav", sagte er und hob ab. Toni warf Edgar einen fragenden Blick zu, aber er sah sie gar nicht an. Er starrte zu dem Priester. Als er merkte, dass Toni ihn ansah, drehte er sich rasch um und schaute aus dem schmutzigen Fenster. Sie konnte an seinen Schultern sehen, wie verkrampft er war. Was um alles in der Welt war hier los?

„Gustav, bitte, sprich langsamer, ich versteh kein Wort. Nochmal, was ist passiert? Was? Wirklich, die Polizei? ... Ich verstehe. Wie geht es Kirsten? Gut. Ja, ich komme sofort. Nein, sag ihr, sie soll sich keine Sorgen machen, es wird sicher alles gut. Bis gleich." Er legte auf.

„Was ist denn passiert?", fragte Toni.

„Die Polizei war gerade bei ihnen und ..." Er sprach nicht weiter, schüttelte den Kopf, als könnte er es selbst nicht glauben.

„Und ...?"

„Sie sind gekommen, um mit Julian zu sprechen."

„Warum?"

„Weil seine Telefonnummer im Zusammenhang mit einem verschwundenen Mädchen aufgetaucht ist."

Edgar rührte sich noch immer nicht und starrte weiterhin aus dem Fenster. Ralph ging zu ihm hinüber.

„Edgar, sie brauchen deine Hilfe", sagte er und legte Edgar für einen winzigen Moment die Hand auf die Schulter. Er zog sie sofort wieder zurück, als wäre das etwas, das er nicht hätte tun dürfen. „Sie brauchen die Hilfe des besten und vertrauenswürdigsten Detektivs", sagte er, „und nicht von irgendwem. Edgar? Sprich nur noch einmal mit ihnen. Und entscheide dann. Bitte."

Erst da drehte sich Edgar zu ihm und sah ihn an. Diesen Blick kannte Toni. Aber nicht von Edgar. Sondern von sich selbst. So hatte sie Felix angesehen.

Es war dieser spezielle Blick, voller ungesagter Worte. Ein Blick, der vorbehalten war für einen Menschen, den man mehr als alles andere geliebt hatte und von dem man so enttäuscht worden war, dass die Welt aus den Fugen geriet.

II.

Du bekommst Angst. Du denkst, niemand merkt es. Aber ich sehe es. Ich weiß, du redest dir ein, du hast noch immer die Kontrolle. Aber das ist eine verdammte Illusion. Du hast sie längst verloren.

Ich hätte dich gerne gesehen, als du meine Botschaft vor der Tür gefunden hast. Fragst du dich, wer dieses kleine Kristallherz dort abgestellt hat? Ahnst du, was es bedeutet? Du glaubst nicht, dass es von mir ist. Sonst hättest du es erwähnt. Das hat mich überrascht.

Hast du mit jemandem darüber gesprochen? Oder willst du es lieber verschweigen? Dein süßes kleines Geheimnis.

Ich kenne dich. Besser als irgendjemand sonst. Ich weiß, du bist in deiner Selbstherrlichkeit davon überzeugt, niemand würde dir etwas Böses zutrauen.

Ich muss damit leben, dass ich dich liebe. Und ich muss damit leben, dass ich dich hasse.

Ich will nicht daran denken, was du getan hast.

Ich will nicht mehr an dich denken. Dabei tue ich nichts anderes. Du bist in meinem Kopf, wenn ich aufwache, und du bist da, wenn ich einschlafe.

Das ist mein Geheimnis.

6.

Edgar hatte sich hinreißen lassen, nicht nur wegen Ralph, sondern auch noch vor ihm aus der Haut zu fahren. Das ärgerte ihn mehr als die Tatsache, dass er sich doch überreden hatte lassen, ein weiteres Mal mit Kirsten König zu sprechen. Der Junge war mit dem Mädchen abgehauen und seine Stiefmutter machte sich Sorgen. Das war nichts Neues, oft genug hatte er mit verzweifelten Eltern zu tun gehabt.

Toni saß neben ihm, es war dieselbe Szene wie schon heute Vormittag.

Sie hatte darauf bestanden, mitzukommen. Wofür er ihr insgeheim mehr als dankbar war – schon der Gedanke, mit Ralph allein zu sein, versetzte ihn in Panik. Wie Ralph jetzt drauf war, würde wahrscheinlich „das Gespräch" kommen. Oder schlimmer noch, es würde nicht kommen, sondern nur irgendwelche katholischen Floskeln. Wenigstens hatte Ralph den Anstand, sich in Kirsten Königs Wohnzimmer außerhalb von Edgars Blickfeld zu stellen. Seine Blicke konnte er dennoch im Rücken spüren.

Er fixierte Kirsten König, die ihn vor Anspannung nicht wirklich zur Kenntnis zu nehmen schien.

„Was genau hat die Polizei zu Ihnen gesagt?"

„Julians Nummer wurde an dem Abend, an dem er verschwand, von einem Handy mehrmals angerufen", antwortete der Verlobte statt ihr. Er hatte seine Hand auf ihren Rücken gelegt, sie starrte vor sich hin. „Dieses Handy gehört Anna-Sophie Schill."

„Wer ist das?"

„Kirsten, willst du?", fragte Hammer.

Sie schüttelte den Kopf.

„Anna-Sophie ist die Tochter einer ehemaligen Freundin von Kirsten, Miriam Schill. Das Mädchen ist zwei Jahre jünger als Julian."

„Ich hatte keine Ahnung, dass Julian mit ihr Kontakt

hat", murmelte Kirsten König und schüttelte den Kopf. Sie wirkte mehr verärgert als besorgt. „Ich hab sofort versucht, Miriam anzurufen, aber sie hat meine Nummer blockiert."

„Das ist typisch für Miriam. Sie müssen wissen, diese Frau ist durchgeknallt", sagte Gustav Hammer. „Ich versteh nicht, dass ihr überhaupt jemals befreundet sein konntet."

Normalerweise hätte Edgar nachgefragt, was Hammer mit „durchgeknallt" meinte und was vorgefallen war. Aber er wollte nicht noch tiefer in den Fall einbezogen werden.

„Wurde denn Julians Handy inzwischen geortet?", fragte er stattdessen.

„Das wissen wir nicht."

Edgar sah zu Kirsten König. Er hörte, wie sich Ralph hinter ihm räusperte. Was suchte er noch hier? Edgar musste sich zusammenreißen, um sich nicht umzudrehen und Ralph zu fragen, ob er nicht irgendeine Messe zu halten oder jemanden von seinen Sünden freizusprechen hatte.

„Frau König, wie es aussieht, ist Julian mit diesem Mädchen unterwegs."

Sie sah Edgar so verwirrt an, als würde er eine fremde Sprache sprechen.

„Das kann nicht sein. Er erzählt mir alles. Ich weiß, Miriam und ich ... das ist schwierig. Aber trotzdem. Er hätte es mir erzählt."

Die Selbstverständlichkeit, mit der sie das sagte, irritierte Edgar. Kirsten König war ihm sympathisch, sie wirkte reflektiert, klug und intellektuell. Ihr musste klar sein, dass es Dinge gab, die ein heranwachsender junger Mann seiner Mutter nicht erzählen würde.

„Ich weiß, ich klinge wie eine Glucke", sagte sie, als würde sie Edgars Überlegungen durchschauen. „Aber bei uns ist es anders." Sie warf einen kaum merkbaren Seitenblick zu ihrem Verlobten. „Julians Mutter lebt schon lange nicht mehr, sie war sehr krank. Und mein Mann, Julians leiblicher Vater ... er ist vor vier Jahren gestorben. Völlig überraschend. Julian war 14. Er hat sich sehr zurückgezogen. Seit damals hat er keine engen Freunde und ... es war eine schwere Zeit. Aber er hat es geschafft, das alles hinter sich zu lassen." Sie schluckte, ihre Augen wurden glasig.

„Kirstens Mann hat sich umgebracht. Julian hat ihn gefunden", sagte Gustav Hammer. „Wenn so etwas passiert, ändert das alles."

Edgar nickte. Es war merkwürdig, Hammer klang, als wäre er dabei gewesen.

„Vielleicht hätten wir es ihm doch früher sagen sollen", meinte er.

„Wem was früher sagen?", fragte Toni.

„Julian weiß erst seit einem Monat, dass Kirsten und ich ein Paar sind. Aber er kommt gut damit zurecht", sagte Hammer.

„Wieso haben Sie es ihm nicht früher gesagt?"

„Kirsten wollte es langsam angehen." Er strich ihr ein paar Strähnen aus der Stirn, die sich gelöst hatten. Als wäre sie ein Kind. Es wirkte völlig unpassend.

„Gustav ist der erste Mann seit Julians Vater", sagte Kirsten König. „Darum haben wir uns Zeit gelassen, um uns besser kennenzulernen. Wir wussten beide nicht, wo es hinführt. Wir wohnen ja noch nicht mal zusammen. Mir war klar, es wird für Julian nicht leicht. Es war zwar nie ein Thema, dass ich nicht seine leibliche Mutter bin, trotzdem musste ich mir sicher mit Gustav sein, bevor Julian davon erfährt. Ich wollte auf keinen Fall, dass er sich ausgeschlossen fühlt. Dann, als ich gemerkt habe, dass ich schwanger bin ..." Sie verzog ihren Mund, es sah aus, als wäre ihr schlecht. „Wir freuen uns, aber es war nicht geplant. Jedenfalls war das der Zeitpunkt, es Julian zu sagen." Sie hielt sich die Hand vor den Mund.

„Julian weiß von der Schwangerschaft?", fragte Toni.

Sie nickte. „Ja. Er freut sich. Entschuldigung, mir ist übel, geht gleich wieder weg."

„Wie ist Ihr Verhältnis zu Julian?“, fragte Edgar den Verlobten.

„Sehr gut. Wir mögen uns, er ist ein toller junger Mann.“

Die Antwort kam abrupt und wirkte einstudiert. Edgar konnte davon ausgehen, dass Hammer Julian definitiv nicht für einen tollen Jungen hielt. Das Bild vervollständigte sich mit jedem Moment mehr. Wahrscheinlich war es weit weniger verwunderlich, dass der Junge abgehauen war, als Kirsten König es fand.

„Kirsten und er werden in ein paar Wochen zu mir in den dritten Bezirk ziehen, ich habe eine große Wohnung“, fuhr Hammer fort. „Es müssen nur noch ein paar Umbauarbeiten gemacht werden, ausmalen, eine neue Küche. Julian bekommt ein eigenes Zimmer, bis das Baby da ist. Dann sehen wir weiter. Vielleicht möchte er lieber alleine hier wohnen, wenn er studiert und seine Ruhe braucht. Das ist auch ok.“

Edgar nickte. „Haben Sie denn irgendeine Idee, wo Julian mit dem Mädchen sein könnte? Ist sein Pass da?“

Kirsten König runzelte die Stirn. „Ich weiß nicht, ich werde nachschauen.“ Sie hielt sich den Magen. „Entschuldigung, mir ist schlecht. Ich muss ins Bad.“ Der Verlobte stand auf, stützte sie.

„Kann ich mich in der Zwischenzeit in seinem Zimmer umsehen?“, fragte Edgar.

„Natürlich. Gustav, zeigst du es ihm?“, bat Kirsten König.

„Das mache ich“, sagte Ralph.

Edgar zuckte zusammen. Es war nicht seine Absicht gewesen, allein mit Ralph in einem Zimmer zu sein. Er gab Toni mit einem Kopfnicken zu verstehen, dass sie mitkommen sollte. Sie wirkte überrascht.

Julians Zimmer war sehr schlicht, fast schon bieder. Ein ordentlich gemachtes Bett, ein aufgeräumter Schreibtisch, auf dem ein MacBook stand, ein fein säuberlich einsortierter Bücherschrank. Keine Poster an den Wänden und auch sonst nichts Persönliches, bis auf einen kleinen Keramikaffen am Fensterbrett und eine Staffelei neben einem Tischchen mit Pinseln und Farbtuben. Die Einrichtung erinnerte Edgar ein wenig an einen Kasernenschlafplatz.

Um nicht in die Verlegenheit zu kommen, mit Ralph ein Gespräch zu beginnen, sah er die Bücher durch. Neben Klassikern wie „Die Strudelhofstiege“, „Moby Dick“, „Der Fänger im Roggen“ und „Wer die Nachtigall stört“ hatte er erstaunlich viele Bücher über Wirtschaft und Ökonomie.

Toni öffnete unterdessen den einzigen Kleiderschrank.

„Das sind viele Sakkos“, sagte sie. „Ich meine, für einen Achtzehnjährigen.“

Ralph lachte. „Ja, Julian ist nicht, wie man sich jemanden in dem Alter vorstellt.“

„Wie ist er denn?“, fragte Toni und setzte sich aufs Bett.

„Er ist sehr intelligent. Das merkt man erst, wenn man ihn besser kennt. Zurückhaltend. Ich würde sagen, er wirkt schüchterner, als er ist. Ein wenig introvertiert. Ich würde sein Verhalten als vorsichtig bezeichnen.“

„Sie sind mit ihm befreundet?“

„Wir kennen uns zwar schon länger, aber erst in letzter Zeit haben wir viel miteinander geredet. Also, ja, wahrscheinlich kann man es eine beginnende Freundschaft nennen.“

„Weil Sie es wollten oder er?“

„Er ist zu mir gekommen.“

„Und worüber haben Sie geredet?“

Edgar hätte Toni dafür umarmen können, wie unbekümmert sie die Fragen stellte.

„Ach, alles Mögliche. Nichts, das hiermit zu tun hätte, wenn Sie das meinen“, wich Ralph aus. „Es gibt allerdings eine Sache. Ich kann mir nicht vorstellen, dass er mit dem Mädchen weggelaufen ist“, sagte er.

„Warum nicht?“

„Julian würde Kirsten so etwas nie antun. Ich weiß, er ist nicht ihr leibliches Kind, aber das hat nie eine Rolle gespielt. Die beiden sind wie Mutter und Sohn. Sie passen aufeinander auf. Wahrscheinlich wegen dem, was sie mit Julians Vater erlebt haben. Ich weiß, man kann in keinen Menschen hineinschauen ..."

Edgar musste sich einen Kommentar darauf verkneifen. Das sagte ausgerechnet Ralph. Was war das? Eine Erklärung für sein Verhalten? Vielleicht sogar eine Entschuldigung? Die Wut ballte sich in seinem Magen zusammen.

„Wieso hat sein Vater sich umgebracht?", fragte Toni.

„Ich habe ihn nicht gekannt. Kirsten hat erzählt, er hatte schwere Depressionen."

„Und mag Julian den Verlobten von ihr wirklich so gern?"

„Ich weiß es nicht. Darüber haben wir nie gesprochen. Aber ich denke, wäre es nicht so gewesen, hätte er es mir gesagt. Ich habe die beiden einander vorgestellt."

„Sie haben sie verkuppelt?", fragte Toni überrascht.

„Vermittelt, würde ich sagen." Er lachte leise. „Sie haben sich bei mir in der Kirche ‚Zum barmherzigen Heiland' kennengelernt. Früher war Gustav mit seiner Frau regelmäßig dort. Als sie ihn verlassen hat, ist er schwer damit zurechtgekommen."

So. Das reichte. Edgar musste hier raus. „Zum barmherzigen Heiland" – das war ja nicht auszuhalten. Es war ein Fehler, dass er sich überreden hatte lassen. Ein Riesenfehler.

„Was meinen Sie mit ‚schwer zurechtgekommen'?", fragte Toni.

Edgar sah aus dem Augenwinkel, wie Ralph die Finger ineinander verschränkte und den Kopf leicht senkte. Er wirkte wie das Klischee eines Priesters. Alles an Ralph schien ihm fremd. Kannte er diesen Mann überhaupt noch? Oder eher: Hatte er ihn je wirklich gekannt?

„Gustav hat zu trinken begonnen, es war ein ziemlicher Absturz. Ich leite einmal die Woche einen Gesprächskreis, jeder kann zu uns kommen. Er ist sehr beliebt, wir könnten eigentlich mehrere Gruppen machen, aber es hapert im Moment noch an der zeitlichen Umsetzung. Jedenfalls wollte Gustav davon nichts wissen. Na ja, ich konnte ihn nicht zwingen. Obwohl ich es ehrlich gesagt ein paar Mal versucht habe. Aber er hat seinen Standpunkt sehr deutlich gemacht."

„Was macht er beruflich?"

„Er ist Schriftsteller."

„Wirklich? Ich habe ihn gegoogelt, aber nichts über ihn gefunden."

„Ja, er schreibt unter mehreren Pseudonymen. Es sind Science-Fiction-Romane, irgendwelche Serien. Sie sind recht erfolgreich. Aber ich habe bis jetzt noch nie etwas von ihm gelesen. Er sagt, es ist eher einschlägige Literatur."

„Das sieht man ihm gar nicht an", murmelte Toni.

„Jedenfalls, ungefähr ein Jahr später hab ich ihn zufällig auf der Straße getroffen – in die Kirche ist er ja nicht mehr gekommen. Da habe ich ihn dann doch genötigt, wenigstens ein einziges Mal die Gruppe zu besuchen." Er lachte leise. „Und Kirsten, die wollte mich für eine Serie in ihrer Zeitschrift interviewen. So habe ich sie und Julian kennengelernt."

„Was für ein Artikel?"

„Der Titel war ‚Ein gutes Leben'. Es ging darin generell um verschiedene Wege und Möglichkeiten, seelische Nöte zu verarbeiten. Was es außer Therapien sonst gibt, das man tun kann. Ob der Glaube ein Weg ist. Wir hatten sofort einen Draht zueinander. Bei Kirsten hat man das Gefühl, sie sieht hinter die Dinge. Verstehen Sie, was ich meine?"

Was sollte das jetzt heißen, fragte sich Edgar. War das wieder eine Anspielung?

„Ich glaube schon", sagte Toni.

„Jedenfalls ging es Gustav immer besser. Er fing sich. Ich weiß nicht mehr, was der Auslöser war, aber irgendwann dachte ich mir, dass er und Kirsten sich gut verstehen könnten. Also habe ich dafür gesorgt, dass er da ist, als sie mich für eine ihrer Recherchen besucht hat. So haben die beiden sich kennengelernt."

Edgar drehte sich um. Er war so wütend auf Ralph, als wäre kein Tag seit ihrer letzten Begegnung vergangen. Ralph schaute ihm direkt in die Augen. Der Blick traf ihn. Er fühlte sich auf beunruhigende Weise ertappt. Obwohl er gar nicht sagen konnte, wieso, schämte er sich plötzlich für seine Wut. Sofort senkte er den Kopf, als würde er auf dem Boden etwas suchen. Und tatsächlich sah er etwas: Beim Bettende funkelte es zwischen den Dielen des Parketts. Edgar ging in die Knie.

„Was ist das?", fragte er.

Toni holte etwas vom Schreibtisch und kniete sich neben ihn. Sie hatte eine Heftklammer aufgebogen und kratzte damit in der Ritze.

„Ich glaube, das ist Glitzer", sagte sie.

Edgar kam hoch und unterdrückte ein Stöhnen. Vor Vincent war ihm seine Unsportlichkeit nicht unangenehm, denn Vincent kannte ihn nicht anders. Doch Ralph würde er nicht zeigen, dass er älter geworden war. Schon im nächsten Moment erkannte er, wie lächerlich er sich benahm.

Er sah sich um.

In den Ecken war alles sauber, kein Staub zu sehen. Es konnte nicht lange her sein, seit hier das letzte Mal geputzt oder zumindest Staub gesaugt worden war.

Toni kratzte weiter.

„Ja, das ist wirklich Glitzer", stellte sie fest.

„Was für Glitzer?", fragte Kirsten König. Sie war in der Zimmertür aufgetaucht, sah verwundert zu Toni, die etwas von den Teilchen in ihrer Handfläche eingesammelt hatte.

„Ist Julian ein Bastler?", fragte Toni.

„Ein ... nein."

„Oder hat er das für ein Bild benutzt?“

Durch Kirsten Königs Gesicht ging ein Zucken. Sie wirkte erschrocken.

„Ja, wahrscheinlich. Ein Bild.“

Edgar glaubte ihr nicht. Er wollte fragen, woher die Glitzerteilchen sonst noch stammen könnten, da läutete es an der Wohnungstür. Kirsten König drehte sich hastig um, als wäre sie froh über die Unterbrechung, und ging hinaus. Ihr Verlobter rief: „Warte, Kirsten, ich geh schon.“

Toni folgte Kirsten König in den Flur, Edgar blieb in Julians Zimmer. Und Ralph mit ihm. Sie hörten, wie die Tür geöffnet wurde, das Wort „Polizei“ fiel. Was sie sagten, konnte Edgar nicht verstehen, da Gustav Hammers verärgerte Stimme es übertönte.

„Edgar“, begann Ralph, kam nahe zu ihm und berührte ihn am Arm. Ein Hauch von Ralphs Rasierwasser stieg ihm in die Nase. Lavendel und Bergamotte. Er verwendete dasselbe wie früher.

„Edgar, wir sollten dringend reden. Das ist sicher alles schwer zu verstehen. Gib mir wenigstens die Chance, es dir zu erklären. Bitte ...“

Edgar ging nicht darauf ein. Plötzlich fühlte es sich entsetzlich heiß in dem Zimmer an.

„Was hat der Junge zu dir gesagt?“, fragte er und merkte, wie unfreundlich er klang. „An dem Tag, als er verschwunden ist.“

„Es tut mir leid.“ Ralph nahm die Hand von seiner Schulter. „Selbst wenn ich will, ich kann es dir nicht sagen.“

„Warum nicht?“

Ralph schluckte, er sah ihn an mit einem Blick, der Edgars Knie weich werden ließ.

„Ralph, warum nicht?“, setzte er nach.

Ralph seufzte. „Weil es unter das Beichtgeheimnis fällt.“

7.

In der Schauspielschule gab es eine Übung, die Toni immer wieder faszinierte. Sie hieß „Unsichtbar sein“. Man schlich sich von hinten an eine Person an. Alle Sinne wurden eingefahren, leise atmend und kein Geräusch machend, damit der andere nie sagen konnte, wann man sich aus welcher Richtung näherte. Als würde man mit der Umgebung verschmelzen und unsichtbar sein. Genau das machte Toni nun auch. Sie stand nicht weit entfernt hinter Kirsten König und ihrem Verlobten, die den beiden Polizeibeamtinnen die Wohnungstür geöffnet hatten.

„Es tut mir leid, Sie nochmal zu stören, Frau König. Wir brauchen etwas, womit Julians DNA bestimmt werden kann“, sagte eine der beiden.

„Wurde er ... wurde ... er ...“ Kirsten Königs Stimme zitterte.

„Er wurde nicht gefunden, nein, nichts dergleichen.“

„Wozu brauchen Sie dann ...“

„Darüber dürfen wir keine Auskunft geben.“

„Haben Sie eine gerichtliche Verfügung?“, fragte Gustav Hammer.

„Nein, die können wir natürlich besorgen. Dann wird sich alles verzögern.“

Hammer wollte etwas entgegnen, doch Kirsten König schüttelte den Kopf.

„Was brauchen Sie denn?“, fragte sie.

„Eine Zahnbürste wäre perfekt, oder ein Glas, aus dem er getrunken hat.“

„Kirsten, da steckt sicher Miriam dahinter“, zischte Hammer. „Wir sollten das nicht tun. Lass uns einen Anwalt kontaktieren.“

Sie schob ihn beiseite und führte eine der beiden Beamtinnen ins Badezimmer.

Hammer folgte ihnen. Sie gingen direkt an Toni vorbei, die sich zur Garderobe gestellt hatte, als wäre sie ein Kleidungsstück. Niemand nahm von ihr Notiz. Am Gang vor der Wohnung ging das Licht aus, Toni hörte die Schritte der zweiten Polizistin, dann ging das Licht wieder an.

„Ja, ich bin's. Wir bekommen was, um die DNA abzugleichen", hörte sie. „Sie ist kooperativ, aber der Mann ... keine Ahnung ... Klar, mach ich. Wie ist nochmal der Name? Peter ..." Den Nachnamen, den sie sagte, konnte Toni nicht verstehen. „Okay. Wir bringen es gleich zur Analyse. Perfekt. Gibt es sonst irgendwelche Neuigkeiten aus dem Wurstelprater?" Sie lachte, hörte abrupt damit auf. „Nein, ich weiß eh. Ja, das ist ernst. Sorry. Okay. Bis gleich."

Sie schien aufzulegen, und in dem Moment kamen Kirsten König, der Verlobte und die andere Polizistin zurück.

„Wir melden uns, sobald wir etwas wissen. Vielen Dank und auf Wiedersehen."

„Auf Wiedersehen."

Kirsten König wollte die Tür schließen, da fragte die Polizistin, die gewartet hatte: „Kennen Sie einen Peter Zumir?"

„Nein, nie gehört. Wer ist das?"

Ohne die Frage zu beantworten, wandte sich die Polizistin an Gustav Hammer. „Darf ich Sie noch um Ihren Namen bitten, Herr ..."

„Nein, dürfen Sie nicht", sagte er und knallte die Tür zu.

Wieso tat er das?

Kirsten König schien genauso verwundert. „Was soll das, Gustav?", fragte sie irritiert. Doch er schob ihr nur die Hände unter die Arme und säuselte: „Du musst dich ausruhen, Schatz. Ich bring dich ins Bett."

Toni war hungrig und müde. Es war bereits 22 Uhr, und sie wäre lieber in Edgars gemütlichem Büro auf der Biedermeier-Couch gesessen und hätte ihn Sushi essend über diesen Priester ausgefragt. Dabei war sie dafür verantwortlich, dass sie schon seit einer halben Stunde durch den Vergnügungsteil des Praters streiften.

Bei Tonis letztem Besuch hier war sie in der Volksschule gewesen. Eine Schulfreundin hatte ihren Geburtstag gefeiert. Ein Nachmittag voller Ringelspiel, Dosenwerfen und der Märchenbahn war zwar nett, hatte sie aber nicht sonderlich begeistert. Weswegen sie nie den Wunsch verspürt hatte, noch einmal zu kommen.

Jetzt hüllten sie die vielen bunten Lichter und die laute Musik ein. Das wilde Treiben hatte nichts mit dem Prater von damals gemeinsam. Jetzt wollte sie definitiv wieder herkommen, aber im Moment zerrten die Lautstärke und die vielen Menschen einfach nur an ihren Nerven.

Sie sah zu Edgar. Er wirkte genauso wenig begeistert wie sie.

Am Weg zum Auto hatte Toni ihm alles erzählt, was sie mitgehört hatte. Er war abrupt stehen geblieben, hatte zurück zu dem Wohnhaus in der Taborstraße gesehen. Der Priester war noch bei Kirsten König und ihrem Verlobten.

„Was ist?“, fragte Toni.

Er räusperte sich, sah sie an, als suchte er nach den richtigen Worten. „Die Polizei holt nicht ohne triftigen Verdacht etwas zu einem DNA-Abgleich, oder?“, fragte Toni.

Edgar schüttelte den Kopf.

Vielleicht war das der Grund, warum Kirsten König nicht mehr zu weinen aufgehört hatte, nachdem die Polizistinnen gegangen waren. Sie war Journalistin, natürlich hatte sie Ahnung von solchen Dingen.

„Was meinst du, was die Beamtin gemeint haben könnte?“

Edgar stemmte die Hände in die Hüften. „Ich weiß es nicht.“ Er klopfte die Taschen seines Jacketts ab. „Ich hab meine Lesebrille nicht mit. Kannst du den Namen Peter Zumir googeln?“

Es interessierte ihn also doch. Irgendwie wurde sie aus Edgar nicht schlau. Immer wieder bestand er darauf, den

Fall nicht zu übernehmen. Und dann tat er doch irgendwas, um mehr herauszufinden.

Toni scrollte durch die ersten drei Seiten der Suchmaschine. Da waren Texte, verfasst von diversen Peters, in denen die Worte „zu“ und „mir“ vorkamen. „Komm zu mir“, „Auf dem Weg zu mir“ und „Sei gut zu mir“, aber kein einziger Name – abgesehen von einem Schaukelpferd, das „Zumir“ hieß. Selbst mit dem Zusatz Wien und Österreich war nichts Brauchbares dabei.

Sie wollte das Handy schon wegstecken, gab dann doch noch „Prater“ in die Google-Suchleiste ein und klickte auf News. Und die dritte Meldung war ein Treffer.

Eine Sechzehnjährige war seit gestern abgängig, ihr letzter Aufenthaltsort der Prater. Sie hatte den Abend mit einem Begleiter im Vergnügungspark verbracht. Kein Name, kein Foto. Ob es sich um das Mädchen handelte, auf dessen Handy Julians Nummer aufgetaucht war? War irgendwas von ihr gefunden worden? Brauchte die Polizei dafür Julians DNA?

Auf Tonis Drängen hin hatte Edgar widerwillig sein Handy gezückt und versucht, Fernanda zu erreichen. Die beiden waren früher Kollegen gewesen, bevor Edgar bei der Polizei rausgeworfen wurde. Sie versorgte ihn, meistens unter großem Protest, mit Hinweisen. Was mehr mit ihrer jahrelangen Freundschaft zu tun hatte als mit reiner Hilfsbereitschaft. Doch sie war nicht ans Telefon gegangen.

Und dann hatte Toni Edgar überredet, in den Prater zu fahren. Sie konnte gar nicht sagen, warum es sie so beschäftigte. Aber Julians Verschwinden war ein Rätsel, das sie unbedingt lösen wollte.

„Bitte, Edgar. Nur ganz kurz, zum Umschauen.“

Den Vergnügungspark hatten sie einmal komplett durchquert, aber gar nichts entdeckt, was sie weiterbrachte. Außer ein paar Polizeibeamten, die ihnen immer wieder entgegenkamen. Was taten sie hier? Suchten sie etwas? Jemanden?

„Edgar, ich verhungere. Gehen wir was essen?“, fragte Toni, als eine Frau mit einem fettigen Langos an ihr vorbeiging. Der köstliche Knoblauchduft wehte ihr in die Nase und sie seufzte schwer.

Über Edgars Gesicht huschte ein leichtes Lächeln, er nickte.

Weil im Schweizerhaus zu viel los war, wählten sie das Lokal gegenüber – das umgebaute Ponykarussell, das sie noch von früher kannte.

Es war ein zauberhaftes Lokal mit vielen liebevollen Details und hübschen Kommoden im Shabby-Chic-Stil. Wo damals die Pferde zu Orgelmusik im Kreis gelaufen waren, standen kleine Tische zwischen üppigen Grünpflanzen. Unter Lampenschirmen mit dicken Fransen und wunderschöner Wandbemalung mit Urwaldtieren herrschte eine ausgelassene Stimmung in dem vollbesetzten Lokal. Sie baten um einen Platz auf der Terrasse, und obwohl Edgar meinte, er habe keinen Hunger, bestellte Toni zwei Portionen Risotto mit grünem Spargel und einen großen Salat. Bis das Essen kam, bediente sie sich am Brotkorb.

Edgar beobachtete das Treiben auf dem beleuchteten Gehweg neben ihnen.

„Wieso willst du nicht nach Julian suchen?“, fragte Toni. „Hat es was mit dem Priester zu tun?“

Er lehnte sich zurück, runzelte die Stirn. „Wieso willst du so unbedingt nach ihm suchen?“, fragte er zurück. „Wir haben doch genug andere Fälle.“

Sie überlegte einen Moment. Edgar sah sie an.

„Ich glaube, wegen Kirsten König. Weil sie ihn so sehr liebt, sich Sorgen macht, dabei ist sie nicht mal seine leibliche Mutter. Das ... also, ich mag sie irgendwie. Und außerdem ...“ Sie hatte plötzlich einen Kloß im Hals. „... obwohl meine Mutter mich auf die Welt gebracht hat, war sie nie so. Nicht mal ansatzweise.“ Das war eine Untertreibung. Aber Toni hatte ihre Großmutter gehabt und für die würde sie immer dankbar sein.

Edgar nickte, sein Blick wurde so liebevoll, dass Toni wegsehen musste, um nicht zu rührselig zu werden. Er wusste von ihrer Geschichte, kannte und mochte ihre Oma. Eine Weile schwiegen sie gemeinsam. Das war das Wunderbare an Edgar, er verstand sie, auch ohne große Erklärungen.

„Ich glaube, die Sache mit Hammer muss doch ein Schock für Julian gewesen sein", sagte Toni gedankenverloren. „Also, nicht der Sexpatzer, sondern generell."

„Was meinst du?"

„Na ja, wenn ich es mir vorstelle, dass plötzlich jemand da ist, ein neuer Mann. Aber ich kann mich gar nicht an ihn gewöhnen, weil meine Mutter bereits schwanger ist, und die heiraten gleich. Und dieser Hammer, der ist ... ich weiß auch nicht."

Edgar kratzte sich am Kinn. „Was ist er?"

Toni hob die Schultern. „Er ist wahrscheinlich kein Arschloch, aber er ist auch nicht gerade der Hammer", sagte Toni und Edgar musste lachen.

„Ich hab nicht das Gefühl, dass er seinen künftigen Stiefsohn wirklich so gernhat. Ich schau mal, ob ich auf Social Media irgendwas über Julian rausfinde."

Edgar verzog das Gesicht, als würde ihm etwas wehtun. Toni war immer wieder verwundert, wie wenig er von den sozialen Netzwerken hielt. Machten die seine Arbeit nicht viel einfacher? Bei den Unmengen an Informationen, die jeder freiwillig in der Öffentlichkeit preisgab.

Toni gab Julians Namen in eine Social-Media-Suchmaschine ein, die sie bei ihrem letzten Fall entdeckt hatte. Der betrügende Ehemann, den sie ausfindig machen sollte, knüpfte über diese Plattformen immer wieder Kontakt mit seinen Auserwählten. Dafür hatte er zwar ein Pseudonym gewählt, aber er war dumm oder faul genug, um immer dasselbe zu nehmen. Das war ein Fall gewesen, den Toni tatsächlich ganz einfach am Laptop hatte lösen können. Über Julian jedoch fand sie erst mal nichts.

„Wahrscheinlich benutzt er nicht seinen richtigen Namen." Ein Blick in seinen Laptop würde reichen, dachte sie, sagte es aber nicht.

Die Kellnerin brachte ihre Getränke. Sie war in Tonis Alter, sah aus wie eine Studentin, die nebenbei jobbte. Ihr Blick huschte zu zwei Polizisten, die vor dem Lokal auf und ab gingen. Sie wirkte beunruhigt, warf einen Blick auf ihre Armbanduhr.

„Edgar, kann ich kurz dein Handy haben?", fragte Toni, als sie wieder alleine waren. Er reichte es ihr, ohne nachzufragen. Dass er ihr so vertraute, ehrte sie jedes Mal. „Danke. Bin gleich wieder da."

Toni durchquerte das Lokal, die Kellnerin stand hinter dem Tresen und tippte auf einem Tablet herum.

„Entschuldige", sagte Toni und setzte ein unschuldiges Lächeln auf. „Darf ich dich was fragen? Ich bin Studentin und suche einen Nebenjob. Ist bei euch was frei?"

Es war nicht Tonis direkte Absicht, sie anzulügen. Aber sie hatte mittlerweile erkannt, wenn man etwas wissen wollte, ging es in erster Linie darum, Vertrauen zu schaffen. Und das klappte am einfachsten über Gemeinsamkeiten.

„Puh, weiß ich leider nicht. Wenn du morgen wiederkommst, da ist einer von den Besitzern hier."

„Super, danke." Sie tat, als würde sie gehen, dann drehte sie sich nochmal um. „Es ist so viel Polizei im Prater. Ist das normal?"

Die junge Frau verzog den Mund und schüttelte den Kopf.

„Warum sind die hier?", fragte Toni nach und lehnte sich über die Bar.

„Wir sollen nicht darüber reden", sagte die Kellnerin leise. „Irgendwas ist gestern passiert."

„Wo? Hier im Prater?"

„Nein, in der Prater Hauptallee. Da gibt es ein Waldstück, wenn man zur Wirtschaftsuni durchgeht."

Wirtschaftsuni. Hatte Ralph nicht erwähnt, dass Julian dort ab Herbst studieren wollte?

„Was ist denn passiert?"

„Angeblich eine Vergewaltigung. Aber ich weiß nicht, ob das stimmt. Hat einer von den Kellnern aus dem Schweizerhaus gesagt, er hat was von einem Gespräch der Polizisten mitgehört."

„Woher weiß man, dass es eine Vergewaltigung war? Ist das Mädchen inzwischen aufgetaucht?"

Erst, als Toni es ausgesprochen hatte, bemerkte sie ihren Fehler. Die Kellnerin hatte weder erwähnt, dass es sich um ein Mädchen gehandelt hatte, noch, dass sie abgängig war.

„Das weiß ich nicht. Aber der Kellner hat gesagt, die haben das Handy und noch irgendwas anderes von dem Mädchen gefunden. Und er meint, vielleicht war es gar keine Vergewaltigung."

„Sondern?"

„Früher war in der Prater Hauptallee und in der Gegend drumrum der Kinderstrich. Das ist lang her", winkte sie ab. „Ich hab jedenfalls nie was bemerkt und ich muss am Heimweg immer durch die Hauptallee. Vielleicht ist er auch nur ein Gschichtl-Drucker, was weiß ich. Bis jetzt ist mir nie wer anderer begegnet als die Wagerl-Lili."

„Wer ist die Wagerl-Lili?"

„So nenn ich sie immer – eine Obdachlose, die ihre ganzen Sachen in einem Einkaufswagerl durch die Gegend schiebt. Bei jedem Wetter, sogar im Winter. Sie ist alt und nicht ganz dicht, redet die ganze Zeit mit sich selber. Oh, eure Risottos sind fertig." Sie deutete zur Küchendurchreiche hinter sich, auf der zwei dampfende Teller standen.

„Eine Frage noch", Toni tippte Edgars Code ein, um sein Handy zu entsperren. Sie zeigte der Kellnerin Julians Foto, das Gustav Hammer Edgar aufs Handy geschickt hatte. „Hast du den hier schon mal gesehen?"

„Glaub nicht. Wer ist das?"

„Julian heißt er. Seine Mutter sucht nach ihm", sagte Toni.

„Hey, Caro, komm mal." Die junge Frau winkte eine Kollegin heran, die etwas älter war und eine Brille trug. „Caro hat ein fotografisches Gedächtnis. Schau, kennst du den?" Sie nahm die zwei Teller. „Ich bring die an euren Tisch."

Die zweite Kellnerin betrachtete das Foto am Handy. „Hm, ich glaube, der war da."

„Wirklich? Wann?"

„Das ist länger her. Sicher ein paar Wochen."

„Und weißt du, mit wem er hier war?"

Die Kellnerin biss sich auf die Unterlippe, sah Toni skeptisch an. „Sorry, keine Ahnung", sagte sie knapp und wollte wieder gehen.

„Kann ich dir meine Nummer geben und du sagst mir, wenn es dir einfällt?"

„Bist du von der Polizei?"

„Nein. Ich kenn seine Mutter, die sucht ihn."

Die Kellnerin nickte halbherzig und schob ihr die Rückseite eines Kassenzettels über den Tresen.

„Schreib sie hier drauf", sagte sie und ging.

Toni legte Edgars Handy zur Seite, notierte ihren Namen und die Nummer, zur Sicherheit auch noch Edgars E-Mail.

„Woher haben Sie dieses Foto?", fragte eine männliche Stimme neben Toni. Sie sah hoch. Da stand ein uniformierter Polizist und sah mit strengem Blick auf Julians Foto, das in diesem Moment auf Edgars Display erlosch.

Caro mit dem fotografischen Gedächtnis stand abseits neben einem weiteren Polizisten. Sie hatte die Arme verschränkt. Mit einem verstörend triumphierenden Ausdruck sah sie zu Toni, als hätte sie soeben einen Mordfall gelöst.

III.

Begehe ich den schlimmsten Fehler meines Lebens? Oder habe ich ihn bereits begangen? Ich weiß es nicht. Obwohl ich doch sonst so viel weiß. Zu viel.

Mein Gesicht kommt mir fremd vor. Wenn ich mich im Spiegel sehe, erkenne ich mich nicht mehr. Was ist nur los mit mir?

Werde ich verrückt? Oder machst du mich verrückt?

Du hast bemerkt, dass etwas an mir anders ist als sonst. Obwohl ich so sehr versucht habe, es zu verbergen.

Du hast mich gefragt, natürlich hast du das. So bist du. Oder soll ich sagen, so zeigst du dich der Welt?

Ich will nicht, dass du davon weißt, also habe ich ein strahlendes Lächeln aufgesetzt.

Du hast dich nicht täuschen lassen. Mich mit deinen Fragen gelöchert. Du gibst niemals auf, nicht wahr? Das ist einfach nicht in deiner DNA.

Ich habe es dir nicht gesagt, aber wie lange werde ich dir noch diese Version von mir vorspielen können?

Ich will dich nicht in meinem Leben. Und gleichzeitig will ich nur dich in meinem Leben.

Ist das nicht absurd?

Oder gehört es zur menschlichen Natur, dass man am meisten das begehrt, was man nicht haben kann?

8.

Edgar wälzte sich seit Stunden schlaflos im Bett. Und dafür war weder die sommerliche Hitze verantwortlich noch der abgängige Julian. Auch nicht der Polizist, der mit Toni an ihren Tisch im „Ponykarussell“ gekommen war und mit ihm sprechen wollte. Edgar hatte gar nicht versucht, sich herauszureden. Im Gegenteil. Er hatte seinen Ausweis gezückt und sich als Privatdetektiv zu erkennen gegeben, der auf der Suche nach Julian König war.

Auch, als der Beamte seine Daten aufnehmen wollte, hatte er bereitwillig alles preisgegeben. Was unüblich war, normalerweise versuchte er, jeden offiziellen Kontakt mit der Polizei zu vermeiden.

Vor langer Zeit hatte er das Vertrauen in die Institution seines ehemaligen Arbeitgebers verloren. Was zugegebenermaßen übertrieben war, vielleicht sogar mit ein wenig Paranoia einherging. Aber er war lieber zu vorsichtig, als noch einmal durchzumachen, was er erlebt hatte. Sie hatten ihn fertiggemacht, als er im System einiger Kollegen und Vorgesetzter aus Korruption, Absprachen und Bestechung nicht mitspielen wollte.

Und was diesen Julian betraf: Er neigte generell zu keinen vorschnellen Urteilen, das hatte ihm sein Beruf über Jahre hinweg gezeigt. Er war zu pragmatisch, um allein auf sein Bauchgefühl zu hören, das in diesem Fall kein gutes war.

Und nun wollte die Polizei einen DNA-Abgleich machen. Sie hatten Julian auf dem Radar. Vielleicht war der Junge doch nicht so ein Unschuldslamm, wie Kirsten König glaubte.

Fernanda würde ihn auf jeden Fall nicht mit Informationen versorgen. Sie hatte ihm eine Nachricht geschickt, sie wäre in Kanada bei ihren Kindern zu Besuch, und schickte ein Foto, wie sie gerade mit ihnen essen war. Es war ihm unangenehm, dass er es vergessen hatte. Fernandas Kinder lebten bei ihrem Exmann und seiner neuen Freundin. Womit sie mehr schlecht als recht fertigwurde. Auf seine Frage, wie es in Vancouver lief, antwortete sie mit dem GIF einer weinenden, betrunkenen Frau inmitten von leeren Weinflaschen. Das tat ihm leid, Fernanda hatte sich viel von dem Besuch versprochen.

Er sah auf sein Handy, mittlerweile war es 03:36 Uhr in der Früh. In knapp vier Stunden musste er aufstehen. Genervt legte er es weg, rutschte im Bett hoch und starrte in die Dunkelheit. Irgendwo hatte er mal gelesen, die einfachste Methode, um einzuschlafen, war, die Augen offen zu halten, bis sie von selber zufielen. Wer auch immer darauf gekommen war, kannte ihn allerdings nicht.

Um sich abzulenken, ging er die aktuellen Fälle durch, die bei ihm auf dem Schreibtisch lagen. Neben mehreren Observationen wegen befürchteter Untreue gab es noch eine Firma, die ihn beauftragt hatte, einen Mitarbeiter mit zu vielen Krankenstandstagen zu überprüfen. Dazwischen könnte er ohne weiteres nach Julian suchen – die Mutter des Mädchens, mit dem er sich getroffen hatte, aufsuchen, ein paar Schulkollegen des Jungen befragen, Freunde ausfindig machen, vor allem solche, von denen seine Mutter nichts wusste. Das Übliche eben. Schließlich war das nicht der erste Teenager, den er finden sollte. Der einzige Unterschied in diesem Fall war: Er wollte es nicht tun. Er musste so schnell wie möglich den Kontakt mit Ralph beenden.

Das war der wahre Grund, warum er diesem Polizisten im Lokal seine Identität und widerspruchslos seine Daten preisgegeben hatte. Sollten sie ihm Schwierigkeiten machen, das war ihm nur recht. Dann würden Kirsten König und ihr Verlobter einsehen, dass er der Falsche für den Job war.

Was hatte Edgar sich dabei gedacht, auf den Anruf zu reagieren? Wäre er heute Morgen nicht bedroht worden und bei Sinnen gewesen, würde er jetzt nicht schlaflos im

Bett liegen. Eine Kette von Ereignissen – so wie damals, als er Ralph kennengelernt hatte.

Und zack, war alles wieder präsent in seinen Gedanken. Ihre erste Begegnung in der Hotelbar.

Edgar hatte einen Angestellten beschattet, der firmeninterne Informationen des Pharmaunternehmens, in dem er arbeitete, an die Konkurrenz verkaufte. Er saß an einem Ecktisch. Schummriges Licht, dunkle, bequeme Couchsessel aus schwarzem Leder, die wunderbare Stimme Ella Fitzgeralds, die im Hintergrund „I love Paris" sang, stimmungsvolle Schwarz-Weiß-Fotos an den Wänden. Es war eine schöne Bar.

Er war dabei, das Treffen seines Zielobjekts mit einer in den Kugelschreiber eingebauten Kamera zu fotografieren. Oder es zumindest zu versuchen. Es war einer seiner ersten Einsätze und er wusste nicht, wie dieser blöde Stift funktionierte. Er rutschte ihm aus der Hand, segelte über den Steinboden, landete unter einem der anderen Tische. Er hob ihn auf, versuchte unauffällig, die Kamera zu aktivieren. Endlich hatte er es geschafft, da stand plötzlich jemand vor seinem Tisch und verstellte ihm die Sicht auf sein Zielobjekt. Der Duft von Bergamotte und Lavendel umhüllte ihn. Wahrscheinlich ein Kellner. Edgar sah hoch, wollte ihn wegschicken und blickte in ein fremdes Gesicht, das ihm so vertraut erschien, als würde er diesen Mann kennen.

„Ich bin der Hotelmanager. Würden Sie mich bitte kurz in mein Büro begleiten?", hatte der Mann mit den lächelnden Augen und dieser außergewöhnlich tiefen und leicht rauchigen Stimme gesagt.

Es stellte sich heraus, dass der Barkeeper ihm Bescheid gegeben hatte. Edgar war nicht diskret genug vorgegangen.

Nein, nicht daran denken.

Diesen Mann gab es nicht mehr. Ralph war jetzt Priester. Edgar konnte gar nicht sagen, was ihn mehr schockierte – dass Ralph sich nie in all den Jahren gemeldet und gesagt hatte, ach übrigens, ich habe mich entschlossen, Priester zu werden. Oder war es mehr die Tatsache, dass er es war? Und noch dazu ein katholischer, das grenzte ja an Masochismus, wenn man bedachte, welchen Stellenwert Homosexuelle in der Kirche hatten. Mal ganz abgesehen von dem schlechten Image, das die Kirche hatte, seit den ganzen Missbrauchsvorwürfen. War Ralph denn übergeschnappt? Ja, das musste es sein. Gab es eine psychische Störung, bei der man Priester werden wollte?

Edgar hatte nicht ein einziges Mal nach Ralph gegoogelt oder einen Gedanken daran verschwendet, nach ihm zu suchen. Und das nicht, weil er ihn vergessen wollte. Das konnte er sich sowieso aus dem Kopf schlagen. Er hatte nicht nach Ralph gesucht, weil Edgar sich den quälenden Gefühlen nicht aussetzen konnte.

Als Ralph aus seinem Leben verschwunden war, blieb ein Schmerz, als würde ihm die Haut abgezogen. Einen so einschneidenden Verlust hatte er seit dem Tod seiner Eltern noch nie erlebt. Es war reiner Selbstschutz, dass er Ralph und jeden Bezug zu ihm aus seinem Leben gestrichen hatte. Als wäre er nie da gewesen. Und jetzt sollte er sich alldem wieder aussetzen? Wofür?

Er stand auf, setzte sich an den Schreibtisch und fing an, im Computer nach Detekteien zu suchen. Unzählige Werbungen prasselten auf ihn ein. Nachdem er sich durch die ersten Seiten geklickt hatte, gab er auf. Niemand brauchte eine Lizenz, um sich selbst als Detektiv zu bezeichnen. Es musste doch irgendwo ein Verzeichnis geben, welche Detekteien vertrauenswürdig waren. Toni war tausendmal besser bei Internet-Recherchen als er. Er schickte ihr eine E-Mail. Er würde morgen, also eigentlich heute, den Fall endgültig abgeben, schilderte das Problem seiner Suche und bat sie, zwei Detekteien ausfindig zu machen, die sie Kirsten König empfehlen konnten. Außerdem schrieb er ihr, dass sie recht hatte – er brauchte eine Pause. Dazu würde er die Fälle, die er auf seinem Schreibtisch hatte, kontaktieren und sich ein paar Tage frei nehmen. Was bedeutete, auch sie musste ihn die nächsten Tage nicht einplanen und konnte sich ihrem Kurs widmen.

Kaum hatte er die Nachricht gesendet, wurden seine Augenlider schwer und er musste gähnen. Ein untrügliches Zeichen, dass er die richtige Entscheidung getroffen hatte.

Er könnte ein paar Tage wegfahren. An seinen letzten Urlaub erinnerte er sich gar nicht mehr, das musste Jahre her sein. War er nicht da, könnte auch niemand auf ihn zurückgreifen. Mit niemand meinte er Ralph. Irgendwohin ins Grüne sollte er. Oder ans Meer. Spazierengehen, in der Sonne liegen, lesen. Nichts weiter. Ein wenig über Vincent nachdenken vielleicht. Da fiel ihm ein, der hatte ihn angerufen, vor ein paar Stunden. Edgar hatte nicht reagiert. Er musste klare Verhältnisse schaffen, das war kein Zustand, in dem sich ihre Beziehung befand. Überrascht stellte er fest, dass er es in Gedanken eine Beziehung nannte. Natürlich war er geschmeichelt, dass er einem so gut aussehenden jungen Mann gefiel. Aber wollte er mit Vincent zusammen sein? War er überhaupt noch in der Lage zu lieben? Darüber würde er sich morgen Gedanken machen. Obwohl er die Antwort bereits ahnte.

Er legte sich wieder hin und glitt sofort in einen angenehmen Dämmerzustand.

Ein lautes Klopfen holte ihn aus dem beginnenden Schlaf. Er riss die Augen auf. Sein Herz hämmerte. Hatte er das geträumt?

Bumm – bumm – bumm.

Nein, es war sehr real und es kam von seiner Wohnungstür. Wie spät war es? Benommen griff er nach seinem Handy. Wo war seine verdammte Brille wieder? Ach ja, beim Computer. Er musste ein paar Mal blinzeln, um die Zahlen zu lesen.

03:59 Uhr.

Wer konnte das sein?

Bumm – bumm – bumm.

Die einzige Person, die ihn so weckte, wenn sie sich einen Scherz erlaubte, war Fernanda. Aber nicht mitten in der Nacht. Außerdem konnte sie es nicht sein. Oh nein, war es vielleicht Toni?

Er stolperte schlaftrunken aus dem Bett, stieß sich den Zeh am Türrahmen und fluchte laut, während er zur Wohnungstür humpelte.

Durch den Türspion war nichts zu sehen, im Treppenhaus war es dunkel.

Bumm – bumm – bumm.

„Wer ist da?"

„Ich bin's. Ralph."

Edgar spürte augenblicklich, wie sich sein Magen verkrampfte. Er schnappte nach Luft.

„Was willst du?", fragte er durch die geschlossene Tür.

„Bitte, lass mich rein, Edgar."

Am liebsten hätte er Ralph angebrüllt, er solle verschwinden. Aber es musste etwas passiert sein. Ralph nicht reinzulassen oder sich mit ihm durch die Tür zu unterhalten, war in diesem hellhörigen Wohnhaus keine Option. Er musste öffnen, bevor die Nachbarn aufwachten.

„Moment."

Edgar sah sich um, er hatte nichts weiter an als seine Boxershorts. Widerwillig griff er zur Garderobe und nahm das Erstbeste, was dort hing, einen Wintermantel aus Schurwolle. Augenblicklich brach ihm der Schweiß aus, als er ihn anzog. Egal, er würde das Gespräch sowieso schnell beenden.

Er nahm einen tiefen Atemzug, fuhr sich kurz mit den Fingern durch die Haare und öffnete. Sofort schlüpfte Ralph herein und schloss die Tür hinter sich. Seine Augen waren gerötet. Er atmete schwer, als wäre er gelaufen. Und er roch nach Alkohol. Whiskey. Nach sehr viel Whiskey.

Der Ärger, den Edgar bis eben noch empfunden hatte, war augenblicklich verflogen.

„Was ist passiert?", fragte er.

Ralph sagte nichts. Er sah ihn an. Die Traurigkeit in seinem Blick war kaum zu ertragen.

„Was ist los, Ralph? Ist was mit dem Jungen?"

Ralph schluckte schwer, senkte den Blick, schüttelte den Kopf. Dabei schwankte er ein wenig.

„Wieso bist du betrunken?", fragte Edgar.

Ralph vergrub das Gesicht in den Händen. „Ich weiß nicht, was ich machen soll, Edgar. Sag mir, was ich machen soll."

„Was machen? Ich versteh nicht, was du meinst. Geht es um das Beichtgeheimnis? Weißt du etwas?"

Ralph sah hoch. „Es geht nicht um Julian." Er ballte die Hände und hielt sie vor der Brust. „Es geht um mich", sagte er mit zusammengebissenen Zähnen. Es hörte sich an wie eine Anklage. „Und um dich."

„Wieso um mich?"

„Mir ist klar, wie weh ich dir damals getan habe. Das werde ich mir nie verzeihen."

Da sind wir schon zwei, dachte Edgar, sprach es aber nicht aus.

„Das tut mir sehr leid, dass du dir nicht verzeihen kannst", sagte er schließlich und der Sarkasmus war unüberhörbar.

Er fing an, noch mehr zu schwitzen. Dieser verdammte Mantel, am liebsten hätte er ihn sich vom Leib gerissen.

„So hab ich das nicht gemeint. Ich hab das nicht aus Selbstmitleid gesagt, sondern ..." Ralphs Blick wurde weich und seine Augen glasig.

„Sondern?", fragte Edgar ungeduldig.

„Es war vor ein paar Monaten. Da habe ich dein Bild in der Zeitung gesehen. Wegen dieses Falls mit dem Regisseur. Seither ... ich dachte, ich kenne mich, Edgar. Aber jetzt weiß ich nicht mehr, was mit mir los ist. Nein, das ist nicht die Wahrheit." Er schluckte. „Ich weiß es. Aber das kann nicht wahr sein. In all den Jahren habe ich immer wieder an dich gedacht. Manchmal wollte ich dir schreiben, dich anrufen. Einmal hab ich deine Nummer gewählt. Als du dich gemeldet hast, hab ich aufgelegt."

Edgar schluckte die Frage nach dem Warum hinunter. Stattdessen verschränkte er die Arme und fragte so trocken wie möglich: „Wieso erzählst du mir das?"

Keine Sekunde würde er Ralph zeigen, wie es wirklich in ihm aussah. Vor langer Zeit hatte Edgar gelernt, dass er keine Rolle in Ralphs Leben spielte. Dieser Mann hatte zwei Seiten. Anscheinend sogar noch mehr, wenn man bedachte, welchen Weg er eingeschlagen hatte.

„Ich habe keine Ahnung. Ich war immer ein Feigling, Edgar. Was heißt, war? Ich bin es." Ralph rülpste leise, er schien es nicht zu merken. Er stützte sich an der Wand ab. „Kann ich mich kurz setzen?", fragte er.

Edgar sah ihn an und musste daran denken, dass man Kindern und Betrunkenen unterstellte, immer die Wahrheit zu sagen. Er hatte in seiner beruflichen Laufbahn allerdings schon viele lügende Kinder befragt. Wortlos ging er in die Küche, holte einen Hocker und stellte ihn vor Ralph.

„Danke." Ralph setzte sich, beugte sich vor und vergrub erneut sein Gesicht in den Händen. „Als Julian verschwunden ist ... ich schäme mich, es zu sagen, aber endlich war da ein Vorwand, warum ich mich bei dir melden konnte. Oh, Edgar ..."

Er sah mit diesem flehenden Gesichtsausdruck hoch und Edgar musste sich zusammenreißen, um nicht innerlich nachzugeben.

„Du glaubst, ich bin hier, weil ich was getrunken habe. Aber das stimmt nicht", flüsterte Ralph. „Ich wollte schon vor Stunden zu dir. Ich hab nur was getrunken, um mich davon abzuhalten, dich zu sehen. Hat nicht funktioniert. Und falls du dich fragst, ich habe kein Alkoholproblem. Zumindest bis jetzt nicht." Er stand ein wenig wackelig auf, griff nach Edgars Hand. „Bitte verzeih mir. Ich bin erbärmlich", sagte er. „Du hast dich kaum verändert, weißt du das?"

Eine innere Stimme sagte Edgar, er sollte seine Hand wegziehen. Doch er konnte es nicht.

„Manchmal fällt mir plötzlich was von früher ein. Einfach so“, sagte Ralph und lächelte traurig. „Ich trinke einen Kaffee und denke daran, wie du deinen Kaffee getrunken hast, stark, wenig Milch. Ich hab ihn dir manchmal ans Bett gebracht, erinnerst du dich? Oder ich stopfe Handtücher in die Waschmaschine und mir fällt ein, dass du immer das Handtuch nach dem Duschen am Boden liegengelassen hast. Worüber ich jedes Mal ausgerastet bin. Wie wenig du Geburtstage magst, weil sie dich jedes Mal an deine Kindheit erinnern, du dich aber trotzdem freust, wenn dir jemand gratuliert. Dass du Tränen in den Augen bekommst, wenn du Caruso hörst. Solche Sachen, an die ich jahrelang nicht mehr gedacht habe, fallen mir auf einmal ein. Und ich habe keine Ahnung, wieso. Es ist ... ich habe erst durch Gott erkannt, wie sehr ich mit mir selbst beschäftigt war. Und wie wenig ich dich damals gesehen habe. Aber dieser Mensch bin ich nicht mehr, Edgar. Ich sehe dich.“

Einen Moment hatte Edgar das Gefühl, die Zeit wäre angehalten worden. Er war sich nicht mehr sicher, ob er vielleicht noch im Bett lag und träumte.

„Hör damit auf“, sagte er und es klang so unaufrichtig, er glaubte sich selber nicht.

Ralph ließ sofort seine Hand los, trat einen Schritt zurück und stolperte fast über den Hocker. Er hob die Hände, als würde er sich ergeben.

„Du hast recht. Es tut mir leid. Bitte entschuldige. Ich hätte nicht kommen sollen.“

„Du bist Priester, Ralph. Wir waren sechs Jahre zusammen und Religion hat für dich nie eine Rolle gespielt. Ich wusste nicht mal, dass du irgendwas mit Gott am Hut hast.“

Ralph nickte und drehte sich weg.

Edgar musste sich zurückhalten, ihn nicht anzubrüllen. Das war doch alles Wahnsinn.

„Ein Priester! Und das bei den Katholiken. Das ergibt keinen Sinn. Das ist ja, als würde ... was weiß ich ...“

„Als würde ich mich in Marinade wälzen und dann zu Kannibalen auf Besuch gehen“, sagte Ralph trocken und stieß ein heiseres Lachen aus. Meine Güte, er musste wirklich betrunken sein.

„Warum? Sag mir, warum?“

Es war lauter aus Edgar herausgeplatzt, als er beabsichtigt hatte. Ralph wollte antworten, doch er wehrte ab.

„Nein, sag es mir nicht. Ich will es gar nicht wissen. Es geht mich nichts an.“

„Ich will es dir aber erklären. Es ist so viel passiert, nachdem wir uns getrennt haben.“

„Wir? WIR?“ Edgar musste sich zusammenreißen, um Ralph nicht anzubrüllen. „Wir haben uns nicht getrennt. Du bist gegangen. Du hast ...“ Er konnte es nicht aussprechen.

Ralph nickte. „Ja, ich weiß. Du hast recht. Glaub mir, Edgar, ich weiß das. Es gibt Dinge, die ich getan habe und die ich mir nie verzeihen werde. Aber darum geht es nicht. Es ist so viel passiert. So viel ...“

Ralph sah ihn abwartend an, doch Edgar wollte ihm nicht den Gefallen tun und nachfragen.

„Und dann, eines Tages wusste ich einfach nicht mehr weiter. Ich war verzweifelt und ...“ Er wandte den Blick ab. „Es wurde schlimmer. Ich war nicht mehr ich selber. Ich weiß, wie verrückt das klingt, glaub mir. Und das war ich auch. Tage sind vergangen und ... ich dachte, das muss aufhören, das ist es jetzt. Das Ende. Ich konnte nicht mehr, ich habe mir genau überlegt, wie ich mein Leben beenden würde.“

Edgar schluckte, das Letzte, was er für Ralph empfinden wollte, war Mitgefühl.

„Und dann war plötzlich diese Stimme in mir“, sprach Ralph weiter. „Die immer lauter wurde. Zu Beginn dachte ich, jetzt drehe ich komplett durch. Aber es hat sich nicht so angefühlt. Im Gegenteil. Es war … tröstend. Als hätte ich Gottes Stimme gehört."

„Ach ja? Und woher willst du wissen, dass es keine Psychose war?"

Ralph lachte auf und fuhr sich übers Gesicht. „Vielleicht war es das ja. Ich weiß es nicht. Ich weiß gar nichts mehr. Seit ich dich wiedergesehen habe, ist es … da macht alles keinen Sinn mehr. Und deshalb …" Er sah Edgar eindringlich an, als würde er von ihm erwarten, dass er den Satz beendete. „Entschuldige, ich gehe dir auf die Nerven. Ich sollte nicht hier sein."

„Ich rufe morgen Kirsten König an und sage ihr, dass ich nicht nach Julian suchen werde. Es tut mir leid für sie, es geht nicht. Toni vermittelt ihr einen Kollegen."

„Wer?"

„Toni, meine Mitarbeiterin."

„Ach ja. Natürlich. Ich dachte kurz, du sprichst von deinem Freund … ich meine den jungen Mann in deinem Büro." War das Wehmut in Ralphs Blick? Selbstmitleid? Eifersucht? „Sie ist nett", sagte er rasch, als wäre es ihm unangenehm. „Ja, und ihr wirkt … harmonisch."

Edgar wusste nicht, ob Ralph mit „ihr" Toni oder Vincent meinte, es war auch egal. Ralph musste jetzt endlich gehen.

„Es ist wahrscheinlich das Beste so." Ralph nickte eifrig und schwankte dabei wieder ein wenig. „Du hast recht. Entschuldige mein Selbstmitleid. Danke, Edgar."

„Wofür?"

Ralph hob mit einem Seufzen die Schultern. „Such es dir aus."

Edgar nickte, als wüsste er, was Ralph meinte, und öffnete die Tür.

„Auf Wiedersehen, Ralph."

„Auf Wiedersehen, Edgar."

Ein kleines, schmerzliches Lächeln auf Ralphs Gesicht, das Edgar wie ein Stich ins Herz traf. Dann trat er auf den dunklen Gang und drehte sich nochmal um.

„Entschuldige, dass ich dich mitten in der Nacht überfallen habe. Kommt nicht wieder vor. Ich hoffe, du hast ein gutes Leben, Edgar. Das hoffe ich wirklich. Und falls du einen Priester brauchst, du weißt ja, wo du mich findest." Ralph drückte auf das Ganglicht und nickte ihm kurz zu.

„Ralph", rief Edgar, als der schon fast bei den Treppen war.

Ralph drehte sich um. Hielt inne. Das Ganglicht glitzerte auf seinen Wangen. Waren das Tränen?

„Dir auch alles Gute", sagte Edgar und kam sich dabei unheimlich blöd vor. Als würde er einen Angestellten verabschieden. Dabei fühlte es sich an, als würde jemand seinen Brustkorb zusammendrücken.

„Ich wollte dir nie wehtun, Edgar. Wirklich nicht. Ich hab nur ... es spielt keine Rolle mehr. Mach's gut, Edgar. Und Gottes Segen", hallte Ralphs erstickte Stimme durch das Treppenhaus. Dann drehte er sich um und ging die Stufen hinunter.

„Ralph", rief Edgar wieder. Er wusste nicht, wieso er das tat, er konnte nicht anders.

Es war wieder dieser verdammte Reflex. Im Treppenhaus war es still. Er presste die Lippen zusammen und hielt die Luft an. Es dauerte ein paar Sekunden, die ihm wie eine Ewigkeit erschienen. Er hörte Ralph die Stufen wieder hochkommen.

„Ja?", fragte er vom Treppenabsatz.

Edgar lief auf den Gang hinaus. Er zog Ralph an sich und umarmte ihn. Es sollte eine freundschaftliche Geste sein, ein guter Abschied, der ihm vielleicht helfen würde, Ralph zu vergeben.

Doch keiner von ihnen löste die Umarmung.

Sie klammerten sich aneinander. Sagten kein Wort.

Edgar wurde schwindlig. Er hielt Ralph so fest wie damals. Es war alles wieder da.

Die Liebe, das Verlangen, der Schmerz.

Er hatte das Gefühl, von einer Welle mitgerissen zu werden. Wie sehr hatte er diesen Mann vermisst! Tränen traten ihm in die Augen. Er fühlte sich um Jahre zurückversetzt.

Das Ganglicht erlosch.

„Was hat deine Frau dazu gesagt, dass du jetzt Priester bist, Ralph?“, flüsterte Edgar.

9.

Toni war dabei, sich anzuziehen, als ihr Handy läutete. Sie musste in ein paar Minuten los zu ihrer ersten Einzelstunde bei Ravinger und klemmte sich das Telefon zwischen Schulter und Ohr, während sie in ihre Jeans schlüpfte.

„Hallo Oma!“

„Toni, mein Engel. Wie schön, deine Stimme zu hören.“

„Ich wollte mich längst melden. Tut mir leid.“

„Spatz, das war kein Vorwurf. Wie ist das Detektivinnen-Leben?“, fragte Martha Lorenz vergnügt.

„Viele Ehebrüche und ...“ Sie zögerte einen Moment. „... na ja, es ist aufregend.“ Und ernüchternd, dachte sie. Wahrscheinlich werde ich nie wieder einem Mann vertrauen. Die Liebe ist tot, es gibt kein Glück, alles ist verlogen, jeder denkt an seinen Vorteil und Treue ist ein Konstrukt, an das sich niemand hält. Das alles sprach sie lieber nicht aus.

„Das kann ich mir vorstellen.“

„Ich komm dich bald besuchen, dann erzähl ich dir alles. Und wie geht es dir, Oma?“

Ihre Großmutter schien zu zögern.

„Was ist los, ist alles in Ordnung?“, fragte Toni.

„Ja, ja, mir geht es gut. Sag, hat sich der Kapitän bei dir gemeldet?“

„Wie gemeldet?“

„Ein Anruf oder eine E-Mail? Ich glaube nicht, dass er dir einen Brief schreiben würde. Obwohl, was weiß man bei dem Mann?“

Der Kapitän war seit einigen Monaten in der Seniorenresidenz und vom ersten Augenblick ein Verehrer ihrer Oma. Sie nannte ihn so, weil er sich wie ein Schiffskapitän kleidete. Zur See war er nie gefahren, er hatte ein Café im vierten Bezirk gehabt und war, soweit Toni wusste, Witwer.

„Angerufen hat er nicht. Warte, ich schau in meine Mails.“

Toni klappte ihren Laptop auf und öffnete das Mailprogramm. Edgar hatte geschrieben. Um drei Uhr in der Nacht.

„Wie heißt der Kapitän?“, fragte Toni und scrollte durch die Nachrichten.

„Johannes Biedermann. Was für ein Name.“

„Nein, bis jetzt hat er mir nicht geschrieben. Wieso? Was will er denn?“ Sie hörte, wie ihre Oma sich räusperte, während sie Edgars E-Mail öffnete.

„Er will mich heiraten. Und dafür will er deinen Segen. So ein Unsinn.“

Toni fiel fast das Handy aus der Hand. „Was? Er will dich ...“

„Ja. Ist das zu fassen?“

„Und?“

„Was meinst du mit und?“

„Na, was hast du gesagt?“

„Nichts hab ich gesagt. Ich hab gedacht, mir fliegt das Herz in die Hose.“

„Und was wirst du sagen?“

Tonis Oma seufzte. „Wenn ich das wüsste, mein Engel. Ich bin schon so alt ...“

„Du bist nicht alt, Oma.“

„Ach, Toni, mein Körper ist es aber. Damit habe ich auch kein Problem, er leistet mir für sein Alter hervorragende Dienste. Und natürlich ist es nett von dem Kapitän. Aber wenn ich mir vorstelle, er und ich ... zwei Greise ... wahrscheinlich gibt es keine Hochzeitsnacht, wir tauschen stattdessen einfach unsere Gebisse.“

Sie fingen gleichzeitig an zu lachen.

„Wie geht es Edgar?“, fragte ihre Oma.

„Er hat geschrieben, Moment.“ Toni überflog Edgars E-Mail, sie sollte eine Detektei für Kirsten König suchen, er wollte Urlaub machen. Na, das war eine weitere Überraschung.

„Habt ihr denn einen interessanten Fall?“

„Ich dachte, wir hätten einen. Oma, ich komm dich heute besuchen, okay? Wahrscheinlich am späten Nachmittag. Dann reden wir über alles. Aber ich muss jetzt was für Edgar erledigen und dann in die Schauspielschule."

„Richtig, dein Kurs bei dem Superstar. Wie ist er denn?"

„Ich weiß noch nicht. Ich erzähl dir alles heute Nachmittag."

Toni war ein wenig enttäuscht, es hätte ihr besser gefallen, nach einem verschwundenen Teenager zu suchen, statt wieder Ehebrüchen nachzugehen.

Sie liebte Felix nicht mehr. Es war eher so, dass sich in ihrem Herzen nun ein großes schwarzes Loch befand. Dunkel und beängstigend. Und bei jedem Anblick von missbrauchtem Vertrauen wurde dieses Loch ein bisschen dunkler und beängstigender.

Aber sie verstand Edgar. Nach dem, was sie gestern rausgefunden hatte. Wenn Julian wirklich etwas mit einer Vergewaltigung zu tun hatte, dann war die Suche nach ihm besser bei der Polizei aufgehoben.

Wie lange Edgar sich wohl freinehmen würde? Er schrieb von ein paar Tagen, so wie sie ihn kannte, handelte es sich nicht mal um eine Woche. Toni hatte die Suche nach Mitbewohnerinnen innerlich auf Eis gelegt, aber vielleicht sollte sie die nächste Zeit genau dafür nutzen?

Mit ein paar Klicks fand sie zwei Detekteien, die ihre Lizenzen auf der Website zeigten. Sie wollte sie Edgar schicken, da fiel ihr ein, dass es besser war, vorher anzurufen und sich zu erkundigen, ob dort momentan Kapazitäten frei wären. In zehn Minuten musste sie los, das ging sich aus.

Während sie in einer Warteschleife hing, fing sie an, Julian König zu googeln. Er tauchte im Internet nicht auf. Anders als seine Mutter Kirsten. Toni fand sofort etliche Artikel, die von ihr für die Frauenzeitschrift „Lady" verfasst worden waren. Die Themen reichten von Interviews über Buchbesprechungen, Dossiers und Erfahrungsberichte. Toni speicherte einige ab, die interessant klangen, während ihr auf der Warteschleife Mozarts kleine Nachtmusik vorgespielt wurde. Als Nächstes suchte sie nach Gustav Hammer. Einen Hinweis auf ein Pseudonym, unter dem er Bücher veröffentlichte, konnte sie nicht finden. Unter seinem richtigen Namen gab es unzählige Einträge, aber keiner passte zu dem Mann von gestern Abend. Doch, eine Übereinstimmung schien richtig zu sein, ein Gustav Hammer war in einem Schwimmteam im Stadthallenbad. Unter „Priester“ und „Ralph“ fand sie nur Einträge zu Richard Chamberlain, einem Schauspieler, der in den 80er Jahren einen Pater Ralph in einer Serie namens Dornenvögel gespielt hatte.

Endlich ging jemand in der ersten Detektei ans Telefon, doch nur um ihr zu sagen, solche Auskünfte könnten nicht telefonisch gegeben werden, dazu brauchte man einen Termin. Während sie bei der zweiten Detektei anrief, richtete sie auf ihrem Handybrowser eine Push-Benachrichtigung für Julian König und Julian K. ein. Sollte etwas über ihn in den Nachrichten kommen, würde sie es sofort erfahren.

Und dann fing sie an, nach Tim Ravinger zu googeln.

Seit einem halben Jahr hatte er beruflich nichts gemacht – es gab keinen Eintrag auf seinen Social-Media-Kanälen, keine Neuigkeiten, keine Projekte. Er drehte nicht, spielte nicht Theater. Einen Beitrag aus der Klatschpresse fand Toni, in dem es darum ging, dass Ravinger untergetaucht war und auf Anfragen und Einladungen nicht reagierte. Weswegen sich „Freunde“ und „enge Kollegen“ aus der Branche bereits Sorgen um ihn machten. Was für ein Schwachsinn, dachte Toni. Kein Freund, keine enge Kollegin würde so etwas einem Klatschblatt berichten. Der Artikel war vor einem Monat veröffentlicht worden.

Viel zu spät verließ sie die Wohnung. Am Weg zur U-Bahn rief sie Edgar an, konnte ihn aber nicht erreichen. Sie hinterließ ihm eine Nachricht.

16 Minuten nach zehn Uhr und damit 16 Minuten zu spät betrat sie das Konservatorium. Ihre „Zuspätkommeritis“ war eine Eigenschaft, die ihr selbst furchtbar auf die Nerven ging. Und gerade gestern hatte Ravinger einen Vortrag darüber gehalten, wie absolut über alle Maßen Pünktlichkeit wichtig für den Schauspielberuf war. Dass Toni nun zu spät kam, war an Peinlichkeit nicht zu überbieten.

So schnell sie konnte, lief sie die zwei Stockwerke hoch in den großen Saal und klopfte an die verschlossene Tür. Nichts. So ein Mist, war er etwa schon gegangen? Sie klopfte erneut und öffnete, als keine Antwort kam, die Tür.

Ravinger war da. Er hatte sie nicht gehört, weil in seinen Ohren kabellose Kopfhörer steckten.

Er trug eine schwarze Jeans und ein weißes T-Shirt und war barfuß, seine Schuhe lagen achtlos hingeworfen unter dem Fenster. Er wirbelte durch den großen Saal, schüttelte sich, warf die Arme in die Höhe, spannte die Muskeln an, bewegte sich zum Rhythmus einer Musik, die Toni nicht hören konnte.

Er tanzte.

Toni war wie gebannt. Sie sah ihm zu, obwohl sie ahnte, dass sie das nicht sollte. Aber es war zu schön. Zu überwältigend. Sie hatte noch nie jemanden so tanzen sehen. Als würde er vollkommen darin aufgehen und sich in der Musik verlieren. Ihr Herz klopfte wie wild.

Es fühlte sich verboten an, als würde sie durch ein Schlüsselloch etwas beobachten, das nicht für ihre Augen bestimmt war. Sie sollte die Tür schließen und sich so laut bemerkbar machen, dass er es hören konnte. Doch da sah er bereits in ihre Richtung und zuckte mitten in der Bewegung zusammen. Hektisch nahm er die In-Ears heraus, worauf die Bluetooth-Verbindung abbrach.

Bonnie Tylers kratzige Stimme dröhnte „I need a hero, I'm holding out for a hero 'til the end of the night" aus Ravingers Laptop, der auf der Bühne stand.

Er wischte sich den Schweiß von der Stirn, während er sie ansah. „Du bist zu spät. Ich dachte, du kommst nicht."

Er klang überraschenderweise freundlicher als gestern.

Bevor Toni antworten konnte, läutete ihr Handy. Sie kramte in der Tasche. Es war Edgar. Rasch drückte sie ihn weg.

„Ich weiß, tut mir leid. Ich ... ich habe einen Nebenjob ... im Sommer ... Das ist keine Entschuldigung, aber ich wusste nicht, dass ich diesen Kurs mache und ..."

Ihr Handy läutete erneut. Wieder Edgar. Das musste dringend sein. Sie hatte ihm doch auf Band gesprochen, dass sie jetzt im Konservatorium war.

„Was ist das für ein Nebenjob?", fragte Ravinger.

„Bei einem Detektiv."

„Einem Privatdetektiv." Er hatte es als Feststellung gesagt, nicht als Frage. Als würde er es bereits wissen. Aber das war unmöglich, Toni hatte es niemandem gesagt, außer ihrer Oma und Lena.

„Ja, genau."

„Was machst du dort?"

„Alles, was anfällt."

Wieder läutete ihr Handy.

„Ist er das?"

Toni nickte.

Ravinger verschränkte die Arme. „Geh ran", sagte er. Mit hochgezogenen Augenbrauen sah er sie interessiert an.

Ohne sich anmerken zu lassen, wie unangenehm es ihr war, drückte Toni auf den Annahme-Knopf. „Edgar, ich hab Unterricht. Ist was passiert?"

„Entschuldige die Störung." Er klang förmlich. Als wäre er nicht allein. Sie warf einen Seitenblick zu Ravinger.

„Kann ich mich später melden?"

„Ja, danke."

Sie ließ das Handy in ihre Tasche gleiten. Ravinger sah ein bisschen so aus, als würde er ein Grinsen unterdrücken. Sie wurde nicht schlau aus ihm.

„Das war ganz schön peinlich", sagte er.

„Was?"

„Normalerweise tanze ich nicht so vor anderen Leuten."

„Ich hätte mich bemerkbar machen sollen. Aber es war so schön." Das war ihr rausgerutscht, sie spürte, wie ihr Gesicht rot anlief. „Ich meine, du bist ein guter Tänzer."

„Oh, danke." Er lachte auf, ging zu seinen Schuhen und zog die Socken an. „Okay, also ich habe ja gesagt, es bekommen alle die Texte zugeteilt. Bei dir habe ich mir überlegt ... was hältst du davon, wenn wir eine Zweier-Szene erarbeiten?"

„Super."

„Wirklich? Das ist toll. Ich dachte an etwas aus ‚Die Katze auf dem heißen Blechdach' von Tennessee Williams. Kennst du es?"

„Ich glaube nicht."

„Ein fantastisches Stück." Er griff in seinen Rucksack und reichte ihr ein abgegriffenes Buch.

„Danke. Und mit wem soll ich die Szene spielen?", fragte Toni.

Ravinger deutete auf sich. „Mit mir."

Toni sah offenbar geschockt aus, denn Ravinger wirkte verblüfft und fing schallend an zu lachen.

„Wir müssen nicht." Er wischte sich eine Lachträne aus dem Augenwinkel. „Das soll keine Strafe sein. Du kannst dir genauso gut einen Monolog aus dem Buch suchen."

Sie wusste nicht, was sie darauf sagen sollte. Eine Szene zu spielen mit Tim Ravinger, das gefiel ihr zwar, aber wenn das eine Falle war von der Schmitz? Ob sie ihn dazu genötigt hatte?

„Ich dachte, wegen gestern ... ach, ist auch egal." Ravinger winkte ab.

„Wegen gestern?“, fragte sie.

„Ja, die Übung am Ende der Stunde. Ich dachte, wir haben einen guten Draht zueinander.“

Dann hatte Toni sich das also doch nicht eingebildet.

Als sie einander angesehen hatten, war es zu Beginn noch furchtbar unangenehm gewesen. Sie konnte fast nicht atmen, ihr ganzer Körper war ein einziger Krampf. Sie hatte sich zwingen müssen, in Ravingers Augen zu sehen. Und dann war etwas Merkwürdiges passiert. Die Angst, was falsch zu machen, und die Anspannung waren von ihr abgefallen. Ganz von selbst. Es war verrückt. Ihr wurde warm, sie fühlte sich gelöst und leicht. Das Bild vor ihr hatte sich verändert. Es schien, als könnte sie durch Ravinger durchsehen. Nein, das war es nicht. Als könnte sie mehr sehen als nur sein Gesicht, seinen Körper. Und gleichzeitig war es ein Gefühl, als würde sie sich in hunderte kleine Lichtteilchen auflösen. Alles fing an, vor ihren Augen zu glitzern. Sie wurde ganz ruhig. Hörte ihre beiden Herzen schlagen, das Blut in ihren Adern rauschen.

Es war magisch. Und gleichzeitig ein bisschen beängstigend.

„Das ist es nicht ...“, sagte sie. „Ich würde sehr gern eine Szene mit dir erarbeiten. Es ist nur ...“

„Nur ...?“

Sollte sie ihm die Wahrheit sagen? Andererseits, was hatte sie schon zu verlieren?

„Die Schmitz hält nicht besonders viel von mir. Sie hat mich in diesen Kurs gesteckt, um mich loszuwerden.“

Er lachte schon wieder.

„Was ist daran lustig?“

Mit einem Blick auf die Uhr legte er seinen Zeigefinger auf die Lippen. Er schien zu überlegen. „Ich verrate dir ein Geheimnis, wenn du mir auch eines verrätst“, sagte er.

Toni runzelte die Stirn. „Okay.“

„Das muss unter uns bleiben.“

„Kein Problem.“

„Beate, also, die Schmitz, sie ist wirklich streng zu dir." Er räusperte sich. „Aber nicht, weil sie dich für untalentiert hält."

„Sondern?"

„Weil sie findet, du bist die talentierteste Schauspielschülerin, die sie jemals hatte. Sogar talentierter als ich." Er verzog sein Gesicht zu einem schiefen Grinsen.

„Haha, sehr lustig", sagte Toni.

„Das ist die Wahrheit. Zu mir war sie in den ersten drei Jahren auch ein echter Drachen. Erst im vierten Jahr hat sie mir gesagt, warum."

„Und warum?"

„Weil sie in mir Potential gesehen hat und mich auf die Probe stellen wollte, ob ich den Beruf auch wirklich durchhalte." Er senkte den Kopf. „Zu den anderen war sie immer netter. Bei dir ist es genauso, oder? Zu niemandem ist sie so hart wie zu dir?"

Obwohl Toni kein Wort glauben konnte, nickte sie.

„Und du bist nicht hier, weil sie dich loswerden will", fuhr er fort. „Noch nicht mal, um dich zu fördern. Du bist deshalb in diesem Kurs ...", er atmete tief ein und seufzte. Es wirkte fast, als wäre er verlegen. „... weil Beate meint, du könntest *mir* helfen."

„Helfen wobei?"

Er sah sie einen Moment zu lange an. „Ich hab dir bereits ein Geheimnis verraten, jetzt bist du an der Reihe."

„Was könnte ich dir schon verraten?"

„Das gestern – als wir uns angesehen haben –, ich weiß, das klingt total schräg, aber ich habe mich gefühlt wie hypnotisiert. Als wären nur wir beide in diesem Raum. Wie hast du das gemacht?"

10.

„Das kann doch alles nicht wahr sein. Wer soll das denn glauben? Das ist doch verrückt."

Gustav Hammer tigerte vor Edgars Schreibtisch auf und ab. Er war mit einem Aktenkoffer hier aufgetaucht und trug einen dunkelbraunen Anzug. Edgar fragte sich, wozu ein Schriftsteller einen Aktenkoffer brauchte. Seine Verlobte Kirsten König stand apathisch hinter ihm. Die Haare hatten sich aus ihrem Pferdeschwanz gelöst, ihre Wangen waren gerötet.

Ohne Ankündigung waren beide vor ein paar Minuten bei ihm im Büro erschienen. Er wollte sie gleich wegschicken, aber Kirsten König hatte ihn so eindringlich gebeten, sie anzuhören, dass er es nicht übers Herz gebracht hatte. Der Verlobte ging ihm allerdings gehörig auf die Nerven.

Trotz der drei Espressi war Edgar hundemüde. An Schlaf war nicht mehr zu denken gewesen, nachdem Ralph gegangen war. Darum hatte er seinen Reisekoffer hervorgeholt und wahllos Kleidung hineingeworfen. Dann hatte er den Hauptwasserhahn seiner Wohnung abgedreht – ein Spleen seit einem Wasserrohrbruch vor ein paar Jahren. Den Koffer hatte er ins Auto verladen und war ins Büro gekommen, um die Klienten zu kontaktieren, da sich die Bearbeitung ihrer Fälle um ein paar Tage verschieben würde. Er hatte spontan entschieden, ans Meer zu fahren. Mit dem Auto. Istrien. Kroatien. Italien. Ihm war alles recht. Nur weg, in ein anderes Land, und vergessen, was heute Nacht mit Ralph vorgefallen war. Oder besser, was nicht vorgefallen war.

Kein Kuss, keine körperliche Annäherung, nur die Umarmung. Und kein Sex. Selbstverständlich nicht. Auf jeden Fall hatte Edgar jetzt Gewissheit, dass sein mangelndes Verlangen bei Vincent nichts mit seinem Alter, dem Stress oder seiner körperlichen Verfassung zu tun hatte. Das war zwar einerseits ein tröstlicher Gedanke, andererseits musste er wohl ein bisschen verrückt sein.

„Frau König, Herr Hammer, es tut mir leid, aber am besten wenden Sie sich damit an die Polizei", sagte Edgar bestimmt und verschränkte die Arme.

„Das können wir nicht, für die ist Julian nun ein Verdächtiger."

Der Kater kam bei der Tür herein, er miaute laut und eindringlich. Hammer schnappte nach Luft und blieb stehen. Er sah den Kater an, als hätte er in seinem Redefluss vergessen, wo er war.

„Ist das Ihr Tier?", fragte er und deutete zur Tür.

„Nicht wirklich."

„Können Sie es bitte trotzdem entfernen?" Hammer stellte sich vor Kirsten König, als müsste er sie beschützen. „Katzen sind sehr gefährlich für Schwangere. Toxoplasmose."

Als hätte der Kater Hammer verstanden, machte er kehrt und ging hinaus. Hammer schloss sofort die Tür hinter ihm.

„Wo war ich? Ach ja, wie gesagt, wir können nicht zur Polizei, denn ein geknüpftes Armband wurde gefunden, es gehört Anna-Sophie. Das sagt zumindest ihre durchgeknallte Mutter. Und darauf wurde bei einem Schnelltest angeblich Julians Blut entdeckt. Die Polizei nimmt an, er hätte sie festgehalten, sie hätte sich losgerissen und ihn dabei verletzt. Was vollkommen lächerlich ist. Und was soll das überhaupt für ein Schnelltest sein?"

„Das kann ich Ihnen leider nicht sagen. Es wird sicher eine genaue Analyse gemacht werden, auf die würde ich warten", versuchte Edgar, ihn zu beruhigen.

„Gustav ...", begann Kirsten König. Er reagierte nicht.

„Darum geht es nicht", sagte Hammer laut. „Ich möchte, dass Sie nicht nur Julian suchen, sondern auch Miriam Schill unter die Lupe nehmen. Diese Frau ist ein Abszess am Gesäß der Menschheit und ich bin mir sicher, sie hat mit der ganzen Sache zu tun."

„Wieso nehmen Sie das an?"

„Weil sie vollkommen verrückt ist. Eine Irre."

Hammer sah so zornig zu Edgar, dass der sich unwillkürlich fragte, wieso Hammer diesen Gefühlsausbruch hatte? Verteidigte er wie ein Löwe den Stiefsohn, den er bald haben würde? Oder steckte da mehr dahinter?

„Gustav, mir geht es nicht gut. Ich muss mich setzen."

Kirsten König krümmte sich ein wenig und ballte ihre Hand vor dem Mund.

Hammer führte sie zur Biedermeiercouch, er ging vor ihr auf die Knie und nahm ihre Hände in seine. „Liebling, auf vier durch die Nase einatmen, auf sechs durch den Mund ausatmen, okay? Dann wird es gleich besser."

Sie nickte schwach, er stand auf und wandte sich wieder Edgar zu.

„Nochmal zu Miriam, ich möchte es Ihnen erklären, wenn ich darf."

Edgar wollte etwas sagen, doch Hammer hob die Hand.

„Nur so lange, bis es Kirsten besser geht. Und danach entscheiden Sie, in Ordnung?"

Edgar seufzte übertrieben. Er konnte keine Schwangere aus seinem Büro werfen, der es nicht gut ging. Also nickte er und lehnte sich zurück. Fünf Minuten mehr oder weniger spielten auch keine Rolle. Hatte er eigentlich seine Badehosen eingepackt? Egal, er würde sich dort welche kaufen.

Hammer zog sich den Thron heran – das einzige Sitzmöbel außer der Couch. Er lehnte sich vor und stützte die Ellbogen auf den Knien ab.

„Okay, Miriam und Kirsten haben sich vor drei Jahren in einem Wellnesshotel in Kärnten kennengelernt." Hammer erinnerte Edgar an einen Kriminalkommissar, der seine Crew in einen Fall einweihen musste. Der Mann hatte eindeutig zu viele Krimis gesehen. „Miriam hat ein verlängertes Wochenende bei einem Preisausschreiben der ‚Lady' gewonnen und Kirsten war dort, um einen Bericht darüber zu schreiben. Sie haben sich gut verstanden, beide hatten ihre pubertierenden Kinder mit, so weit, so gut. Und Miriam war Masseurin und ein bisschen esoterisch angehaucht, was Kirsten ganz amüsant gefunden hat. Miriam hat gesagt, es wäre Vorsehung, dass sie zur selben Zeit an diesem Ort waren ... was diese Esoteriker eben glauben. In allem muss ein tieferer Sinn stecken, der sich nur ein paar Erleuchteten erschließt. Na jedenfalls, man hat sich angefreundet. Sie waren sogar gemeinsam in Venedig auf Urlaub. Miriam wurde mit der Zeit ein wenig extremer, aber das hat Kirsten nichts ausgemacht. Bis ich mit Kirsten zusammengekommen bin. Da hat es begonnen."

„Nein, es war schon ein paar Wochen früher", meldete sich Kirsten König. „Nachdem Miriam einen Handlese-Kurs besucht hat. Für ihre Kundinnen, um die Ursache körperlicher Blockaden aus der Hand lesen zu können."

Hammer rollte mit den Augen. „Sie hat darauf bestanden, Kirsten aus der Hand zu lesen. Und hat ihr nur Unsinn gesagt, völligen ..."

„Es war kein Unsinn", unterbrach ihn Kirsten König. „Nicht nur. Das hat mich ja so stutzig gemacht."

„Wie genau meinen Sie das?", fragte Edgar. Im nächsten Moment schalt er sich dafür, dass er nachgefragt hatte. Urlaub, er brauchte Urlaub. Weg von alldem.

„Ich habe Miriam nie erzählt, wie mein Mann gestorben ist", erklärte Kirsten König. „Ich hatte generell aufgehört, es zu erzählen. Auch Julian zuliebe. Wenn die Sprache darauf kam, haben wir gesagt, es war ein Unfall. Vorher gab es immer diese mitleidigen Kommentare, die alles schlimmer gemacht haben. Verstehen Sie, die Reaktionen waren so schockiert, und dann diese ständigen Fragen." Es klang, als würde sie sich verteidigen.

Was überflüssig war, Edgar verstand sehr gut. Er nickte ihr zu.

„Miriam hat aus meiner Hand gelesen. Sie hat gesagt, sie sieht, etwas sei passiert, das mich komplett erschüttert hat. Ein tragischer Verlust, der kein Unfall war. Und dass ich seither eine Lüge mit mir herumtrage. Das konnte sie nicht wissen."

„Ich bitte dich, Kirsten", fuhr Hammer dazwischen. „Ihr wart befreundet. Natürlich wird sie irgendwann mitbekommen haben, dass da was nicht stimmt. Vielleicht hat es Julian sogar Anna-Sophie erzählt."

„Das glaube ich nicht. Ich habe Julian damals danach gefragt."

„Und wenn er sich nicht getraut hat, dir die Wahrheit zu sagen?"

Kirsten König zuckte zurück. „Wieso hätte er sich nicht trauen sollen? Und wie konnte Miriam wissen, dass wir beide uns kennengelernt haben, Gustav? Das hat sie auch aus meiner Hand gelesen, obwohl ich es für mich behalten habe."

„Du wirst dich verändert haben, meine Güte, du warst verliebt. Jetzt nimm sie nicht auch noch in Schutz. Oder willst du andeuten, sie hatte recht mit dem, was sie über mich gesagt hat? Über uns?"

„Nein, natürlich nicht", sagte Kirsten König. In Edgars Ohren klang es nicht überzeugend.

„Sie müssen nämlich wissen, Herr Brehm, Miriam hat Kirsten vor mir gewarnt. Dabei hat sie mich noch nicht mal gekannt. Sie hat ihr gesagt, dieser Mann wird dich in ein großes Unglück stürzen. Du wirst niemals mit ihm glücklich werden." Er verstellte seine Stimme. „Dieser Mann ist dein Untergang", sagte er übertrieben theatralisch. „Kirsten hat dann versucht, den Kontakt mit ihr ein bisschen einschlafen zu lassen. Ich glaube ja, Miriam war einfach eifersüchtig, weil Kirsten verliebt war. Sie hat ihr das Glück nicht gegönnt. Miriams Mann hat sie verlassen, wegen einer Jüngeren. Jedenfalls wurde sie dann richtig lästig. Sie hat ständig angerufen. Hat Kirsten abgefangen, vor der Redaktion auf sie gewartet. Einmal ist sie sogar bei ihr zu Hause aufgetaucht und hat auf sie eingeredet, sie dürfe diese Beziehung mit mir nicht eingehen. Total plemplem. Dabei hat sie mich gar nicht gekannt. Deshalb dachte Kirsten, es wird besser, wenn wir uns kennenlernen. Der Schuss ging nach hinten los."

„Wo ist bitte Ihre Toilette, Herr Brehm?", unterbrach Kirsten König.

„Gleich am Gang rechts."

Eilig lief sie aus dem Büro. Hammer machte keine Anstalten, sie zu begleiten.

„Der Abend war ein Desaster, er hat damit geendet, dass Miriam und ich uns angeschrien haben und Kirsten versucht hat zu schlichten. Danach hat Miriam gesagt, sie muss Kirsten aus ihrem Leben verbannen, wenn sie mich nicht verlässt. Entweder sie oder ich. Und nun hat Miriam der Polizei gesagt, Julian hätte ihre Tochter vergewaltigt."

„Hat sie das vorher gesagt oder erst seit dem Fund des Armbandes?"

„Was weiß ich. Ich sag doch, diese Frau ist verrückt. Völlig durchgeknallt. Kirsten war viel zu gutmütig mit ihr. Mein Gott, wir hätten wirklich sofort einen Anwalt hinzuziehen sollen."

Edgar wollte antworten, dass sie das noch immer könnten und es wahrscheinlich eine gute Idee war, als ihn ein markerschütternder Schrei zusammenfahren ließ.

Er kam von der Toilette. Hammer lief als Erster hinaus, Edgar folgte ihm.

Kirsten König kauerte auf dem Steinboden vor der Toilettentür. Sie hielt ihr Handy umklammert, ihr Körper krümmte sich, ein stummer Schrei aus ihrem aufgerissenen Mund. Sie schnappte nach Luft.

Ein Krankenwagen, dachte Edgar. Das Baby!

Er blickte auf ihre helle Jeans und den Boden. Kein Blut war zu sehen.

„Was ist los?“, fragte Hammer, der neben ihr kniete. „Was ist los, Kirsten?“

Sie konnte nicht antworten, ließ ihr Handy fallen. Tiefe Schluchzer schüttelten ihren Körper.

„Kirsten, was ist passiert?“

Im nächsten Moment läutete Edgars Handy.

Er fischte es aus der Innentasche des Sakkos, wollte den Anruf wegdrücken. Doch er tat es nicht. Denn Edgar kannte die ersten vier Ziffern der Nummer – der Anruf kam aus der Landespolizeidirektion Wien.

11.

Im ersten Bezirk, im zweiten Stock des Konservatoriums hatte Toni den Text der Maggie aus „Die Katze auf dem heißen Blechdach“ in der Hand. Sie hatten begonnen, die Szene zu lesen, doch dann hatte Ravinger ihr gesagt, sie solle einfach improvisieren.

Er konnte den Text von Brick, Maggies alkoholsüchtigem Ehemann, auswendig, sie musste einfach nur auf ihn reagieren. Weswegen sie ihn nun durch den Raum verfolgte, während er auf eine unsichtbare Krücke gestützt auszuweichen versuchte.

Eigentlich ging es um einen Ehestreit. Maggie wollte von Brick schwanger werden, aber er weigerte sich, mit ihr zu schlafen. Brick schien ein Geheimnis zu haben, das Toni nicht kannte. Ravinger hatte es ihr nicht verraten wollen.

Und Toni verstand, dass es Maggie wahnsinnig machte. Was Toni nicht verstand, war die Angst, die diese Situation in ihr auslöste. Als wäre in ihr ein Schalter umgelegt worden.

Sie schrie, sie flehte – die Bandbreite einer Verzweifelten spielte sich in ihr ab.

„Wieso sagst du es mir nicht?“, brüllte sie. Das war nicht mehr der Text aus dem Buch. „Wieso versteckst du dich vor mir?“

Ravinger zuckte zurück, er schien überrascht.

Tränen schossen ihr in die Augen, sie wollte sie zurückhalten, aber es klappte nicht. Irgendwas in ihr machte sich auf eine Weise selbstständig, gegen die sie machtlos war. Sie ging in die Knie, verbarg ihr Gesicht und konnte nur noch weinen. Das war nicht mehr Maggie, die wegen Brick weinte. Es war Toni, die Tränen wegen Felix vergoss. Als hätten sich ihre Gefühle mit denen ihrer Rolle verbunden.

„Hey“, hörte sie Ravinger über sich. Er hatte die Hand auf ihre Schulter gelegt. „Sieh mich an.“

Sie musste sich zwingen, den Kopf zu heben. Er hatte ein Lächeln auf den Lippen.

„War das gespielt, oder war das echt?", fragte er.

„Ein bisschen von beidem." Sie wischte sich über die Wangen. „Eher echt. Ich weiß auch nicht, was da hochgekommen ist", murmelte sie.

„Wegen deinem Freund?"

„Exfreund."

Er nickte. „Es ist vollkommen okay, wenn du ein reales Gefühl nimmst, um dich in eine Situation zu versetzen. Das ist method acting. Aber kenne die Grenze."

„Was für eine Grenze?"

Toni blinzelte und Ravinger setzte sich neben sie auf den Boden.

„Es gibt deinen persönlichen Schmerz, deine Geschichte. Das alles kannst du als Blaupause nehmen, wenn du willst. Aber es ist immer noch Schauspiel. Stell dich in den Dienst der Sache und benutze es nicht, um deine Gefühle loszuwerden. Okay? Sonst macht es dich irgendwann kaputt. Es geht um die Balance zwischen Wahrhaftigkeit und Distanz."

„Alles ist eine Sache der Balance", sagte Toni gedankenverloren. Das sagte ihre Oma immer.

„Genau. Alles ist eine Sache der Balance."

Ravinger nickte ihr zu und sah sie mit tiefem Blick an. Ihr Herz fing an, ein wenig schneller zu schlagen.

„Hey", er senkte den Blick, räusperte sich. „Das kommt jetzt vielleicht überraschend. Ich bin nicht lange in Wien. Hast du Lust, mit mir essen zu gehen?"

„Du meinst, als Teil des Unterrichts?"

„Nein. Ich meine, als Teil des Privatlebens."

Sie musste lachen. Bat Tim Ravinger sie da gerade um ein Date?

„Was?", fragte er und sie sah, wie er ebenfalls ein Lachen unterdrückte. „Ich meine, du musst essen, oder?"

„Ich esse viel."

„Dann machen wir getrennte Rechnungen", sagte er mit gespieltem Ernst. „Also, was sagst du?"

Er fuhr sich durch die Haare. Fast wirkte es, als wäre er verlegen. Oder spielte er ihr was vor?

Toni überkam ein unangenehmes Gefühl. Sie spürte das Misstrauen fast schon körperlich. Was wollte er von ihr, wieso fragte er sie? Stellte er allen Schauspielschülerinnen diese Frage? Durfte er das überhaupt? Was sollten diese kryptischen Andeutungen vorhin? Wieso fragte er nicht Janina, ob sie mit ihm essen gehen wollte? Oder tat er das ohnehin, oder war es nur ein Experiment, oder, oder, oder ...

„Hm?", fragte Ravinger.

Plötzlich fing es an, in Tonis Tasche wie wild zu läuten.

Ping-Ping-Ping-Ping-Ping ...

„Was ist das?", fragte Ravinger.

Es hörte sich an, als würden unglaublich viele Nachrichten eintreffen. Erst da fiel Toni ein, dass sie vergessen hatte, ihr Handy auf lautlos zu stellen.

Die Push-Benachrichtigungen, die sie am Morgen eingerichtet hatte.

Es mussten hunderte sein.

BREAKING NEWS – tragischer Leichenfund bei Twin City Liner

Es sollte eine Ausflugsfahrt mit dem Schiff von Wien nach Bratislava werden. Nach wenigen Minuten war der voll besetzte Twin City Liner jedoch gezwungen, seine Fahrt auf dem Donaukanal zu unterbrechen.

Der Motor blockierte und ließ sich auch nach mehreren Versuchen nicht starten. Das Technikteam musste das Schiff mit dem Boot an eine Anlegestelle ziehen.

Erst dort konnte die schreckliche Ursache gefunden werden.

Die Leiche eines jungen Mannes hatte sich unter dem Schiff im Antrieb verkeilt. Laut Auskunft eines Mitarbeiters war sie durch die Strömung des Motors angezogen worden.

Ersten Informationen zufolge handelt sich bei dem Toten um den achtzehnjährigen Julian K. Der Polizei war er bereits bekannt, da er seit zwei Tagen abgängig ist und in Verbindung mit einer jungen Frau steht, die ebenfalls gesucht wird.

Es kann nur spekuliert werden, ob die beiden Jugendlichen gemeinsam in den Freitod gingen oder ob ein Verbrechen vorliegt. Eine Obduktion wurde von der Staatsanwaltschaft Wien angeordnet und soll Gewissheit bringen. Außerdem wird der Abschnitt des Leichenfunds großräumig von einem Taucherteam abgesucht.

Nach der sechzehnjährigen Anna-Sophie S. wird intensiv gesucht. Sie hat mittellange rötliche Haare, ist 1,60 m groß, schlank und trug zum Zeitpunkt ihres Verschwindens ein gelbes T-Shirt, einen kurzen, kirschroten Rock und weiße Sneaker mit drei roten Streifen. Sachdienliche Hinweise sind der nächsten Polizeistation zu melden.

12.

Edgar saß im Wachzimmer der Landespolizeidirektion am Schottenring und wartete seit einer halben Stunde darauf, abgeholt zu werden.

„Wir müssen Sie dringend sprechen, Herr Brehm. Es geht um Julian König. Ihre Daten wurden diesbezüglich gestern Abend in einem Lokal im Prater von einem Kollegen aufgenommen", hatte eine Beamtin am Telefon vorschriftsmäßig gesagt.

Ihren Namen hatte sie auch genannt. Edgar hatte ihn nicht verstanden, da Hammer gerade panisch den Krankenwagen für Kirsten König gerufen und ins Telefon gebrüllt hatte. Ihr Kreislauf war durch den Schock kollabiert.

Edgar fühlte sich noch immer wie benebelt von der Aufregung. Dazu dieser Ort, der unangenehme Erinnerungen weckte. Den Kollegen von früher wollte er nicht begegnen. Er hatte nur deshalb eingewilligt, zu kommen, weil er hoffte, so schnell wie möglich einige Antworten zu erhalten.

Wieso war Kirsten König nicht sofort verständigt worden, als man ihren Sohn gefunden hatte? Der Anruf, durch den sie von seinem Tod erfahren hatte, konnte nicht von der Polizei gewesen sein. Solche Mitteilungen durften unter keinen Umständen per Telefon überbracht werden.

Wann und wie war Julian gestorben? War er ertrunken?

Toni hatte vorhin angerufen, während er vor dem Haus auf den Krankenwagen gewartet hatte, um die Sanitäter in Empfang zu nehmen. Sie hatte aufgeregt irgendwas von Busch-Alarmen geredet. Er hatte keine Ahnung, wovon sie da sprach. Sie wusste aus den Nachrichten, dass Julians Leiche gefunden worden war. Angeblich war das Internet voll davon. Eine Influencerin war auf dem Twin City Liner nach Bratislava und hatte eine Live-Story gemacht. Zum Glück nur von ihrer Reaktion und nicht von der Leiche. Während seiner Dienstzeit bei der Polizei hatte Edgar zwei Wasserleichen gesehen. Es war ein Anblick, den er sein Leben lang nicht vergessen würde.

Wieso war sofort klar gewesen, dass es sich bei dem Toten um Julian König handelte? Der DNA-Test dauerte mindestens acht Stunden, meistens länger.

Hatte der Junge sich umgebracht, war bei ihm ein Abschiedsbrief oder Ähnliches gefunden worden?

Obwohl es schon so lange her war, konnte Edgar sich noch gut an sein Achtzehnjähriges Ich erinnern. Wie alt er sich damals vorgekommen war und wie verwirrt er sich gefühlt hatte. Sein Vater war streng und konnte wenig mit ihm als Sohn anfangen. Seine Mutter war eine stille Frau, die weder viel Aufhebens um sich noch um Edgar machte. Nur um seinen Vater.

War Julian frustriert, weil seine Mutter eine neue Familie gründen würde? Dachte er, es gäbe keinen Platz mehr für ihn? Oder hatte es mit einer unglücklichen Liebe zu tun? In diesem Alter waren viele Varianten möglich, die bei dem Jungen einen Kurzschluss ausgelöst haben konnten.

Vielleicht lag die Lösung auch viel näher, Depressionen waren vererbbar, und wenn man bedachte, dass sein Vater sich umgebracht hatte ...

Edgar mutmaßte, dass Julian nicht der Mustersohn war, für den seine Mutter ihn hielt. Dieses unpersönliche Zimmer, der unerklärliche Glitzer in den Parkettritzen, die geheime Verabredung mit der Tochter der verbannten Freundin und schließlich Ralphs kryptische Bemerkung über Julians Beichte. Möglicherweise hatte mehr unter der Oberfläche des jungen Mannes gebrodelt, als nach außen zu sehen war. Edgars Blick hatte sich in der Ferne verloren, während er nachdachte. Er zuckte zusammen, als plötzlich jemand vor ihm stand.

„Sind Sie Herr Brehm?"

Er sah hoch, schaute in das sehr schmale Gesicht einer jungen Frau mit frostigem Blick. Sie war blass und ihre glatte Haut glänzte ebenmäßig. Edgar schätzte sie auf Anfang 30, was recht jung war für jemanden in ihrer Position. Die dunkelbraunen Haare hatte sie straff aus dem Gesicht gebunden, sie trug einen dunklen Blazer, der ihr ein wenig zu groß war, dazu eine enge Jeans.

„Ja, bin ich. Und Sie sind?"

Sie reichte ihm die Hand, ihr Händedruck war so fest, dass es fast schon schmerzhaft war. Wieder nannte sie ihren Namen, doch so undeutlich, dass Edgar ihn nicht verstehen konnte. Er wollte nachfragen, aber etwas lenkte ihn ab.

Eine Frau in einem langen grünen Kleid stand etwas abseits, sie weinte und wischte sich energisch über die Wangen. Edgar schätzte sie auf den ersten Blick um die 40. Sie war groß, schlank, ihre kinnlangen kupferfarbenen Haare umrahmten ihr Gesicht. Irgendetwas hatte sie an sich, das Edgar in ihren Bann zog. Sie bemerkte seinen Blick und sah ihn an, als würde sie ihn kennen. War es das? Waren sie sich bereits begegnet? Sie öffnete den Mund, wollte etwas zu ihm sagen. Einer der Polizisten eilte zu ihr und verstellte Edgar die Sicht.

„Wir haben telefoniert", sagte die Ermittlungsbeamtin, ihre Stimme klang, als würde sie sich bemühen, tiefer zu sprechen. „Wenn Sie mich bitte begleiten. Es wird nicht lange dauern."

Sie drehte sich um und ging zielstrebig voraus. Edgar zögerte einen Moment. Die Rothaarige sah an dem Polizisten vorbei zu ihm, nickte ihm ein paar Mal zu, als würde sie mit ihm sprechen wollen, und deutete in seine Richtung.

„Herr Brehm?", rief die Beamtin ungeduldig. Sie führte Edgar in den ersten Stock.

Er kannte alles hier. Es war sein Arbeitsbereich für etliche Jahre gewesen.

„Hier herein, bitte", sagte sie und öffnete die Tür zu einem der Büros. Es gab drei Schreibtische, keiner war besetzt. Sie nahm hinter dem größten Platz und bot Edgar einen Stuhl an, der davorstand. Während sie geschäftig in einem Akt blätterte, versuchte Edgar, einen Blick hineinzuwerfen. Sie schloss ihn sofort, als sie es bemerkte, und lehnte sich zurück. Irgendwas an ihr kam Edgar bekannt vor, aber er konnte es nicht benennen. Sie war viel zu jung, als dass er sie von seiner früheren Laufbahn als Polizist kennen könnte.

„Herr Brehm, Sie sind Privatdetektiv und haben nach Julian König gesucht. Ist das richtig?"

Edgar fand es nicht der Mühe wert, ihr zu sagen, dass er den Fall nie offiziell angenommen hatte. Es gab weder einen Vertrag noch eine Honorarvereinbarung.

„Ja, das ist richtig."

„Wer hat Sie beauftragt?"

„Seine Mutter. Und deren Verlobter."

„Julian Königs Leiche wurde heute gefunden." Ihre Stimme war ein wenig gekippt. Ein Riss in der Fassade?

„Ich weiß."

„Aus den Medien?" Es klang erschrocken und ein ängstlicher Ausdruck huschte über ihr Gesicht. Im nächsten Moment hatte sie sich wieder gefasst.

„Nein. Frau König war bei mir in der Detektei, als sie angerufen wurde und davon erfahren hat."

Sie zuckte ein wenig zusammen. „Wer hat sie angerufen?"

„Das weiß ich nicht."

Einen Moment wirkte es, als wollte sie ihm etwas sagen. Dann schien sie es sich anders zu überlegen und reichte ihm ein Formular aus dem Akt. Er versuchte, es zu entziffern, aber die winzigen Buchstaben verschwammen vor seinen Augen. Seine Brille hatte er wieder vergessen, er sollte sie sich um den Hals binden.

„Was ist das?"

„Ihre Einwilligung, den Fall nicht länger zu bearbeiten."

„Bitte?“

„Sie würden dadurch die Ermittlungen der Polizei behindern.“

„Das soll ein offizielles Dokument sein?“

Die Beamtin sah ihn prüfend an. Und im nächsten Moment änderte sich ihr Blick und sie wirkte mitfühlend. Oder bildete Edgar sich das ein?

„Heißt das, Sie unterschreiben nicht?“

Bevor er antworten konnte, läutete das Telefon auf ihrem Schreibtisch.

„Ja?“, meldete sie sich. Ihre Augenbrauen hoben sich. „Er ist hier?“ Auf ihrer Stirn traten Adern hervor, sie war eindeutig unter Stress. „Nein, bring ihn mir bitte herauf. Danke.“

Sie legte auf.

„Wenn Sie das unterschrieben haben, können Sie gehen. Wenn nicht ...“ Der Satz blieb unvollendet in der Luft hängen. Sie fing an, auf ihrem Schreibtisch zu suchen. Ihm blieb sicher nicht viel Zeit, bis – wer auch immer – heraufgebracht wurde. Er nahm den Stift, der vor ihm lag, und rollte ihn zwischen den Fingern.

„Darf ich Sie etwas fragen? Aus rein persönlichem Interesse. Wie lange war Julian König tot, als er gefunden wurde?“

„Darum kümmert sich die Gerichtsmedizin“, sagte sie geistesabwesend.

„Und wie wurde so schnell festgestellt, dass es sich bei dem jungen Mann um Julian König handelt?“

Schlagartig bekam ihr Gesicht einen unsicheren Ausdruck. Jetzt war Edgar sich sicher, sie schon einmal gesehen zu haben. Aber wo?

„Es gab eindeutige Merkmale.“ Es klang nach einer Verteidigung.

„Welche?“

Sie schüttelte den Kopf, deutete auf das Formular vor ihm.

Edgar war klar, dass sie nicht antworten würde. Er legte den Stift zurück. Er hatte nicht vorgehabt, zu unterschreiben. Stattdessen faltete er den Zettel und steckte ihn ein.

„Ich verstehe. Gut, ich muss zuerst meine Brille aus dem Auto holen. Dann gebe ich es unterschrieben im Wachzimmer ab."

Was er mit Sicherheit nicht tun würde. Aber sie musste das glauben, wenn er in der kurzen Zeit, die ihm noch mit ihr blieb, nähere Einzelheiten erfahren wollte.

Bevor er die nächste Frage stellen konnte, klopfte es an der Tür. Ohne auf Antwort zu warten, betrat ein sehr junger Polizist das Büro. An ihm stürmte Gustav Hammer vorbei. Sein Gesicht war zu einer Grimasse verzerrt, er wollte augenscheinlich losbrüllen, da erkannte er Edgar.

„Haben Sie was damit zu tun?", zischte er.

„Was meinen Sie?", fragte Edgar.

„Franz, bring Herrn Brehm bitte runter", sagte die Beamtin, sprang auf und stellte sich vor Hammer. Edgar wäre gerne geblieben, doch der Polizist deutete zur Tür.

„Wir bedauern die Verwechslung außerordentlich", sagte die Beamtin.

„Ich werde Sie und Ihre Abteilung dafür zur Rechenschaft ziehen", brüllte Hammer sie an.

Was für eine Verwechslung? Edgar hatte Hammer erst vor einer oder zwei Stunden bei sich in der Detektei gesehen. Natürlich ging jeder anders mit dem Tod um, es gab keine allgemein gültige Reaktion. Und trotzdem – Edgar brauchte einen Moment, bis es ihm klar wurde. Er glaubte Hammer seine Wut und Verzweiflung nicht. Das hier wirkte wie ein einstudierter Auftritt. Der Polizist schloss hinter Edgar die Tür und führte ihn wortlos zu den Treppen.

„Meine Frau ...", hörte er noch Hammers gedämpfte Stimme. Dann ging sie im Hall ihrer Schritte unter.

„Wie ist nochmal der Name der Beamtin?", fragte Edgar beiläufig.

„Das ist die Abteilungsinspektorin Schebesta."

Edgar ließ sich nicht anmerken, wie überrascht er war. „Carolin Schebesta, richtig?", fragte er.

„Genau."

Mit einem Mal wusste er, wieso die Frau ihm bekannt vorgekommen war. Es war lange her, damals war sie noch ein Kind gewesen. Erinnerte sie sich an ihn? Hatte sie ihren Namen deshalb absichtlich undeutlich genannt?

Ihr Vater Georg Schebesta war ein ehemaliger Kollege von Edgar. Er war ein paar Mal bei ihm eingeladen gewesen. Nicht, weil sie befreundet waren, sondern weil Schebesta generell den privaten Umgang mit Kollegen pflegte. Bei einer Silvesterparty hatte Edgar mit Carolin den Ententanz und Walzer getanzt und sich von ihr Konfetti in die Haare streuen lassen. Er hatte dieses aufgeweckte Kind bei Weitem lieber gemocht als ihren Vater. Und dann war mit einem Mal alles anders gewesen. Weil Edgar sich geweigert hatte, bei internen Absprachen der Behörde und Bestechungen mitzumachen.

Georg Schebesta war einer der Hauptverantwortlichen dafür, dass man Edgar eine Affäre mit einem Angeklagten samt Weitergaben von Informationen unterstellt hatte. Er hatte ihm falsche Beweise untergeschoben. Edgar war nicht nur unehrenhaft aus dem Polizeidienst entlassen worden, er hatte auch keinen Job mehr bekommen. Bis Kurt ihn in der Detektei eingestellt hatte.

Edgar ging zur Sicherheitsschleuse, um das Gebäude zu verlassen. Kurz davor drehte er sich zu dem Polizisten um.

„Wo ist bitte die Toilette?", fragte er.

Er ließ sich den Weg zeigen, bedankte sich und ging zielstrebig Richtung Herrentoiletten.

Erst kurz davor warf er einen Blick in den Gang. Niemand da. Statt die Toilette zu betreten, ging er zurück, bis er vor der dritten Tür auf der rechten Seite stand. An genau dieser Stelle, ein Stockwerk darüber, befand sich Carolin Schebestas Büro.

Er klopfte an. Niemand meldete sich. Langsam drückte er die Klinke herunter. Es war offen. Kein Mensch da. Er schlüpfte hinein und schloss leise die Tür hinter sich. Das war kein Büro mehr. Jetzt war es ein Konferenzraum. Einen Moment wartete er. Von draußen war nichts zu hören. Dann sah er sich um. In der Mitte des Raums stand ein großer Tisch, umgeben von etlichen Stühlen. An den Wänden hingen die gerahmten Porträts der Polizeichefs. Sonst war hier nichts. Kein Schrank, keine Akten, kein Computer. Vielleicht war deshalb nicht abgesperrt worden. Aber es war alles hier, was Edgar brauchte. Er ging zu dem Rohr in der Ecke, das vom Boden bis zur Decke reichte. Es hatte einen Durchmesser von gut zehn Zentimetern und fiel kaum auf, da es im selben Weiß gestrichen worden war wie die Wand.

Von Fernanda wusste Edgar, dass die hausinterne Rohrpost aus Kostengründen nach seinem Ausscheiden bei der Polizei nie entfernt worden war. Dieses Rohr vor ihm war nichts weiter als ein Relikt aus längst vergangenen Zeiten. Manche hier fanden es gruselig, unter anderem auch Fernanda, obwohl sie es besser wusste. Manchmal hörte man nämlich unverständliche Stimmen über das Rohrsystem. Es war der Hall aus den oberen Stockwerken.

Früher war im Keller eine riesige Abteilung gewesen, die Dokumente in die verschiedenen Büros mittels Druckluft per Rohrpost geschossen hatte. Nun waren diese Metallrohre völlig nutzlos, aber es war zu kostspielig, sie zu entfernen.

Unter Neulingen wurde gerne das Gerücht verbreitet, es wären die Stimmen der Verstorbenen, deren Überreste seit dem Ringtheaterbrand 1881 hier begraben waren. Was tatsächlich stimmte – das Polizeigebäude war auf den Trümmern des Ringtheaters erbaut, aus denen man damals nicht alle Leichen hatte bergen können.

Ironischerweise wusste Edgar von Schebesta, wozu der diese Rohre genutzt hatte. Er hatte Edgar während einer ruhigen Nachtschicht gezeigt, wie man belauschen konnte, was in den Büros im ersten Stock vor sich ging. Man musste nur ein paar der Klappen in die richtige Position schieben. Dadurch wurde der Hall geleitet und die Stimmen wurden verständlich.

So leise wie möglich löste Edgar einen Riegel nach dem anderen. Das ging schwer, es durfte schon lange nicht mehr gemacht worden sein. Er wusste nicht, ob es noch funktionierte. Beim Bewegen jeder Klappe war ein leises, durchdringendes Quietschen zu hören. Er hielt inne, rechnete damit, entdeckt zu werden. Doch niemand kam. Er musste ein paar Mal probieren, bis er die richtige Position fand.

„Wussten Sie davon?“, fragte eine hallende Männerstimme aus dem oberen Stockwerk.

Das war nicht Hammer. Hatte er sich im Raum geirrt? Er versuchte, sich zu erinnern, ob es wirklich die dritte Tür gewesen war, da hörte er eine weitere Männerstimme.

„Nein. Bis jetzt nicht.“

Edgar erstarrte. War das Ralph? Nein, das konnte nicht sein.

„Haben Sie einen Verdacht, wer die anonyme Anruferin sein könnte?“

„Nein. Aber wenn Sie es mir vorspielen, erkenne ich vielleicht ihre Stimme ...“

„Erstens kann ich das nicht machen und zweitens wurde die Stimme verzerrt aufgenommen und die Nachricht bei dem Anruf nur abgespielt. Die Analyse hat ergeben, es handelt sich um eine Frauenstimme. Mehr kann man nicht erkennen.“

„Oh. Das klingt aufwendig.“

„Ganz genau. Also ist etwas dran?“

„Was meinen Sie? Woran?“

„An der Anschuldigung, Sie hätten mit Julian König eine intime Beziehung gehabt?“

IV.

Tick, tack, tick, tack. Die Zeit läuft. Die Zeit, bis alles ans Licht kommt. Wie lange kannst du deine Geheimnisse für dich behalten?

Heute Morgen hast du mich lange angesehen. Du dachtest sicher, ich merke es nicht. Aber dein Gesicht hat sich im Metall des Wasserkochers gespiegelt. Dieses Gesicht, das mir vertraut und gleichzeitig fremd ist. Ich habe mich gefragt, warum das so ist? Und dann habe ich es begriffen – du hast so viele Gesichter. Zu viele. Siehst du, ich weiß alles von dir und trotzdem will ich dich. Immer und immer wieder. Nur dich.

Du hast keine Ahnung, wie oft ich schon den Entschluss gefasst habe, dass es vorbei ist. Dass keiner von uns so weitermachen kann. Doch dann war da jedes Mal etwas in mir, das viel stärker war. Ich weiß nicht, was es ist. Und ich weiß auch nicht, ob es meine Schuld ist. Hast du mich mit einem Fluch belegt, gegen den ich nicht ankomme, egal, was ich tue?

Brauche ich einen Exorzisten, einen Psychiater, Medikamente, Drogen, um von dir geheilt zu werden?

Oder muss ich einfach jemandem die Wahrheit sagen?

13.

Edgar presste sein Ohr fester an das Rohr in dem Konferenzraum. Sein Herz klopfte wie verrückt, was es schwerer machte, alles zu verstehen.

„Wann haben Sie Julian König zuletzt gesehen?“, hörte er.

„An dem Nachmittag, bevor er verschwunden ist.“

„Wo war das?“

„Er ist zu mir in die Pfarre ‚Zum barmherzigen Heiland‘ im dritten Bezirk gekommen.“

Obwohl Edgar wusste, dass es niemand anderes als Ralph sein konnte, schnappte er nach Luft. Denn das hörte sich nicht nach einer Zeugenbefragung an. Ganz und gar nicht. Was er da hörte, war ein Verhör.

„Aus welchem Grund war er bei Ihnen?“

„Um sich auszusprechen. Er hat mich gebeten, ihm die Beichte abzunehmen.“

„Worüber hat er gesprochen?“

Eine kurze Pause entstand.

„Wieso ist das wichtig?“, fragte Ralph. „Nur wegen dieses Anrufs? Ich sage Ihnen, ich habe keine Ahnung, was der zu bedeuten hat oder von wem er kommt. Die katholische Kirche genießt nicht den besten Ruf in der Öffentlichkeit. Und ich weiß, es gibt vieles, das falschläuft. Bei dem, was man überall in den Nachrichten hört, kann es schon sein, dass Situationen missinterpretiert werden.“

„Da mögen Sie recht haben, aber darum geht es nicht. Hier geht es rein um die Ermittlungen über Julian König. Wir versuchen, seine letzten Stunden zu rekonstruieren. Bitte verstehen Sie das nicht als Misstrauen, ich befrage Sie deshalb so genau, da wir alles ausschließen wollen.“

„Das ist mir klar. Was er mir an diesem Nachmittag im Vertrauen gesagt hat – es fällt unter das Beichtgeheimnis. Ich kann nicht darüber sprechen. Es tut mir leid.“

„Da er tot ist, denke ich, das Beichtgeheimnis spielt keine Rolle mehr."

„Auch wenn ein Mensch stirbt, bleibt seine Würde erhalten."

„Was meinen Sie damit?"

„Bitte verstehen Sie mich nicht falsch. Ich möchte helfen. Obwohl ich noch nicht ganz verstehe, warum Sie mich vorgeladen haben."

„Ich dachte, es ist Ihnen hier lieber als in Ihrer Pfarre."

„Nein, ich meine, warum Sie mich überhaupt befragen?"

Der Beamte schien nicht zu antworten.

„Eine Beichte ist ein großer Vertrauensbeweis", fuhr Ralph fort. „Und Julian hat mir vertraut."

„Das heißt, Sie sagen nicht, was Julian Ihnen gebeichtet hat?"

„Selbst wenn ich wollte, ich kann es nicht."

„Wir werden dem nachgehen. Wo waren Sie an dem Abend, als Julian verschwunden ist?", fragte die männliche Stimme.

„Entschuldigung, aber würden Sie mir sagen, wieso Sie das wissen müssen? Was hat das mit Julians letzten Stunden zu tun?"

„Dazu kommen wir noch. Vorher muss ich bitte wissen, wo waren Sie an dem Abend?"

„Ich war zu Hause."

„Wo ist das?"

„Ich habe eine Wohnung im Nebengebäude der Pfarre."

„Wo ist die Pfarre?"

„Sie befindet sich in der Nähe der Landstraße."

„Und dort waren Sie den ganzen Abend? Ab wann?"

„Wahrscheinlich ab 20 Uhr."

„Und vorher waren Sie nur in der Pfarre?"

„Nein."

„Wo waren Sie sonst?" Die Stimme des Beamten klang ungeduldig.

„Bei ihm zu Hause."

„Sie waren bei Julian König zu Hause?"

„Ja. Nein, eigentlich war ich bei seiner Mutter, Kirsten. Nachdem Julian an diesem Nachmittag gegangen ist, habe ich mir Sorgen um ihn gemacht."

„Wegen dem, was er Ihnen in der Beichte gesagt hat?"

„Ja, auch. Und er war sehr aufgewühlt. Er hat geweint."

Edgar musste Ralph stoppen. Ihm war klar, worauf das hinauslief. Irgendwas stimmte da nicht. Es klang, als würde Ralph wegen eines Gewaltverbrechens befragt. Aber das gab überhaupt keinen Sinn. Außer – Edgar drehte sich der Magen um. Außer, es war kein Selbstmord, den Julian begangen hatte. Eilig fischte er sein Handy aus der Innentasche des Sakkos. Toni hatte in der Zwischenzeit ein paar Mal angerufen, er hatte sein Handy auf leise gestellt.

„Und weiter?", fragte der Beamte.

„Ich wollte deshalb noch kurz bei Julian reinschauen. Was sich ganz gut ergeben hat, ich musste sowieso noch in eine Buchhandlung. Das habe ich mit einem ausgedehnten Spaziergang verbunden. Aber nur Kirsten war zu Hause, Julian war nicht da."

„Kirsten, Sie meinen Kirsten König, seine Mutter?"

Edgar brauchte, bis er in der Liste der Anrufe Ralphs Nummer fand. Die Mobilbox ging sofort ran, er hatte sein Handy ausgeschalten. Das durfte nicht wahr sein.

„Ja, genau, Kirsten König."

„Und ist das üblich, dass Sie Frau König in ihrer Wohnung besuchen? Oder ihren Sohn?"

„Ich weiß nicht, ob das üblich ist. Aber auch aus solchen Gründen bin ich Priester geworden."

„Bitte?"

„Es geht mir nicht darum, ob jemand jeden Sonntag zur Messe kommt oder die Kirchensteuer zahlt. Ich weiß, dass vieles im Argen liegt, und ich verstehe mich als Verbindungsmann zwischen Gott und den Menschen. Und das erfülle ich, so gut ich kann.“

„Was genau meinen Sie mit Verbindungsmann?“

„Hilfe. Trost. Güte. Eine neue Perspektive in schwierigen Situationen anbieten.“

„Und das haben Sie bei Frau König und ihrem Sohn getan?“

„Ich bereite Kirsten und ihren Mann auf die Ehe vor. Das ist üblich vor einer kirchlichen Trauung. Sie wollen im September heiraten. Kirsten erwartet ein Kind, es ist keine leichte Schwangerschaft. Oft geht es ihr nicht gut und sie soll sich schonen. Darum hat mich Herr Hammer gebeten, die Treffen im privaten Umfeld abzuhalten. Und ich habe natürlich zugestimmt.“

„Natürlich. Seit wann kennen Sie Julian?“

„Seit einem Jahr.“

Eine Pause entstand. Vielleicht wartete der Beamte, dass Ralph das weiter ausführen würde. Was er anscheinend nicht tat.

„Wie haben Sie ihn kennengelernt?“, fragte er schließlich.

„Durch seine Mutter, als sie für ihren Artikel bei mir recherchiert hat.“

„Verstehe. Nochmal zurück zu dem Nachmittag. Sie sind also, nachdem Julian bei Ihnen war, in eine Buchhandlung gegangen, haben ein Buch gekauft ...“

„Nein, gekauft habe ich keines, ich habe mich umgesehen.“

„Verstehe. Welches Buch wollten Sie denn kaufen?“

„Der Fänger im Roggen von Salinger.“

„Ist das nicht ein altes Buch?“

„Ein Klassiker, ja. Julian hat mir von dem Roman erzählt, er hat ihm sehr gefallen.“

„Wirklich, und worum geht es darin?“

Edgar beschwor Ralph im Stillen, dieses Gespräch abzubrechen. Merkte Ralph denn nicht, dass er verhört wurde?

„Um einen Jungen, der sich gegen das Erwachsenwerden sträubt. Er läuft von zu Hause weg und sucht seine eigene Wahrheit in einer Welt, die ihm verlogen erscheint. Ich habe es vor Ewigkeiten gelesen, aber mich nicht mehr daran erinnern können. Ich weiß nur, es hat mich damals beeindruckt. Darum wollte ich es nochmal lesen. Aber ich habe es nicht in der Buchhandlung gefunden und bin wieder gegangen."

„Verstehe. Haben Sie dort jemanden danach gefragt?"

„Nein."

„Warum nicht?"

„Wahrscheinlich, weil alle beschäftigt waren, ich weiß es nicht mehr."

„Julian ist also nach diesem Gespräch mit Ihnen eine Nacht lang nicht nach Hause gekommen. Darauf haben Sie Frau König geraten, sie soll einen Privatdetektiv engagieren, der nach Julian sucht. Ist das richtig?"

„Ja. Ich habe es zwar nicht für möglich gehalten, dass er abgehauen ist ..."

„Warum dann die Idee mit dem Detektiv?"

„Weil er mir gegenüber diesen Roman erwähnt hat. Und darin passiert genau das, ein Achtzehnjähriger läuft von zu Hause weg. Darum dachte ich mir, vielleicht war es eine versteckte Botschaft, dass er mir von dem Buch erzählt hat."

„Wie würden Sie Ihr Verhältnis zu Julian beschreiben?"

„Er hat mir genug vertraut, um sein Herz auszuschütten, wenn Sie das meinen. Das ist nicht selbstverständlich bei einem jungen Mann."

„Aber Sie kannten sich doch schon sehr gut, oder nicht?"

„Gut ist in dem Fall relativ. Wir haben jedenfalls sehr viel miteinander gesprochen."

„Sie waren also an diesem Abend bei Kirsten König. Um wie viel Uhr?“

„Ich schätze, es war sieben Uhr.“

„Und wie lange waren Sie dort?“

„Vielleicht 15 Minuten.“

„Wieso so lange? Ich meine, wenn ihr Sohn doch nicht zu Hause war?“

„Sie hat mich reingebeten, da wurde ihr übel. Sie war kurz im Bad und dann haben wir ein wenig geplaudert. Sie wusste nicht, dass ich nur gekommen bin, um nach Julian zu sehen. Ich wollte sie nicht beunruhigen.“

„Hat Julian bei Ihren Gesprächen in irgendeiner Weise angedeutet, dass er sich durch etwas oder jemanden bedroht fühlt?“

„Bedroht? Wieso bedroht?“

„Bitte beantworten Sie meine Frage.“

„Nein, er hat sich nicht bedroht gefühlt. In keinster Weise. Er war unglücklich.“

„Doch den Grund seines Unglücks können Sie nicht sagen, richtig?“

„Wie gesagt, nein. Die Beichte ist ein heiliges Sakrament.“

„Gut. Was ich noch gerne von Ihnen erfahren möchte: Als Sie darauf gewartet haben, dass Kirsten König aus dem Bad kommt, haben Sie da zufällig Julians Handy in der Wohnung gesehen?“

„Julians Handy? Nein, ich weiß nicht, wie das aussieht. Wieso?“

„Wie kommt diese Anruferin darauf, Sie hätten eine intime Beziehung mit Julian gehabt?“, überging der Beamte die Frage.

„Ich habe keine Ahnung. Wenn Sie mir ihren Namen sagen, dann gehe ich dem gerne nach.“

„Es war ein anonymer Anruf.“

„Ich dachte, anonyme Anrufe sind bei der Polizei nicht möglich?“

„Bitte?“

„Selbst wenn eine Nummer unterdrückt ist, ist sie doch für die Polizei sichtbar. Oder nicht?“

„Woher wissen Sie das?“

„Wahrscheinlich aus irgendeinem Krimi im Fernsehen.“

„Wirklich? Priester sehen Krimis?“

„Wieso nicht?“

„Oder Sie wissen es von Herrn Brehm?“

Edgar zuckte zusammen, als er seinen Namen hörte.

„Nein, nicht von ihm.“

„Aber Sie kennen sich? Deshalb haben Sie ihn auch als Detektiv vorgeschlagen?“

Ralph schien zu zögern.

„Ja, von früher, es ist lange her. Ich wollte, dass jemand nach Julian sucht, dem Kirsten vertrauen kann. Deshalb habe ich ihn angerufen.“

„Verstehe. Gut, eine andere Frage. Sie waren verheiratet, bevor Sie Priester wurden. Ist das richtig?“

„Sie sind sehr gewissenhaft. Ja, das war ich.“

„Ist so etwas üblich?“

„Was genau?“

„Dass Priester verheiratet waren?“

„Es kommt vor. Außerdem haben meine Frau und ich uns schon vorher getrennt. Erst ein Jahr danach habe ich mit dem Theologiestudium begonnen.“

„Sie konnten Priester werden, obwohl Sie geschieden waren?“

„Die katholische Kirche ist zwar noch nicht im Mindesten so modern, wie sie sein sollte. Aber sie ist auch nicht nur so vorsintflutlich, wie es den Anschein hat. Meine Frau und ich waren nicht kirchlich verheiratet, nur standesamtlich. Das hat die Sache erleichtert.“

„Das heißt, Ihre Entscheidung, Priester zu werden, war nicht der Grund der Trennung?“

„Nein.“

„Darf ich fragen, was der Grund war?“

Ralph lachte verbittert auf. Anscheinend verlor er langsam die Geduld. Das war nicht gut. Er sollte locker bleiben, verdammt noch mal.

„Wieso wollen Sie das wissen?“

„Sie müssen es nicht sagen. Haben Sie etwas dagegen, wenn wir Ihre Ex-Frau dazu befragen?“

Edgar flehte, dass Ralph nicht antworten würde. Das war eindeutig eine Fangfrage, denn der Beamte brauchte dazu nicht Ralphs Einverständnis. Er wollte nur sehen, wie Ralph reagierte.

Eine Weile war nichts zu hören.

„Nein, wieso sollte ich?“, fragte Ralph schließlich.

Gut. Edgar hoffte inständig, dass es jetzt zu Ende war.

„Eine Frage noch – hatte Julian Ihnen gegenüber romantische Gefühle?“

„Nein.“

„Sind Sie sicher?“

„Ausschließen kann man so etwas nie, aber ich bin mir sehr sicher, dass es nicht so war.“

„Sie schließen es demnach nicht kategorisch aus. Das heißt, er war homosexuell? Wollte er deshalb mit Ihnen reden? Wusste seine Mutter davon?“

„Nochmal, ich kann Ihnen nicht sagen, was Julian mir anvertraut hat“, sagte Ralph. Er klang aufgebracht.

„Sie können nicht oder Sie wollen nicht?“

„Das Beichtgeheimnis ...“

„Gab es jemals zwischen Ihnen irgendeine Art von körperlicher Annäherung?“

Der Beamte klang jetzt ebenfalls ungeduldig.

„Körperlicher ... wieso sagen Sie nicht frei heraus, was Sie damit andeuten wollen?“

Die Freundlichkeit aus Ralphs Stimme war verschwunden. Edgar kannte ihn gut genug, um zu erkennen, dass er gleichzeitig verärgert und verunsichert war.

„Ich will gar nichts andeuten. Ich frage lediglich, ob Sie irgendeine Art von Körperkontakt mit Julian hatten?“

Edgar musste etwas tun, um das Verhör zu unterbrechen. Aber er wusste nicht, was. Sollte er hinaufgehen und klopfen? Und dann? Was dann? Er konnte die Befragung nur unterbrechen, aber nicht beenden. Er war schließlich kein Anwalt.

„Bei unserem letzten Treffen hat Julian mich zum Abschied umarmt, wenn Sie so etwas meinen“, sagte Ralph laut.

„Warum?“

„Warum er mich umarmt hat?“

„Ja.“

Eine Pause entstand.

„Wahrscheinlich, weil ich ihn verstanden habe. Ich habe versucht, ihm das Gefühl zu vermitteln, nicht allein zu sein“, sagte Ralph. Er klang milder, schien sich wieder besser im Griff zu haben.

„Weil Sie für ihn da waren?“

„Ja. Und weil Gott für ihn da war“, sagte Ralph bestimmt.

Edgar verkrampfte innerlich. Obwohl es völlig unsinnig war, wurde er wütend auf Ralph und seinen Gott.

„Und Sie haben diese Umarmung erwidert?“

„Natürlich habe ich das. Es war nichts dabei. Können Sie mir bitte sagen, was los ist? Wieso fragen Sie mich das alles?“

„Das ist Teil der Ermittlungen.“

„Es klingt aber anders.“

„Ach, ja? Und wie?“

„Als würden Sie mir unterstellen wollen, ich hätte Julian einen Anlass gegeben, sich umzubringen ...“

„Er hat sich nicht umgebracht.“

„Er ... was?“

„Nein.“

„Was soll das heißen?“

„Es wird von einem Gewaltverbrechen ausgegangen.“

„Warum … ich meine … oh Gott, er hat … er wurde … ist das wahr?“

„Ja. Ist es. Von einem Selbstmord kann man beim momentanen Ermittlungsstand nicht mehr ausgehen.“

„Was … was ist passiert?“

„Er hat schwere Kopfverletzungen.“ Der Beamte ließ eine Pause. Edgar konnte förmlich vor sich sehen, wie er Ralphs Reaktion beobachtete. „Eine stammt von einem Sturz. Außerdem hat die Gerichtsmedizin bestätigt, dass er mit einem harten Gegenstand wie einem Stein auf den Kopf getroffen wurde.“

„Er ist nicht ertrunken?“

„Nein, ist er nicht.“

„Wer sollte Julian etwas antun?“

„Das werden wir herausfinden. Es wurden etliche Blutspuren von Julian in einem Waldstück bei der Prater Hauptallee gefunden. Was bedeutet, jemand hat ihn dort erschlagen und muss die Leiche dann zum Donaukanal gebracht haben, um sie zu versenken.“

„Aber … ich kann das nicht glauben. Oh Gott. Wann ist das passiert?“

„An dem Abend, als er verschwunden ist.“

Als Edgar das hörte, löste sich ein Druck in seiner Brust. Er hätte Julian nicht finden können. Selbst, wenn er den Auftrag angenommen hätte.

„Um nochmal auf die Anschuldigung der anonymen Anruferin zurückzukommen, gab es zwischen Julian und Ihnen irgendeine Situation, die Sie rückblickend als …“

Mehr konnte Edgar nicht verstehen. Eine Tür ging auf. Im ersten Moment dachte er, das Geräusch käme von oben. Doch dann hörte er Schritte hinter sich.

Er drehte sich um und sah in die erstaunten Gesichter von Beamtinnen und Beamten, die mit Kaffeetassen in der Hand, Laptops und Akten unterm Arm in den Konferenzraum strömten.

14.

Toni saß auf Edgars Schreibtischstuhl und wartete nun schon seit zwei Stunden auf ein Zeichen von ihm. Ihr Magen knurrte vor Hunger und ihr war gleichzeitig übel. Vielleicht, weil sie so lange nichts gegessen hatte. Oder die neuesten Entwicklungen hatten ihr auf den Magen geschlagen. Ein paar trockene Kekse wären ideal gewesen, aber natürlich war in Edgars Büro nichts Essbares zu finden. Alle Vorräte an Snacks hatte sie längst aufgegessen und keinen Nachschub besorgt. Vincent hatte ihr in seiner Manier als Fitnesstrainer letztens erst einen Vortrag darüber gehalten, wie ungesund das viele Zucker- und Knabberzeug war, das sie in sich reinstopfte. Womit er recht hatte. Aber Trockenpflaumen und Mandeln konnten nun mal nicht mit Schokoriegeln und Chips konkurrieren. Herrje, und ausgerechnet sie wollte Edgar zu einer gesunden Ernährung überreden.

Der Kater auf dem Sofa miaute laut und sah sie erwartungsvoll an.

„Du hast doch schon das ganze Sushi von gestern bekommen. Was willst du denn noch?“, fragte sie.

Als Antwort kam nur wieder ein „Miau“. Sie stand auf, setzte sich neben ihn und fing an, ihn zu kraulen.

Wo blieb Edgar? Und wieso ging er nicht an sein Handy?

Sie hatte ihm Nachrichten auf der Mobilbox hinterlassen. Was war das alles für ein Mist! Toni wollte nicht an Kirsten König denken, aber sie tat nichts anderes. Ob sie im Krankenhaus war? Wie würde sie mit diesem Verlust leben können? Wenigstens hatte sie Hammer, auch wenn Toni den nicht besonders sympathisch fand. Trotzdem – er liebte sie, er kümmerte sich um sie und die beiden würden bald ein Baby haben. Hoffentlich.

Und hoffentlich bekam Kirsten König dieses Video niemals zu Gesicht.

Sicher zehn Mal hatte Toni es sich in der Zwischenzeit auf Instagram angesehen und jedes Mal war sie wütender geworden.

AliceK. sah aus, wie Toni sich eine typische Influencerin vorstellte. 20 Jahre alt, sehr schlank, platinblonde schulterlange Haare, ebenmäßiges Gesicht, volle, aufgespritzte Lippen, perfektes Make-up und überirdisch schön – eine Mischung aus Model und „Mädchen von nebenan". Ihr Video war innerhalb der letzten Stunden hunderttausende Male aufgerufen und geteilt worden.

Man sah in Großaufnahme das Gesicht von AliceK., wie sie in Berliner Akzent davon erzählte, dass sie an Bord des Twin City Liner war und sie nicht weiterfahren konnten. Gerade wurde abgecheckt, was der Grund dafür war, dass der Motor streikte. Dann ruckte sie mit dem Kopf, es war „Was ist das?" und kurze Zeit später: „Oh, mein Gott. OhmeinGottohmeinGottohmeinGott" zu hören, während die Kamera ihres Handys nur noch den Himmel filmte. Die Einstellung änderte sich, es waren ihre weißen Sneaker zu sehen, sie ging ein paar Schritte, blieb stehen. Ging wieder. Undefinierbares aufgeregtes Stimmengewirr im Hintergrund, dann zeigte das Video wieder ihr Gesicht.

„Leute, es ist hier was Schreckliches passiert", sagte sie atemlos. „Da wurde jemand gefunden. Unter dem Schiff. Er ist tot." Tränen traten ihr in die Augen. Sie ruckte wieder mit dem Kopf. „Wartet kurz." Die Aufnahme wackelte, sie schien durch das Schiff zu laufen, sprach mit jemandem, den man nicht sehen konnte. Dann zeigte das Display erneut ihr Gesicht. „Die haben irgendwas bei ihm gefunden. Keine Ahnung. Das ist so schlimm, ich kann da nicht hin. Daniel ist jetzt dort. Leute, Leute, ich kann das gar nicht glauben. Wien, was machst du mit uns? Hey, wenn es euch schlecht geht, bitte sucht euch Hilfe, okay? Macht keinen Blödsinn. Wartet, da kommt Daniel." Sie drehte die Kamera zu einem jungen Mann mit Baseballkappe, er hatte den Mund verzogen. „Alter, das ist so krass ... ich hab nicht hinschauen können."

„Hast du irgendwas mitbekommen?"

„Ja, der hatte einen Ausweis bei sich, der Typ heißt Julian König. Und sie haben gesagt, er ist voll jung."

Toni stoppte das Video. Immer und immer wieder wanderte die Frage in Tonis Kopf, wann Julian das getan hatte. Und warum er sich umgebracht hatte.

Sie hoffte, er hatte es getan, bevor Edgar den Auftrag abgelehnt hatte. Was ein einfältiger und sinnloser Wunsch war, denn er änderte nichts daran, dass Julian tot war. Aber für Edgar würde es etwas ändern.

Schritte waren zu hören, Toni horchte auf.

„Edgar?", rief sie. „Edgar, bist du das?"

„Hallo? Ich suche Herrn Brehm", antwortete eine Frauenstimme vom Gang.

Toni stand auf und öffnete die Tür. Eine rothaarige Frau in einem langen grünen Kleid blickte Toni aus tiefgrünen Augen durchdringend an. Sie hatte die Lippen zusammengepresst. Sie erinnerte Toni an jemanden, aber sie kam nicht drauf, an wen. Vielleicht war es auch nur diese Art von Blick. Eine Mischung aus Verzweiflung und Entschlossenheit. Viele Klienten hatten ihn, wenn sie Edgars Dienste in Anspruch nehmen wollten.

„Ja, bitte?"

„Ich möchte zu Herrn Brehm", sagte die Frau, ihre Stimme klang heiser.

„Tut mir leid, Herr Brehm ist nicht da."

„Oh, ich dachte ..." Sie verstummte, schluckte. Ihre Augen wurden glasig. Es sah aus, als gäbe sie sich Mühe, nicht zu weinen.

„Haben Sie einen Termin bei ihm?", fragte Toni rasch. Sie hielt es nicht gut aus, wenn jemand vor ihr weinte. Manchmal musste sie deswegen sogar das Büro verlassen – es war schließlich nicht sehr professionell, wenn sie mit Klienten mitheulte.

„Nein. Aber ich ... wann kommt er denn bitte wieder?"

„Das weiß ich nicht. Wenn Sie wollen, können Sie ihm eine Nachricht hinterlassen und er meldet sich dann bei Ihnen."

Toni konnte sich nicht vorstellen, dass Edgar einen neuen Fall übernehmen wollte. Andererseits war es mehr als unwahrscheinlich, dass er einfach Urlaub machen würde.

„Sie arbeiten auch hier", sagte die Frau leise. Es klang wie eine Feststellung.

„Ja."

Sie lächelte Toni traurig an und schluckte wieder. „Ich würde gerne auf Herrn Brehm warten. Bitte."

Toni zögerte. Sie war noch nicht mit sich übereingekommen, wie lange sie in der Detektei bleiben und auf Edgar warten würde. Ihrer Oma hatte sie einen Besuch am Nachmittag versprochen und am liebsten wollte sie gleich die nächste Schnellbahn nach Baden nehmen. Außerdem hatte sie Tim Ravingers Einladung zum Abendessen angenommen.

Denn als die Push-Nachrichten auf ihrem Handy eingetroffen waren und ihr klar war, dass sie jetzt wegmusste, hatte sie zugestimmt. Es war mehr aus Verlegenheit als aus Überzeugung. Er hatte sich gefreut und wollte sich mit ihr um halb acht im Café Hawelka in der Dorotheergasse treffen.

Als sie den Raum verlassen hatte, war sie fast in Janina reingelaufen. Sie stand auf dem Gang und sah Toni mit einem Blick an, als wollte sie ihr eine reinhauen. Hatte sie gelauscht? Ob Ravinger und sie sich doch näher kannten? Mit etwas Abstand kam Toni das alles immer merkwürdiger vor.

Es war eine Sache, bei Ravinger Unterricht zu nehmen. Aber mit ihm einen Abend zu verbringen? Wollte sie das wirklich? Was wollte er von ihr? Das konnte doch kein Date sein? Wer war sie denn im Vergleich mit all den berühmten Leuten, mit denen er zu tun hatte? Oder ging es um etwas anderes? Ihr fiel wieder der Regisseur Peter Steiner ein. Nein, nur weil es schwarze Schafe gab, durfte man nicht automatisch alle in einen Topf werfen. Vielleicht war gar nichts dabei und er verabredete sich mit seinen Schülerinnen, um sie besser kennenzulernen?

Toni würde sich bei dem Treffen einfach sachlich und freundlich verhalten. Für sie war es kein Date, egal, wie Ravinger sich verhielt. Genau.

Trotzdem war es angemessen, etwas Hübscheres anzuziehen als das Ensemble aus Jeans, weißem T-Shirt und blauen Chucks, das sie gerade trug. Oder würde das ein falsches Signal aussenden? Andererseits konnte ihr doch jede Art von Signal völlig egal sein, sie wollte ja nichts von ihm, außer im Unterricht von ihm zu lernen.

Aber warum war sie dann nervös, wenn sie an das Treffen dachte?

„Ich weiß nicht, ob Herr Brehm heute überhaupt wiederkommen wird. Ich gebe Ihnen seine Nummer, dann können Sie ihn anrufen."

„Ich kann ... das nicht am Telefon besprechen. Ich muss es ihm persönlich sagen. Es ist wichtig."

„Worum geht es denn?", fragte Toni.

Als wäre ein Bann gebrochen, fing die Frau zu weinen an. „Tut mir leid", schluchzte sie. „Tut mir leid. Es ist ... es geht gleich wieder."

„Bitte kommen Sie rein. Sie sagen mir einfach alles, ich schreibe es auf und gebe es an Herrn Brehm weiter."

Das hatte Toni noch nie gemacht, sie wusste gar nicht, wieso sie das vorgeschlagen hatte. Übersprunghandlung würde Lena dazu sagen. Toni musste irgendwas tun.

Die Frau sagte etwas, das klang wie „Vielen Dank", aber Toni verstand es nicht richtig, weil sie schluchzte.

Sie trat zur Seite und ließ die Frau ins Büro. Kaum hatte sie einen Fuß über die Schwelle gesetzt, fauchte der Kater, sprang von der Couch auf und rannte blitzschnell an ihnen vorbei auf den Gang hinaus. Der neurotischste Kater der Welt, dachte Toni, der passt zu uns.

Sie schloss die Tür, rückte der neuen Klientin den Thron zurecht und stellte ihr unaufgefordert ein Glas Wasser hin. Dann nahm sie hinter Edgars Schreibtisch Platz und holte ein paar Zettel aus dem Drucker, um sich Notizen zu machen.

„Entschuldigung, hätten Sie ein Taschentuch?", schluchzte die Frau.

Toni wusste, Edgar hatte absichtlich keine Taschentuchboxen hier stehen, damit die Leute sich nicht bestärkt fühlten, wenn sie weinten. Was nicht selten vorkam. Die ganze Bandbreite von Emotionen hatte Toni in diesem Büro schon miterlebt. Besonders, wenn Edgar die Ergebnisse seiner Observationen mitteilte. Von Wutausbrüchen bis zu hysterischen Lachanfällen, weil man nicht glauben konnte, was man hörte. Verzweifelte Weinkrämpfe schienen auch Edgar am unangenehmsten zu sein. Was Toni zwar verstand, aber trotzdem verwunderte. Er war schon so lange Detektiv und hatte sich noch immer nicht daran gewöhnt. Sein Gesicht bekam dann diesen gequälten Ausdruck. Weil es Edgar hilflos machte. Geheimnisse zu lüften war das Spannende an dem Job. Aber was diese Geheimnisse anrichteten, das war der schwere Teil. Sie stand auf und holte ein Päckchen aus ihrer Tasche. Als sie es der Frau reichte, blieb deren Blick auf Tonis Handfläche gerichtet.

„Oh. Es tut mir unendlich leid um Ihren Verlust", sagte sie leise und sah Toni an.

„Welchen Verlust?"

„Als Sie sehr jung waren, hatten Sie einen schlimmen Verlust zu verkraften. Das war sicher nicht leicht."

„Was … woher wissen Sie das?"

„Ich habe es in Ihrer Hand gesehen. Es stimmt, oder?"

Toni nickte. „Meine Mutter, ja. Sie ist gestorben."

„Hier … sehen Sie, diese Linie." Die Frau deutete auf

Tonis Handfläche. „Die ist unterbrochen. Am Anfang." Sie wischte sich die Tränen von den Wangen und schien sich zu beruhigen. „Entschuldigung, ich wollte Sie nicht erschrecken."

„Haben Sie nicht. Sie haben das wirklich aus meiner Hand gelesen?", fragte Toni überrascht.

Die Frau nickte, ihr Blick wurde weich.

„Und was sehen Sie noch?"

Ein Lächeln tauchte auf dem Gesicht der Frau auf. „Sie sind in einem kreativen Beruf tätig. Das hier machen Sie nur nebenbei."

„Das sehen Sie in meiner Hand? Wirklich?"

„Ja. Es sind diese beiden Linien." Wieder deutete sie auf Tonis Handfläche. „Die hier steht für Kreativität, aber sie wird von der dünnen darunter gekreuzt."

„Ich sehe gar nichts", sagte Toni und die Frau lachte leise auf. Wie zum Beweis streckte Toni ihr die Handfläche entgegen.

„Das würden Sie, wenn Sie es so lange machen wie ich."

„Was sehen Sie noch?"

„Wollen Sie das wirklich wissen?"

„Klar."

„In Ordnung. Ich sehe, Sie werden einmal finanziell sehr gut leben können. Und das ist gut, sogar sehr gut, denn der berufliche Erfolg wird ausbleiben. Aber keine Sorge, das Geld kommt aus anderer Quelle."

Toni zuckte zurück. Eine innere Stimme sagte ihr, sie sollte diese Sache abbrechen. Aber sie ließ ihre Hand trotzdem ausgestreckt.

„Sie haben vor gar nicht langer Zeit eine neue und sehr unerwartete Freundschaft gefunden, die Ihnen viel bedeutet."

Das war Edgar. Eindeutig.

„In der Liebe wurden Sie heftig enttäuscht, das sieht man. Diese Phase ist leider auch noch nicht vorbei, ich fürchte, da müssen Sie noch durch einiges durch. Machen

Sie sich in nächster Zeit auf eine ziemliche Enttäuschung gefasst. Aber danach kommen sehr ausgeprägte Linien. Das spricht für eine gute Liebesbeziehung. Nur hier, diese Linie zeigt, dass Sie aufpassen müssen, damit Sie Ihre große Liebe auch als solche erkennen. Aber ich bin mir sicher, das werden Sie. Sie sind ja sehr liebesfähig. Das kommt von den harmonischen Verhältnissen in Ihrer Familie. Da wurden Sie gut aufgefangen nach dem Verlust. Sehen Sie, hier, diese Linie ist das." Miriam Schill sah auf, ihre Augen funkelten.

Toni zog langsam ihre Hand zurück.

Das fühlte sich merkwürdig an. Harmonische Familienverhältnisse stimmte nicht. Sie hatte keine Ahnung, wer ihr Vater war, und das würde so bleiben für den Rest ihres Lebens. Und auch sonst, wenn Toni ihre Oma nicht gehabt hätte – andererseits, mehr harmonische Familie als mit ihrer Oma, das war nicht möglich. Und sie hatte Recht gehabt, Toni war mehr als gut aufgefangen worden nach dem Tod ihrer Mutter. Auch das Pech in der Liebe stimmte. Wenn sie an Felix dachte, der die größte Liebe ihres jungen Lebens gewesen war. Langsam sickerte der Rest des Gesagten in ihr Bewusstsein. Kein beruflicher Erfolg, schlechte Erfahrungen und dann eine große Liebe, die man erst erkennen musste.

Es war keine gute Idee gewesen, sich von dieser Frau aus der Hand lesen zu lassen.

„Okay, danke. Das war interessant."

„Gerne."

Zumindest hatte sich die Frau beruhigt.

Toni nahm wieder hinter dem Schreibtisch Platz. „Was darf ich Herrn Brehm also ausrichten?", fragte sie sachlich.

Die Frau legte die Hände in den Schoß. „Mein Name ist Miriam Schill. Meine Tochter Anna-Sophie ist abgängig. Ich glaube, Herr Brehm wurde beauftragt, nach Julian König zu suchen. Das ist doch richtig, oder?"

Schlagartig wurde Toni klar, wieso ihr die Frau bekannt vorgekommen war. Sie hatte online ein Foto von Anna-Sophie gesehen, nach der gesucht wurde. Das Mädchen sah ihrer Mutter unglaublich ähnlich. Dieselbe Haarfarbe, die gleichen hohen Wangenknochen und geschwungenen haselnussbraunen Augen. Als wäre Miriam Schill die ältere Version ihrer Tochter.

Automatisch wollte Toni ihr antworten, doch sie hielt sich zurück. In der kurzen Zeit, die sie mit Edgar arbeitete, hatte sie eines über Detektivarbeit gelernt. Nichts, wirklich gar nichts, war dabei wichtiger als Diskretion.

„Ich darf dazu leider keine Auskunft geben."

„Ich verstehe. Das müssen Sie auch nicht." Sie legte eine Hand auf ihr Herz und senkte den Kopf. „Die Polizei hat einen Fehler gemacht. Es gab eine Verwechslung. Als Julian gefunden wurde, sind zwei Beamte zu mir gekommen, um es mir zu sagen. Ich weiß nicht, wie das passieren konnte, aber sie dachten, ich wäre Julians Mutter. Ich ... ich habe mitbekommen, dass die Beamten sehr besorgt waren, denn es war bereits in den Medien. Also habe ich Kirsten angerufen. Um es ihr zu sagen, falls sie es noch nicht wusste. Wir sind uns ja bis vor einiger Zeit sehr nahegestanden und ich dachte, es ist besser, sie hört es von mir. Es war der schlimmste Anruf meines Lebens. Ich wollte wissen, wo sie ist – sie sollte nicht allein sein, wenn sie es erfährt." Wieder wurden ihre Augen glasig. „Sie hat gesagt, sie ist in der Detektei Brehm im dreizehnten Bezirk, weil Julian weg ist und sie nach ihm suchen lassen."

„Und dann haben Sie es ihr gesagt?"

„Ja. Es war furchtbar. Sie konnte gar nicht antworten. Ich hätte das nicht tun sollen, aber andererseits ... ich weiß auch nicht. Julian ist ein guter Junge. Ich kann nicht glauben, dass er Anna-Sophie etwas angetan hat. So ist er nicht. Oder so war er zumindest nicht. Vielleicht hat er sich verändert, seit ..." Sie presste die Lippen zusammen.

„Seit?"

„Ach nichts. Wissen Sie, wie es Kirsten geht?"

„Nein. Sie wurde ins Krankenhaus gebracht."

Miriam Schill riss erschrocken die Augen auf und sie schnappte nach Luft. „Oh nein!"

„Ich glaube, das war zur Sicherheit. Wegen des Babys", sagte Toni rasch. „Was haben Sie mit ‚seit' gemeint, Frau Schill? Ist irgendwas passiert, das Julian verändert haben könn..."

„Baby? Welches Baby?", unterbrach Schill Toni.

Sie wusste es nicht. Natürlich nicht, so ein Mist, sie hatten es noch niemandem gesagt. Wie hatte ihr das nur passieren können?

„Kirsten ist schwanger?", fragte Miriam Schill. „Wirklich?"

Toni konnte nicht sagen, ob ihre Reaktion erfreut oder irritiert war. Vielleicht auch beides. Sie wünschte sich inständig, Edgar würde schnell eintreffen.

„Das hätte ich nicht erwähnen sollen. Es tut mir leid, ich habe nicht mehr viel Zeit, ein Termin ...", wich Toni aus.

„Ich werde Ihnen jetzt etwas über Gustav Hammer erzählen. Er kontrolliert Kirsten. Sie ist viel zu gut für ihn. Das habe ich ihr immer gesagt."

„Wieso haben Sie den Eindruck, er kontrolliert sie?", fragte Toni überrascht.

Sofort wirkte Miriam Schill wie ausgewechselt. Als hätte man die Trauer aus ihrem Gesicht gewischt.

„Weil sie sich sehr verändert hat, seit sie ihn kennt." Ihre Augen verengten sich zu Schlitzen. „Er kann nichts dafür, wissen Sie, er ist unter einer ungünstigen Sternenkonstellation geboren. Das ist noch kein Urteil, wir alle haben verschiedene Möglichkeiten, uns zu entwickeln. Ist ja nicht so, als wären diese Konstellationen Baupläne. Aber ich muss gestehen, ich war deshalb von Anfang an ein wenig skeptisch. Als ich ihn dann kennengelernt habe, war mir völlig klar, warum. Ich habe gespürt, dass er nicht der Richtige für sie ist. Er ist ..." Sie hielt inne, sah Toni an. Sie konnte wirklich nicht verbergen, wie wenig sie Hammer leiden konnte. Aber da war noch mehr. War das Abscheu? Ekel?

Miriam Schill strich sich eine Strähne hinters Ohr und schüttelte den Kopf. „Egal, darum geht es nicht“, sagte sie rasch. „Ich bin hier, weil ich wissen will, ob Herr Brehm etwas über Julian rausgefunden hat. Weil er und Anna-Sophie doch ...“ Sie hob die Hand, schüttelte den Kopf, als würde sie es nicht aussprechen wollen. Was meinte sie damit? Weil sie Sex gehabt hatten? „Außerdem will ich wissen, wer dieser Peter Zumir ist, von dem meine Tochter gesprochen hat. Sie hat gesagt, sie kennt ihn aus der Schule, aber ich habe mich erkundigt. Es gibt keinen Schüler mit diesem Namen. Ihre Freundin Sarah meint, Anna-Sophie kennt ihn über Tinder.“

„Anna-Sophie ist bei Tinder?“, fragte Toni überrascht.

Lena hatte die App ein paar Wochen ausprobiert. Unter zehn Typen, die sie dadurch getroffen hatte, waren vier in die Rubrik „extrem gruselig“, fünf unter „auf der Suche nach einer schnellen Nummer“ und einer unter „akzeptabel“ gefallen. Außerdem hatte sie nach ein paar netten Unterhaltungen entsetzlich viele Dick-Pics gesendet bekommen, weswegen sie die App dann gelöscht hatte.

„Das sagt Sarah, ihre Freundin. Ich weiß nicht, ob das stimmt. Sie sollten sie als Erste befragen. Ich will wissen, wer dieser Peter Zumir ist, ob er damit zu tun hat? Und vor allem will ich, dass Herr Brehm Anna-Sophie findet.“

„Ich richte es ihm aus. Wussten Sie, dass Anna-Sophie mit Julian Kontakt hat?“

„Nein, ich hatte keine Ahnung. Wir haben nicht mehr über Kirsten oder ihn gesprochen.“

Toni bat Miriam Schill um ihre Telefonnummer, notierte sie und wollte aufstehen.

„Hier, das habe ich vorbereitet“, sagte Schill, griff in ihre Handtasche, zog eine Klarsichthülle heraus und legte sie auf den Tisch. „Das ist die Adresse ihrer Schule und ein paar Telefonnummern. Von Sarah habe ich Ihnen ebenfalls die Adresse aufgeschrieben und die Nummer ihrer Mutter.“

„Ich weiß nicht, ob Herr Brehm den Fall übernehmen kann.“

„Ich glaube, dass er das wird. Und es gibt noch zwei Dinge, die Sie ihm ausrichten müssen“, sagte Miriam Schill. Sie richtete sich ein bisschen weiter auf und schloss kurz die Augen. „Ich wäre Ihnen dankbar, wenn Sie bei Ihrer Arbeit keinerlei Informationen weitergeben. An niemanden. Auch nicht an Kirsten. Besonders nicht an sie.“ Sie machte eine bedeutungsschwangere Pause. „Und meine Tochter …“ Ihre Stimme brach, wieder legte sie beide Hände auf ihr Herz und nahm ein paar Atemzüge. „Ich weiß nicht, was es bedeutet – aber es ist möglich …“ Sie schüttelte den Kopf. Ein Schluchzen erfüllte das Büro.

„Was ist möglich, Frau Schill?“

„Es ist möglich, dass Anna-Sophie nicht mehr lebt.“ Tränen liefen haltlos über ihre Wangen.

„Wieso sagen Sie das?“, fragte Toni erschrocken. Ihr Handy läutete, eine unterdrückte Nummer. Sie drückte sie weg.

Miriam Schill brauchte ein wenig, bis sie sich wieder im Griff hatte.

„Entschuldigen Sie bitte“, sagte sie und hob ihre rechte Hand. Sie zitterte, als sie auf die Innenfläche deutete und sich mit dem Zeigefinger darauf entlangfuhr.

„Sehen Sie das?“

„Was denn?“

„Ich wollte es nicht wahrhaben“, schluchzte Schill. „Ich wollte es nicht sehen. Diese Linie … sie war bis vor ein paar Tagen noch nicht da. Ich bin mir ganz sicher.“

„Was für eine Linie soll das sein?“

„Diese Linie, die Sie auch haben. Die für einen schweren Verlust steht – sehen Sie? Ich habe diese Linie ebenfalls.“

Toni sah die Frau an. Sie wusste überhaupt nicht, was sie davon halten sollte.

Miriam Schill schien es vollkommen ernst zu meinen. Die Frau betrachtete ihre eigene Hand so verzweifelt, als wäre darauf tatsächlich Anna-Sophies Tod verzeichnet.

War Miriam Schill übergeschnappt? Beabsichtigte sie irgendwas? Oder konnte es sein, dass es stimmte?

„Das tut mir leid", sagte Toni vorsichtig.

Miriam Schill nickte.

„Ich schicke Edgar, ich meine Herrn Brehm, rasch eine Nachricht. Falls er mich gerade angerufen hat."

Sie nahm ihr Handy, schrieb ihm, dass er sie bitte sofort anrufen sollte. Warum erschreckte sie das alles so? Was, wenn Miriam Schill einfach nur restlos durchgeknallt und ihre Tochter abgehauen war? War das nicht auch möglich? Wenn Anna-Sophie das alles nicht mehr ausgehalten und sich mit Julian umgebracht hatte? Möglicherweise hatten die beiden sogar einen Pakt geschlossen?

Toni sah kurz von ihrem Handy auf. Miriam Schill schien wie ausgewechselt. Irgendwie zufrieden. Toni nickte ihr kurz zu, drückte auf ein paar Tasten, damit es so aussah, als tippte sie weiter an dem Text. In Wirklichkeit schaltete sie den Ton aus, öffnete die Kameraapp und machte unauffällig ein paar Fotos von Miriam Schill. Irgendwas stimmte nicht mit dieser Frau.

„So, erledigt. Wenn er es war, wird er sicher gleich nochmal anrufen. Haben Sie einen Verdacht, wer Anna-Sophie etwas angetan haben könnte?", fragte Toni ernst.

Miriam Schill schürzte nachdenklich die Lippen. „Ich weiß nicht, ob man das so nennen kann. Aber es gibt jemanden, dem ich das zutraue, ja."

„Und wer ist das?"

Miriam beugte sich vor, als würde sie gleich ein Geheimnis verraten. „Gustav Hammer."

15.

Toni saß neben Edgar in der italienischen Bar Monteofelio in der Nähe der Landespolizeidirektion auf einem Barhocker. Es war ein hübsches kleines Lokal, über der Theke standen unzählige Flaschen Aperol und Campari, in der Glasvitrine reihten sich Rohschinken, Mortadella, Parmesan und eingelegtes Gemüse aneinander. Aus den Lautsprechern war Azzurro von Adriano Celentano zu hören.

Mit ihrer Oma war sie vor Jahren, lange bevor sie die Treppe runtergestürzt war, mit dem Auto quer durch Italien gefahren. Dieses Lied hatten sie rauf und runter gespielt und laut mitgesungen. Doch nicht mal die ferne Erinnerung an die schöne Urlaubsstimmung von damals wollte jetzt aufkommen, wie sonst, wenn sie das Lied hörte.

Der Schanigarten vor dem Lokal war voll besetzt, immer wieder schwappte Lachen von ausgelassenen After-Work-Treffen durch die geöffnete Tür. Im Lokal waren Toni und Edgar die Einzigen. Der Kellner kam ab und zu herein, bereitete einen Drink oder einen Kaffee zu. Draußen herrschte ausgelassene Stimmung. Bei ihnen war das Gegenteil der Fall. Sie warteten auf Ralph, den Priester, der noch in der Polizeidirektion war.

„Was wollen die von ihm?“, fragte Toni.

„Ich bin mir nicht sicher“, sagte Edgar nach kurzem Zögern.

„Du hast ihm eine Nachricht geschickt, er soll herkommen?“

Edgar nickte, sein Gesichtsausdruck war beunruhigend.

Toni rührte Zucker in ihren Cappuccino. Sie hatte Edgar selten so niedergeschlagen erlebt. Obwohl er so groß und eine stattliche Erscheinung war, wirkte er auf dem Barhocker neben ihr irgendwie klein und eingefallen. Als wäre er plötzlich geschrumpft.

„Tut mir leid, dass ich so lange gebraucht hab. Ich konnte deine Brieftasche nicht gleich finden“, sagte sie.

Edgar sah sie mit traurigem Blick an, fasste nach ihrer Hand und drückte sie. So etwas hatte er noch nie getan. Das alles schien ihn viel mehr mitzunehmen, als sie vermutet hatte.

„Danke, dass du gekommen bist“, sagte er.

„Hast du Fernanda angerufen?“, fragte sie vorsichtig.

Er schüttelte den Kopf. „Sie wäre ohnehin nicht rangegangen. In Vancouver ist es zwei Uhr in der Nacht. Ich hab ihr eine Sprachnachricht geschickt. Aber ich bin mir nicht sicher, ob sie weiterhelfen kann.“

„Ja. Verstehe.“

Toni mochte Fernanda sehr, aber sie wusste auch, wie ungern Edgars ehemalige Kollegin polizeiinterne Informationen für ihn besorgte. Und wahrscheinlich aus der Entfernung schon gar nicht.

So oder so, sie würde sich frühestens in fünf Stunden melden. Toni hätte gerne etwas gesagt, um Edgar zu trösten. Ihr fiel nichts ein, alles erschien ihr platt und nichtssagend. Also nickte sie nur vor sich hin und nahm einen Schluck von ihrem Cappuccino.

Der Anrufer mit unterdrückter Nummer war Edgar gewesen, beziehungsweise einer der Beamten auf der Polizeistation. Das wusste sie erst, als Miriam Schill gegangen war und sie die Mobilbox abgehört hatte. Edgar brauchte einen Ausweis, er hatte in der Eile seine Brieftasche vergessen. Irgendwas wegen eines Konferenzraums in der Landespolizeidirektion, den er nicht hätte betreten dürfen, hatte er gesagt. Darum musste er sich ausweisen, bevor er das Gebäude verlassen durfte. Oder so ähnlich. Auf jeden Fall hatte sie ihm von Miriam Schills Besuch erzählt und ihrer Vermutung, ihre Tochter wäre nicht mehr am Leben. Als sie ihm das heimlich gemachte Foto auf ihrem Handy zeigte, hob Edgar die Augenbrauen.

„Das ist also Miriam Schill“, sagte er nickend. „Ich habe sie gesehen, im Wachzimmer. Sie wollte mit mir reden.“

„Ja, sie hat dich gegoogelt, weil Kirsten König deinen

Namen erwähnt hat. Das ist ihre Nummer." Toni holte den Notizzettel aus der Jeans. „Sie ist ganz schön ..." Sie suchte nach dem richtigen Wort. „... speziell."

„Speziell?"

Toni verzog den Mund. „Ich bin mir nicht sicher. Sie hat mir aus der Hand gelesen und über Hammers Horoskop geredet."

„Hammer hat schon so etwas erwähnt."

„Und sie denkt, sie hätte in irgendeiner Linie auf ihrer Hand entdeckt, dass Anna-Sophie nicht mehr lebt. Als ich sie gefragt habe, wer ihrer Tochter was antun könnte, hat sie gesagt, Gustav Hammer. Aber sie hat es nicht gesagt, als würde sie ihn hassen. Sondern anders."

„Wie denn?"

„Ich weiß nicht. Irgendwie schadenfroh. Ja. Das ist es. Sie war richtig schadenfroh."

Edgar nahm die Notiz und steckte sie in die Brusttasche seines Hemdes. Eine Weile saßen sie schweigend da. Edgar sah auf die Uhr und Toni merkte, wie unruhig er war.

„Hast du heute schon was gegessen?", fragte sie.

Er schüttelte den Kopf. Wahrscheinlich würde er wieder hungern und sich dann später bei irgendeinem Würstelstand gleich drei Käsekrainer und Bier holen.

Toni sah auf die Uhr über der Theke. Es war 18 Uhr. So viel war an diesem Tag passiert, es schien völlig unwirklich. Ihrer Oma hatte sie absagen müssen und in nicht mal eineinhalb Stunden sollte sie sich mit Ravinger treffen. Sie saß noch immer hier in der derselben Kleidung wie heute Morgen. Sie sehnte sich nach einer Dusche und frischer Kleidung. Doch Edgar jetzt alleine zu lassen, fühlte sich nicht richtig an. Er hatte ihr zwar gesagt, sie müsse nicht mit ihm warten, aber sie wollte trotzdem bleiben, bis der Priester kam. Dann würde sie sich eben nur auf der Toilette ein bisschen frisch machen. Vielleicht war noch irgendwo in der Nähe eine Drogerie offen, in der sie etwas für ihre aufgesprungenen Lippen kaufen und sich mit Parfum einsprühen konnte. Ein Deo wäre auch kein Fehler. Und dann würde sie eben so, wie sie war, zu dem Treffen gehen.

„Ich bestell uns jetzt was zu essen“, entschied sie.

Edgar nickte, sie wählte zwei Panini mit allem eingelegten Gemüse, das es in der Vitrine gab, und Parmesan. Es war absolut köstlich. Als sie die Hälfte gegessen hatte, fühlte sie sich ein bisschen besser. Edgar sah immer wieder aus dem Fenster. Er hatte sein Panino kaum angerührt.

„Und was machen wir, wenn er nicht kommt?“, fragte Toni.

„Das weiß ich nicht.“

„Kann ich dich was fragen, Edgar?“

„Was denn?“

„Der Priester und du – woher kennt ihr euch wirklich?“

Edgar drehte sich zu Toni, er kratzte sich verlegen am Kinn. In der kurzen Zeit, die sie einander kannten, war zwischen ihnen ein erstaunliches Vertrauensverhältnis entstanden. Vielleicht, weil sie so viel Zeit miteinander verbrachten.

„Das ist ... kompliziert.“

„Warum? Ist damals irgendwas passiert?“

Er sah Toni an, als würde er überlegen. Schließlich nickte er. „Ralph war ...“, begann er. Da läutete sein Handy. Edgar nahm den Anruf sofort an. Es war nicht zu übersehen, wie erleichtert er über die Unterbrechung war.

„Brehm.“ Toni sah, dass er überrascht war. „Ja, ich bin noch in der Nähe vom Schottenring. In Ordnung. Ich bin in einer Minute da.“ Edgar legte auf. „Das war Hammer. Er kommt gerade aus dem LKA und will mich sprechen.“

„Soll ich mit?“

„Nein, wird nicht lange dauern. Er muss zu König. Ich bin gleich wieder da.“

Toni sah Edgar nach. Ralph war ... was, fragte sie sich. Sie nahm ihr Handy, das sie auf leise gestellt hatte.

Es gab wieder unzählige Push-Benachrichtigungen.

Das Video der Influencerin war inzwischen viral gegangen. Und Lena hatte ein Foto aus Spanien geschickt. Hinter ihr das Meer und neben ihr ein lustig aussehender junger Mann, der einen Arm um ihre Schulter gelegt hatte. Er war groß und dünn und Lena strahlte so sehr, dass Toni unwillkürlich lächeln musste.

Wer ist das?

Michel aus München.

Das klingt lustig.

Ist er auch.

Und?

Mal sehen. Wie läuft der Kurs?

Ich glaube, gut.

Und wie ist Ravinger? Top oder Flop?

Toni wurde kurz abgelenkt, weil jemand das Lokal betrat. Sie dachte, es sei Edgar, aber es war eine junge, dunkelhaarige Frau, die trotz der Hitze einen der modernen Oversize-Blazer mit aufgekrempelten Ärmeln trug. Sie beachtete Toni nicht, bestellte einen Aperol Spritz an der Theke und nahm auf einem der Barhocker im hinteren Teil des Lokals Platz.

Toni? Noch da?

Ja, sorry. Wir gehen heute Abend essen.

Die Frage, ob Ravinger top oder Flop war, hatte sie absichtlich unbeantwortet gelassen. Weil sie es nicht wusste? Oder weil sie ihre Antwort nicht wahrhaben wollte?

WAS??? EIN DATE? OMG!

Ein Date. Ihr wurde mulmig. Immer wieder musste sie an Janinas bösen Blick denken. Minütlich wuchsen ihre Zweifel, ob Ravinger wirklich ehrlich war, ehrliche Absichten hatte. Andererseits hatte sie keine Nummer von ihm, um abzusagen. Sie musste also hin. Und dann würde sie ihn einfach fragen, was das sollte. Oder auch nicht. Vielleicht wäre sowieso vom ersten Moment alles klar, nämlich, dass es ein absolut harmloses Treffen war. Wieder fiel ihr ein, was er über die Schmitz erzählt hatte. Das war ja auch nicht zu glauben. Toni sollte die talentierteste Schülerin sein und deshalb verhielt sich die Schmitz so arschig zu ihr? Und wenn das nur ein Trick von Ravinger war? Um sie einzuwickeln?

Toni seufzte. Es war, als wäre ihre ganze Unvoreingenommenheit von Männern wie Felix und Peter Steiner genommen und in einen universellen Vertrauens-Mistkübel geworfen worden. Vielleicht hatten sie Toni aber auch nur sehr unsanft in die Realität geschleudert.

Ich weiß es nicht. Da ist etwas zwischen uns. Ich weiß nur nicht, was. Und Janina hat total schräg reagiert, als wäre sie deswegen verärgert …

„Hallo“, sagte eine männliche Stimme. Toni schreckte hoch.

Der Priester stand vor ihr. Er hatte seine Dienstkleidung an – sofern man das überhaupt so nannte –, schwarzes Hemd und weißer Priesterkragen. Es war ein ungewohnter Anblick und wirkte ein bisschen einschüchternd.

„Oh, hallo. Edgar kommt gleich.“

Der Priester wirkte erschöpft und setzte sich auf den Barhocker neben Toni.

Sie hätte ihn gerne gefragt, ob er ok war. Aber diese Uniform flößte ihr tatsächlich Respekt ein.

Sein Blick war traurig, die Augen trübe.

„Es tut mir sehr leid“, sagte Toni. „Ich meine, wegen Julian.“

„Ja. Mir auch. Ich kann es nicht fassen. Kirsten tut mir unglaublich leid."

Toni nickte und schluckte schwer. „Gibt es irgendwelche Neuigkeiten?", fragte sie vorsichtig.

Er wiegte den Kopf, verschränkte die Finger ineinander.

Erst jetzt fiel ihr auf, Edgar hatte ihr gar nicht erzählt, was er bei Ralphs Gespräch belauscht hatte. Kurz sah es so aus, als würde der Priester beten. Oder nahm sie das an, weil man das jemandem wie ihm automatisch unterstellte?

Er drehte sich zu ihr. „Sie haben Edgar sehr gern", sagte er leise. Das kam unerwartet. Wieso sprach er das an?

Sie bejahte und ein trauriges Lächeln breitete sich auf seinem Gesicht aus.

„Das ist gut. Ich bin froh, dass er Sie hat."

Es klang liebevoll, aber nicht wie aus Nächstenliebe. Sondern anders. Nach Sehnsucht, Herzschmerz. Aber vielleicht bildete Toni sich das ein. Seit der Sache mit Felix merkte sie an sich selber, wie sentimental sie geworden war. Einen Moment herrschte betretenes Schweigen. Ihr Blick fiel erneut auf den Priesterkragen.

Ralph schien es zu bemerken, fasste mit der Hand hin.

„Wollen wir du sagen?", fragte er. „Ich bin Ralph."

„Hallo, Ralph. Ich bin Toni."

„Es freut mich sehr, Toni."

„Mich auch, Ralph."

Sein Blick wurde weich. Er lächelte sie an und sofort entspannte sie sich. In dieser ganzen bedrückenden Situation hatte Toni einen Moment das Gefühl, er müsse ein guter Priester sein.

Der Kellner kam, er schien ebenfalls beeindruckt zu sein, einen Priester vor sich zu haben, und nannte Ralph „Pastore".

Zu Tonis Überraschung bestellte Ralph ein Glas Rotwein.

„Ich nehme bitte dasselbe“, sagte sie.

Sein Blick verlor sich im Fenster. Ob er sich auch Vorwürfe machte wegen Julian? Aber tat das nicht automatisch jeder, der in so eine Tragödie verwickelt war?

„Das ergibt alles keinen Sinn“, murmelte Ralph, als hätte er ihre Gedanken gehört.

„Vielleicht eine Kurzschlusshandlung?“, überlegte Toni.

„Bitte?“, fragte Ralph überrascht.

„Na ja, ich frage mich, hat Julian was genommen?“

„Was denn?“

„Keine Ahnung, irgendwelche Drogen, Ecstasy, etwas in der Art?“

„Das kann ich mir nicht vorstellen.“

Toni dachte an ihren ersten Fall bei Edgar. Der Regisseur Peter Steiner, in dessen Pool eine Leiche geschwommen war. Sie erzählte Ralph davon, natürlich, ohne zu erwähnen, wer den Mord wirklich begangen hatte. Das wussten außer den Steiners nur sie und Edgar.

„Was ich damit sagen will, nur, weil man sich etwas nicht vorstellen kann, heißt das nicht, dass es nicht trotzdem passiert.“

„Ja, du hast recht. Ich weiß, dass du recht hast.“ Er seufzte.

„War Julian auf Social Media? Ich habe nach ihm gesucht, aber nichts gefunden.“

Ralph schüttelte den Kopf. „Nein. Julian fand das reine Zeitverschwendung. Den Jugendlichen aus den Firm-Gruppen scheint es Spaß zu machen.“ Er schien das Thema wechseln zu wollen. „Seit wann arbeitest du mit Edgar, Toni?“

„Na ja, mit ihm ist übertrieben. Ich arbeite für ihn. Erst seit den Ferien. Es ist ein Sommerjob.“

„Studierst du?“

„Schauspielschule.“

„Wirklich? Das klingt aufregend. Du wirst sicher eine berühmte Schauspielerin. Das sieht man dir an.“

Sie lachte auf. Nicht, wenn es nach Miriam Schill geht, dachte sie sofort. Ob Ralph als Priester an so etwas wie Vorhersagen glaubte? Nein, darum ging es nicht, die Frage war, ob sie daran glaubte.

„Und du? Woher kennst du Edgar?"

Der Wein wurde gebracht. Toni fand, so rasch, wie Ralph das Glas leerte, wirkte das nicht im Mindesten katholisch, sondern sehr irdisch.

Er bemerkte ihren Blick. „Es war ein harter Tag", sagte er lakonisch und bedeutete dem Kellner, ein weiteres Glas zu bringen. Während Toni an ihrem noch nicht mal genippt hatte.

Ihre Frage, woher er Edgar kannte, hatte er nicht beantwortet. Sie wartete, bis er sein zweites Glas hatte, dann nahm sie ebenfalls einen Schluck. Der Wein war schwer und köstlich und sofort spürte Toni, wie der Alkohol durch ihren Körper rauschte.

Vielleicht war das der Grund, warum sie mutiger wurde. Es war nur ein Schuss ins Blaue, aber sie musste es jetzt endlich aussprechen.

„Edgar und du – wie lange wart ihr eigentlich zusammen?", fragte sie direkt heraus.

Ralph zuckte so stark, dass ein bisschen seines Weins auf den Tisch schwappte.

„Er hat es dir erzählt?", fragte er erstaunt.

Also doch. Sie hatte recht.

„Nein. Ich habe es vermutet." So wie ihr euch angesehen habt, dachte Toni weiter, sprach es aber nicht aus.

Er sagte nichts, nahm einen Schluck Wein. Dann öffnete er den ersten Hemdknopf, löste seinen weißen Priesterkragen vom Hemd und steckte ihn ein.

„Sechs Jahre. Wir waren sechs Jahre zusammen. Es ist schon lange her."

„Du warst damals bereits Priester?", fragte sie vorsichtig.

„Nein. Das war ein anderes Leben. Ich habe als Hotelmanager gearbeitet, Fünf-Sterne-Kategorie. Edgar war erst kurz Detektiv und für eine Observation in der Bar. Er hat sich total ungeschickt angestellt." Ein leichtes Lächeln breitete sich auf seinem Gesicht aus. „So haben wir uns kennengelernt."

Toni nahm einen weiteren Schluck. „Und was ist dann passiert?", fragte sie.

„Was meinst du?"

Sie deutete auf seine Kleidung. „Na ja, zwischen Edgar und dir? Und warum wurdest du Priester?"

„Ich habe ... ich weiß, Gottes Wege sind unergründlich." Er sah sie an und hielt sein Glas so fest umklammert, als müsste er sich daran festhalten. „Ich würde sagen, ich habe einige Umwege genommen." Er nahm einen weiteren Schluck. „Und ich habe einen Fehler gemacht. Einen sehr großen Fehler. Obwohl man das nie wissen kann. Allerdings ..." Er legte den Kopf in den Nacken. „... doch, ich weiß, es war ein Fehler."

Wahrscheinlich hat er ihn betrogen, dachte Toni sofort. Wenn nicht mal zukünftige Priester treu sein konnten ... Vielleicht hatte sie recht damit, niemandem mehr zu vertrauen.

„Und was war das für ein Fehler?"

Er leerte sein zweites Glas und murmelte etwas, das Toni nicht verstand.

„Wie bitte?"

Mit einem Lächeln senkte er seinen Blick. „20 Sekunden Mut", sagte er.

„Was bedeutet das?"

„Das ist aus einer Predigt, die ich gehalten habe. Wenn man sich nicht traut, etwas auszusprechen, weil man Angst hat oder sich schämt, reichen manchmal einfach 20 Sekunden Mut. Man sagt sich, ich muss jetzt nur 20 Sekunden mutig sein."

„20 Sekunden Mut." Toni lächelte. „Das gefällt mir." Sie sah ihn abwartend an.

„Ich sollte kurzfristig die Leitung eines neuen Hotels in München übernehmen. Nur für ein paar Monate, während eines Umbaus. Als ich nach Wien zurückgekommen bin, war ich verheiratet. Mit einer Frau."

„Bitte?" Toni verschluckte sich am Wein und musste husten. Mit diesen 20 Sekunden hatte sie nicht gerechnet.

„Edgar wusste von nichts. Bis ich es ihm bei meiner Rückkehr gesagt habe." Er wischte sich übers Gesicht, hob sein Glas und blickte sich suchend nach dem Kellner um. Doch der war gerade im Schanigarten, also stellte er es wieder hin.

„Was ist denn passiert? Ich meine, wieso hast du geheiratet?"

„Sie war eine Jugendfreundin. Wir waren gemeinsam in der Schule. Wir haben uns immer gut verstanden. Zufällig haben wir uns dann in München wiedergetroffen, weil sie auf ihrer Geschäftsreise in meinem Hotel untergebracht war."

„Und du hast dich bei eurem Wiedersehen in sie verliebt?", fragte Toni gedankenverloren und nahm einen großen Schluck Wein. Kein Wunder, dass Edgar verletzt gewesen war.

„Nein, so war es nicht." Ralph schüttelte den Kopf. „Ich war nicht verliebt in sie, ich habe sie auch nicht aus Liebe geheiratet. Und das wusste Edgar." Er hatte einen leichten Zungenschlag, anscheinend vertrug er nicht viel Alkohol.

„Ich verstehe nicht", sagte Toni.

Er verschränkte die Arme, kniff die Augen zusammen. „Ich wollte nie der sein, der ich war. Das war ein Geheimnis, das ich die ganze Zeit mit mir herumgeschleppt habe."

Toni zuckte vor Erstaunen zurück. Sie wusste nicht, was sie darauf sagen sollte.

„Ich konnte mich nie damit abfinden", sprach Ralph weiter, ohne sie anzusehen. „Ich meine, wie ich gefühlt habe. Es ist nicht so, dass ich es nicht gelebt habe, aber trotzdem ... es hat sich falsch angefühlt. Ich wollte das nicht. Niemand in meiner Familie wusste davon. Und ich habe alles darangesetzt, dass es so bleibt. Dann lernte ich Edgar kennen. Es war wie …“ Er lächelte. „Mit ihm war alles anders. Ich dachte, ich bin angekommen. Es war nicht so, dass ich naiv war, ich habe eine Therapie gemacht, vieles aus meiner Kindheit aufgearbeitet. Das war auch alles gut und notwendig, ich will das gar nicht kleinreden. Aber …“

„Aber?“

„Als ich Gabi getroffen habe – wir haben uns verstanden und es war … ja, es war befreiend. Was völlig abwegig ist, aber so hat es sich angefühlt. Mit ihr war es so viel einfacher für mich. Ich dachte, das wäre es, was ich die ganze Zeit gesucht habe. Ein gemeinsames Leben, vielleicht mit ein paar Kindern, Freunden, meiner Familie. Als wäre sie meine Chance auf ein besseres Leben.“

Seine Offenheit verwunderte Toni nun doch. So viel hatte er schließlich nicht getrunken. Oder war er schon nicht mehr nüchtern gewesen, als er in die Bar gekommen war? Sie schwiegen eine Weile.

„Und war es das?“, fragte Toni schließlich. „Ich meine, ein besseres Leben als mit Edgar?“

Er sah sie an und schnipste mit den Fingern imaginären Staub aus der Luft. „Nein. Nicht für einen Moment war es das. Wie hätte es das auch sein können? Es war eine einzige Lüge.“

Seine Augen funkelten glasig. Toni war nicht klar, ob er beschwipst war oder emotional wurde. Vielleicht beides.

„Hast du denn Kinder?“, fragte sie.

Er schüttelte den Kopf und sie sah ihm an, dass es ihn traurig machte.

„Wir … es hat nicht geklappt. Vielleicht war es gut so.“

Sie wollte ihn fragen, wieso er denn dann Priester geworden war, doch in dem Moment betrat Edgar das Lokal.

„Oh, Edgar, da bist du ja“, sagte Toni.

„Entschuldige, es hat länger gedauert. Hammer will …“

Ralph drehte sich zu ihm. Edgar sprach nicht weiter, seine Gesichtszüge verhärteten sich.

Im ersten Moment dachte Toni, es wäre wegen Ralph. Aber dann erkannte sie, dass Edgar an Ralph vorbeisah. Er nickte jemandem zu. Toni drehte sich um. Edgar grüßte anscheinend die junge Frau, die nur ein paar Meter entfernt von ihnen saß. Sie hielt ihr Glas an ihre Wange gedrückt und sah sie interessiert an.

Es wirkte, als würde sie sich über irgendetwas freuen.

„Ach, du Scheiße“, sagte Ralph und deutete zur Uhr über der Theke. Er sprang vom Barhocker. „Schon so spät. Ich muss in 15 Minuten eine Messe halten.“

V.

Erinnerst du dich an unser erstes Mal?

Erinnerst du dich, wie es passiert ist?

Ich erinnere mich. Oft.

Wenn ich nicht schlafen kann, liege ich wach im Bett und denke daran. Ich denke an diesen Moment, der alles verändert hat. Der in mir eine Tür aufgestoßen hat, von der ich nicht wusste, dass sie da ist.

Ich sehne mich so sehr danach, dass ich manchmal glaube, ich werde verrückt. Dann kann ich an nichts anderes denken und muss warten, bis die Sehnsucht wieder abflaut. Es ist wie Ebbe und Flut. Wie ein Naturgesetz.

Manchmal frage ich mich, was passiert wäre, wenn ich mich dieses eine erste Mal nicht von dir hätte berühren lassen?

Wenn ich irgendwas gesagt oder getan hätte.

Doch diese Frage ist überflüssig. Denn ich wollte dich so sehr, dass ich gar nicht anders reagieren konnte.

Hatte ich denn überhaupt jemals eine Wahl?

Hat irgendwer von uns eine Wahl? Oder bilden wir uns das nur ein, damit es uns besser geht und wir uns nicht so ausgeliefert fühlen?

Du würdest wahrscheinlich lachen, wenn ich dir erzähle, dass ich mir überlegt habe, unsere Geschichte aufzuschreiben. Natürlich würde ich das nicht unter meinem eigenen Namen tun. Sondern unter Pseudonym. Es soll doch keiner wissen, dass ich von dir schreibe.

Es wäre ein vortrefflicher Roman. Findest du nicht?

16.

Sie wurden verfolgt.

Edgar war sich ganz sicher. Seit sie Ralph bei dieser Kirche abgesetzt hatten, fuhr ihnen ein dunkelblauer VW mit ungarischem Kennzeichen hinterher. Immer mit genügend Abstand, um nicht aufzufallen.

Er war extra sehr langsam gefahren und hatte den Blinker gesetzt, als müsse er gleich stehenbleiben. Etliche Autos hatten ihn überholt. Der VW war nicht vorgefahren, sondern hatte ebenfalls das Tempo reduziert.

Wer war das?

Auf der Strecke von der Landespolizeiinspektion am Schottenring bis in den dritten Bezirk war ihm der Wagen nicht aufgefallen. Vielleicht war er aber auch durch Ralph auf der Rückbank zu abgelenkt gewesen.

Edgar hatte bereits genügend Observationen mit seinem Auto gemacht, um einen Blick dafür zu haben. Er hätte etwas sagen sollen, als Toni Ralph sofort angeboten hatte, Edgar könne ihn doch mit dem Auto zur Kirche bringen. Warum sie das getan hatte, war Edgar nicht klar. Anscheinend verstanden sich die beiden. Edgar war nicht entgangen, dass sie sich jetzt duzten. Ralph hatte das Angebot mit dem Auto abgelehnt, aber sie hatte nicht lockergelassen. So kannte er sie gar nicht.

Vor der Bar wollte sie sich verabschieden, aber Edgar hatte sie gebeten noch mitzukommen. Er musste zwar mit Ralph allein sprechen, aber er war kein Taxiunternehmen – wenn sie schon darauf bestand, dass er Ralph fuhr.

Der Wagen hinter ihnen bog ab und der dunkelblaue VW rückte vor. Edgar versuchte, über den Rückspiegel ins Auto zu blicken. Seine Heckscheibe war getönt, er konnte nicht mal sagen, ob ein Mann oder eine Frau hinter dem Steuer saß.

Wäre es kein ungarisches Kennzeichen, würde er vermuten, das hier hätte mit Carolin Schebesta zu tun. Es war sicher kein Zufall, dass sie die Bar genau dann betreten hatte, als er weg war, um Hammer zu treffen. Edgar konnte nur hoffen, Toni und Ralph hatten nichts ausgeplaudert, was einen von ihnen in Schwierigkeiten brachte. Wenn er an Schebestas selbstgefälliges Grinsen dachte, mit dem sie ihn angesehen hatte, wurde er wieder wütend. Vielleicht galt das auch noch immer Ralph. Oder beiden.

Die Kirche, nein, „meine Kirche", wie Ralph sie genannt hatte, war ein unauffälliges Gebäude. Auf den ersten Blick ähnelte sie mehr einem Wohnhaus mit einer großen, gläsernen Flügeltür. Erst auf den zweiten Blick war zu merken, dass hinter dieser Flügeltür breite Stufen zu einem nach innen versetzten Aufgang führten. Man musste davorstehen, um das schwebende Kreuz in diesem Aufgang zu sehen und die goldene Inschrift an der Hausmauer: „Zum barmherzigen Heiland".

Während der gesamten Fahrt hatte Ralph mit keinem Wort den Inhalt seines Gesprächs bei der Polizei erwähnt. Verschwieg er es absichtlich vor Edgar? Oder wollte er wegen Toni nicht darüber reden? Und eine andere Frage beschäftigte Edgar noch mehr. War es möglich, dass etwas dran war an den Verdächtigungen? Dass Ralph und Julian – er wollte gar nicht daran denken. Hätte man ihn das vor 15 Jahren gefragt, er hätte über diese Frage gelacht, weil sie so absurd war. Aber damals hätte er genauso gelacht, wenn ihm jemand erzählt hätte, Ralph würde nur ein Jahr später heimlich eine Frau heiraten, ihn vor vollendete Tatsachen stellen, sich dann wieder von ihr trennen und Priester werden.

Die Wahrheit war, Edgar wusste es nicht. Und was Ralph betraf, hatte er definitiv aufgehört, seinen Gefühlen zu vertrauen.

„Wie lange hast du zu tun, wann kann ich dich erreichen?“, hatte er Ralph gefragt. Er würde das alles am Telefon klären, das war bei seiner momentanen Gefühlslage die beste Wahl. Ihm war Ralphs Lächeln nicht entgangen. Während er innerlich vor Wut kochte.

Auch der Umstand, dass Ralph wieder mehr getrunken hatte, als gut für ihn war, löste eine unangenehme Erinnerung in ihm aus. Ralph war schon immer ein Genussmensch gewesen, aber er hatte damals bereits den Hang, Alkohol zum Stressabbau zu nutzen. Vor Familienfeiern – zu denen er Edgar nie mitgenommen hatte – war es besonders schlimm gewesen. Da vernichtete er eine Woche vorher jeden Abend eine Flasche Rotwein. Aber wieso sich darüber den Kopf zerbrechen? Es ging ihn nichts mehr an.

„Sagen wir gegen 21 Uhr?“, hatte Ralph vorgeschlagen.

Edgar hatte genickt und war grußlos weggefahren.

Jetzt bremste er vor einer Ampel, die gerade auf Rot umsprang. Der gepackte Koffer rumpelte im Kofferraum wie eine Mahnung. Jaja, er sollte auf Urlaub fahren. Und im selben Moment wusste er, dass er es nicht tun würde.

Der VW war ein wenig zurückgefallen, aber er war noch immer da.

„Ich kann es nicht fassen. Julian wurde wirklich umgebracht?“, fragte Toni. „Und Ralph wird verdächtigt? Das ist ja furchtbar.“

Edgar hatte ihr alles erzählt, nachdem Ralph ausgestiegen war. Sie hatte sich auf dem Beifahrersitz zusammengekauert und die Knie angezogen.

„Es gibt diesen anonymen Anruf“, murmelte Edgar. „Ich bin mir nicht sicher, ob ich alles richtig verstanden habe. Kann sein, dass es mehrere Anrufe waren.“

Edgar überlegte einen Moment, einfach auszusteigen und nachzusehen, wer da im VW saß. Da sprang die Ampel auf Grün und der Wagen hinter ihm fing an zu hupen, weil er nicht sofort wegfuhr.

„Na ja, das kann viele Gründe haben, warum Ralph nichts gesagt hat“, verteidigte Toni ihn. „Er hat das von Julian eben erst erfahren. Und wenn an den Anschuldigungen wirklich nichts dran ist ... vielleicht erscheint es ihm einfach nicht relevant – im Großen und Ganzen betrachtet.“

„Im Großen und Ganzen, aha.“

Ihre Naivität, was Ralph betraf, fand Edgar gleichzeitig aufreibend und rührend. Aber wie sollte sie auch anders, so war sie. Sie sah das Gute in den Menschen. Und er hoffte, das würde sich nicht ändern, selbst, wenn sie länger für ihn arbeitete. Was sie vielleicht ohnehin bald nicht mehr tun würde. Ihr Arrangement war auf Zeit. Dabei hatte er noch nie so eine gute Mitarbeiterin gehabt wie Toni. Trotzdem war es das Beste für sie, wenn sie sich ab Herbst wieder ganz auf ihr Schauspielstudium konzentrierte.

Wenn er ehrlich war, gab es in ihm einen Teil, der sich wünschte, dass sie in Bezug auf Ralph recht hatte. Das war lächerlich.

Er warf wieder einen Blick in den Rückspiegel. Die Sonne stand bereits niedrig und blendete ihn. Er brauchte einen Moment, bis er das Auto erkennen konnte. Wer war das?

Edgar setzte zu einem Überholmanöver an, schnitt den schwarzen Porsche vor ihm, der wie verrückt hupte. Der dunkelblaue VW schloss auf. Wahrscheinlich hatte er Angst, Edgar zu verlieren.

„Edgar, kannst du mich bei der nächsten U-Bahn-Station rauslassen? Ich habe heute noch eine Verabredung.“

„Wo musst du hin?“

„Ins Café Hawelka.“

„Ich fahr dich.“

„Danke. Das ist nicht nötig."

Nötig war es nicht, aber ideal. Edgar war zwar ewig nicht mehr dort gewesen, aber er wusste, die Straße zum Hawelka war eine Sackgasse. Wenn ihm der Wagen bis dorthin folgte, hatte er ihn.

„Ich würde trotzdem gern, wenn es dir nichts ausmacht. Hast den dunkelblauen VW hinter uns bemerkt?", fragte Edgar.

„Was? Nein, wieso? Wer ist das?" Sie drehte sich um.

„Das weiß ich nicht. Aber wir werden von ihm verfolgt."

„Wo ist er?"

„Hinter dem Jaguar. Kannst du sehen, wer drinnen sitzt?"

„Nein, kann ich nicht erkennen", sagte sie. „Bist du sicher?"

„Ja." Mittlerweile war er das wirklich. „Wenn der Wagen uns bis zum Hawelka folgt, werden wir dort rausfinden, wer da drinnen sitzt."

„Aber wie?"

„Es ist eine Sackgasse. Fährt er uns nach, muss er am Ende wenden, um rauszukommen."

„Oder rückwärts fahren."

„Nicht, wenn wir schnell genug sind. Kannst du ein paar Fotos vom Wagen und auch vom Kennzeichen machen?"

„Klar."

Toni löste ihren Gurt und kniete sich mit dem Gesicht zur Heckscheibe auf ihren Sitz. Das Signal, weil sie sich abgeschnallt hatte, fing an zu piepsen, während sie das Handy zwischen den Sitzen durchsteckte.

„Und, erkennst du jetzt, wer drinnen sitzt?"

„Nein, Fehlanzeige. Aber ich hab das Kennzeichen, damit kann man auf jeden Fall eine Abfrage machen."

„Wenn es ein inländisches wäre, vielleicht. Mit einem ungarischen hab ich fast keine Chance."

Sie setzte sich wieder hin.

„Worüber haben Ralph und du gesprochen? Vorhin, in der Bar?"

„Ralph hat es mir erzählt", sagte sie und schloss den Gurt. „Über euch ... und was damals alles passiert ist."

„Er hat was?" Edgar musste sich kontrollieren, um nicht das Lenkrad zu verreißen.

„Er hat gesagt, er hat einen Fehler gemacht, mit eurer Trennung, der Heirat. Und dass Gottes Wege unergründlich sind, oder so ähnlich."

Edgar schnaubte vor Wut.

„Was ist daran schlimm?", fragte Toni.

Er erzählte ihr von Carolin Schebesta, die mit Sicherheit alles mitgehört hatte. Aus den Augenwinkeln sah er, wie Toni blass wurde.

„Und das ist noch nicht alles", sagte er und setzte den Blinker, um auf den Ring abzubiegen. „Hammer hat mir erzählt, die Polizei war bei König im Krankenhaus und hat sie mit Details gefüttert. Nach der Verwechslung mit Miriam Schill setzen sie anscheinend alles dran, diesen Fehler auszubügeln."

„Welche Details?"

„Dort, wo Anna-Sophies Handy gefunden wurde, hat man ein geknüpftes Armband von ihr entdeckt. Auf dem befindet sich die DNA von Julian. In der Nähe davon sind Blutspuren, die wurden erst später von der Forensik auf einem Stein gefunden, wegen des Regens an dem Abend. Sie stammen von Julian. Es gibt keine einzige von dem Mädchen. Der Donaukanal wurde mit einer Tauchmannschaft abgesucht, von ihr keine Spur. Hammer hat gesagt, es wird jetzt großräumig nach ihr gefahndet."

„Das heißt, die Polizei geht davon aus, dass sie lebt?"

„Ja. Ich denke, solange sie nicht gefunden wird ... wie heißt sie nochmal?"

„Anna-Sophie."

Er setzte den Blinker, bog wieder rechts ab. „Genau. Solange Anna-Sophie nicht gefunden wird, besteht die realistische Möglichkeit, dass sie etwas mit Julians Tod zu tun hat."

Der VW war ebenfalls rechts abgebogen.

„Du meinst, solange es keinen Gegenbeweis gibt, ist sie die wahrscheinlichste Täterin?"

Edgar stimmte ihr zu.

„Vielleicht wurde er zudringlich und sie hat sich gewehrt? Ich meine, wegen des Blutes", fuhr Toni fort.

„Kann sein, aber darüber lässt sich nur spekulieren", sagte Edgar.

„Könnte sie Julian in Notwehr mit einem Stein geschlagen haben?"

„Dann müssten von ihr Fingerabdrücke zu finden sein."

„Und wenn sie den Stein abgewischt hat?"

„Bei einer Affekthandlung? Das ist eher unwahrscheinlich. Andererseits ... falls jemand ihr zu Hilfe gekommen ist ... alleine hätte sie ihn nicht runter zum Donaukanal gebracht."

Er hörte, wie Toni scharf einatmete.

„Was ist los?", fragte er.

„Nichts, ich ... ich musste nur eben an Miriam Schill denken. Weil sie mir gesagt hat, dass sie glaubt, ihre Tochter ist tot. Wegen dieser Linie in ihrer Hand. Ich frage mich ..."

„Was?"

„Na ja, vielleicht weiß sie was? Angenommen, Anna-Sophie hat wirklich was getan und jetzt versteckt sie ihre Tochter. Zutrauen würde ich ihr das. Aber wieso will sie dann dich engagieren, um nach dem Mädchen zu suchen?"

„Da würde mir schon einiges einfallen."

„Was denn?"

„Aus Taktik, zum Beispiel. Um von sich abzulenken."

Aus dem Augenwinkel sah er, wie Toni nickte. „Sie war echt schräg. Als sie mir aus der Hand gelesen hat ..." Sie sprach nicht weiter.

„Was?"

„Ach, nichts. Ist sicher eh nur Blödsinn. Man müsste diese Wagerl-Lili finden. Vielleicht hat die was gesehen."

„Bitte wen?"

„Die Kellnerin im Ponykarussell hat sie erwähnt – es gibt eine obdachlose Frau, die mit einem Einkaufswagerl in der Nacht in der Prater Hauptallee herumfährt. Kann doch sein, dass sie auch in dieser Nacht unterwegs war." Sie schüttelte den Kopf. „Obwohl, wahrscheinlich nicht, es hat so geregnet ..."

Toni drehte sich wieder um. „Der Wagen ist noch da."

„Ich weiß."

„Soll ich dir was Schreckliches gestehen? Ich war so froh, als ich gehört hab, dass Julian bereits am Abend seines Verschwindens ... also, dass es da passiert ist."

„Mir ist es nicht anders gegangen", murmelte Edgar.

„Hast du dir Vorwürfe gemacht, weil du den Fall nicht angenommen hast?"

„Natürlich hab ich das."

Eine Weile fuhren sie schweigend weiter, Edgar blickte ständig in den Rückspiegel.

„Was ist mit deinem Urlaub? Oder wirst du nach Anna-Sophie suchen?", fragte Toni plötzlich.

Er schluckte. So genau hatte er sich das noch nicht überlegt.

„Ich weiß nicht."

„Aber es könnte nichts schaden, mal mit Miriam Schill zu reden. Oder?"

„Ist das Auto noch da?", überging Edgar Tonis Frage.

„Ja, ist es, aber es sind zwei andere dazwischen."

„Gut."

„Wie geht es Frau König?“, fragte Toni.

„Hammer sagt, den Umständen entsprechend. Sie haben ihr etwas zur Entspannung gegeben, aber da gibt es nicht viel Spielraum wegen der Schwangerschaft. Mit dem Baby ist alles in Ordnung. Und sie wird von einem Kriseninterventionsteam betreut.“

Wahrscheinlich hatte sie die Realität noch gar nicht begriffen.

„Bleibt sie im Krankenhaus?“

„Nein, sie wollte nach Hause, Hammer ist bei ihr.“

Edgar bog in die Dorotheergasse ein und fuhr mit gleichbleibender Geschwindigkeit. Der blaue VW folgte mit Abstand. Es war ein längerer Weg, nach dreihundert Metern tauchte das Schild des Café Hawelka auf der linken Straßenseite vor ihnen auf.

„Mach dich bereit“, sagte Edgar zu Toni.

Sie nickte, löste den Gurt. Das Piepsen setzte ein. Gleich würde er stehen bleiben, da die Straße in die Fußgängerzone mündete. Das Ende der Sackgasse. An dieser Stelle war die einzige Möglichkeit, um zu wenden.

Hinter sich hörte er den Motor aufheulen.

„Er haut ab“, rief Toni.

Edgar bremste sofort.

Wer auch immer hinter dem Steuer des VW saß, hatte den Fehler bemerkt und den Rückwärtsgang eingelegt.

Toni riss die Tür auf, sprang aus dem Auto und rannte los. Edgar fluchte. Er hing am Gurt und nestelte daran herum. Endlich war er frei und stürzte aus dem Auto. Er sprintete, so schnell er konnte. Mit unglaublichem Tempo fuhr der Wagen rückwärts die Gasse zurück.

Toni war schnell. Edgar hatte keine Chance, mit ihr mitzuhalten. Seine Lunge explodierte. Der VW war am Ende der Straße, lenkte ein und fuhr um die Ecke davon. Toni jagte hinterher. Edgar verlor sie aus dem Blickfeld. Er konnte nicht mehr. Beide Knie stachen, jeder Schritt war eine Qual. Während er sich an der Hausmauer abstützte und nach Luft rang, hörte er in der Entfernung das Quietschen von Reifen.

Sofort humpelte er den letzten Rest zur Querstraße vor. Toni kam ihm entgegen und schüttelte den Kopf.

„Keine Chance“, japste sie. „Die war schnell, die hätte fast wen überfahren.“

„Die …?“

„Ja, eine Frau. Ich hab ihr Gesicht nicht wirklich sehen können. Das ging alles so rasant. Aber ich bin mir ziemlich sicher, dass es eine Frau war. Blond, kinnlange Haare. Wahrscheinlich eine Brille.“

„Sonst irgendwas? Alter?“, keuchte Edgar.

„Puh, kann ich nicht sagen. Eher älter.“

„Älter …?“

„Ich weiß nicht. Irgendwas über 50 vielleicht? Und ihre Haut … die war weiß. Also, richtig weiß.“

Er nickte, versuchte, ihr „älter“ nicht persönlich zu nehmen. Über 50 war für ihn nicht älter, er hatte gleich an jenseits der 80 gedacht. Er deutete, dass er zum Auto zurückmusste, bevor ein Lokalbesitzer einen Abschleppwagen rief.

Mit zusammengebissenen Zähnen versuchte er, die Schmerzen in den Knien auszublenden.

Toni richtete sich im Spiegelbild einer Auslage die Haare, stopfte ihr T-Shirt in die Jeans und wischte sich den Schweiß von der Oberlippe. Sie wirkte ein wenig nervös. Ach du meine Güte, hatte sie ein Rendezvous? Sie drehte sich zu Edgar.

„Schau ich okay aus?“

„Okay?“, fragte er.

„Ich meine, kann ich so zu dem Treffen gehen?“

Ja, sie war eindeutig nervös. Er bemühte sich, nicht zu lächeln. Es war gut, dass sie sich verabredete. Das bedeutete, sie kam über Felix hinweg.

„Du siehst sehr schön aus“, sagte er ernst.

„Ich bin nicht schön.“

„Doch.“

„Findest du?“

„Absolut.“

Sie zuckte mit den Achseln, lächelte. „Okay. Na dann. Danke.“

Sie zupfte sich ein paar Strähnen zurecht.

Während sie zurück Richtung Hawelka gingen, tauchte aus den Untiefen von Edgars Gehirn plötzlich eine Verbindung auf. Er blieb stehen. Ungarn. Ralph. Er hatte das damals erwähnt. Es war Jahre her. So lange, dass Edgar sich gar nicht mehr sicher war, ob es stimmte.

„Was ist los?“, fragte Toni.

„Ralphs Frau.“

„Was ist mit ihr?“

„Es ist ewig her … ich glaube, Ralph hat erwähnt, sie ist oft in Ungarn. Weil ihre Mutter dort lebt.“

„Du meinst, das war sie in dem Auto? Aber warum?“

„Vielleicht ist sie mit Ralphs Entscheidung doch nicht so einverstanden?“

„Wie sieht sie aus?“

Edgar runzelte die Stirn. Ralph hatte ihm damals ein Foto gezeigt. Keine Ahnung mehr, warum er das getan hatte, vielleicht wollte er Edgars Absolution. Was vollkommen lächerlich war. Edgar hatte getobt und sich geweigert, es anzusehen. Ralph hatte es auf dem Küchentisch liegen gelassen. Kaum war er gegangen, hatte Edgar das Foto zerrissen, rasend vor Wut und Trauer. Er konnte sich nicht an das Gesicht erinnern. Aber eines wusste er noch – dass er gefunden hatte, die Frau auf dem Foto war vollkommen durchschnittlich. Und sie war blond.

17.

Edgar sah Toni nach. Sie drehte sich vorm Eingang ins Café Hawelka nochmal zu ihm um und winkte. Er winkte zurück, dann verschwand sie im Café.

Das alles ging ihm einfach nicht aus dem Kopf. Es war lange her, aber er erinnerte sich noch an den Abend von Ralphs Rückkehr. Edgar hatte die Wohnung geputzt, gekocht, eine Flasche Champagner eingekühlt. Bevor der große Knall nicht nur seine Pläne, sondern auch sein ganzes Leben durcheinandergebracht hatte.

Jetzt wusste er es wieder, Ralph hatte damals gesagt, Gabi wolle ihn kennenlernen, und ihm deshalb das Foto gezeigt. Was er als absurd und lächerlich und als eine Zumutung empfand. Außerdem hatte er keine Ahnung, was Ralph ihr von ihm erzählt hatte. Ralph hatte erzählt, sie war bei ihrem Vater in Wien aufgewachsen, ihre Mutter war wieder in ihre Heimat zurückgegangen und lebte dort. Die Mutter, die sie gerade besuchte, um ihr zu erzählen, dass sie geheiratet hatte. Ja, doch, in Ungarn, hatte Ralph gesagt. Oder war es Tschechien? Die Slowakei?

Edgar stieg in den Wagen, nahm sein Handy, scrollte zu Ralphs Kontakt, da fiel ihm ein, dass der seine Messe hielt. Er würde später mit ihm reden.

Als er den Wagen gewendet hatte, wurde ein Parkplatz in der Dorotheergasse frei. Er setzte sofort den Blinker und fuhr hinein. Er war zittrig. Bevor er weiterfahren konnte, musste er sich erst beruhigen. Der kurze Sprint vorhin hatte seine Kräfte ordentlich beansprucht. Seine Knie fühlten sich, als wären sie aus Gummi, und sein Magen knurrte. Toni hatte vollkommen recht. Er musste sportlicher werden. Und seinen Lebensstil ändern. Gleich morgen.

Aber jetzt war er am Verhungern. Er hatte keinen Kurzparkschein dabei. Auf die Rückseite eines Kassazettels schrieb er die Uhrzeit und „Bin in 10 Minuten zurück – Lieferung“ und stieg aus. Der Würstelstand „Zum goldenen Würstel" war in der nächsten Seitengasse an der Ecke zum Graben.

Es wimmelte von Touristen, das würde sicher länger als zehn Minuten dauern. Als er endlich dran war, bestellte er einen Käsekrainerhotdog und ein Mineralwasser. Während er auf das Essen wartete, läutete sein Handy. Vincent. Nein, er konnte jetzt nicht mit ihm sprechen. Vielleicht später, aber nicht jetzt. Er drückte den Anruf weg und steckte das Handy ein. Vincent rief noch einmal an. Wenn es wichtig war, würde er eine Nachricht auf der Mobilbox hinterlassen, dachte Edgar.

Gerade, als er seinen Hotdog in Empfang nahm, hörte er hinter sich: „Ist das dein Ernst? Du drückst mich weg?"

Er drehte sich um und sah in Vincents verzweifeltes Gesicht.

„Scheiße", rutschte es Edgar raus. „Es tut mir leid, Vincent. Ich wollte dich später zurückrufen."

„Nein, wolltest du nicht. Sonst hättest du abgehoben und mir genau das gesagt."

Diese Worte trafen Edgar, denn Vincent hatte recht.

„Es tut mir leid" war alles, was Edgar einfiel. Und damit meinte er nicht nur das gerade eben. All das war in keinster Weise Vincents Schuld. Vielleicht war sein Herz im Laufe der Jahre einfach zu vernarbt und verkrustet und der Job hatte sein Übriges dazu beigetragen.

Ohne ein Wort zu sagen, nickte Vincent ihm zu. Als wollte er ihm damit zu verstehen geben, dass er begriffen hatte. Dann drehte er sich um und ging einfach davon.

„Lass es mich bitte erklären", rief Edgar ihm nach. Doch Vincent reagierte nicht und im nächsten Moment war er in der Menschenmenge verschwunden.

Mit dem Hotdog in der Hand stand Edgar da und fühlte sich elend. Der Appetit war ihm vergangen. Wieso war er so zu Vincent? Was war los mit ihm? Er wusste, wie man sich auf dieser „anderen Seite" fühlte. Unsicher und ängstlich.

War es, weil Vincent ihm vor Augen führte, dass er alt wurde? Und selbst wenn, was war daran so schlimm? Er kannte genug Männer, die Gott weiß was gegeben hätten, jemanden wie Vincent an ihrer Seite zu haben.

Edgar trottete zum Auto zurück, kein Strafzettel, zum Glück. Er setzte sich hinters Steuer und kaute lustlos auf dem Käsekrainer herum. Um sich abzulenken, drehte er das Radio auf. Es lief ein Lied aus den 60er Jahren. „What becomes of the broken hearted". Toni hatte Radio Wien eingestellt, sie liebte diese alten Lieder. Edgar ließ den Hotdog sinken. Sein schlechtes Gewissen gegenüber Vincent wuchs mit jedem Refrain mehr. Und zugleich dachte er an Ralph und daran, wie er damals gelitten hatte. Die Bilder der Vergangenheit überschwemmten ihn. Er wechselte die Sender, bis er auf Ö1 ein Klavierstück von Dave Grusin fand. Aber die Bilder in seinem Kopf ließen sich nicht mehr vertreiben. Wie gestern Abend Ralph plötzlich vor seiner Wohnungstür gestanden war.

Radikale Ehrlichkeit sich selbst gegenüber war ein Konzept, das Edgar früher verfolgt und mit den Jahren immer mehr abgelegt hatte. Nein, er sollte jetzt nicht an Ralph denken, und wenn schon, dann nur in Bezug auf den Mord an Julian. Denn was auch immer zwischen ihnen passiert war, eines wusste Edgar sicher: Ralph war kein Mörder. Die ganze Angelegenheit hatte sich zu einer privaten Sache entwickelt. Und egal, was vorgefallen war, Edgar wusste, er konnte jetzt nicht so tun, als würde ihn das alles nichts angehen. Ralph zu entlasten war ihm wichtiger, als er sich eingestehen wollte. So eine verdammte Scheiße. Ein Teil von ihm wünschte sich, er hätte gar nicht auf Ralphs ersten Anruf reagiert.

Sein Handy läutete, Edgar war so in Gedanken, er zuckte zusammen. Fernandas Name stand am Display.

„Edgar, Gott sei Dank, du bist dran. Ich habe mich noch nie so sehr über eine Nachricht von dir gefreut wie heute."

„Ist bei euch nicht mitten in der Nacht?“

„Ist es, ja.“

„Ist alles in Ordnung?“

„Ach, Edgar. Entweder hat mich der Jetlag noch immer fest im Griff, oder ...“

„Oder?“

„Oder es sind die Wechseljahre. Mir tun meine Gelenke weh, alles kracht bei jeder Bewegung und ich kann so gut wie nicht schlafen.“

„Wenn das die Wechseljahre sind, dann hab ich die auch“, sagte Edgar und rieb über seine Knie. Er hörte Fernanda laut auflachen.

„Wenn ich die Kinder sehe, fang ich bei jeder Kleinigkeit an zu heulen. Und im nächsten Moment brüll ich sie an, wegen nix. Ich bin so müde, dass ich mich von einem Coffeeshop zum nächsten schleppe. Ich dreh hier noch durch. Aber ich will dich nicht volljammern.“

„Tust du nicht. Wie ist Vancouver?“

„Ganz anders, als ich es mir vorgestellt habe“, sagte sie euphorisch. „Es ist gleichzeitig gigantisch und herzig. Die riesigen hypermodernen Gebäude, die beeindruckende Skyline wie im Film, diese breiten Straßen. Und dann gibt es auch noch die alten Stadtteile mit den vielen Gasserln voller Laternen, den altmodischen Standuhren, dazu das Wasser, die Parks, das ist alles zauberhaft.“ Sie seufzte. „Apropos zauberhaft, wie geht es deinem Loverboy?“

„Er ist nicht mein Loverboy.“

„Weiß er das auch?“

„Anscheinend nicht“, murmelte Edgar.

„Lass dich nicht aufziehen, es ist nur der Neid, der aus mir spricht. Also, was ist los, du hast gesagt, es gibt was, wobei du dringend Hilfe brauchst? Ich dachte nie, dass ich das mal sagen würde, aber ich bin so froh, wenn ich was zu tun krieg, das mich ablenkt“, sagte Fernanda. „Schieß los!“

„Ja. Es ist … Ralph ist wieder aufgetaucht.“

„Welcher Ralph? Was, warte, meinst du deinen Ralph? Der Hotelmanager? Ist er noch verheiratet?“

„Nein. Er … er ist jetzt katholischer Priester.“

„Das ist ein Scherz?“

„Nein. Er hat sich von seiner Frau getrennt und ist Pfarrer im dritten Bezirk.“

Fernanda fing so laut an zu lachen, dass Edgar sein Handy weghalten musste. „Entschuldige“, gluckste sie. „Aber das kann sich keiner ausdenken. Und, was sagt seine Frau dazu?“

„Ich bin mir nicht sicher. Kann sein, dass sie mich gerade mit dem Auto verfolgt hat.“

„Wieso dich?“

„Das weiß ich nicht. Wie es aussieht, wird Ralph verdächtigt, mit dem Tod eines Achzehnjährigen zu tun zu haben. Julian König, er wurde heute Morgen im Donaukanal gefunden. Ralph hat ihn gekannt. Vielleicht sogar mehr …“

„Was heißt mehr?“

„Es gibt den Verdacht, sie hätten eine Beziehung gehabt.“

Fernanda stieß einen Pfiff aus. „Und, ist was dran?“

„Laut Ralph nicht. Ich muss wissen, was darüber rausgefunden wurde und welchen Hinweisen nachgegangen wird. Ich weiß, du bist auf Urlaub …“

„Vergiss es. Das hier ist kein Urlaub. Okay, ich kann nichts versprechen, aber ich sehe, was ich tun kann. Bis wann brauchst du es?“

„So schnell es geht. Und kannst du den Halter eines ungarischen Kennzeichens ausfindig machen?“

„Nein, keine Chance. Es sei denn, der Wagen war mal in einen Unfall in Österreich verwickelt, dann muss er im System sein. Schick mir auf jeden Fall das Kennzeichen. Ich werde sehen, ob mir irgendeine Geschichte einfällt, damit jemand das für mich nachschauen kann. Noch was?“

„Ja. Kennst du Carolin Schebesta?“

„Natürlich kenn ich die Caro. Sie ist seit ein paar Monaten bei uns, vorher war sie im vierzehnten. Was ist mit ihr?“

Edgar erzählte, was vorgefallen war, und Fernanda kommentierte immer wieder mit einem „Nein“ und „Sag bloß“.

„Ich bin mir nicht sicher, was das alles soll, Edgar. Aber sei auf der Hut, die Caro ist ehrgeizig. Sie ist gut, aber sie will zu viel und schießt da auch gerne übers Ziel hinaus. Und ihr habt etwas gemeinsam.“

„Was meinst du?“

„Sie hasst ihren Vater. Und ich meine, wirklich. Redet kein Wort mit ihm. Wenn die sich zufällig am Gang begegnen, wird sie zum Eisblock. Es fragt sich schon jeder, wieso nicht einer von ihnen sich woandershin versetzen lässt. Ich meine, sie hat ja gewusst, dass er da sein wird. Aber sind halt zwei Sturschädeln. Da muss irgendwas vorgefallen sein, es rätseln schon alle ... ich warte nur darauf, dass sie mal beide in eine Arbeitsgruppe eingeteilt werden. Dann fliegen die Fetzen.“

„Ich bin mir nicht sicher, ob ich das gut oder schlecht finde.“

„Ich kann gut mit ihr. Sie ist auf jeden Fall nicht so eine Krätzen wie ihr Vater. Und sonst?“

„Sonst?“

„Ich meine, was ist mit dir und Ralph?“

„Was soll mit uns sein?“

„Wird das eine Neuauflage von Dornenvögel?“

„So ein Blödsinn.“

„Er hat mich damals angerufen, hat er dir das gesagt?“

„Was? Wann?“

„Ich weiß nicht mehr genau. Ich glaube, ein halbes Jahr, nachdem er geheiratet hat.“

„Das hast du mir nie erzählt.“

„Ja, du warst gerade erst so halbwegs über ihn hinweg. Ich wusste nicht, was ich von dem Anruf halten soll.“

„Warum hat er sich bei dir gemeldet?“

„Willst du das wirklich wissen?“

„Ja.“

„Er hat mich gefragt, wie es dir geht. Ob alles in Ordnung ist, wie du mit der Trennung klarkommst, solche Sachen.“

„Warum?“

„Das hab ich ihn auch gefragt. Er hat es nicht gesagt. Es war trotzdem eindeutig. Er hatte ein schlechtes Gewissen. Zu Recht. Ich hab ihm gesagt, dass er dich doch noch immer liebt und endlich mit dieser Farce aufhören soll. Seine Ehe, die war ein Betrug für alle Beteiligten. Und weißt du, was er geantwortet hat? Dass ich recht habe. Damals hab ich gedacht, er meldet sich bei dir. Darum hab ich nichts gesagt. Ich wollte dir keine Hoffnungen machen, ich hab ja gesehen, wie schlecht es dir ging. So ein Idiot. Und jetzt Priester. Der hat sie doch nicht alle ...“

Es klopfte in der Leitung. Eine unbekannte Nummer.

„Ich bekomme gerade einen Anruf“, sagte Edgar.

„Ich melde mich, sobald ich was erfahre“, sagte Fernanda und legte auf.

„Brehm“, meldete er sich.

Es knisterte in der Leitung. Eine Weile war nichts zu hören.

„Hallo?“, fragte Edgar nach.

„Hallo, Herr Brehm. Ich bin es. Kirsten ... König.“

Ihre Stimme klang rau und sehr leise. Als wäre sie unter starke Beruhigungsmittel gesetzt.

„Frau König – es tut mir so leid.“

„Danke“, sagte sie tonlos. „Ich muss Ihnen etwas sagen.“

„Soll ich zu Ihnen kommen?“

„Nein. Gustav ist hier. Er soll es nicht hören.“

„Was denn?“

„Die Polizei war nochmal da ... sie haben Julians Laptop geholt und wollten dann noch mit mir alleine sprechen.“

„Was haben sie gesagt?“

„Julians Handy war an dem Abend, als er verschwunden ist, das letzte Mal von zu Hause eingeloggt. Zu einer Zeit, als er schon nicht mehr in der Wohnung war. Er muss sein Handy hiergelassen haben. Aber es ist nicht da. Ich habe alles durchsucht."

„Was meinen Sie damit?"

„Es muss jemand mitgenommen haben", sagte sie leise.

Edgar schloss die Augen. Sein Herz begann unregelmäßig zu schlagen. „An dem Abend, als Julian verschwunden ist, war da jemand bei Ihnen?"

Er kannte die Antwort. Aber er musste es von ihr hören.

„Ja. Ralph."

Scheiße, Scheiße, Scheiße, so eine verdammte Scheiße.

„Und Gustav", sagte sie.

„Was?", entfuhr es Edgar. „Wieso war er da?"

„Er hat mir was vom Chinesen zu essen gebracht. Aber ich wollte nicht, dass er bleibt, ich hab vorgehabt, mit Julian zu reden." Sie fing an zu weinen.

„Mit wem redest du?", hörte Edgar die Stimme von Gustav Hammer im Hintergrund bei Kirsten König.

Sofort legte sie auf.

Edgar ließ das Handy sinken. Was bedeutete das? Jemand hatte einen Grund gehabt, Julians Handy auszuschalten und mitzunehmen? Nein, nicht jemand.

Ralph oder Hammer. Es kamen nur die beiden in Frage.

Warum würde man so etwas tun? Weil sich etwas auf dem Handy befand, das nicht entdeckt werden sollte? Fotos? Nachrichten?

Vielleicht war Anna-Sophie gar nicht weg, weil Julian ihr etwas angetan hatte. Sondern weil sie etwas wusste. Was sie nicht wissen durfte.

Edgar musste mit Miriam Schill sprechen. Toni hatte ihm ihre Nummer gegeben. Er suchte in seinen Hosentaschen und im Sakko, doch sie war nicht da.

Er rief Toni an, aber sie reagierte nicht. Vielleicht war es im Café zu laut.

Edgar würde sie nur ganz kurz stören.

Die warme Atmosphäre des Hawelka hüllte ihn beim Betreten ein wie eine Jacke, in die man schlüpft, wenn es draußen kalt ist.

Toni machte er sofort ausfindig, sie saß auf einer der Bänke. Ihr gegenüber saß ein Mann, mit dem Rücken zu Edgar. Tonis Wangen leuchteten rosig und sie strahlte.

Edgar versuchte, auf sich aufmerksam zu machen, doch sie bemerkte ihn nicht.

„Entschuldige, Toni", sagte Edgar und räusperte sich, als er an den Tisch getreten war. „Ich will nicht stören." Der Mann gegenüber von Toni schaute hoch. Er war jung und sah nett aus. Und da erkannte Edgar ihn erst. Das war dieser berühmte Schauspieler. Toni hatte seinen Namen erwähnt, aber Edgar hatte ihn wieder vergessen. Ein ungewohntes Gefühl machte sich in Edgar breit. Irgendwas irritierte ihn an dem jungen Mann, er konnte aber nicht sagen, was es war.

„Oh, Edgar, hallo. Ist alles in Ordnung?"

„Ja, du hast mir die Nummer von Anna-Sophies Mutter gegeben. Ich kann sie nicht finden."

Sie lächelte und deutete auf sein Hemd. „Du hast sie in die Brusttasche gesteckt."

Tatsächlich, da war sie.

„Danke. Ich ... ich wusste es nicht mehr." Er stand hier herum, überfallen von einer plötzlichen Unsicherheit. So kannte er sich gar nicht.

„Kein Problem. Auf deinem Schreibtisch liegen noch Unterlagen, die Frau Schill mitgebracht hat. Ach ja, Edgar, das ist Tim Ravinger. Tim, das ist Edgar Brehm, der Detektiv, von dem ich dir erzählt habe."

Sie schüttelten einander die Hand. Sofort schossen Edgar unzählige Fragen durch den Kopf.

War dieser Kerl nett? Behandelte er Toni gut? Moment, war er nicht ihr Lehrer? War er dafür nicht zu jung? Er konnte kaum älter sein als Toni. Was sollte das hier? Nutzte er seine Position aus, um mit ihr zu schlafen? Schlief er mit allen Schülerinnen? Spielte er mit Toni? Wehe, wenn er hier den berühmten Schauspieler raushängen ließ, um sie ins Bett zu kriegen und dann fallen zu lassen. Solche Typen kannte man doch.

Edgar wollte irgendwas sagen, aber er wusste nicht, was.

„Dann schönen Abend“, sagte er grimmig zu Ravinger. Mit einem Blick, der ihm zeigen sollte, wenn er Ärger machte, würde er es mit ihm zu tun bekommen.

Er war gerade mal drei Minuten im Hawelka gewesen, doch ein Strafzettel, eingeklemmt in die Scheibenwischer, empfing ihn. Von einem Parksheriff keine Spur.

Erst im Auto fing er sich wieder. Langsam dämmerte ihm, was da drinnen vorgefallen war. Was ihn aus der Fassung gebracht hatte.

Er wählte Miriam Schills Nummer, sie ging sofort ran.

„Werden Sie mir helfen, Herr Brehm?“, fragte sie.

„Wir sollten das besprechen. Können Sie morgen früh zu mir in die Detektei kommen?“

„Wie wäre es heute noch?“

Edgar überlegte kurz.

„In Ordnung. Geben Sie mir Ihre Adresse. Ich komme zu Ihnen.“

Nachdem er das Telefonat beendet hatte, startete er den Motor und warf kopfschüttelnd einen letzten Blick zum Hawelka, bevor er losfuhr. War das möglich?

Er hatte tatsächlich zum ersten Mal in seinem Leben einen väterlichen Beschützerinstinkt gespürt.

18.

Je länger Toni mit Tim Ravinger redete, desto mehr bröckelten die letzten Reste des Schauspielers, den sie aus Film und TV kannte, endgültig von ihm ab. Wenn er sie verschmitzt mit leicht schief gelegtem Kopf ansah, musste sie unwillkürlich so sehr lächeln, dass es ihr schon peinlich war. Ihre Wangen glühten, wozu aber vielleicht auch die drei Achterl Rotwein beigetragen hatten.

Es war mittlerweile 22 Uhr, die Zeit mit Tim war rasant verflogen.

Nachdem Edgar gegangen war, hatten sie beschlossen, nicht in ein Restaurant zu wechseln, sondern im Hawelka zu bleiben. Zuerst bestellten sie Gulaschsuppe mit Semmeln und dann flaumige Buchteln. Tim nickte ihr anerkennend zu, als sie drei Buchteln verdrückte.

„Meine Oma hat immer gesagt, ich hab keinen Magen, ich hab ein Loch", sagte sie und er lachte lauthals. Dann wollte er mehr von ihrer Oma wissen, also hatte sie ihm erzählt, wie sie aufgewachsen war. Von den vielen Studien, die sie angefangen und wieder abgebrochen hatte, weil keines zu ihr passte. Bis ihre Oma die Idee gehabt hatte, Toni solle es bei der Schauspielschule versuchen.

„Das war komisch. Während der Aufnahmeprüfung hab ich gewusst, das ist es, nach dem ich vorher die ganze Zeit gesucht habe", sagte Toni und Tim nickte lächelnd.

Und dann erzählte sie ihm sogar, dass ihre Oma einen Heiratsantrag bekommen hatte, was sie selbst noch gar nicht fassen konnte.

„Wird sie ihn annehmen?"

„Ich hab keine Ahnung. Die Ehe mit meinem Opa hat sie von allen ernsthaften Absichten bei Männern geheilt, hat sie mal gesagt. Aber das ist ewig her."

„Wie war er?"

„Weiß ich nicht. Ich hab ihn nicht mehr kennengelernt. Mit den Männern war es in meiner Familie nie so prickelnd. Meinen Vater kenne ich ja auch nicht. Und das wird sich auch nicht ändern."

„Siehst du manchmal irgendwen auf der Straße und denkst dir, das könnte er sein?"

„Früher, als Kind, ja. Aber schon seit Jahren nicht mehr. Lustig, das hat mich noch nie jemand gefragt."

„Fehlt dir deine Mutter?"

Toni legte den Kopf in den Nacken. „Nein. Es ist … anders."

„Wie anders?"

„Manchmal sind meine Erinnerungen an sie so vage, dass es mir vorkommt, als hätte sie nie existiert. Als wäre sie nur eine Erzählung, wie eines der Märchen, das meine Oma mir früher vorgelesen hat. Dann versuche ich, an etwas ganz Konkretes von ihr zu denken. Zum Beispiel an ihre Hände. Wie sie ausgesehen haben. Als wäre das ein Beweis, dass es sie wirklich gegeben hat. Das klingt ganz schön blöd …"

Tim sah sie mit tiefem Blick an. „Nein, das klingt überhaupt nicht blöd. Im Gegenteil."

Toni zuckte mit den Achseln, ihr wurde ein wenig mulmig, aber auf eine gute Art. „Ich glaube, das habe ich bis jetzt noch nie wem erzählt. Hast du ein Wahrheitsserum in den Wein geschüttet?"

„Oh, du hast es rausgefunden. Ja, das ist meine Spezialität", lachte er. Meine Güte, er hatte ein wunderbares Lachen.

„Und da du mir jetzt die Wahrheit sagen musst, wie ist es eigentlich sonst so bei dir?", fragte er.

„Sonst?"

„Ich meine, gibt es jemand Speziellen in deinem Leben?"

Irrte sie sich, oder wurden Tims Wangen ein bisschen rot?

„Was meinst du, jemand Speziellen?“, fragte sie.

Er verdrehte die Augen und grinste. „Ich meine einen Mann, einen Freund, jemand, an den dein Herz vergeben ist?“, sagte er mit gespielter Dramatik.

Für einen kurzen Moment erstarrte Toni innerlich. Diese Frage widersprach ihrer Erkenntnis, dass es ganz sicher kein Date war.

Warum es nämlich ganz sicher kein Date sein würde, war ihr eingefallen, als sie Platz genommen hatten. Sie fühlte sich ein bisschen dumm, dass sie nicht eher draufgekommen war. Tim hatte es doch selbst gesagt: Die Schmitz hatte gemeint, Toni könne ihm helfen. Ihr war zwar nicht klar, wobei, aber das war sicher der Grund, warum er sie privat treffen wollte.

Doch er hatte es noch nicht erwähnt, und jetzt diese Frage. Sie zögerte. Nicht, weil es jemanden gab, sondern weil sie die Situation überforderte.

Ein leichter Schatten huschte über sein Gesicht.

„Nein, es gibt niemanden“, sagte sie und er schien sich zu entspannen. Die Frage „Und bei dir?“ lag ihr auf der Zunge, doch irgendetwas hemmte sie, sie auszusprechen.

„Lebt deine Familie in Wien?“, fragte sie stattdessen.

„Nur meine Mutter, mein Vater arbeitet in Luxemburg.“ Ohne zu zögern, erzählte er ihr von seinem guten Verhältnis mit seinem Vater. Sie telefonierten oft, sahen sich wenig, was er bedauerte. Mit seiner Mutter hatte er kaum Kontakt, weil ihr neuer Mann ein selbstgefälliges Arschloch war und er ihn genauso wenig leiden konnte wie umgekehrt. Er schwärmte von Hamburg, wo er lieber war als in Berlin, aber aus karrieretechnischen Gründen nicht hinziehen konnte. Er wohnte seit letztem Jahr am Prenzlauer Berg, was eine gewaltige Verbesserung war zu seiner vorigen Wohnung im Stadtteil Wedding.

Und er verriet ihr sogar ganz von selbst den Grund für seine Auszeit.

„Panikattacken“, sagte er und verzog den Mund, als wäre es ihm peinlich.

Es fühlte sich an, als würden Tonis letzte Reste Misstrauen und Skepsis auf der Stelle schmelzen.

Tims Augen bekamen einen leichten Glanz, er biss sich auf die Unterlippe. Anscheinend fiel es ihm nicht leicht, darüber zu reden. Sie konnte gar nicht aufhören, ihn anzustarren. Meine Güte, konnte man eigentlich noch hinreißender sein?

„Eines Tages waren sie einfach da“, fuhr er fort und kratzte mit dem Zeigefinger auf der Tischplatte einen Fleck weg. „Mitten beim Dreh einer Szene. Die Kamera lief und es ging ganz schnell. Mir wurde plötzlich schwindlig, ich bekam keine Luft mehr. Am Set dachten alle, ich bin krank, ein Kreislaufkollaps oder allergischer Schock. Die Rettung wurde gerufen. Sie haben mich ins Krankenhaus gebracht und zwei Tage lang von oben bis unten durchgecheckt. Es war körperlich alles in Ordnung, also wurde der Dreh fortgesetzt. Und da passierte es wieder. Darum haben sie mich zum Psychiater gebracht, ich habe Angstlöser bekommen, die haben gewirkt, aber ich konnte damit nicht spielen. Ich habe keine Angst mehr gehabt, aber auch sonst nichts mehr gefühlt. Also wurden die Medikamente wieder abgesetzt, dann wurde es erst richtig schlimm. Das ganze Projekt musste abgebrochen werden, ich konnte nicht mehr arbeiten. War gezwungen, auch alles andere abzusagen. Meine Agentin hatte zu Beginn viel Verständnis, aber dann hat sie gemeint, wenn ich jetzt keine Therapie beginne, schmeißt sie mich raus. Also hab ich zugestimmt.“

„Und?“

„Na ja, es ist nicht so schlimm, wie ich dachte.“ Er verdrehte die Augen und lachte. „Mein Therapeut ist ziemlich klug. Er hat gemeint, weil ich immer funktionieren will, unterdrücke ich, was ich wirklich fühle. Und das klappt bei manchen Menschen ein Leben lang, bei anderen nur eine bestimmte Zeit. Weil über die ganzen Jahre zu viel Druck da war, ist alles irgendwann implodiert. Es war seine Idee, herzukommen, ich sollte zurück zu meinen Wurzeln. Und darum ... bin ich hier."

„Ist das der Grund, warum du im Kons unterrichtest?"

Er nickte, wollte etwas sagen, doch genau in dem Moment kam eine junge Frau vom Nebentisch herüber und bat Tim um ein gemeinsames Foto. Ihre Freundinnen kicherten, Tim war freundlich, machte das Foto mit ihr und bedankte sich.

„Nervt dich das?", fragte Toni leise, als sie wieder allein waren. Er zögerte.

„Manchmal." Er hob die Schultern. „Meistens nicht. Ich bin froh, dass es so ist. Die Wahrheit ist, ich kenne es nicht anders. Das klingt vielleicht überheblich, aber ich meine es nicht so. Weil ich weiß, was für ein unglaubliches Glück ich habe, das sagen zu können. Die Hälfte aus meinem Jahrgang muss sich mit Teilzeitjobs über Wasser halten. Viele haben den Beruf aufgegeben und machen was anderes, weil sie zu lange ohne Job waren. Und die, die das Glück haben, ein Engagement zu bekommen, sind dann in einem Theater im Ensemble und müssen alles spielen, wofür sie eingeteilt sind. Ich kann mir meine Rollen aussuchen und mein Budget hält es aus, auch mal ein halbes Jahr keinen Job anzunehmen."

Toni nickte, das klang alles sehr vernünftig. Trotzdem fragte sie sich, ob das wirklich stimmte oder genau das war, was sein Therapeut gemeint hatte.

„Ich hoffe, du denkst jetzt nicht, dass ich nicht ganz dicht bin. Normalerweise erzähle ich das über mich nicht vielen Leuten", sagte Tim.

Toni lehnte sich zurück und verschränkte die Finger ineinander. „Ehrlich gesagt, beeindruckst du mich immer mehr. Ich hätte nicht erwartet, dass du so bist."

„Wie denn?"

„So ..." Sie wollte bezaubernd sagen. Oder großartig. Stattdessen sagte sie: „So normal."

„Oh, danke." Er lächelte, schien es als Kompliment aufzufassen und senkte den Blick. „Toni?"

„Ja?"

„Das klingt vielleicht merkwürdig, aber ..." Er sah hoch, fixierte sie mit seinem Blick und ihr wurde plötzlich unglaublich heiß. „So etwas wie das hier ist mir schon lange nicht mehr passiert."

Toni musste an Ralph denken und seine „20 Sekunden Mut". Länger würde es nicht dauern, Tim danach zu fragen, was genau er mit „das hier" meinte. Wenn sie nach ihrem Gefühl ging, konnte seine Antwort alles zwischen ihnen ändern. Und davor hatte sie zwar keine Angst, aber doch so etwas wie Respekt. Vielleicht würde sie später auf Ralphs 20 Sekunden Mut zurückkommen. Sie fing an zu grinsen. Es fühlte sich langsam tatsächlich so an, als würde es keine Rolle mehr spielen, dass Tim der berühmte Schauspieler und sie eine Schauspielschülerin war. Das war einfach Tim und sie war Toni. Sie nahm einen Schluck Rotwein und hielt das Glas an ihre glühende Wange.

„Wieso hat die Schmitz eigentlich gemeint, ich kann dir helfen, Tim?"

Er hob überrascht die Augenbrauen und schüttelte den Kopf. „Erzähl mir lieber von deinem Sommerjob bei dem Detektiv. Oder ist das alles top secret?"

„Das ist wahnsinnig top secret." Sie legte den Finger auf die Lippen und fing an zu flüstern. „Wenn du willst, kann ich bei dir eine Ausnahme machen. Was möchtest du wissen?"

Er lehnte sich vor. „Na ja, zum Beispiel ....“ Da läutete sein Handy. Er warf einen Blick auf das Display. „Oh, das ist meine Agentin. Stört es dich, wenn ich kurz rangehe?“

„Nein, gar nicht.“

Es war nett, dass er gefragt hatte. Felix hatte das nie getan. Nein, sie sollte verdammt nochmal nicht vergleichen und innerlich Pluspunkte an Tim vergeben.

„Hallo Evelyn“, meldete er sich.

Toni deutete ihm, dass sie gleich wieder da wäre, und ging zu den Toiletten. Es gab nur eine Kabine, zwei Touristinnen standen davor und unterhielten sich darüber, morgen nach Salzburg zu fahren, um die Sound-of-Music-Tour mitzumachen.

Toni stellte sich hinter ihnen an. Sie war ziemlich aufgewühlt. Alle ihre guten Vorsätze waren dahin – es war ein Date und jetzt konnte sie auch zugeben, wie sehr sie sich darüber freute.

Wenn sie nur einen Schritt vortrat, konnte sie an der Abtrennung vorbei ins Lokal sehen. Da saß Tim, er hatte einen Arm auf die Lehne gelegt, während er telefonierte. Er hob den Blick in ihre Richtung und lächelte. Sie fühlte sich ertappt, spürte, wie ihr das Blut in die Wangen schoss. Rasch nahm sie ihr Handy und tat so, als wäre sie damit beschäftigt.

Lena hatte sich gemeldet, drei versäumte Face-Time-Anrufe. Wahrscheinlich wollte sie wissen, wie es lief, sie würde ihr morgen eine Nachricht schicken.

Meine Güte, wieso morgen? Wieso nicht einfach nachher, wenn sie zu Hause war? Auf keinen Fall und unter keinen Umständen würde sie mit Tim Ravinger nach Hause gehen oder ihn zu sich mitnehmen. Obwohl ihr Körper ihr bei dem Gedanken sofort sehr eindeutige Signale lieferte.

Toni sah von ihrem Handy wieder unauffällig zu Tim. Er war so in sein Telefonat vertieft, dass er es nicht bemerkte. Irgendetwas schien ihn zu ärgern.

Eine Bewegung bei der Eingangstür zog Tonis Aufmerksamkeit auf sich. Eine blonde Frau mit kinnlangen Haaren und Alabasterteint hatte das Hawelka betreten. Sie wirkte gehetzt, sah sich um, als würde sie jemanden suchen. Sie kam Toni bekannt vor, auch das Alter konnte stimmen. War das möglich? War das die Frau aus dem blauen VW, die sie verfolgt hatte? Toni hob ihr Handy ein wenig höher, um ein Foto von der Frau zu machen.

Das Licht war zu schummrig und sie war zu weit weg. Also trat Toni neben die Säule und dann noch ein paar Schritte näher.

„Excuse me", sagte eine der Touristinnen hinter ihr, die aus der Toilette gekommen war und an Toni vorbeiwollte.

Die blonde Frau sah exakt in dem Moment in ihre Richtung. Toni drückte auf den Auslöser, doch da hatte die Frau den Kopf schon zur Seite gedreht. Anscheinend hatte sie bemerkt, dass sie fotografiert wurde. Energisch drehte sie am Absatz um und stürmte aus dem Café. Dabei rempelte sie ein Pärchen an, das hereinkam. Sie nahm keine Notiz von den beiden.

Das musste die Fahrerin des blauen VWs sein. Natürlich. Toni hatte sie zwar nicht richtig gesehen, aber als sie ihr nachgelaufen war, war sie von ihr gesehen worden. Die blonde Frau hatte sie gerade eben erkannt. Und deshalb so reagiert.

Toni stürmte los, der blonden Frau hinterher, hinaus aus dem Café. Sie hörte, wie Tim ihr nachrief: „Toni! Was ist los? Toni?"

„Komme gleich", brüllte sie, als sie schon fast draußen war.

Die Blonde war schnell, sie lief Richtung Graben, Toni spurtete hinterher. Schon nach ein paar Sekunden hatte sie sie aus den Augen verloren. Es war so viel los an diesem lauen Sommerabend, die Leute schoben sich die Fußgängerzone entlang. Toni blieb stehen, sie musste sich irgendwo einen Überblick verschaffen. Sie hielt ihr Handy, so hoch sie konnte, schaltete die Videoaufnahme ein, schwenkte umher. Es zeigte nur verschwommene Köpfe. Also rannte sie vor zum U-Bahn-Abgang und wieder zurück. Die Frau war nirgends zu sehen. Sie hatte sie verloren. Auch das Foto, das sie im Hawelka von ihr gemacht hatte, war völlig unscharf. So ein Mist.

Aber wenigstens wusste Toni jetzt, wie sie aussah. Wäre es Ralphs Exfrau, würde sie sie definitiv auf einem Foto erkennen.

Sie drehte sich um, wollte zurück ins Café und wäre fast mit Tim zusammengestoßen, der ihr gefolgt war.

„Ist alles okay?“, fragte er besorgt.

„Ja, da war nur ... diese Frau ... ich glaube, sie hat etwas mit Edgar zu tun.“

„Wer ist Edgar?“

„Der Detektiv, für den ich arbeite.“

„Oh, ja klar, hab ich vergessen.“ Er sah in die Ferne, als würde er nachdenken. „Hör mal, es ist spät. Ich muss morgen früh raus. Ist es okay, wenn wir es für heute sein lassen?“

Er sah sie an, aber nur für den Bruchteil einer Sekunde. Was war denn das?

So vertraut er ihr vor ein paar Minuten vorgekommen war, so distanziert wirkte er jetzt. Verdammt. Sie hatte alles falsch gemacht. Natürlich wollte er nicht mehr Aufmerksamkeit als nötig auf sich ziehen. Und sie hatte soeben eine kleine Verfolgungsjagd geliefert.

„Was, nein, total okay“, spielte sie ihm vor.

Wenigstens mussten sie noch ins Hawelka zurück, vielleicht konnte sie es ihm dort genauer erklären. Wenn er erst wüsste, warum sie so reagiert hatte, würde er es sicher verstehen.

„Ich hab schon gezahlt“, hielt er sie auf.

„Oh, echt? Danke. Wegen gerade eben ...“

Er schüttelte den Kopf. „Alles gut. Wir sehen uns morgen um zehn Uhr zum Unterricht."

Das klang nicht nach einer Wiederholung der Verabredung. Sondern nach einem Lehrer, der mit seiner Schülerin sprach.

„Ja, stimmt."

Von einer vorbeigehenden Gruppe hörte Toni, wie sie Tims Namen nannten. Er schien es auch bemerkt zu haben.

„Dann, gute Nacht. Bis morgen", sagte er und eilte in die Dorotheergasse davon. Er drehte sich nicht mehr um.

Toni war schlagartig nüchtern, nicht ein Tropfen Alkohol schien sich noch in ihrer Blutbahn zu befinden. Langsam trottete sie Tim hinterher, bis sie bemerkte, dass es die völlig falsche Richtung war. Sie musste zur U-Bahn am Stephansplatz. Es war gar nichts passiert, und trotzdem war ihr zum Heulen zumute. Jetzt nach Hause zu gehen, erschien ihr wie eine Hürde, die sie unmöglich nehmen konnte. Vielleicht war Edgar noch beschäftigt?

Sie nahm ihr Handy aus der Tasche und betätigte die Kurzwahl, er ging sofort ran.

„Toni, alles in Ordnung?"

„Ja", log sie. „Wo bist du?"

„Ich bin bei Frau Schill und gehe gerade mit ihr ein paar Details wegen Anna-Sophie durch."

„Nimmst du den Auftrag an?"

„Ja, das werde ich wohl machen."

„Okay. Hat sie dir auch von Anna-Sophies Freundin erzählt?"

„Sarah, ja."

„Wenn Sie mit Sarah reden möchten, ruf ich gleich ihre Mutter an. Sie können sicher heute noch mit ihr sprechen", hörte Toni die Stimme von Miriam Schill im Hintergrund.

„Es ist wahrscheinlich schon zu ...", begann Edgar.

„Jetzt gleich wäre super. Ich komme mit, wenn das okay ist", unterbrach Toni.

„Bist du sicher?"

„Ja. Ganz sicher."

„Na gut. In Ordnung, würden Sie sie bitte anrufen?", sagte Edgar zu Miriam Schill. „Toni, ist bei dir alles okay? Was ist mit deiner Verabredung?"

„Die ist vorbei, er ist nach Hause gegangen. Alles gut. Schick mir einfach Sarahs Adresse, wir treffen uns dort vor dem Hauseingang. Ach ja, und ich brauche ein Foto von Ralphs Exfrau."

„Warum?"

Sie erzählte ihm, was vorgefallen war, Edgar wirkte beunruhigt. Er versprach, sich um das Foto zu kümmern, sie verabschiedeten sich und Toni war richtig erleichtert, nicht nach Hause zu müssen. Nicht mal eine Minute später hatte sie die SMS mit einer Adresse auf der Josefstädterstraße im achten Bezirk. Sie ging zum Karlsplatz, mit der U2 war sie rasch beim Rathaus und nicht mal 15 Minuten nach ihrem Anruf bei Edgar stand sie vor dem Haus.

Tim ging ihr trotz aller Bemühungen und rationalen Erklärungsversuche nicht aus dem Kopf. Es war doch alles so schön gewesen. Hatte ihr Verhalten wirklich ausgereicht, dass er sich so benahm? Hatte sie sich in ihm geirrt? Nein, das konnte es nicht sein. Er hatte ihr ein intimes Geheimnis anvertraut. Da musste er sich ja vor den Kopf gestoßen fühlen, wenn sie ohne Erklärung einfach aus dem Café stürmte. Sie fühlte sich elend. Und sie brauchte Rat. Den Rat einer Männer-Expertin. Toni verzog sich in einen Hauseingang und wählte Lenas Kontakt auf Facetime.

„Ach du Scheiße, wie siehst du aus?", begrüßte Lena sie und gähnte. Ihr Gesicht war nur schemenhaft zu sehen.

„Du hast schon geschlafen. Sorry."

„Macht nichts." Lena beugte sich zur Seite, knipste eine Lampe am Nachttisch an. „Also, was hat er gesagt?"

„Ich habs vermasselt."

„Das tut mir leid. Wegen der Sache mit Steiner, gell? Hast du ihm den Artikel gezeigt?"

„Nein, ich ... wieso mit Steiner?“ Was hatte der damit zu tun? „Und welcher Artikel?“

„Na der Link, den ich dir geschickt habe.“

„Welchen Link? Ich hab nichts gesehen.“

„Oh, fuck. Okay. Bitte sei nicht böse auf mich, Toni. Ich bin nur der Bote, okay. Also, ich hab mir Sorgen gemacht, wegen der Sache mit Felix ... ich wollte nicht, dass du wieder bei so einem Arsch landest. Darum hab ich ein bisschen über Ravinger recherchiert, ob der eh keiner ist, der viel herumvögelt. Da kommt erstmal nur viel Promi-Blablabla, aber dann hab ich einen Artikel in einer deutschen Filmzeitschrift gefunden. Da steht, dass Ravinger eine Produktionsfirma hatte mit Steiner. Die krachen gegangen ist, als Steiner ins Gefängnis musste. Die schreiben, Ravinger ist pleite. Er und ein Investor haben deswegen jetzt Schulden in Millionenhöhe.“

„Was? Das ... das kann nicht stimmen.“

„Es tut mir so leid, Toni. Aber es stimmt wirklich. Schau dir den Artikel an. Hat er dir wenigstens von seiner Freundin erzählt?“

„Nein. Aber wieso ... ich hab ihn doch gegoogelt ...“

„Ich hab auch voll lange danach suchen müssen. Sie halten die Beziehung geheim. Warum auch immer. Eine Melissa soundso, den Nachnamen hab ich vergessen. Aber ich glaub, ich weiß jetzt, warum Janina so komisch reagiert hat. Wahrscheinlich kennt sie Ravingers Freundin von früher. Melissa ist auch Model.“

„Seit wann sind sie ...“ Tonis Stimme brach.

„Ein Paar? Die sind schon seit vier Jahren zusammen. Letztes Jahr haben sie gemeinsam eine Wohnung gekauft. Am Prenzlauer Berg.“

VI.

Ich habe euch gesehen. Es war reiner Zufall. Ihr wart auf der anderen Straßenseite.

Zuerst dachte ich, dass ich mich irre. Dass es nicht das sein kann, wonach es aussieht. Du hättest es mir erzählt. Natürlich hättest du das. Du sagst doch immer, wir erzählen uns alles.

Nein, wir haben keine Geheimnisse voreinander.

„Wir sind ein Geheimnis." Wie oft hast du mir das ins Ohr geflüstert.

Keiner von euch hat mich bemerkt.

Ihr wart viel zu sehr mit euch selbst beschäftigt.

Soll ich dir etwas Merkwürdiges sagen?

Im ersten Moment habe ich mich gefreut.

Ich habe mich tatsächlich für dich gefreut. Du hast so glücklich ausgesehen. Dein Lachen, wie du den Kopf in den Nacken geworfen hast, es war, als würde alles an dir strahlen. Ich wollte nach dir rufen. Dir zeigen, dass ich da bin. Du bist doch der Mittelpunkt meines Lebens.

Mir wurde klar, dass ich das nicht kann. Nicht einfach so. Und dann habe ich mich gefragt, wie lange du mich schon hintergehst? Mich anlügst?

Und mit einem Mal waren alle die guten Gefühle fort. Während ich euch gefolgt bin, habe ich den Fehler bemerkt.

Das sollten wir sein! Du solltest mit mir lachen und strahlen. Stattdessen verstecken wir uns.

Nein. Du versteckst mich. Du benutzt mich.

Hass ist in mir gewachsen, wie ich ihn vorher noch nie gespürt habe.

Ich bin euch nachgegangen. Und ich habe mich gefragt, wann wirst du mir von dem Treffen erzählen? Was wirst du sagen?

Doch viel wichtiger ist eine andere Frage: Wenn du es mir sagst – und das wirst du irgendwann, ich kenne dich –, was werde ich dann tun?

19.

Sarah, die Freundin von Anna-Sophie, war das, was Tonis Oma als eine Hollywood-Schönheit bezeichnen würde. Sie strahlte mit ihren 16 Jahren schon eine außergewöhnliche Reife und Eleganz aus. Das Mädchen mit den hohen Wangenknochen und den mandelförmigen Augen saß in hellen Shorts und einem schwarzen T-Shirt mit angezogenen Knien auf dem Bett in ihrem Zimmer. Sie war blass und hatte viel zu dunkle Augenringe für eine Sechzehnjährige. Wahrscheinlich hatte sie die letzten Tage kaum gegessen und zu wenig geschlafen. Ihre strähnigen blonden Haare waren anscheinend schon einige Tage nicht gewaschen worden und hingen wie ein Vorhang herunter.

„Das alles nimmt Sarah sehr mit“, sagte ihre Mutter, eine große blonde Frau mit nordischem Einschlag. Sie wirkte deutlich jünger als die Mutter von Anna-Sophie und auch viel entspannter. An den Türrahmen gelehnt war sie mit verschränkten Armen stehen geblieben. „Anna-Sophie war ihre beste Freundin, seit sie mit zehn Jahren ins Gymnasium gekommen sind. Die beiden waren von Anfang an unzertrennlich.“

„Ist, Mama. Sie ist meine beste Freundin“, zischte das Mädchen zwischen zusammengepressten Zähnen hervor und ihr kamen die Tränen.

Toni warf einen Blick zu Edgar. Sie hatten kaum ein Wort miteinander gewechselt, sondern waren gleich hoch in die Wohnung zu Sarah gegangen. Worüber Toni ganz froh war, denn sonst hätte sie zu heulen begonnen. Sie konnte es noch immer nicht fassen. Nur kurz hatte sie den Artikel am Handy überflogen, dann war Edgar eingetroffen. Aber mehr war auch nicht nötig, darin stand alles, was Lena gesagt hatte. War das der Fluch der Frauen in ihrer Familie, dass sie an solche Arschlöcher gerieten? Vielleicht war das auch der Grund, warum Toni nie ein Bedürfnis nach ihrem Vater gehabt hatte – nicht aus Akzeptanz der Tatsachen, sondern aus Selbstschutz.

„Ja, natürlich, du hast recht, das war blöd von mir", sagte ihre Mutter. „Sie *ist* deine beste Freundin. Haben Sie denn schon irgendwas rausgefunden, wo sie sein könnte? Oder was an dem Abend passiert ist? Miriam hat gemeint, es ist ihr etwas zugestoßen, aber sie konnte noch nichts Genaues sagen. Und ich bin mir nicht sicher … na ja …"

„Wahrscheinlich hat sie es in ihren depperten Karten gelesen", murmelte Sarah. „Die ist so irre."

Sarahs Mutter seufzte, ob aus Zustimmung oder Ablehnung, war Toni nicht klar. Aus dem Nebenzimmer war ein weinendes Baby zu hören.

„Anna-Sophie hat mit ihrer Mutter telefoniert an diesem Abend und gesagt, sie ist mit einem Jungen namens Peter Zumir unterwegs. Weißt du, wer das ist, Sarah?", fragte Edgar. Er wirkte riesig in dem kleinen Zimmer voller Lichterketten, Klamotten und Schulsachen auf dem Boden. Dazwischen lagen verstreut alle möglichen Lippenstifte, Puderdosen, Wimperntuschen und Bodylotions. „Dieser Peter Zumir könnte wissen, was an dem Abend wirklich passiert ist. Vielleicht ist Anna-Sophie auch bei ihm? Ich verspreche dir, niemanden in Schwierigkeiten zu bringen. Ich glaube, du kennst Anna-Sophie besser als irgendwer sonst. Hab ich recht?"

Das Mädchen sagte nichts, sie fing an, den schwarzen Nagellack vom Daumennagel zu knabbern. Toni bemerkte den kleinen Seitenblick zu ihrer Mutter. Wahrscheinlich hatten die Freundinnen Geheimnisse, die auch genau das bleiben sollten. Das Baby weinte noch immer.

„Sarah, Schatz, du solltest es ihm sagen, wenn du was weißt. Er will Anna-Sophie doch nur helfen", sagte ihre Mutter. Das Mädchen blieb stumm, ihre Mutter schüttelte den Kopf. „Der Polizei hat sie auch nichts gesagt. Nicht ein Wort."

Ein Mann in Jogginghose und T-Shirt erschien in der Tür, er hatte das brüllende Baby an seiner Brust, wippte auf und ab und sah hilfesuchend zu Sarahs Mutter.

„Ich lasse euch fünf Minuten alleine", sagte die zu Sarah. „Danach solltest du wirklich schlafen gehen." Sie nickte Edgar zu, verließ das Zimmer und schloss die Tür hinter sich.

Damit schien Sarah nicht gerechnet zu haben. Sie sah ihrer Mutter mit einer Mischung aus Ängstlichkeit und Ärger nach und zog die Knie ein bisschen mehr an.

„Sarah?", fragte Edgar.

Statt zu reden, fing sie an, sich dem Nagellack auf ihren Fußnägeln zu widmen. Sie kratzte daran herum, legte ihren Kopf auf den Knien ab und schien Edgar und Toni auszublenden.

„Ist es okay, wenn ich mich setze?", fragte Edgar.

Er bekam keine Antwort, was er anscheinend als Zustimmung nahm, denn er hob die Kleidungsstücke von einem fragilen Drehstuhl in der Ecke, legte sie am Schreibtisch ab und rollte ihn vor das Bett. Der Stuhl knarzte bedrohlich unter seinem Gewicht und Toni machte sich bereit, Edgar aufzufangen. Was keine gute Idee wäre, da er sie unter sich begraben würde. Doch der Stuhl schien ihn auszuhalten.

Weil es kein anderes Möbelstück zum Sitzen gab, setzte sich Toni im Schneidersitz neben Edgar auf den Boden.

Sarah schien es gar nicht zu registrieren.

Toni selbst hatte nie eine rebellische Teenagerphase durchlebt. Es kam ihr fast ein bisschen wie Luxus vor, in einer solch behüteten Umgebung aufzuwachsen, in der dieses Verhalten möglich war. Wahrscheinlich romantisierte sie das aber auch nur, weil sie mit der Illusion lebte, es wäre anders gewesen, hätte ihre Mutter noch gelebt. Was völliger Schwachsinn war. Ihre Mutter hatte Toni bereits vor ihrem Tod bei ihrer Oma abgegeben. Obwohl

Toni noch so klein war, hatte sie begriffen, dass sie ein ungewolltes Kind war – und sich verpflichtet gefühlt, keinen zusätzlichen Ärger zu machen.

„Sarah, ich brauche deine Hilfe", versuchte es Edgar. „Was du mir sagst, bleibt unter uns, das verspreche ich dir. Mein Ziel ist es, Anna-Sophie zu finden. Also, wenn sie Probleme hat, von denen du weißt ..."

Sarah rührte sich nicht. Keinerlei Reaktion.

„Ich sage dir einfach mal, was ich denke. Also, ich glaube nicht, dass es diesen Peter Zumir gibt", fuhr Edgar fort. „Ich glaube, sie hat diesen Namen erfunden, um ihre Mutter von Julian abzulenken. Wusstest du, mit wem sie sich an diesem Abend trifft?"

Sarah zog ihre Beine noch mehr an. Sie faltete sich zusammen wie eine Ziehharmonika.

Edgar stieß ein Seufzen aus. Er lehnte sich zurück, sah zu Toni und zuckte mit den Achseln. Dabei gab der Drehstuhl ein lautes Knarzen von sich. Es klang wie ein Furz.

„Das war ich nicht, das war der Stuhl", verteidigte sich Edgar. Toni entkam ein Lachen. Sarah grinste sie kurz an, wurde bei Edgars Anblick aber sofort wieder ernst. Vielleicht war das der Grund, warum das Mädchen so misstrauisch war. Edgar war ein Erwachsener, aber Toni war nur ein paar Jahre älter als sie. Einen Versuch war es auf jeden Fall wert.

„Hey, Sarah", begann Toni. „Hast du Angst, du könntest was sagen, das Anna-Sophie schadet?" Das Mädchen blieb versteinert, nicht mal ein Wimpernzucken. „Ich frag nur, weil, also ich habe auch eine beste Freundin", fuhr Toni fort. „Sie heißt Lena. Ich würde nie, wirklich niemals irgendetwas tun, das Lena Probleme macht."

Sarah veränderte ihre Haltung nicht. Edgar gab Toni mit einem Zeichen zu verstehen, weiterzureden.

„Lena und ich passen aufeinander auf. Na ja, sie passt wahrscheinlich mehr auf mich auf als umgekehrt. Dafür bin ich in anderen Sachen gut. So sind wir eben. Und es ist auch egal, ob wir zusammen sind oder nicht. Jetzt zum Beispiel, ich bin hier, sie ist in Spanien auf Urlaub und trotzdem passt sie auf mich auf."

„Wie passt sie auf dich auf, wenn sie gar nicht da ist?", fragte Sarah und hob den Blick.

Toni zögerte einen Moment. Sarah schien es zu registrieren, sie kniff die Augen zusammen. Dieses Mädchen war wachsam. Und Toni war zu müde und zu enttäuscht, um sich jetzt irgendwas einfallen zu lassen.

„Ich hab mich mit einem ziemlich tollen Typen verabredet. Wir kennen uns nicht wirklich, also, ich war echt überrascht, als er mit mir ausgehen wollte. Ich dachte, er ist nett und er mag mich. Wir haben uns total gut verstanden. Aber dann wurde es irgendwie schräg. Na ja, er war auf einmal ganz anders. Ich dachte, ich hab einen Fehler gemacht. Aber das war es gar nicht. Lena hat online was über ihn rausgefunden. Die Wahrheit ist, er hat mir die ganze Zeit nur was vorgespielt."

Toni spürte Edgars Blick von der Seite, doch sie konzentrierte sich weiter auf Sarah.

„Was hat sie rausgefunden?", fragte das Mädchen. Der misstrauische Ausdruck war aus ihrem Gesicht gewichen.

„Er hat eine Freundin. Schon seit vier Jahren. Das hat er mir nicht gesagt. Außerdem hat er Schulden, richtig hohe Schulden, und zwar wegen etwas, womit ich zu tun habe. Vielleicht wollte er sich nur mit mir treffen, um irgendwas darüber rauszufinden, ich weiß es nicht." Sarah hob fragend die Augenbrauen, doch Toni winkte ab. „Das ist zu kompliziert, um das jetzt zu erklären, ich mein nur, wenn Lena nicht wäre … ich wüsste echt nicht, was ich ohne sie machen würde. Und ich glaube, das ist bei dir und Anna-Sophie auch so. Also, kennst du diesen Peter Zumir?"

Sarah biss sich auf die Unterlippe und senkte den Blick. Das war keine Angst. Sie wirkte verärgert.

„Hat sich Anna-Sophie bei dir gemeldet?“

Sie schüttelte den Kopf. Es war eindeutig, dass sie etwas verschwieg. Und dann begann sie plötzlich zu sprechen.

„Im Internet schreiben welche, Anna-Sophie hat was damit zu tun, dass Julian ... dass sie ihn mit einem Stein ... und deshalb wäre sie weggelaufen und würde sich verstecken. Ich muss die ganze Zeit daran denken, ob ihr etwas Schlimmes passiert ist. Weil ...“ Sie schluckte und ihr Kinn zitterte. „... ich glaub niemals, dass sie das gemacht hat. Ihm was getan, mein ich.“

„Wieso glaubst du das nicht?“, fragte Toni sanft.

„So ist sie nicht. Sie tickt nie aus. Einmal hat ihr ein Typ an den Busen gefasst, ich hab ihm eine geschmiert, aber Anna-Sophie ist ganz ruhig geblieben. Sie ist da irgendwie anders. Ich glaube, weil ihr so was als Kind passiert ist, aber das hat ihr keiner geglaubt. Und ich hab keine Ahnung, ob ich diesen Peter kenne“, sagte sie leise. „Oder ob es den überhaupt gibt.“

„Was meinst du damit?“

„Und das bleibt wirklich unter uns?“

Toni sah zu Edgar, er nickte. „Ja, das bleibt es“, sagte sie.

„Okay. Also Anna-Sophie lügt. Manchmal. Sie kann nichts dafür, sie tut das nicht mit Absicht.“

„Du meinst, sie merkt es nicht?“

Sarah wiegte den Kopf hin und her, rutschte vor zur Bettkante und schlug ihre Beine übereinander. Jetzt sah sie auf Toni herunter. „Doch, sie merkt es. Es ist keine Zwangsstörung oder so was. Es passiert ihr einfach. Ich hab ihr schon tausend Mal gesagt, sie kann mir immer die Wahrheit sagen, aber das ist mehr so automatisch. Ich glaube, weil sie es gewohnt ist.“

„Meinst du damit, weil sie ihre Mutter oft belügt?“

„Ja, auch. Aber das ist Notwehr.“ Sarah verdrehte die Augen. „Nein, ich meine, sie lügt, weil sie es so gut kann. Ihr Vater hat immer total viel gelogen. Ich hab ihr gesagt, sie hat es sicher von ihm gelernt. Also, das kommt von ihrer

Prägung." Sarah schien Tonis Verwunderung zu bemerken. „Wir hatten das in Psychologie in der Schule", fügte sie hinzu.

„Und warum hat ihr Vater gelogen?"

„Der Klassiker", sagte Sarah so altklug, dass Toni sich ein Lächeln verkneifen musste. „Er hat immer wieder Freundinnen gehabt, aber das wusste niemand. Ist alles erst bei der Scheidung rausgekommen. Er hatte sogar mehrere gleichzeitig, das hat zumindest ihre Mutter erzählt. Alles ziemlich schräg, die haben sich gefetzt ohne Ende."

„Wegen des Sorgerechts?"

„Nein, gar nicht, er wollte es eh nicht. Ich glaube, es ging um Geld. Nach der Scheidung ist ihre Mutter voll zusammengeklappt. Ist wochenlang nicht aus dem Bett, bis sie dann irgendwann mit den ganzen Eso-Sachen begonnen hat. Zuerst war es harmlos, es war sogar irgendwie cool."

„Was hat sie denn gemacht?"

„Sie hat gependelt, da stellt man Fragen und das Pendel schlägt dann in eine Richtung, also, entweder ja oder nein. Und wir haben zusammen meditiert, das war schön. Die Tarotkarten und die Horoskope waren am Anfang auch noch lustig. Aber dann wurde es immer mehr."

„Was genau?"

„Zuerst hat sie so eine Ausbildung gemacht, mit Auralesen. Andauernd hat sie von blockierten Energien geredet, die sie sieht. Das war eine Zeit lang auch noch ganz okay, obwohl Anna-Sophie und ich da schon ausgestiegen sind. Wenigstens ist es ihrer Mutter richtig gut gegangen, sie hat wieder zu arbeiten angefangen und viel mehr Kunden als früher gehabt. Die sind auf diese Sachen gestanden, haben sogar mehr gezahlt. Und dann hat Anna-Sophies Vater eine neue Freundin gehabt, also, eine fixe. Die ist viel jünger als alle vorher und mit der hat er ein Baby bekommen. Das hat ihrer Mutter den Vogel rausgehauen, die ist dann richtig wild geworden."

„Was meinst du mit wild?“

„Na ja, krass halt. Alles war auf einmal ein Zeichen, immer waren da irgendwelche Energien, Konstellationen, dann hat sie wegen jedem Scheiß total hysterisch Tarot-Karten gelegt, und seit sie mit dieser Handleserei angefangen hat, ist sie nicht mehr auszuhalten gewesen. Das war einfach nur ... cringe.“

„Was war mit ihrem Vater?“

„Den hat sie fast gar nicht mehr gesehen. Ich war mit ihr bei einem Essen, letzte Weihnachten, weil sie sich nicht allein mit ihm und seiner Neuen treffen wollte.“

„Warum nicht?“

„Sie hat gesagt, weil sie nicht weiß, was sie mit denen reden soll. Aber ich glaub, es war wegen Melina.“

„Wer ist das?“

„Das Baby von ihrem Vater und der Neuen. Er tut so, als wäre Melina sein echtes Kind, und Anna-Sophie behandelt er, als wär sie nur entfernt verwandt. Es war echt übel. Anna-Sophie hat gesagt, er ist deshalb so zu ihr, weil sie schuld war, dass ihre Eltern sich so viel gestritten haben, als sie klein war.“

„Wieso war sie schuld?“

„Na eben wegen dieser Sache. Der Schulwart hat sie begrabscht und dabei gewichst, und als sie es gesagt hat, haben ihr nicht viele Leute geglaubt. Es gab Stress zu Hause. Und aus dem Grund hat sich anscheinend ihr Vater immer mehr zurückgezogen, der wollte das alles nicht. Und das soll der Auslöser gewesen sein, warum er fremdgegangen ist. Ich hab Anna-Sophie immer wieder gesagt, dass es tausendprozentig nicht stimmt. Er ist einfach ein Idiot.“

„Hat Anna-Sophie noch mit ihm Kontakt?“

„Sehr wenig. Er war total froh, als wir nach dem Essen zu Weihnachten gleich gegangen sind. Anna-Sophie hat nachher so geheult. Echt übel. Ich hab auch seit einem Jahr einen kleinen Bruder, aber den lieb ich wie verrückt“, sagte Sarah ernst. „Ihr Vater hat sie Melina nicht mal halten lassen. Dabei ist sie doch ihre Halbschwester."

Vor dem Zimmer waren Schritte zu hören. Wahrscheinlich würde gleich ihre Mutter kommen.

„Wo würde Anna-Sophie hingehen? Jetzt, wenn sie kein Handy hat?", fragte Edgar.

Sarah hob die Schultern. „Außer zu mir? Das weiß ich echt nicht."

„Anna-Sophies Mutter hat mir erzählt, sie wäre nicht beliebt. Stimmt das?", fragte Toni.

„Hat sie auch erzählt, dass es ihre Schuld ist?"

Toni schüttelte den Kopf.

„Wieso, was hat sie gemacht?", fragte Edgar.

Sarah streckte den Rücken durch und richtete sich ein bisschen mehr auf. „In Psychologie haben wir den Forer-Effekt durchgenommen. Da geht es darum, warum man an Horoskope und solche Sachen glaubt, was da im Gehirn passiert. Jedenfalls haben wir uns dazu eine Doku um ein Experiment angesehen. Ich weiß gar nicht, wieso Anna-Sophie es Miriam überhaupt erzählt hat. Aber sie hat ihr einen Ausschnitt davon auf YouTube gezeigt und Miriam ist ausgeflippt. Sie ist in die Schule gekommen, weil sie beim Stadtschulrat rausgefunden hat, dass der Forer-Effekt gar nicht im Lehrplan steht. Unsere Psychologie-Professorin ist richtig cool, es ist voll interessant bei ihr. Miriam hat sich aufgeregt, sie war so deppert, dass die Professorin vorgeladen wurde und jetzt nur mehr nach dem Lehrplan gehen darf."

„Was war das für eine Doku?", fragte Edgar.

„Die haben wiederholt, was ein Wissenschaftler in Frankreich gemacht hat, der hat 150 ganz normalen Leuten ein persönlich erstelltes Horoskop gegeben. Sie sollten alle einschätzen, wie sehr das stimmt, was da über sie, ihr Leben und ihre Persönlichkeit steht. Und das haben sie. Es war krass, weil da waren auch richtig gebildete Menschen dabei oder welche, die vorher total skeptisch waren. Aber jeder war echt überrascht, wie richtig das Horoskop liegt, wie viel darin stimmt und so. Und dann sollten alle die Horoskope tauschen und sich auch die der anderen durchlesen. Aber es gab gar kein anderes Horoskop. Sie haben alle dasselbe gelesen. Und der Clou war, es war auch nicht das Horoskop von irgendeinem von denen. Sondern von einem französischen Serienmörder, Marcel soundso. Wie Miriam sich deswegen aufgeführt hat, das war voll peinlich. Zuerst hatten alle in der Klasse richtig Mitleid mit Anna-Sophie. Aber das ist dann irgendwie gekippt. Wahrscheinlich, weil ein paar rausgefunden haben, dass Anna-Sophie gelogen hat. Nix Großes, eh nur unwichtiger Scheiß."

Vor der Tür waren die Stimmen von Sarahs Eltern zu hören.

„Und was ist mit Tinder?", fragte Toni rasch. „Du hast gesagt, sie hat dort jemanden kennengelernt?"

Sarah nickte, warf einen Blick zur Tür und beugte sich weiter vor. „Wir haben es beide benutzt, aber nicht lang", sagte sie leise. „Das war zuerst ganz lustig, aber dann wurde es echt blöd. Wir haben die App gelöscht. Anna-Sophie hat letzte Woche gesagt, sie hat sie wieder installiert und würde sich mit jemandem treffen. Aber ich weiß nicht, ob das stimmt. Kann auch sein, dass sie da wieder gelogen hat, sie hat mir sonst nix von ihm erzählt."

„Auf ihrem Handy wurde keine Tinder-App gefunden."

„Ja, ich wollte ein Foto von ihm sehen, aber sie hat gesagt, sie hat es gelöscht, weil ihre Mutter wieder so voll auf Kontrollphase ist. I don't know."

„Hat sie Julian dir gegenüber erwähnt? Kennst du ihn?"

„Bis vor einem Jahr hat sie immer mal über ihn gesprochen, aber nur als Sohn einer Freundin ihrer Mutter. Ich hatte nicht den Eindruck, dass sie ihn besonders mag. Dann haben wir ihn letztens auf der Straße getroffen. Zufällig. Es war nur kurz, wir mussten weiter zum Nachmittagsunterricht. Ich habe sie gefragt, wer das war, und sie meinte nur, dass ihre Mütter früher befreundet waren und sich jetzt hassen würden. Was mich nicht so überrascht hat."

„Wann war das?"

„Ich weiß nicht, vor ein paar Wochen. Er war eh nett, aber schon ein bisschen strange. So wie ein Mini-Manager. Hat mir die Hand gegeben und sich vorgestellt, als wären wir uralt. Aber vielleicht war er auch nur so, weil er nicht allein war."

In dem Moment wurde die Zimmertür geöffnet. Sarahs Mutter kam herein. Sie hatte das Baby in einem Tragetuch umgebunden, es brabbelte vor sich hin.

„Ich glaube, Sarah muss jetzt schlafen", sagte sie leise.

Toni nickte ihr zu, Edgar stand als Erster auf.

„Kann ich dir meine Nummer geben, falls dir noch was einfällt?", fragte Toni.

Sarah griff nach ihrem Handy am Nachttisch und tippte sie ein, während Edgar den Stuhl zurückstellte.

„Eine Frage noch", sagte Edgar, bevor sie das Zimmer verließen. „Du hast gesagt, Julian war nicht allein, als ihr ihm begegnet seid. Wer war da bei ihm?"

„Das war schräg. Es war ein Priester."

20.

Als Toni und Edgar in der Rustenschacherallee aus dem Auto stiegen, war es fast Mitternacht und sie hatten nach etlichen Runden endlich einen Parkplatz in der zugeparkten Straße gefunden. Anscheinend war im Prater zu jeder Uhrzeit Hochsaison. Es war Tonis Idee gewesen, hierher zu fahren.

„Und wozu? Willst du dir den Tatort ansehen?", hatte Edgar gefragt. Sie hatte keine Ahnung, ob er annahm, Ralph könnte irgendwas mit Julians Tod zu tun haben. Wahrscheinlich war es auch völlig egal, ob er das glaubte oder nicht. Sie hatte seine Reaktion bemerkt, als Sarah die Sache mit dem Priester erwähnt hatte. Er war zusammengezuckt, als hätte es ihn tatsächlich erschreckt.

Was Liebesangelegenheiten betraf, war Toni vielleicht nicht das beste Beispiel für Menschenkenntnis. Aber bei Ralph schien es ihr völlig absurd, dass auch nur irgendjemand ihn verdächtigen könnte. Da sprach doch schon die reine Logik dagegen. Er hatte Edgar verlassen, um eine Frau zu heiraten, war dann Priester geworden und sollte anschließend alles aufs Spiel setzen? Wegen eines Achtzehnjährigen? Nein, so schätzte sie ihn nicht ein. Vielleicht sah das Edgar ja genauso. Und auch, wenn er es nicht sagte, war das möglicherweise der Grund, warum er nach Anna-Sophie suchte.

„Die Kellnerin im Ponykarussell hat von einer obdachlosen Frau gesprochen. Erinnerst du dich?", fragte sie Edgar.

„Die mit dem Einkaufswagen?"

„Ja, genau. Sie hat gesagt, sie sieht sie immer, wenn sie in der Nacht nach ihrer Schicht durch die Prater Hauptallee geht. Bei jedem Wetter, sogar im Winter. Ich weiß, es hat in dieser Nacht geregnet, aber vielleicht war sie trotzdem da und hat was gesehen? Ich meine, einen Versuch ist es wert, oder?"

Anscheinend hatte Toni mit ihrer Vermutung recht, was Edgar betraf. Oder er wollte einfach nur genauso wenig nach Hause wie Toni. Er hatte sofort zugestimmt, und nun waren sie hier. Der Mond leuchtete am klaren Nachthimmel.

„Schau mal. Der Mond sieht heute aus wie ein Drageekeksi", sagte Edgar. Sie hatte den Eindruck, er sagte es nur, um sie zum Lachen zu bringen.

Sie gingen über einen schmalen Gehweg zwischen Bäumen und Büschen bis zum beleuchteten Mittelweg der Prater Hauptallee.

Toni hatte angenommen, es wäre menschenleer. Sie war überrascht, dass ihnen sowohl aus der Allee als auch vom Vergnügungspark des Praters so viele Menschen entgegenkamen. Es wurde gelacht und gesungen, Neonarmbänder leuchteten an Handgelenken und Hälsen, einige trugen T-Shirts mit der Aufschrift „The Boss" oder einem Print der Rückseite eines Mannes in Jeans und weißem T-Shirt mit einem roten Tuch, das ihm aus der Gesäßtasche hing.

Eine Gruppe von Frauen sang lauthals „Oh, oh, oh, I'm on fire".

„Was ist denn da los?", fragte Edgar verdutzt.

Toni blieb stehen und nahm ihr Handy heraus, während Edgar weiterging. Sie wollte googeln, ob es in der Nähe ein Konzert gegeben hatte. Die Vorschau einer neuen Nachricht auf Whatsapp von einer unbekannten Nummer leuchtete auf. Die ersten Worte waren: „Hi, ich bin's, Tim. Ich habe deine Nummer von ..."

Sie entsperrte das Display.

Ein Teil von ihr wollte die Nachricht sofort löschen und ein anderer die Nachricht sofort lesen. Im Auto hatte Edgar sich nach Ravinger erkundigt, also hatte sie ihm vom Hawelka und dem Artikel erzählt, den Lena ihr geschickt hatte. Er war richtig wütend geworden, was sie erstaunlicherweise als beruhigend und so erleichternd empfand, dass ihr die Tränen gekommen waren. Worauf Edgar kurz ihre Hand gedrückt und gesagt hatte: „Der Kerl ist ein richtiger Idiot."

Wer hätte gedacht, dass neben Edgar im Auto zu sitzen der beste Teil des Abends sein sollte?

„Und gehst du weiter in seinen Unterricht?", hatte er gefragt.

„Ich hab keine Ahnung. Diese ganze Sache, dass ich in diesem Sommerkurs bin, weil er mich wahrscheinlich wegen Steiner treffen will ..."

„Aber wieso weiß er überhaupt, dass du Steiner kennst?"

„Er kann es nur von der Schmitz wissen. Ich hab sie damals über Steiner ausgefragt und ihr später auch erzählt, was zwischen ihm und mir vorgefallen ist."

In einer schwachen Minute, in der die Schmitz ausnahmsweise mal nett zu ihr war. Freundlichkeit war Tonis Achillesferse. Vor allem, wenn sie eine Randerscheinung war, wie bei der Schmitz. Rückblickend bereute Toni, dass sie ihr vertraut hatte. Vielleicht hatte Lena recht und sie war einfach viel zu naiv.

Und selbst wenn Tim irgendetwas von ihr wissen wollte, das mit Steiner zu tun hatte – was sie ja noch nachvollziehen hätte können, bei den hohen Schulden, die er jetzt hatte –, war das keine Erklärung, warum er seine Freundin verschwiegen hatte. Nicht nur das, sein „so etwas hab ich schon lange nicht erlebt" stellte sich rückblickend als eine einzige Verarschung heraus. Und natürlich war auch alles gelogen, was er über die Schmitz gesagt hatte. Von wegen, Toni wäre die begabteste Schülerin, blablabla. Er hatte sie einfach nur um den Finger gewickelt. Und sie war darauf reingefallen. Er war eben ein verdammt guter Schauspieler. Trotzdem war ihre Enttäuschung größer als die Wut auf ihn.

Sie sah hoch, Edgar sprach gerade mit einem Pärchen.

Ohne Ravingers Nachricht zu öffnen, steckte sie das Handy wieder ein und trat zu ihm.

„Heute war ein Konzert von Bruce Springsteen im Ernst-Happel-Stadion“, sagte Edgar. „Da werden wir kein Glück haben.“

„Warum?“

„Wenn diese Frau immer erst in der Nacht kommt, dann will sie allein sein.“

„Und wenn wir einfach warten, bis alle hier weg sind? Ich meine, sie sammelt ja anscheinend Sachen, sonst wäre sie nicht mit dem Einkaufswagen unterwegs. Da gibt es heute Nacht sicher viel, das sie von den Konzertbesuchern einsammeln kann.“

Er öffnete den Mund, schloss ihn wieder und nickte schließlich. „Vielleicht hast du recht.“

Es war ein warmer Sommerabend, sogar einige Jogger und Radfahrer waren noch unterwegs. Sie setzten sich auf eine Parkbank zwischen den Bäumen und betrachteten das Treiben.

„Hast du schon ein Foto von Ralphs Exfrau bekommen?“, fragte Toni.

„Noch nicht.“

„Weil er noch keines geschickt hat oder weil du noch nicht gefragt hast?“

Er seufzte. „Weil ich ihn noch nicht gefragt habe.“

„Kann ich?“

Er sah sie überrascht an.

„Ich meine, wenn du mir seine Nummer gibst, dann kann ich ihn danach fragen.“

Edgar reichte ihr kommentarlos sein Handy, sie schickte sich Ralphs Nummer und schrieb ihm eine Nachricht.

Die Menschentrauben wurden weniger. Toni merkte, wie Edgar neben ihr kurz einnickte und wieder hochfuhr. Am liebsten hätte sie sich quer über die Bank gelegt, so müde wurde sie plötzlich. Sie zwang sich, aufrecht zu sitzen, vielleicht würde das helfen.

„Ich muss die ganze Zeit daran denken, was Sarah gesagt hat, über Anna-Sophie und was ihr damals als Kind passiert ist“, sagte sie.

„Was meinst du?“

„Vielleicht war Julian wirklich zudringlich und da ist sie ausgeflippt, wegen der Sache, die sie als Kind erlebt hat. Plötzlich brennen die Sicherungen bei ihr durch. Da nimmt sie einen Stein und schlägt ihn tot. Weil sie sich damals nicht gegen diesen Schulwart wehren konnte, jetzt aber schon. Oder so.“

Von der Seite sah sie, dass Edgar die Stirn runzelte und die Augen zusammenkniff.

„Was?“, fragte sie.

„Nichts. Ich frage mich ... vorhin bei Sarah. Wie sie über den Vater von Anna-Sophie erzählt hat. Vielleicht wäre es gut, mit ihm zu reden.“

„Denkst du, er hat was damit zu tun? Wo er sie doch so behandelt hat?“

„Die Mädchen sind beste Freundinnen. Was würdest du sagen, um die Spur genau von dort wegzuführen, wo sie sein könnte?“

„Hm. Daran hab ich gar nicht gedacht.“ Toni ließ sich an die Lehne der Bank zurücksinken. „Als Miriam Schill mir aus der Hand gelesen hat“, fiel ihr ein. „Das war total schräg. Sie hat einige Dinge gesagt, die gestimmt haben. Also, wirklich gestimmt. Die konnte sie gar nicht wissen. Und dann hat sie gemeint, ich werde nie erfolgreich sein, aber ich werde trotzdem genug Geld haben. Und es kommen noch Enttäuschungen in der Liebe auf mich zu, aber dann wird alles gut.“

Edgar lachte leise.

„Ich wünschte, ich könnte es auch lustig finden. Aber wenn ich jetzt an Ravinger denke und wie er mich belogen hat ... Ich weiß – also zumindest mein rationales Gehirn weiß, das ist eigentlich gar nicht möglich. Aber langsam frage ich mich, ob sie vielleicht doch recht hat.“

Edgar stieß ein tiefes Seufzen aus. „Nein, hat sie nicht. Lass dir das nicht einreden."

„Ja, stimmt schon, sie wirkt jetzt nicht gerade wie jemand, der eine besondere Verbindung zu kosmischen Mächten hat. Ich denke eher ..."

In der Nähe grölten ein paar Betrunkene „Porn in the USA, we want ... Porn in the USA". Es klang furchtbar falsch und Toni hoffte, dass Bruce Springsteen bereits in seinem Hotel war und davon nichts mitbekam.

„Was denkst du?", fragte Edgar, als die Gruppe vorbei war.

„Na ja, vielleicht war es einfach so, dass sie irgendwas gebraucht hat, um sich wieder sicher zu fühlen, nach dem Stress mit der Scheidung."

„Auf jeden Fall kannst du dem, was sie in deiner Hand gelesen hat, so viel Bedeutung beimessen wie dem Horoskop dieses französischen Serienmörders."

Toni lachte leise auf und betrachtete ihre Hand. Wie sie die Sache mit den Horoskopen einschätzen sollte, da hatte sie ihre Zweifel. Sie freute sich immer, wenn sie irgendwas Gutes in ihrem Horoskop las – was sie in jeder Zeitschrift tat, die sie in die Hände bekam. Lena hatte sich schon mal ein eigenes Horoskop erstellen lassen und da stand alles drin, was genau auf sie passte – ihr Ehrgeiz, ihre Zweifel, ihr Streben nach Erleuchtung. Hätte Toni das alles passend gefunden, hätte sie es über sich gelesen? Und dann einfach anders interpretiert?

Jedenfalls hatte es Lena eindeutig geholfen, mehr über sich zu erfahren. Oder doch nicht?

Toni wollte Edgar glauben, was diese Handleserei von Miriam Schill betraf. Aber da war auch eine sehr leise Stimme in ihrem Hinterkopf, nicht mehr als ein Flüstern, die sagte: *Und wenn sie doch recht hat?*

Langsam verklangen die Stimmen der restlichen Besucher, die zum Praterstern gingen. Ein laues Lüftchen wehte durch die Bäume und es kehrte immer mehr Ruhe ein.

„Sollen wir ein bisschen herumgehen und schauen, ob sie da ist?“, fragte Toni.

„Geben wir ihr noch ein paar Minuten.“

Toni nickte, legte ihren Kopf in den Nacken und betrachtete den Nachthimmel. „Woran glaubst du eigentlich, Edgar?“

Die Frage war ihr herausgerutscht, sie hatte gar nicht darüber nachgedacht und war selbst ein bisschen überrascht.

„Bitte?“

Sie sah ihn von der Seite an. „Ich meine nur, Ralph glaubt an die Katholiken, Schill an die Eso-Sachen. Ich weiß gar nicht, woran ich glaube. Gibt es einen Gott? Keine Ahnung. Es wäre schön, wenn ja, aber weiß ich das? Nein. Interessiert sich das Universum für mich?“ Sie zuckte mit den Achseln und deutete in den Himmel. „Warum sollte es, da draußen existiert eine ganze Galaxie. Und wenn das nicht reicht, dann gibt es noch sieben oder acht Milliarden andere Menschen.“

Edgar drehte sich zu ihr und sah sie mit hochgezogenen Augenbrauen an.

„Entschuldige, ich spinn nur ein bisschen rum“, sagte sie.

Er lächelte müde. „Ich glaube, dass Menschen Sicherheit brauchen. Etwas, woran sie sich festhalten können. Gewissheit. Und Hoffnung.“

„Ja, wahrscheinlich. Und woran glaubst du? Ich meine, ganz persönlich. Glaubst du an eine höhere Macht oder so was?“

Sein Blick verlor sich in der Ferne. „Ich weiß es nicht. Über so etwas habe ich schon lange nicht mehr nachgedacht. Vielleicht gibt es wirklich mehr, als wir mit unserem Verstand erfassen können. Ich glaube allerdings nicht, dass irgendjemand das tatsächlich versteht oder vorhersagen kann. Oder dass jemand mehr weiß als andere. Weder die Katholiken noch die Esoteriker und was es da sonst alles gibt. Ich glaube, dass Menschen generell fehlbar sind und dass das Gute trotzdem überwiegt. Auch wenn es sich nicht so anfühlt. Wäre es nicht so, würden wir uns gegenseitig permanent die Schädel einschlagen und eine Tragödie wie diese hier wäre keine Ausnah…" Er wurde vom Klingeln seines Handys unterbrochen.

„Fernanda", meldete er sich. „Hast du schon … wirklich? Aha. Verstehe." Seine Miene verfinsterte sich. „Oh. Tut mir leid, wenn … ja, ich dachte mir schon, dass sie das war. Ich hoffe, du bekommst keinen Ärger. … Ich verstehe." Edgar schüttelte den Kopf in Tonis Richtung und formte mit den Lippen stumm ein verärgertes: Schebesta.

Plötzlich ruckte er mit dem Kopf.

„Kannst du das nochmal wiederholen, Fernanda?" Er hörte so konzentriert zu, dass sein Mund offen stand. „Und das ist ganz sicher? … Du bist die Beste. Danke. Okay, ja, natürlich. Danke, Fernanda. … Ja, wir sehen uns gleich, wenn du wieder da bist. Hab noch schöne Tage und grüß deine Kinder von mir."

Sie verabschiedeten sich und Edgar ließ das Handy sinken.

„Was hat sie gesagt?", fragte Toni aufgeregt.

„Carolin Schebesta hat damit gerechnet, dass Fernanda sich nach den Ermittlungen erkundigen wird. Sie hat angeordnet, dass keine Informationen rausgehen dürfen, vor allem nicht an sie."

„Scheiße. Weil sie weiß, dass ihr befreundet seid?"

„Das weiß sie ganz sicher. Von ihrem Vater. Aber Fernanda hat trotzdem eine Ärztin bei der Forensik angerufen, die sie gut kennt. Und die hat ihr gesagt, dass sie anfangs dachten, Julian wäre durch die Kopfverletzungen gestorben. Aber das stimmt nicht."

„Bitte?"

Er nickte. „Bei der ersten Untersuchung wurde kein Wasser in seiner Lunge gefunden. Aber bei der genauen Obduktion hat die Ärztin Anzeichen für einen Stimmritzenkrampf im Kehlkopf entdeckt. Das ist ein Schutzmechanismus, damit kein Wasser in die Lunge kommt. Was bedeutet, Julian war sehr benommen, aber er war definitiv noch am Leben und ist durch Ertrinken gestorben."

„Und das bedeutet, es kann doch ein Unfall gewesen sein?", fragte Toni.

„Nein, davon gehen sie nicht aus. Die Kopfverletzungen waren zu schwer. Entweder er konnte nicht mehr gehen und wurde zum Donaukanal gebracht. Oder, was wahrscheinlicher ist, er konnte es noch und hat erneut einen Schlag bekommen, als er schon beim Wasser war."

„Verstehe. Das bedeutet also, Anna-Sophie hätte ..."

„Ja. So sieht es aus." Er nickte ihr zu.

„Jetzt müssen wir sie nur noch finden. Und was ist mit Ralph?"

„Was soll mit ihm sein?"

„Na ja, denkst du wirklich, dass die Vorwürfe wegen Julian und ihm stimmen? Ich meine, dass er ..." Sie ließ die letzten Worte in der Luft hängen.

„Was ich denke, spielt keine Rolle", entgegnete er knapp und steckte sein Handy ein. „Aber er sollte endlich damit rausrücken, was der Junge ihm bei der Beichte gesagt hat."

Eine Weile saßen sie schweigend da, nur noch ganz vereinzelt kamen Jogger die Prater Hauptallee entlang.

Tonis Handy gab das Signal einer ankommenden WhatsApp.

„Ralph hat was geschickt", sagte sie.

Sofort spürte sie, wie Edgar sich verkrampfte. Sie öffnete die Nachricht. Es war ein Foto, wahrscheinlich im Urlaub gemacht, im Hintergrund das Meer. Ralph war darauf zu sehen, neben ihm eine Frau mit einem schmalen Gesicht, einem spitzen Kinn, langer, dünner Nase, blonden, zu einem Zopf gebundenen Haaren und wässrig blauen Augen. Sie lächelte in die Kamera, trotzdem hatte sie etwas sehr Distanziertes an sich. Oder war Toni voreingenommen? Sie vergrößerte das Gesicht der Frau.

„Das ist sie nicht", sagte sie und schüttelte den Kopf. „Das ist nicht die Frau, die uns gefolgt ist und dann im Hawelka war."

„Bist du sicher?", brummte Edgar. Er hatte keinen Blick auf das Display geworfen.

„Absolut. Ich hab sie nur kurz gesehen, aber ihr Gesicht war viel runder, ihre Haut hat richtig weiß geglänzt, fast wie bei einer Porzellanpuppe. Und sie war ... attraktiver."

Toni wartete einen Moment, doch Edgar schien nicht im Mindesten zu interessieren, wie Ralphs Exfrau aussah. Sie wollte gerade ihr Handy wieder einstecken, da registrierte sie ein kurzes Aufblitzen auf der anderen Seite der Prater Hauptallee. Hinter den Bäumen. In ungefähr 200 Metern Entfernung. Das sah anders aus als die Neonbänder der Konzertbesucher. Sie stand auf.

„Was ist?", fragte Edgar.

Sie deutete in die Richtung, aus der das Blitzen gekommen war. „Da vorne!"

„Wo?"

„Am Nebenweg, parallel zur Allee."

„Ich sehe nichts."

„Doch. Warte. Ich glaub, da ist was."

Edgar beugte sich vor.

Es dauerte einen Moment, da blitzte es wieder. Dann war es sofort verschwunden, aber nur ein paar Sekunden. Und erneut folgte das Blitzen. Toni erkannte, es kam von der Straßenbeleuchtung, die auf etwas Reflektierendes fiel, wenn dieses Etwas zwischen den Bäumen durchgeschoben wurde.

Ganz leise hörte sie das Rollen von Metallrädern, begleitet von einem rhythmischen Quietschen.

Der Einkaufswagen.

„Das ist sie, Edgar, das ist sie", sagte Toni. Und dann rannte sie los.

21.

Edgar war völlig überrumpelt. Er wollte Toni aufhalten, doch sein „Warte“ war viel zu leise. Vor Müdigkeit brauchte er einen Moment, bis er reagierte. Toni querte bereits die Prater Hauptallee. Er sprang auf, sein Knie stach so heftig, dass er strauchelte.

„Entschuldigen Sie“, hörte er Toni rufen. Sie wedelte mit den Armen wie ein Fluglotse auf der Landebahn und lief in Richtung des Blitzens. „Wir würden gerne mit Ihnen reden. Hallo?“

Edgar fluchte innerlich, während er ihr hinterherhumpelte. Er sah noch, wie die obdachlose Frau ihr Einkaufswagerl herumriss und dann zwischen den Bäumen in einem Waldstück verschwand.

„Warten Sie bitte“, rief Toni. Im nächsten Moment konnte er sie nicht mehr sehen. Sie musste der Frau in den Wald gefolgt sein.

Das war nicht gut. Er hätte ihr sagen müssen, dass sie behutsam vorgehen sollten. Ehrlicherweise hatte er nicht damit gerechnet, dass diese Frau auftauchen würde. Toni war wegen dieses Kerls so enttäuscht gewesen. Edgar wollte sich kein Urteil anmaßen, aber anscheinend hatte sie tatsächlich ein Faible für wenig vertrauenswürdige Männer. Er kannte sie mittlerweile gut genug, um zu wissen, dass sie heute Abend nicht alleine sein wollte. Nur deshalb hatte er zugestimmt.

Edgar lief, so schnell er konnte, zu dem Abschnitt, von dem er annahm, dass die beiden in den Wald verschwunden waren. Es dauerte eine gefühlte Ewigkeit. Als er endlich dort war, stellte er fest, dass es viel zu dunkel war, um irgendwas zu sehen. Er schob sich zwischen ein paar Büschen durch, ging tiefer hinein. Überall knackste es im Unterholz. Es gab weder eine Spur von Toni noch von der Frau. Hatte er sich geirrt?

„Toni?“, rief er.

Keine Antwort. Er ging zurück auf die Prater Hauptallee. Die Angst setzte sich wie eine alte Bekannte auf seine Brust. Es war noch nicht lange her, da war sein früherer Compagnon Kurt bei einer Observation, die aus dem Ruder gelaufen war, schwer verletzt worden. Edgar hatte sich deswegen die schlimmsten Vorwürfe gemacht.

„Toni? Wo bist du? Tonii?", rief er wieder und um einiges lauter. Die Straße lag ausgestorben vor ihm. Er nahm sein Handy, wählte ihre Nummer, lauschte, ob er von irgendwo den Klingelton hörte. Nichts.

„Scheiße", fluchte er laut. Er drehte sich im Kreis. Lief ein paar Schritte vor, wieder zurück. Versuchte, eine Bewegung zwischen den Bäumen auszumachen.

„Toni?"

Nichts. Keine Antwort.

Die Beklemmung schnürte ihm die Kehle zu. Mit zittrigen Fingern wählte er erneut ihre Nummer. Weder ging sie ran, noch war irgendwas zu hören.

Aus dem Augenwinkel erkannte er plötzlich eine Veränderung. Weiter vorne. Er ging in die Richtung, so schnell er konnte. Ja, da war es wieder. Eine Bewegung am Nebenweg, hinter den Bäumen. Er kniff die Augen zusammen. Da war etwas. Eine Person. Sie bewegte sich. Mehr konnte er nicht erkennen, also rannte er humpelnd in die Richtung. Mit jedem Schritt verschärften sich die Konturen. Die Szene wurde deutlicher.

Er erkannte das Einkaufswagerl, es wurde aus der Dunkelheit geschoben, nein, gezogen. Es schien irgendwie zu blockieren. Die Gestalt dahinter war nicht Toni, das konnte er trotz der Distanz erkennen.

Plötzlich kam Toni aus einem der Seitenwege gesprungen und stürzte sich auf den Einkaufswagen. Ein Kreischen war zu hören.

„Ich tu Ihnen nichts", rief Toni. „Aua."

Endlich war er nah genug, um alles deutlich zu sehen. Toni klammerte sich an den hinteren Teil des Einkaufswagens, die Frau zog am vorderen Teil daran. Sie drehten sich im Kreis.

Kurz sah er das Gesicht der Frau. Es war vor Schmutz kaum zu erkennen, sie trug etwas, das aussah wie ein dunkles Kopftuch, vielleicht war es auch eine Mütze. Je näher Edgar kam, desto schlimmer wurde ein beißender, stechender Geruch. Er schien entweder von ihr oder ihrem Einkaufswagen auszugehen.

Mit einem Ruck stieß die Frau den Einkaufswagen gegen Toni, die fiel der Länge nach hin und landete auf dem Waldboden. Die Frau manövrierte den Wagen an Toni vorbei und rannte los. Edgar war mittlerweile fast schon bei Toni, die auf dem Boden saß und sich das Schienbein rieb.

„Ist alles okay? Hast du dir wehgetan?"

„Nicht wirklich, lass sie nicht entkommen!"

„Wir werden es einfach morgen nochmal versuchen", antwortete Edgar.

Sie schüttelte energisch den Kopf und deutete zu der Frau.

„Sie hat den roten Rock. Er liegt im Einkaufswagen. Ich hab ihn gesehen."

Edgar brauchte einen Augenblick, bis er begriff. Anna-Sophie hatte an dem Abend, als Julian starb, einen roten Rock getragen.

Beinahe rutschte er auf dem Rindenmulch aus, so schnell lief er los, der Frau hinterher. Sie schien Mühe zu haben, den Einkaufswagen über eine Unebenheit am Boden zu schieben. Sie schaffte es, aber anscheinend blockierten die Räder noch immer. Zum Glück ließ sie den Wagen nicht los, so war sie nicht besonders schnell.

In seinem Tempo würde er sie zwar nicht überholen, aber wenigstens verlor er sie nicht aus den Augen. Die Frau warf immer wieder einen Blick über ihre Schulter nach hinten. Plötzlich sackte der Einkaufswagen ab, sie schien ihn direkt in ein Loch am Weg manövriert zu haben. Sie stolperte, und Edgar konnte es nicht genau sagen, aber es schien, als wäre sie mit dem Fuß umgeknickt. Ein spitzer, hoher Schrei schnitt durch die Stille. Sie rappelte sich hoch, sie schien sich verletzt zu haben. Ihr Tempo konnte sie nicht mehr beibehalten. Edgar holte mit jedem Schritt weiter auf. Sie war höchstens noch 30 Meter entfernt. Er ignorierte sein Seitenstechen. Wenn er nicht nachließ, hätte er sie bald erreicht.

Die Frau bog plötzlich nach links ab. Das war ein asphaltierter Weg, der nach einem kurzen Stück eine Rampe zu einer Brücke für Fußgänger und Radfahrer hinaufführte.

Sie war schwach beleuchtet und so weitläufig, dass Edgar das Ende gar nicht sehen konnte. Schon nach den ersten paar Schritten die Rampe hoch blieb ihm die Luft weg. Die Frau behielt zwar ihr langsameres Tempo bei, doch Edgar konnte wegen der Steigung nicht mehr mithalten. Verdammt, er würde sie verlieren.

„Sie will zur Donauinsel", hörte er Tonis Stimme ganz nah hinter sich. Dann hatte sie ihn auch schon überholt.

Und Toni war schnell. Wie ein Pfeil schoss sie hinter der Frau her. In ein paar Sekunden würde sie bei ihr sein.

Die Frau holte irgendwas aus dem Einkaufswagerl.

Schwungvoll schleuderte sie einen Gegenstand hinter sich. Toni stoppte und riss ihre Arme schützend vors Gesicht. Im nächsten Moment war ein Klirren zu hören.

„Pass auf", schrie Toni. „Sie wirft mit Flaschen."

Wieder krachte es.

„Hören Sie auf! Wir tun Ihnen nichts, wir wollen nur reden."

Und erneutes Klirren.

„Halte Abstand", brüllte Edgar. Ihm rann der Schweiß in die Augen, er konnte nichts mehr sehen. „Lass sie", rief er Toni zu, so laut er konnte. Doch sie reagierte nicht, näherte sich weiter der Frau.

Die unzähligen Glasscherben knirschten unter seinen Schuhen. Ein stechender Schmerz in seinem Ballen. Scheiße. Eine Scherbe musste sich durch die Schuhsohle gebohrt haben. Er lief auf der Ferse weiter, wischte sich über die Augen. Blinzelte.

Er war allein auf der Brücke. Wie konnte das sein? Wo waren sie hin? Eben waren sie noch gut 50 Meter vor ihm gewesen, mitten auf der Brücke. Nun waren beide weg. Oh Gott.

„Toni", kam es heiser und voller Panik aus seinem Mund. „TONI?", brüllte er mit aller Kraft.

„Hier", hörte er aus der Entfernung, es klang, als wäre sie unter ihm.

„Wo bist du?"

Keine Antwort.

Er rannte weiter. Erst, als er näher kam, sah er, dass mitten auf der Brücke eine weitere Rampe abzweigte. Und Stufen. Er beugte sich übers Geländer, sah hinunter. Im schwachen Schein einer Straßenlampe sah er die Frau, Toni war hinter ihr. Sie liefen stadtauswärts auf einem Asphaltweg, flankiert von üppigen Büschen. Dort unten musste der Mittelarm der Donauinsel sein.

Edgar nahm instinktiv die Rampe statt der Stufen. So war er sicher schneller. Nach ein paar Schritten erkannte er seinen Fehler. Abwärts und auf einem Fuß nur auf der Ferse zu laufen, war der Todesstoß für sein Knie. Er musste sich am Handlauf festhalten. Unten angekommen lief er immer geradeaus in die Richtung, die Toni genommen hatte. Gerade, als er dachte, das wäre ein Fehler, hörte er in der Entfernung ganz leise Toni, die seinen Namen rief.

„Ich komme", brüllte er. Die Büsche wurden üppiger, der Asphaltstreifen schmäler, der Weg dunkler. Aus der Ferne waren noch vorbeifahrende Autos zu hören, die mit jedem Meter leiser wurden. Keine Stimmen. Keine Schritte.

Er humpelte den Weg entlang und hatte den Eindruck, eine Ewigkeit unterwegs zu sein.

„Toni?“, rief er. Nichts. Wieder keine Antwort. „Toni“, brüllte er und blieb stehen.

Ein Laut war zu hören, vielleicht ein Schrei, er konnte es nicht ausmachen, so weit war es weg. Mit zusammengebissenen Zähnen lief er weiter. Seine Lunge explodierte, er war schweißnass.

„Psst“, hörte er plötzlich hinter sich. Er zuckte erschrocken zusammen, blieb stehen und drehte sich um.

Es war Toni. Er konnte ihr Gesicht in der Dunkelheit kaum sehen. Sie hob ihre Hände, hielt den Zeigefinger vor die Lippen und deutete dann zu den meterhohen Büschen. Sie mussten sich mitten auf der Donauinsel befinden.

„Sie muss hier sein“, flüsterte Toni.

„Ist ... alles okay?“, keuchte Edgar.

„Ja. Ich hab sie verloren. Sie ist hier irgendwo reingelaufen.“

Edgar brauchte einen Moment, um zu Atem zu kommen. Er sah sich um. Da war nur undurchdringliches Dickicht. Wie sollte die Frau denn hier sein? Und dann noch mit dem Einkaufswagen?

„Sicher?“, fragte er.

„Ganz sicher.“

Toni ging langsam neben den Büschen in geduckter Haltung, als würde sie einen Eingang suchen.

Sie blieb stehen, holte etwas aus ihrer Jeans, im nächsten Moment leuchtete das Taschenlampenlicht ihres Handys.

„Nicht“, sagte Edgar und hielt seine Hand darüber. Nach der Aktion mit den Flaschen vertraute er nicht darauf, dass diese Frau vor Gewalt zurückschrecken würde. Seine Intuition schrillte wie ein Alarm. Hätte sie nur Angst vor ihnen gehabt, weil sie menschenscheu war, hätte sie nicht in Kauf genommen, Toni und ihn zu verletzen. Dazu der rote Rock von Anna-Sophie, den Toni gesehen hatte. Sie wollte sie aufhalten. Warum auch immer.

„Ohne Licht seh ich nicht, wo sie reingelaufen ist", sagte Toni.

„Aber so sind wir eine Zielscheibe", wisperte er.

Sie drehte das Licht am Handy wieder ab. Er hörte ihre Schritte, die sich immer weiter entfernten.

Edgar schloss die Augen, konzentrierte sich auf den Geruch. Wäre diese Frau hier irgendwo, müsste er denselben Geruch wie vorhin riechen.

Er ging in die andere Richtung als Toni, weiter und weiter, bis plötzlich ein Kiesweg wie eine Schneise die Büsche teilte. Er blieb stehen. Irgendwas irritierte ihn. Er konnte nicht sagen, was es war.

Hinter ihm knackste es. Er wirbelte herum. Es war Toni, sie zuckte erschrocken zurück.

„Sorry", sagte sie sehr leise und hob die Hände.

Einen Augenblick hatte Edgar den Eindruck, er würde etwas riechen. Zwar nur ganz leicht, aber beißend und stechend. Da war auch ein anderer Geruch dabei. Schwer. Süßlich. Wahrscheinlich ein paar tote Ratten. Und schon war er wieder fort.

„Mach das nochmal", sagte er und deutete auf Tonis Hände.

Wie vorhin hob sie sie hoch. Ja, eindeutig. Jetzt konnte er es wieder riechen. Edgar ging um Toni herum, bückte sich, schnüffelte am Busch. Hier unten war der Geruch intensiver. Er ging in eine Richtung, da wurde er schwächer. Also wieder in die andere Richtung, weiter und weiter, bis zu einem besonders großen Busch.

Hier war der Ursprung des Geruchs. Eindeutig. Edgar hatte ihn gefunden. Er bedeutete Toni, zu ihm zu kommen, und deutete auf seine Nase.

Sie sog Luft ein, ein Ruck ging durch ihren Körper. Sie nickte ihm zu. Hier irgendwo ganz in der Nähe musste diese Frau sein. Oder ihr Lager.

Wie zwei Spürhunde schnüffelten sie sich an dem großen Busch entlang. Erst wenn man ganz nah war, sah man, dass es nicht ein großer Busch war – es waren mehrere kleine. Sie waren so versetzt, dass sie nur die Illusion von Größe erzeugten.

Edgar nickte Toni zu, dann duckte er sich und zwängte sich zwischen den Ästen durch. Er stand in einem sehr engen Labyrinth mit kleinen Abzweigungen, die man erst erkennen konnte, wenn man sich genau darin befand.

Da war der Einkaufswagen. Wie geparkt stand er zwischen abgeschnittenen Ästen. Edgar trat zur Seite und bat Toni flüsternd, mit ihrem Handy hineinzuleuchten.

Leere Flaschen, Coladosen und ein paar wahrscheinlich vergessene Sandkastenspielsachen lagen zwischen angebissenen Kartoffelpuffern, halbvollen Papierstanitzeln mit Pommes und Resten von Zuckerwatte auf Holzspießen. Toni schwenkte den Lichtschein quer über den Inhalt.

Und da war er. Der kirschrote Rock. Er lag unter einem kleinen blauen Plastikbagger.

Edgar nickte Toni zu, bedeutete ihr, das Licht wieder auszuschalten und hier zu warten.

Die Äste kratzten an ihm, weil er in der Dunkelheit nichts mehr sehen konnte. Er hob einen Arm schützend vor seine Augen. Der Gestank wurde immer intensiver. Er musste ihm nur noch folgen. Je weiter er hineinging, desto enger wurde der Weg. Der Geruch nebelte ihn ein, stechend, beißend, süß, schwer, alles vermischt, und steigerte sich mit jedem Schritt ins Unerträgliche. Am liebsten hätte Edgar in den Stoff seines Hemdes geatmet, aber er vermied jede unnötige Bewegung. Hinter sich hörte er Toni nach Luft ringen. Sie war ihm gefolgt, stellte er verärgert fest. Er wollte weiter, doch es ging nicht. Das war eine Sackgasse. Kein Weg mehr, außer dem, der zurückführte.

Er musste irgendwas übersehen haben. Aber hier war nichts. Kein Durchkommen, kein Geräusch, kein Lager, kein gar nichts. Nur dieser Gestank.

Er drehte sich um. Wollte nachsehen, ob Toni etwas entdeckt hatte. Schemenhaft sah er ihr Gesicht, erahnte, dass sie den Kopf schüttelte.

Edgar wägte einen Moment ab. Dann griff er nach Tonis Arm, tastete entlang, bis er das Handy in ihrer Hand spürte. Er nickte, tippte auf ihre Hand, um ihr zu verstehen zu geben, sie solle das Licht des Handys wieder aufdrehen.

Kaum war es an, schwenkte Toni damit herum. Er wollte ihr zeigen, wo sie hinleuchten sollte, da schrie sie erstickt auf. Sein Blick folgte dem Strahl des Lichts.

Im trüben Schein hockte im Dickicht, keine zwei Meter von ihnen entfernt, die obdachlose Frau am Boden zwischen zwei Büschen. Sie hatte ihre Kopfbedeckung abgelegt, man konnte gar nicht sehen, wo ihre verfilzten dunklen Haare aufhörten und das Buschwerk begann. Als wäre sie mit ihrer Umgebung verschmolzen. Edgar musste direkt an ihr vorbeigegangen sein. Sie hielt eine zur Hälfte zerbrochene Glasflasche wie eine Waffe in der Hand, die scharfe Kante auf Edgar und Toni gerichtet.

„Das ist mein Baby“, zischte sie.

„Wir tun Ihnen nichts. Wir wollen nur reden.“ Edgar hob die Hände, zeigte ihr die Handflächen.

Toni ließ anscheinend ihr Handy sinken, denn der Lichtstrahl wanderte zu Boden.

„Mein Baby“, zischte die Frau erneut.

„Ach du Scheiße“, hörte er Toni hinter sich.

Und da sah Edgar es auch. Der Lichtstrahl von Tonis Handy beleuchtete etwas neben der Frau. Sie verdeckte das meiste der Kleidung, die verstreut schräg hinter ihr lag. Er sah dennoch die weißen Sneaker mit den drei roten Streifen – wie in der Beschreibung von Anna-Sophies Kleidung, an dem Abend, als sie verschwunden war. Sein Herz fing an, außer Takt zu klopfen, bevor sein Verstand erkannte, was er außerdem sah.

Da lag jemand.

Es waren nur die Knöchel und Unterschenkel zu sehen, sie waren von ausgerissenen Blättern überdeckt und so schmutzig, dass man sie auf den ersten Blick gar nicht als menschlich identifizierte.

Schlagartig wusste Edgar, dass der unerträgliche Verwesungsgeruch nicht von den Ratten stammte.

„Mein Baby ist tot. Ihr könnt es nicht haben“, sagte die Frau.

Dann ging sie auf Edgar los.

VII.

Du hast mir nichts von eurem Treffen erzählt.

Ich habe gewartet und gewartet, aber kein Wort kam über deine Lippen.

Und ich dachte wirklich, du erwähnst es nicht, weil ich mich doch geirrt habe. Weil das alles nicht stimmt, was ich dachte gesehen zu haben. Weil du niemals so etwas tun würdest. Mich hintergehen oder belügen. So sind wir nicht.

Der Fehler musste bei mir liegen. Wahrscheinlich hatte ich etwas vollkommen Harmloses falsch interpretiert.

Und irgendwann habe ich mir das sogar geglaubt.

Du warst so wie immer. Und ich meine wirklich – wie immer. Deine Berührungen, deine Küsse, deine Blicke, die mir wie ein Signal zu verstehen gegeben haben, dass du mich wolltest. Auf der Stelle. Immer. Nichts hat darauf hingedeutet, dass irgendwas anders wäre.

Wahrscheinlich ist es auch meine Schuld, ich wollte dir vertrauen und alles andere beiseiteschieben.

Und trotzdem, ich weiß nicht mal, warum, bin ich dir dann doch irgendwann gefolgt. Es gab keinen Anlass. Es war mehr ein kindischer Impuls, vielleicht auch ein Spiel, das ich mit dir spielen wollte.

Wie Verstecken, das ich als Kind stundenlang gespielt habe.

Ein „Ich hab dich" – ein Lachen, ein Moment unbeschwertes Glück.

Aber nicht für mich.

Ich habe euch wieder gesehen. Ein Kuss, der mein Kuss sein sollte. Eine Umarmung, die meine Umarmung sein sollte.

Heimlich, vorsichtig, versteckt. Und da habe ich mich gefragt, wovor hast du Angst?

Dass irgendjemand euch sieht? Oder davor, dass ich euch entdecken könnte?

22.

Toni wollte schreien, aber kein Laut kam aus ihrer Kehle. Sie war so geschockt, dass sie sich nicht rühren konnte. Die obdachlose Frau war kreischend auf Edgar losgestürmt.

Vor Schreck war ihr das Handy aus der Hand gefallen. Sie sank auf die Knie, tastete danach und musste es mit beiden Händen aufheben, weil ihre Muskeln einfach nicht funktionierten. Sie richtete den zitternden Schein auf Edgar. Er hatte den Arm der Frau gepackt, ihn so eingedreht, dass Toni noch sah, wie sie die abgebrochene Flasche fallen ließ.

„Ich will Ihnen nicht wehtun", brüllte Edgar.

„Mein Baby", schrie sie. „Weg von meinem Baby. Ist tot. Ist meins."

Sie schlug um sich, bäumte sich auf. Edgar drückte sie zu Boden, fixierte mit seinem Gewicht den sich windenden Körper, der sich weiter unerbittlich wehrte.

„Halten Sie still", sagte er zu der Frau. „Bitte halten Sie still. Ich tu Ihnen nichts."

Sie strampelte und wand sich, aber Edgar ließ nicht los. Endlich schien sie ihre Ausweglosigkeit zu erkennen und rührte sich nicht mehr. Nur ihr Weinen war zu hören.

„Paul, sie nehmen mein Baby ... Paul", rief sie heulend.

Kaum hatte sie den Namen gesagt, schreckte Edgar hoch. Als würde er diesen Paul jeden Augenblick erwarten. Doch nichts passierte.

„Toni, ruf die Polizei. Schnell", sagte Edgar.

Sie starrte ihn an, als wüsste sie nicht, worum er sie bat. Immer wieder japste sie nach Luft. Ihre Lunge hatte dichtgemacht, sie konnte kaum atmen, fühlte sich wie unter Wasser.

Edgar streckte eine Hand aus. „Ich mach das. Gib mir dein Handy, Toni."

Sie reichte es ihm, hörte wie von weit weg seine Stimme, wie er versuchte, dem Polizeibeamten klarzumachen, wo sie sich befanden und was geschehen war.

Alles drehte sich. In Tonis Ohren rauschte ein Wasserfall.

Sie hatte noch nie eine Leiche gesehen. Obwohl sie nur Anna-Sophies Beine registriert hatte, war es der schlimmste Anblick, der ihr je untergekommen war. Die weiße, zerkratzte, schmutzige Haut. Ihre Fantasie hatte das Bild des toten Mädchens vervollständigt. Sie hatte das Gefühl, sich jeden Moment übergeben zu müssen.

Und dann liefen ihr plötzlich Tränen über die Wangen.

„Warte draußen vor den Büschen. Am besten bei dem Weg, damit die Streife dich sieht“, sagte Edgar, als er das Telefonat beendet hatte. „Sie sind in zehn Minuten da.“

Sie nickte, rappelte sich hoch, drehte sich um. Raus, nur raus hier. Weg von dem Leichengeruch und dieser Frau. Weg von Anna-Sophie.

„Nimm das Handy mit, Toni“, hielt Edgar sie auf. „Falls sie anrufen, wenn sie uns nicht finden.“

Sie dachte, sie hätte „Okay“ gesagt, aber sie hörte ihre Stimme gar nicht. Edgar hielt ihr das Handy entgegen, die Taschenlampe war noch an. Sie nahm es ihm ab, der Lichtschein schwenkte über den toten Körper von Anna-Sophie. Toni wollte die Augen schließen, das wollte sie nicht sehen, es war schon so schlimm genug. Aber ihr Gehirn gehorchte nicht. Für den Bruchteil einer Sekunde sah sie unter den Blättern das weiße T-Shirt, die angewinkelten Beine, die Hüfte, umwickelt mit etwas, das aussah wie ein grüner Schal, die gefesselten Hände, die langen Haare, die wie Wurzeln am Boden lagen und halb das Gesicht verdeckten. Das breite silberfarbene Klebeband auf ihrem Mund und die offenen Augen, die sie mit dem Ausdruck reiner Panik anstarrten.

Der Schrei, der vorhin in Tonis Kehle erstickt war, löste sich ganz von selbst.

„Was?“, rief Edgar.

Toni fiel auf die Knie, robbte zu Anna-Sophie.

„Sie ...“, japste sie, „sie ...“ Sie wollte „Sie lebt“ sagen, aber schaffte es nicht.

„Nein. Warte, du darfst die Spuren nicht ...“, sagte Edgar noch, da war Toni schon bei dem Mädchen. Sie hörte nicht mehr, was er wollte, denn die obdachlose Frau schrie wieder. Sie kreischte, es gab einen Tumult, doch Toni sah nur noch das Mädchen. Anna-Sophie blinzelte und zuckte mit dem Kopf zurück.

„Du ... bist Anna-Sophie“, flüsterte Toni. Sie konnte es nicht glauben. Das Mädchen nickte kaum merklich. Toni richtete das Licht von ihr weg. Sie hatte ihre Stimme wiedergefunden. „Edgar, sie lebt“, rief sie. „Sie ist nicht tot.“

Edgar antwortete nicht, er war nicht mehr da. Auch die obdachlose Frau konnte Toni nicht sehen. Hatte er sie weggebracht? War sie geflohen? Sie mussten hier weg. So schnell wie möglich.

„Bist du verletzt?“, fragte Toni.

Das Mädchen gab einen Laut von sich, schüttelte andeutungsweise den Kopf.

„Es wird alles gut, ich mach das ab. Alles wird gut.“

Mit zittrigen Fingern versuchte Toni, das silberfarbene Klebeband von Anna-Sophies Mund zu lösen. Es klappte nicht.

„Kannst du aufstehen?“

Wieder Kopfschütteln. Sie ruckte mit dem Kopf zur Seite, als wollte sie auf etwas zeigen. Erst jetzt erkannte Toni, dass Anna-Sophies Handgelenke nicht nur zusammengebunden, sondern auch mit einem zerrissenen Shirt an den Stamm eines Strauchs gefesselt waren.

Sie schob sich unter den Busch, um zu sehen, wie sie das Mädchen losbekommen konnte. Der Gestank wurde hier noch unerträglicher. Toni nahm ihr Handy, leuchtete zu dem Stamm und erschrak so heftig, dass sie zurückzuckte.

Dahinter lag eine Leiche.

Ein Mann.

Von ihm ging der Geruch aus. Er musste schon länger tot sein. Die Haut sah aus wie Leder, sein Mund war eingefallen, die toten Augen starrten ins Leere und die strohigen Haare standen vom Schädel ab. Unzählige Würmer und Maden schlängelten sich auf seiner Kleidung.

„Oh, mein Gott“, hörte sie von irgendwo. Oder war sie das selbst? Sie riss an den Fesseln von Anna-Sophie, aber sie bekam sie nicht auf. Keine Chance.

„Edgar“, rief Toni. „Edgar, wir brauchen Hilfe.“

Sie lauschte. Plötzlich war zersplitterndes Glas, gefolgt von einem lauten Aufschrei, zu hören. Das klang nach Edgar. Ein Wimmern kam aus Tonis Kehle.

„EDGAR“, rief sie. Ihr Puls raste.

Toni musste sich zusammenreißen, um nicht von ihrer Angst überwältigt zu werden. Sie dachte sofort an die zerbrochene Glasflasche. Wenn die obdachlose Frau Edgar etwas angetan hatte ... ihr Instinkt wollte sie zu ihm laufen lassen. Sie konnte kaum klar denken.

Aber wenn diese Frau zurückkäme, war ihr Anna-Sophie schutzlos ausgeliefert.

20 Sekunden Mut, schoss ihr durch den Kopf. Wie Ralph gesagt hatte. Sie brauchte nur 20 Sekunden mutig zu sein.

Sie musste Anna-Sophie hier wegbringen. Sofort. Toni setzte sich hin, lehnte sich zurück und zog die Beine an.

„Beweg deine Hände nicht. Halt sie unten“, befahl sie Anna-Sophie.

Dann fing sie an, mit einem Fuß gegen den Stamm des Strauchs zu treten. Er rührte sich keinen Millimeter. Auch nicht beim zweiten Mal. Vor Verzweiflung entkam ihr ein Schluchzen.

Sie trat wieder – das Holz knirschte. Und ein weiteres Mal. Das Knirschen wurde lauter. Sie spürte, wie der Stamm nachgab. Mit ganzer Kraft trat sie dagegen, immer und immer wieder. Und plötzlich trat sie ins Leere. Sie lehnte sich wieder vor, löste Anna-Sophies Fesseln von dem Stamm.

„Wir müssen hier weg. Kannst du gehen?"

Das Mädchen stieß einen Laut aus, der wie eine Verneinung klang. Toni zog sie hoch, half ihr, sich an ihr zu stützen. Anna-Sophie war genauso groß wie Toni und wahrscheinlich auch genauso schwer. Toni musste ihre ganze Kraft aufbringen. Gemeinsam stolperten sie zwischen den Büschen entlang.

Als sie auf den Kiesweg kamen, sah Toni bereits die Blaulichter, die in der Dunkelheit aufleuchteten. Sie waren noch ein ganzes Stück weit weg.

Wo war Edgar? Sie wollte nach ihm rufen, aber im letzten Moment stoppte sie. Wenn die obdachlose Frau in der Nähe war und sie hörte ... die Panik kroch in Toni hoch. Sie zog Anna-Sophie weg von dem Weg, zu einem der weiter entfernten Büsche. Gemeinsam knieten sie sich in den Schutz des Gestrüpps.

„Warte, ich mach das ab", wisperte Toni und fing an, das zerrissene T-Shirt von Anna-Sophies Handgelenken zu streifen. Es ging schnell, und gemeinsam lösten sie das silberne Klebeband um Anna-Sophies Mund. Das Mädchen keuchte und hustete, als ihr Mund frei war, es ging in ein hemmungsloses Weinen über.

Die Polizeisirenen wurden lauter. Sie mussten jeden Moment hier sein. Vielleicht war Edgar ja bei ihnen.

„Alles wird gut", flüsterte Toni.

Anna-Sophie sagte etwas, aber Toni konnte sie nicht verstehen.

Sie beugte den Kopf, drehte ihn zur Seite, damit Anna-Sophie es in ihr Ohr sagen konnte.

„Wo ist Julian?", schluchzte das Mädchen. „Geht es ihm gut?"

23.

Edgar wurde durch irgendein unbekanntes Geräusch geweckt und schreckte hoch. Es zischte. Da war jemand in seiner Wohnung. Wer war das? Ralph? Wie war er hereingekommen? Oder ein Einbrecher? Und woher kam dieser Duft nach süßen Pfirsichen?

Er hatte wilde Träume gehabt, aber er konnte sich nicht an den Inhalt erinnern. Sein Schädel brummte, als hätte er die Nacht durchgesoffen. Und seine rechte Körperhälfte schmerzte, besonders die Schulter. Er konnte kaum den Arm heben.

Er blinzelte. Was waren das für gelbe Vorhänge mit Brokatmuster? Was für eine lavendelfarbene Bettwäsche? Und was hatte er da für ein viel zu enges T-Shirt an?

Es dauerte einen Moment, dann fiel ihm ein, dass er nicht zu Hause war. Er war bei Toni und lag im Bett ihrer Großmutter.

Er hatte sie, nachdem ihre Aussagen aufgenommen worden waren und sein Arm und die Fußsohle verarztet wurden, nach Hause gebracht. Es war mitten in der Nacht gewesen.

Kaum hatten sie die Wohnung betreten, war Toni in Schluchzen ausgebrochen. Darum war er geblieben. Er ließ sich zurück in die Kissen fallen, rieb sich übers Gesicht. Jetzt wusste er auch, dass er nach dem Duft von Tonis Pfirsichduschgel und Shampoo roch. Vor dem Schlafengehen hatte er sich damit geduscht und die Haare gewaschen.

Die Erinnerung an die letzte Nacht tröpfelte in sein Bewusstsein.

Die Prater-Hauptallee. Die Verfolgungsjagd. Anna-Sophie. Die obdachlose Frau, die weggelaufen war und die er eingeholt hatte. Dabei war er gestürzt und hatte sich die Schulter geprellt. Sie war entkommen und gleich darauf von der Polizeistreife aufgehalten worden. Alles an ihr roch nach der Leiche des Mannes, den sie bei sich versteckt hatte.

Hatte sie Julian erschlagen? Um Anna-Sophie mitnehmen zu können? Möglich war es. Es würde sogar erklären, wie Julian zum Wasser gekommen war – selbst, wenn er nicht mehr hätte gehen können. Vielleicht hatte sie seinen Körper in ihrem Einkaufswagen zum Donaukanal gebracht.

Wie auch immer, das war nicht mehr sein Problem.

Er dachte an Carolin Schebesta und die unzähligen Pressewagen mit ihren Fernsehkameras, die auf der Donauinsel eingetrudelt waren. Es war eine Sensation, dass Anna-Sophie lebte. Edgar hatte noch mitbekommen, dass Schebesta Interviews gegeben hatte, und er hoffte inständig, dass sie seinen Namen nicht erwähnt hatte. Aber wenn sie auch nur ein bisschen nach ihrem Vater kam, musste er sich darüber keine Sorgen machen.

Wieder hörte er das Zischen. Und Geschirrgeklapper. Er schälte sich aus dem Bett und stöhnte auf. Jeder Muskel und jede Faser seines Körpers taten ihm weh. Als wäre er über Nacht um mindestens 30, wahrscheinlich 40 Jahre gealtert. Die Wunde in seiner Fußsohle spürte er nicht mehr, es war nur ein winziger Splitter gewesen. Dafür konnte er seinen rechten Arm kaum heben. Die Sanitäter gestern hatten ihn ins Krankenhaus mitnehmen wollen, um die Schulter röntgen zu lassen, aber er hatte sich erfolgreich dagegen gewehrt. Es sei nur eine Prellung, hatte er dem jungen Notarzt versichert. Jetzt war er davon nicht mehr ganz überzeugt.

Die Jogginghose, in der er steckte, war so eng, dass sie ihm in die Hüfte schnitt und gefühlt sein halber Hintern herausschaute, das T-Shirt so kurz, dass ein Stückchen Bauch freilag. Toni hatte ihm die Sachen rausgesucht, sie hatten Felix gehört. Der mindestens 20 Zentimeter kleiner und 20 Kilo leichter war als Edgar. Wo war seine Kleidung? Er konnte nichts finden. Wahrscheinlich würde er sie ohnehin nicht anziehen, so gestunken, wie sie hatten.

Er vermied den Blick in den Spiegel auf der Kommode und verließ das Zimmer. Gedämpfte Stimmen waren aus der Küche zu hören.

„Herr Brehm, ich hoffe, ich habe Sie nicht geweckt?", begrüßte ihn Martha Lorenz, Tonis Großmutter. Noch ehe er wusste, wie ihm geschah, kam sie auf ihn zu und drückte ihn an sich. Er zuckte zusammen, als sie seine Schulter berührte. „Ich bin so froh, dass euch nichts passiert ist. Ich dachte, mich trifft der Schlag, als ich euch heute Morgen um sechs Uhr im Fernsehen gesehen habe."

„Im Fernsehen?"

„Auf diesem schrecklichen Nachrichtensender", sie ließ ihn los und ging zurück zum Herd, auf dem zwei Pfannen standen. „Grauenhaft. Ich schaue den aus medizinischen Gründen. Weil er in der Früh meinen Blutdruck in die Höhe treibt. Besser als jeder Kaffee. Ich musste mir sofort ein Taxi rufen und herkommen."

„Wir waren nur im Hintergrund zu sehen", sagte Toni. Jetzt bemerkte Edgar sie erst, sie saß am Küchentisch, in ihrem Pyjama, die Beine angezogen und vor sich einen Teller, auf dem sich Palatschinken stapelten.

Tonis Großmutter drückte Edgar eine große Tasse Kaffee in die Hand. Instinktiv wollte er sie mit rechts nehmen und verkniff sich den Schmerzensschrei.

„Setzen Sie sich. Ich werfe Ihnen ein paar Eier in die Pfanne."

„Das ist wirklich nicht nöt..."

„Papperlapapp. Es ist halb acht und Sie brauchen ein Frühstück. Und ob das nötig ist."

Edgar warf Toni ein Lächeln zu, er sah, wie sehr sie sich bemühte, zurückzulächeln. Die Palatschinken vor sich hatte sie nicht angerührt. So hatte er sie noch nie erlebt. Toni konnte immer essen und sie hatte auch ständig Hunger.

Das schlechte Gewissen stülpte sich über Edgar wie eine zweite Haut. Die Arbeit mit ihm war kein Job für Toni, sie war nicht nur eine junge und kluge Frau, sie war auch empfindsam. Himmel, sie war Schauspielerin, natürlich war sie empfindsam, wahrscheinlich viel mehr als er. Er hätte ihr alle diese Aufgaben überhaupt nicht anbieten dürfen. Wenn sie Papiere für ihn sortierte, Anrufe entgegennahm, seine Klienten begrüßte – ja. Aber nicht zu Observationen mitkommen. Er nahm einen Schluck Kaffee, der ihm ein wenig Leben einhauchte.

„Dass ihr dieses Mädchen gefunden habt, ist eine Sensation. Und nichts davon sagen die im Fernsehen, tun so, als wäre es der Polizei geglückt", regte sich Martha Lorenz auf.

„Toni hat sie gefunden", sagte Edgar.

Toni hatte den Kopf gesenkt, sie reagierte nicht. Was hatte Edgar nur angerichtet.

„Wirklich? Wie?"

Also erzählte Edgar. Was vielleicht auch nicht die richtige Entscheidung war. Die Farbe wich aus dem Gesicht von Tonis Großmutter, sie hielt den Pfannenwender so fest umklammert, dass ihre Fingerknöchel hervortraten. Sie schluckte und es klang, als würde eine Flasche entkorkt.

„Ihr entschuldigt mich kurz", sagte sie und eilte aus dem Zimmer. Wahrscheinlich wollte sie nicht vor Toni in Tränen ausbrechen.

„Wie geht's deiner Schulter?", fragte Toni, als sie alleine waren.

„Hm, geht, danke. Und wie geht es dir?"

„Ich habe die Nachrichten gegoogelt", wich sie ihm aus. Ihre Stimme klang rau und fremd in seinen Ohren. „Der tote Mann im Gebüsch. Das war dieser Paul, nach dem sie gerufen hat. Er ist schon vor einiger Zeit gestorben."

„Hat sie ihn ...?"

Toni schüttelte den Kopf.

„Es war ein natürlicher Tod, er war krank. Darum ist sie mit ihrem Wagerl immer in der Nacht herumgefahren, um Essen zu besorgen. Sie haben auf der Donauinsel zusammen gelebt. Und dann ist er gestorben und sie hat ihn dortbehalten." Ihre Stimme war nicht mehr als ein Flüstern. „Damit sie nicht alleine ist."

Edgar nickte, er hatte so etwas schon vermutet. „Gibt es sonst irgendwelche Neuigkeiten?"

Toni biss sich auf die Unterlippe. „Ralph hat angerufen, weil er dich nicht erreichen konnte. Und wir sollen um zwölf Uhr in die Landespolizeidirektion am Schottenring kommen, um unsere Aussagen von gestern nochmal durchzugehen. Außerdem haben sie dein Handy gefunden, du kannst es dort im Wachzimmer abholen." Ihr Kinn zitterte, sie hatte Mühe, nicht zu weinen.

Es brach ihm das Herz, sie so zu sehen. Er beugte sich über den Tisch, ignorierte den Schmerz in seiner Schulter und griff nach ihrer Hand. „Es tut mir leid, Toni. Das hätte alles nicht so passieren dürfen. Dieser Job, es war mein Fehler, ihn dir anzubieten."

Sie blinzelte die Tränen weg. „Was, wieso Fehler?"

„Ich hab gewusst, was dich erwartet. Na gut, nicht in dem Ausmaß, aber du bist eine Schauspielschülerin, Toni. Du hast dieses Talent und solltest dich auf keinen Fall mit den ganzen schlimmen Dingen beschäftigen, mit denen man in meinem Job zu tun hat."

Eine Träne löste sich aus ihrem Augenwinkel, aber Toni wischte sie rasch weg. Sie schüttelte den Kopf und zupfte die Palatschinke vor ihr in kleine Teile. „Das ist es nicht."

„Sondern?"

„Ich schäme mich, es ist peinlich", sagte sie leise und wieder löste sich eine Träne.

Er sah sie eindringlich an.

„Vor mir muss dir gar nichts peinlich sein. Ich hab schon vor dir gefurzt."

Sie lachte in ihrem Weinen, schüttelte den Kopf. „Es ist total lächerlich."

„Na und? Dann ist es das eben."

Sie holte tief Luft und griff nach ihrem Handy, das am Tisch lag. Rasch tippte sie darauf herum und reichte es ihm. Es war die Wiederholung der Nachrichten eines Privatsenders. Miriam Schill war vor dem allgemeinen Krankenhaus zu sehen. Edgar stellte den Ton lauter.

„Heute ist der glücklichste Tag meines Lebens", sagte sie. „Meine Tochter ist zurück. Ich danke allen, die sich für die Suche nach ihr eingesetzt haben."

„Und wissen Sie schon, was passiert ist?", fragte ein Reporter aus dem Off.

„Nein. Das spielt momentan keine Rolle, ich möchte meine Tochter einfach mit nach Hause nehmen. Das ist eine sehr aufwühlende Zeit und es gibt einen Verlust, den wir beide verarbeiten müssen."

„Sie meinen, Julian?"

Ihr Gesichtsausdruck verhärtete sich, eine Mischung aus Wut und Trauer. „Ja, den natürlich auch. Aber als meine Tochter weg war, ist etwas sehr Trauriges passiert. Ich habe es erst gestern Abend erfahren. Anna-Sophies Vater hatte vor zwei Tagen einen Arbeitsunfall, ich habe es nicht gewusst, wir leben getrennt. Er ist dabei unglücklicherweise verstorben."

„Das tut mir sehr leid", sagte der Reporter. „Wir machen eine kurze Pause und sind gleich wieder mit weiteren Fragen an die Mutter der entführten Anna-Sophie zurück."

Eine Werbeeinspielung folgte.

„Wovon redet sie?", fragte er. „Was für ein Arbeitsunfall?"

„Das erzählt sie nach der Werbung. Anna-Sophies Vater war Baustellenleiter, ein Gerüst ist eingestürzt und hat ihn und zwei seiner Mitarbeiter erschlagen. Er ist gestorben, die anderen beiden haben schwer verletzt überlebt."

„Hat das irgendwas mit gestern oder mit Julian zu tun?"

Toni schüttelte den Kopf.

„Und warum trifft es dich dann so?"

Sie hob die Hand und zeigte ihm die Innenfläche. „Der Verlust, von dem Miriam Schill gesprochen hat, die Linie in ihrer Hand. Das war nicht Anna-Sophie. Es war ihr Exmann. Das bedeutet, es kann sehr wohl stimmen, was sie in meiner Hand gelesen hat." Tränen liefen ihr über die Wangen. „Und mit Ravinger hat sie auch recht gehabt", seufzte sie. „Ich werde noch viele Enttäuschungen erleben und beruflich kann ich es auch vergessen. Wahrscheinlich brauch ich gar nicht mehr auf die Schauspielschule zu gehen."

Toni bebte, Edgar konnte sie kaum ansehen. Das war alles zu viel für sie, ihr Nervenkostüm war angekratzt. Innerlich verfluchte Edgar Miriam Schill und ihre idiotische Esoterik. Er hatte ja generell nichts dagegen, sollten die Leute glauben, woran sie wollten. Solange sie ihn damit in Ruhe ließen und keiner Schaden nahm. Aber genau das war eingetreten.

Am liebsten wäre er aufgestanden und hätte Toni umarmt.

Er wollte ihr sagen, dass es Unsinn war, dass niemand irgendeine Zukunft aus irgendeiner Hand oder aus einem Horoskop oder sonst wo herauslesen konnte. Dass ihre Angst zwar verständlich, aber völlig irrational war und sie in den letzten Tagen viel erlebt hatte, das ihr Weltbild durcheinandergebracht hatte. Aber er wusste, sie war völlig aufgewühlt, enttäuscht und sie wäre zu nett, um ihm zu sagen, dass sie ihm nicht glaubte.

Martha Lorenz kam in die Küche zurück, sie schien sich wieder gefangen zu haben. Sie hatte Edgars frisch gebügelte Kleidung dabei, die einen angenehmen, sauberen Duft verströmte. Völlig anders als gestern Abend. Die Flecken waren allerdings noch vorhanden.

„Wie haben Sie den Gestank rausbekommen?", fragte Edgar erstaunt.

„Weichspüler mit Wasser in einer Sprühflasche vermischt, alles eingesprüht und gebügelt."

„Das muss ich mir merken. Vielen Dank."

Energisch schlug Tonis Großmutter ein paar Eier in die Pfanne, während Toni sich verstohlen die Tränen aus dem Gesicht wischte.

„Also, ich nehme an, der Fall ist erledigt und die nächsten Einsätze werden weniger spektakulär ausfallen", sagte Martha Lorenz und stellte Edgar einen Teller Eierspeise und ein paar Scheiben getoastetes Brot hin.

Es klang mehr nach einem Befehl als nach einer Frage.

Edgar nickte ihr halbherzig zu. „Ich wollte ohnehin ein paar Tage wegfahren", murmelte er.

Wie er allerdings mit dem rechten Arm schalten, geschweige denn lenken sollte, war ihm nicht klar. Das sagte er aber nicht. Obwohl er Tonis Oma wirklich gernhatte, flößte sie ihm doch ein wenig Respekt ein.

„Sehr gut. Vielleicht möchtest du dich ohnehin mehr auf deinen Sommerkurs konzentrieren", sagte sie zu Toni. „Wie ist Herr Ravinger denn so? Ich habe ihn letztens in einem Krimi gesehen. Er hat mir gut gefallen."

„Der Krimi oder Ravinger?", fragte Toni mit sarkastischem Unterton.

„Beide", lachte Martha Lorenz.

Toni hatte ihr also noch nichts von Ravinger erzählt. Das überraschte Edgar. Er hatte angenommen, Tonis Großmutter sei ihre erste Ansprechperson. Seinem fragenden Blick wich Toni aus, sie sah wieder auf ihr Handy. Edgar schaufelte mit der Gabel in der linken Hand die Eierspeise in sich hinein und vergaß kurz alle Schmerzen, so köstlich und flaumig waren die Eier aufgeschlagen und perfekt gewürzt. Dazu das knusprige Brot und der Kaffee, er hatte den Eindruck, schon lange nicht mehr so etwas Gutes gegessen zu haben. Es stimmte, er ernährte sich schrecklich.

„Freut mich, wenn es schmeckt. Das Geheimnis ist, die Eier wie Spiegeleier anzubraten und sie erst im letzten Moment zu zerreißen", sagte Martha Lorenz, als er ihr ein Kompliment machte. „So, und jetzt iss bitte auch was, Toni." Sie beugte sich zu ihrer Enkelin und streichelte ihr über die Wange. „Du musst zu Kräften kommen. Und dann reden wir darüber, was dich so bedrückt."

„Was ist eigentlich aus dem Heiratsantrag deines Kapitäns geworden? Hast du ihn angenommen?", wich Toni sofort aus und nahm einen Bissen der Palatschinke.

Fast hätte Edgar sich verschluckt. Davon wusste wiederum er nichts.

„Nein, und das habe ich auch nicht vor", antwortete Martha knapp.

„Warum nicht?"

„Weil es lächerlich ist. Wozu in unserem Alter noch heiraten?"

„Oma, wenn das der einzige Grund ist ..."

„Es gibt unzählige Gründe."

„Welche?"

Martha Lorenz sah zu Edgar, als würde sie erwarten, dass er ihr Antworten lieferte. Er war allerdings mit seiner Eierspeise beschäftigt. Die Vorstellung, dass Martha Lorenz und der Kapitän heiraten würden, fand er reizend.

„Na, zum Beispiel ... der Kapitän ist ... alt ... und er ist ... reich ... und ..." Martha Lorenz rang nach Worten.

„Ja, und?"

„Was weiß ich. Seine Kinder sind ekelhaft. Nervtötend."

„Wie viele hat er denn?"

„Einen Sohn und eine Tochter. Spießige, spaßbefreite Menschen."

„Aber die sind doch schon erwachsen, oder nicht?"

„Was heißt erwachsen, die sind schon alt."

„Dann musst du sie ja nicht mehr bemuttern und in die Schule bringen musst du sie auch nicht."

Martha Lorenz sah richtig verzweifelt aus.

„Also, was ist es wirklich?", fragte Toni in einem liebevollen Ton. Edgar musste schmunzeln, Toni klang genau so, wie ihre Großmutter vorhin mit ihr gesprochen hatte.

„Was weiß ich. Viele Gründe. Außerdem würden mir seine Kinder sicher unterstellen, dass ich eine Erbschleicherin bin."

Edgar wollte einwenden, dass sie erstens doch etwas alt für eine Erbschleicherin war und es zweitens auch so etwas wie einen Ehevertrag gab, aber er hielt lieber den Mund.

„Du hast nicht gesagt, dass du nicht verliebt in ihn bist", sagte Toni und Edgar musste sich ein Lächeln verkneifen. Martha Lorenz murmelte etwas, das klang wie: „Zu alt, um verliebt zu sein." Vielleicht traf das ja auch auf Edgar und Vincent zu – vielleicht war er einfach zu alt, um in Vincent verliebt zu sein.

„Etwas anderes", wechselte Martha Lorenz das Thema. „Weiß man denn schon, ob das Mädchen, das ihr gefunden habt, diesen Jungen auf dem Gewissen hat?"

„Ich glaube nicht, dass sie es war", sagte Toni. „Sie wollte von mir wissen, ob es Julian gut geht."

Dass es Anna-Sophie gewesen sein könnte, schien Edgar auch mehr als abwegig. Schon allein, wenn man ihren Körperbau in Betracht zog. Sie war klein und schmal und Julian hätte sie mühelos abwehren können. Sogar, wenn er einen Schlag auf den Kopf bekommen hätte.

„Wahrscheinlich war es die obdachlose Frau", sagte Edgar.

Martha Lorenz' Augen funkelten. Sie nahm sich einen Stuhl und setzte sich zu ihnen an den Küchentisch. „Oh, dann weiß ich etwas, das ihr nicht wisst. Ist also dieser schreckliche Sender doch zu etwas gut."

„Was meinst du?", fragte Toni.

„Die obdachlose Frau war es nicht."

„Wer sagt das?"

„Na, dieser Reporter. Sie hat ein Alibi. An dem Abend, als es passiert ist, war doch so ein Gewitter."

„Ja, und?“, fragte Edgar.

„Es gibt eine Essensausgabe beim Praterstern. Das machen Ehrenamtliche am Wochenende. Sie waren an dem Abend viel zu spät, wegen des Regens hatten sie eine Autopanne und sind dann erst nach Mitternacht gekommen. Darum haben sich die Leute untergestellt, bei der Schnellbahnunterführung. Die Kamera der Ampel von der Kreuzung gleich daneben hat sie dabei gefilmt. Da sieht man auch diese Frau mit ihrem Einkaufswagen. Weil mittlerweile schon der Todeszeitpunkt dieses Jungen feststeht, kann sie es nicht gewesen sein. Sie war zur selben Zeit beim Praterstern und hat auf die Essensausgabe gewartet. Die Pressesprecherin der Polizei hat in dem Interview gesagt, es wird angenommen, sie sei auf dem Weg zurück durch die Prater Hauptallee auf Anna-Sophie aufmerksam geworden und hätte sie mitgenommen.“

„Oh.“ Toni sah erschrocken zu ihrer Oma. „Dann suchen sie noch immer den Täter?“

Martha Lorenz nickte. „Ja, aber keine Sorge. Es gibt schon einen Verdächtigen, hat der Reporter gesagt. Wer das ist, das hält die Polizei unter Verschluss.“

Toni sah zu Edgar, sie runzelte bekümmert ihre Stirn.

„Was ist los?“, fragte er.

„Ralph – als er mich vorhin angerufen hat. Er hat gesagt, er könne nicht reden, die Polizei wäre gerade gekommen und ...“

Ihr Handy läutete, sie hob den Zeigefinger und bedeutete Edgar, gleich mehr zu erzählen.

„Ja, hallo?“, meldete sie sich. Ihr Gesichtsausdruck wurde plötzlich sehr angespannt. Sie sagte mehrmals: „Mhm. Mhm. Mhm. Ja, er ist hier. Einen Moment.“ Sie streckte Edgar das Handy entgegen.

Er hob fragend die Augenbrauen.

„Miriam Schill möchte dich sprechen. Es geht um Anna-Sophie.“

24.

Vor dem allgemeinen Krankenhaus reihte sich ein Fernseh-Übertragungswagen an den nächsten. Edgar hatte noch nie so eine Ansammlung von Reportern und Kameras gesehen, abgesehen vom jährlichen Opernball in der Staatsoper. Sogar ausländische Fernsehsender hatten Teams geschickt, um über den Fall zu berichten. Anna-Sophies Rückkehr war ein Nachrichten-Highlight, von dem alle ein Stück abhaben wollten.

Das allgemeine Krankenhaus war ein riesiges Bauwerk mit vielen Nebengebäuden – es wirkte bereits von außen wie eine kleine Stadt. Menschen strömten hinein und hinaus.

Eigentlich hatte Edgar vorgehabt, am Weg hierher über die Polizeiinspektion zu fahren, um sein Handy zu holen. Doch schon, als er den Motor gestartet hatte, war der Schmerz in seiner Schulter ins Unerträgliche geschossen. Die musste gebrochen sein. Mindestens. Die Autofahrt hierher war die reinste Tortur gewesen. Vielleicht war es eine gute Idee, sie röntgen zu lassen, wenn er schon hier war.

Er kramte nach dem Zettel, auf dem er notiert hatte, wo er hinmusste. Rotes Bettenhaus, Ebene 14. Miriam Schill hatte gesagt, es sei kompliziert, er solle sie anrufen, wenn er aus dem Lift stieg, sie würde ihn dann zu Anna-Sophie bringen. Ohne Handy musste er sie eben selbst finden.

Aus dem Augenwinkel sah er, dass jemand auf ihn zukam. Er wollte zur Seite treten, aber die Person blieb bei ihm stehen.

„Entschuldigen Sie bitte“, sagte ein junger Mann mit sehr weißen Zähnen und perfekt gegelten Haaren. „Sie waren doch gestern dabei – auf der Donauinsel, als das Mädchen gefunden wurde. Nicht wahr? Würden Sie mir ein kurzes Interview geben?“

Sofort wurden die anderen Reporter auf ihn aufmerksam. Kameras wurden gezückt, Mikrophone wurden ihm vors Gesicht gehalten und Fragen prasselten auf ihn ein.

Was haben Sie mit der Sache zu tun? Haben Sie das Mädchen gefunden? Wieso sind Sie hier? Wissen Sie, warum Anna-Sophie festgehalten wurde? Wie ist Ihre Beziehung zur Familie Schill?

Er senkte den Kopf und fluchte innerlich, dass er nicht besser aufgepasst und sie ihn erkannt hatten. Eilig betrat er die Eingangshalle des allgemeinen Krankenhauses. Anscheinend gab es eine Regelung, dass die Medienleute hier nicht hereindurften, denn sie blieben auf der anderen Seite der Glastüre. Er folgte den Schildern zum roten Bettenhaus, verlief sich zwei Mal und stieg endlich auf Ebene 14 aus dem Lift. Hier führten vier Gänge in entgegengesetzte Richtungen. Hinter ihm ertönte ein „Pling", als sich eine der anderen sechs Lifttüren öffnete. Er drehte sich um, vielleicht stieg jemand vom Krankenhauspersonal aus und konnte ihm weiterhelfen. Stattdessen trat der junge Reporter mit den weißen Zähnen und den gegelten Haaren aus der Kabine. Er schien gewusst zu haben, wo Edgar hinwollte.

„Darf ich Sie nur ganz kurz befragen?"

„Tut mir leid, nein. Und Reporter haben hier keinen Zutritt", brummte Edgar. Das Letzte, was er brauchen konnte, war, dass die Presse auf ihn aufmerksam wurde. Wo war denn hier verdammt nochmal das Pflegepersonal?

Der junge Mann hob die Hände, als würde er sich ergeben. „Bitte, nur eine Minute. Sie sehen, ich habe nichts dabei. Keine Kamera, kein Mikro. Wollen Sie zu Anna-Sophie?"

Ohne den jungen Mann zu beachten, machte Edgar kehrt und ging in den nächstbesten Gang. Er schien unendlich weitläufig zu sein, Edgar konnte das Ende nicht mal sehen, außerdem gab es viele Abzweigungen.

„Dort ist sie nicht", hörte er den jungen Mann hinter sich rufen. Na, wunderbar. Edgar dachte an Toni, daran, wie sehr er sie in dem Moment vermisste. Überrascht stellte er fest, wie rasch er sich an ihre Zusammenarbeit gewöhnt hatte. Na, dann musste er sich eben wieder entwöhnen. Oder jemand anderen einstellen.

Er drehte sich um, wollte den Gang zurück, der junge Mann stellte sich ihm in den Weg.

„Sie wissen nicht, wo Sie hinmüssen."

Edgar ignorierte ihn, was nicht so schwer war, der Reporter reichte ihm gerade bis zur Brust. Er ging einfach an ihm vorbei in den nächsten Gang. Unzählige Zimmer reihten sich aneinander. Auf den Türschildern waren nur die Zimmernummern und keine Namen. Sollte er jetzt in jedes Zimmer einen Blick werfen?

Auf seine Frage, ob er überhaupt zu Anna-Sophie könne und sie nicht von Polizeibeamten bewacht wurde, hatte Miriam Schill gemeint, sie würde ihre Tochter vor schlechten Energien beschützen. Was auch immer das heißen sollte.

„Ich sag Ihnen, wo sie ist, wenn Sie mir eine einzige Frage beantworten, Herr Brehm."

Edgar stoppte mitten im Schritt und drehte sich um. Woher kannte der Kerl seinen Namen?

„Das überrascht Sie, oder?", sagte er und zog einen Mundwinkel zu einem Lächeln hoch, bei dem seine Zähne blitzten. „Carolin Schebesta hat mir gesagt, wer Sie sind. Und ich schätze, sie wäre nicht erfreut, wenn sie erfahren würde, dass Sie hier sind. Also? Eine Hand wäscht die andere?"

Edgar hatte viele unangenehme Situationen dieser Art in seinem Leben erlebt. Und auch, wenn es diese hier nicht mal in die Top 3 schaffte, hatte sie doch mit den anderen etwas gemeinsam. Nämlich seine Antwort.

„Vergessen Sie es."

Er war noch nie erpressbar gewesen und daran würde auch so ein schmieriger Reporter nichts ändern. Und wenn er stundenlang nach dem Zimmer von Anna-Sophie suchen musste und Carolin Schebesta ihn – aus welchem vorgetäuschten Grund auch immer – verhaften würde, dann war ihm das nur recht.

Er ging erneut an dem Reporter vorbei. Hinter sich hörte er sofort seine Schritte, wie ein Wiesel folgte er ihm.

„Sie wollen also kein Statement dazu abgeben, dass Ihr ehemaliger Lebensgefährte nicht nur ein Priester, sondern auch der Hauptverdächtige in einem Mordfall ist?"

Edgar wäre fast gestolpert, so sehr überrumpelte ihn die Frage. Ihm wurde schlagartig schlecht. Er steigerte sein Tempo. Hier musste doch irgendwann mal jemand kommen, den er fragen konnte.

„Versuchen Sie, ihn mit Ihrem Schweigen zu schützen? Sind Sie deshalb hier, um Anna-Sophie zu beeinflussen, für den Fall, dass sie belastende Beweise gegen ihn hat?"

Was für eine unfassbar dumme Frage. Entweder war das der schlechteste Reporter der Welt, oder er verfolgte ein anderes Ziel – Edgar zu provozieren. Wenn das seine Taktik war, dann machte er seine Sache gut. Edgar biss die Zähne zusammen, vergaß vor Ärger seine schmerzende Schulter.

„Weigert sich Miriam Schill deshalb, ihre Tochter mit der Polizei sprechen zu lassen? Weil Sie einen Deal mit ihr gemacht haben? Deals sind ja Ihre Spezialität. So wie damals, als Sie unehrenhaft von der Polizei entlassen wurden."

So, das reichte. Edgar blieb stehen, er glühte vor Zorn. Das Wiesel hatte aufgeholt, stand nun neben ihm. Zu nah. Viel zu nah. Und da setzte Edgars Verstand ein. Niemand brauchte in Zeiten wie diesen noch ein Mikrophon mit sich herumzuschleppen. Jeder hatte sein Handy mit Diktierfunktion.

Er sah dem jungen Mann direkt in die Augen.

„Wie heißen Sie?", fragte Edgar.

„Manuel Feichtinger."

„Herr Feichtinger, ich werde erst mit Ihnen sprechen, wenn Sie mir die Zimmernummer sagen."

Den Namen von Anna-Sophie hatte er absichtlich nicht genannt.

„247, Trakt C", schoss das Wiesel heraus. „Also, wieso haben Sie ..."

Edgar befand sich in Trakt D. Er hörte dem Wiesel nicht weiter zu und ging zurück zu den Liften.

„He, was soll das?" Das Wiesel lief ihm hinterher. „Sie haben mich belogen."

„Lassen Sie mich doch verhaften", brummte Edgar und folgte den Schildern Richtung Trakt C. Der Reporter kam ihm hinterher. Wenigstens hielt er jetzt den Mund.

Endlich stand Edgar vor Zimmer 247 und klopfte an die Tür. Als sie sich öffnete, stand Miriam Schill vor ihm. Der Kerl hatte also doch nicht gelogen. Edgar drückte sich schnell ins Zimmer und schloss die Tür hinter sich.

„Danke, dass Sie so schnell gekommen sind, Herr Brehm", begrüßte ihn Miriam Schill und kam auf ihn zu. „Es gibt etwas, das Anna-Sophie Ihnen sagen möchte. Über Julian. Ich wollte ja damit warten, aber sie hat darauf bestanden und ..."

„Ein Reporter ist da", unterbrach Edgar Miriam Schill. „Er steht draußen."

„Was? Aber das darf er nicht." Sie riss die Tür auf, streckte den Kopf auf den Gang. „Wo ist er?"

„Er war gerade noch hinter mir, er kann nicht weit sein."

„Ich bin sofort wieder da", sagte sie und stürmte aus dem Zimmer.

Der Reporter hatte wenigstens etwas Gutes, so konnte er mit Anna-Sophie alleine reden. Sie lag in dem Bett mit dieser grauenhaften hellgelben Krankenhaus-Bettdecke, die Edgar von seinem letzten Aufenthalt noch sehr gut in Erinnerung hatte. Ihr Gesicht war zum Fenster gedreht, sie beachtete ihn nicht. Auf einem Infusionsständer hingen zwei Flaschen, Edgar vermied den Blick auf ihren Handrücken, in dem der Zugang steckte.

„Anna-Sophie", sagte er und nahm auf dem Stuhl neben dem Bett Platz. „Was wolltest du mir wegen Julian sagen?"

Langsam drehte sie sich zu ihm. Er konnte an ihren roten, verschwollenen Augen sehen, dass sie viel geweint hatte. Um ihren Hals hatte sie einen Verband. Sie sah sich suchend um, blinzelte sehr langsam. Wahrscheinlich stand sie unter starken Beruhigungsmitteln.

„Wo ist die Frau von gestern?", fragte sie schwerfällig. Ihre Stimme klang schwach und heiser.

„Ihr Name ist Toni. Sie wäre gerne gekommen, aber es ging nicht."

„Können Sie ihr danke sagen?"

„Natürlich."

Sie schluckte und verzog das Gesicht, als hätte sie Schmerzen.

„Es tut mir sehr leid, Anna-Sophie", sagte er.

Dass sie auch ihren Vater verloren hatte, war mehr, als auf einen Schlag zu verkraften war.

Sie nickte kaum merklich. „Werden Sie den finden, der das war?", fragte sie.

„Das wird die Polizei tun."

Ein Zucken ging durch ihr Gesicht. „Mama will nicht, dass ich mit denen rede. Sie sagt, wir sollen warten."

„Worauf sollt ihr warten?"

„Weiß nicht. Sie vertraut der Polizei nicht. Hat sie nie." Sie wurde noch leiser. „Immer wenn sie bei der Polizei anruft, nimmt sie die Simkarte aus dem Handy. Damit ... die nicht wissen ... dass sie es ist."

Edgar versuchte, sich nicht anmerken zu lassen, wie ihn diese Information erstaunte. Sofort dachte er an Ralph und die anonyme Anruferin. Eine aufgenommene Nachricht mit verzerrter Stimme. Aber wieso sollte Miriam Schill so etwas tun? Das ergab keinen Sinn. Er warf einen Blick über die Schulter, um sicherzugehen, dass sie noch alleine waren.

„Warum ruft deine Mama bei der Polizei an?"

„Keine Ahnung."

Edgar überlegte, ob er Anna-Sophie das glauben sollte. Log sie ihn an? Oder wusste sie von den anonymen Anrufen wegen Ralph und Julian und hatte es ihm absichtlich erzählt? Er machte sich eine geistige Notiz.

„Okay. Was wolltest du mir über Julian erzählen?"

„Früher ... als Mama und Kirsten Freundinnen waren ... Julian und ich haben uns gemocht. Sehr. Nur ... da war es anders. Ich war noch kleiner. Dann, als wir wieder Kontakt hatten ... ich glaube, er war einsam. Und ... er hat mir vertraut. In dieser Nacht ... im Prater."

„Ja?"

„Julian hat die ganze Zeit Angst gehabt", flüsterte sie.

„Wovor?"

„Ich hab es vorher nicht verstanden. Er hat sich oft umgesehen."

„Du meinst, er hat sich umgesehen, als würde er jemanden suchen?"

„Ja." Sie schien zu überlegen. „Nein. So, als hätte er Angst, dass jemand ihn suchen könnte. Verstehen Sie?"

„Ich glaube schon."

Sie hob die Schultern und schluckte. Es sah aus, als würde ihr das Schmerzen bereiten. „Ich glaube, der, den er gesucht hat, der war bei ihm. Im Wald. Ich hab es nicht verstanden, erst nachher. Julian wollte, dass ich sofort abhaue. Er war gar nicht gemein. Er ... hat mich beschützt."

„Weißt du, vor wem?"

Sie schüttelte schwerfällig den Kopf. „Nein."

„Du hast gesagt, er. War es ein Mann?"

„Ich hab ihn nicht gesehen."

„Gut. Und dann?"

„Ich wusste das nicht. Dachte, Julian wäre schräg drauf. Aber das war er nicht. Er hatte richtig Angst." Ihr Blick verlor sich, als hätte sie die Szene vor sich.

„Und was ist weiter passiert?"

Sie schloss die Augen. Ihr Kiefer entspannte sich. Edgar fürchtete kurz, sie würde einschlafen.

„Ich bin weggegangen", sagte sie plötzlich, „dann hab ich gemerkt, mein Handy ist weg. Darum bin ich zurück. Julian war nicht mehr da. Und dann ... dann hab ich was um meinen Hals gespürt. Wie eine Schnur. Sie sagen, es war ein Gürtel. Julians Gürtel."

Damit war sie also gewürgt worden. Der Gürtel, der eingefädelt in Julians Jeans steckte, als man seine Leiche aus dem Wasser gefischt hatte.

„Er war es nicht. Julian war das nicht."

„Woher weißt du das? Hast du jemanden gesehen?"

Es sah so aus, als würde sie versuchen, die Augen zu öffnen. Ihre Lider zuckten. „Ich kann mich nicht ... genau ... erinnern. Aber ich bin kurz aufgewacht. Es war dunkel, ich hab fast nichts gesehen. Da war Julian. Jemand hat ihm geholfen, damit er aufsteht. Vielleicht hab ich nur geträumt, ich weiß nicht." Sie öffnete die Augen.

Ihr Blick war jetzt viel klarer. Edgar hatte den Eindruck, als wäre sie unter Wasser gewesen und aufgetaucht. Vielleicht irrte er sich – nein, ihr Ausdruck war verändert.

„Als ich das nächste Mal aufgewacht bin, war ich bei dieser Frau und dem ..." Ihre Stimme kippte, die Augen zuckten. Wieder eine Erinnerung. „Seinen Gestank bekomme ich nicht weg. Ich rieche ihn noch immer." Sie verzog ihr Gesicht, keuchte auf.

Edgar beugte sich weiter vor. „Kannst du dich an etwas erinnern, vorher im Wald, als du kurz aufgewacht bist? Ein Geräusch? Eine Stimme? Irgendwas?"

„Da war der Regen. Und ich glaube ..." Ihr Gesicht

bekam einen gequälten Ausdruck, als würde sie jeden Moment anfangen zu weinen.

„Was denn?“

„Es ist keine Absicht, dass ich lebe.“ Sie fasste sich an den Verband um ihren Hals, alles an ihr schien wieder von Erschöpfung übermannt. Oder war das Angst?

„Wieso denkst du das?“

„Weil die Ärztin gesagt hat, es ist irgendwas mit meinem Zungenbein“, flüsterte sie. „Es ist nicht gebrochen, aber da ist ein Riss drinnen. Ich darf ein paar Wochen nur Suppe und weiche Sachen essen.“

Edgar wusste, bei Strangulationen war ein Zungenbeinbruch nicht ungewöhnlich. Beim Erhängen kam das wegen der Krafteinwirkung noch häufiger dazu. Was bedeutete, Anna-Sophie war wahrscheinlich mit großem Kraftaufwand gewürgt worden, aber das nur kurz. Ob aus Unwissen, wie lange es dauerte, bis jemand tatsächlich tot war, oder aus Absicht, konnte Edgar nur raten.

Sie sah Edgar wieder an. „Sie haben mich gefunden.“ Ihre Augen wurden glasig, ihr Kinn bebte. „Wenn Sie nicht gewesen wären ...“ Eine Träne löste sich aus ihren Wimpern.

Edgar schluckte und senkte den Blick.

„Bitte, finden Sie raus, wer das war. Bitte.“ Ihre Stimme klang eindringlich.

Edgar räusperte sich und sah sie wieder an. „Ja, ich versuch es. Aber ich brauche deine Hilfe.“ Erzähl mir keine Lügen, dachte er. „Okay?“

„Okay.“ Sie nickte, schob sich ein wenig hoch, um aufrechter im Bett zu sitzen.

„Wer ist Peter Zumir, Anna-Sophie?“

„Niemand. Ich hab den Namen erfunden. Da war ein Aufkleber am Klo ... egal.“

„Du hast ihn erfunden, weil du deiner Mama nicht sagen konntest, dass du Julian triffst?“

Sie nickte.

„Warum? Was wäre gewesen, wenn sie es gewusst hätte?"

„Sie wäre ausgeflippt."

Edgar zögerte. Er wollte diese Frage nicht stellen. Doch es blieb ihm nichts anderes übrig.

„Deine Freundin Sarah hat erzählt, ihr habt Julian ein paar Wochen zuvor auf der Straße getroffen. Ein Priester war bei ihm."

Sie nickte wieder, kräuselte die Stirn, als würde die Frage sie überraschen.

„Hat Julian dir etwas über ihn erzählt?"

„Was meinen Sie?"

„Irgendwas. Ganz egal, was."

Sie schob ihre Unterlippe vor. „Ich hab ihn gefragt, wer das war. Ich dachte, sie sind vielleicht verwandt. Aber das waren sie nicht. Er hat gesagt, der ist nett und er mag ihn. Sie reden viel."

„Hat er gesagt, worüber sie reden?"

Anna-Sophie schüttelte den Kopf.

„Weißt du den Namen des Priesters?"

„Nein."

Edgar hielt einen Moment inne. Dann griff er nach seiner Geldbörse. Das Foto, das er herausholte, war etwas vergilbt. Es war vor 15 Jahren auf einer Party gemacht worden mit einer dieser kleinen Sofortbildkameras, die damals neu waren. Ein Schnappschuss, den er nie jemandem gezeigt hatte. Er wusste nicht mal, wieso er es immer noch bei sich trug. Nein, das stimmte nicht. Natürlich wusste er das. Er hatte das Bild oft aus der Geldbörse nehmen wollen und es dann nie getan, sondern hinter irgendwelchen Mitglieds-Karten versteckt, die er ohnehin nie verwendete.

Er hielt das Bild so vor Anna-Sophie, dass sie es sehen konnte.

„Das sind Sie", erkannte Anna-Sophie.

Edgar nickte.

Hinter ihm stand Ralph, er hatte die Arme um seinen Brustkorb gelegt, sie strahlten beide in die Kamera.

„Der andere Mann, war das der Priester bei Julian?“, fragte er.

Wenn es sie überraschte, ließ sie es sich nicht anmerken. „Ja, genau.“

Rasch steckte er das Bild wieder ein.

„Wieso dachtest du, Julian und er wären verwandt?“

„Weiß nicht, sie haben so geredet wie Verwandte.“ Sie hob die Schultern, ihr Blick ging zur Tür. „Ich muss Ihnen noch was sagen. Ich hab Julian versprochen, es niemandem zu erzählen. Sie dürfen es nicht weitersagen.“ Sie blies Luft aus.

Edgar versuchte, sich nicht anmerken zu lassen, wie nervös ihn diese Ankündigung machte.

„Geht es um den Priester?“

„Nein, ich glaube, es geht um den Verlobten von Kirsten.“

Damit hatte er nicht gerechnet. „Gustav Hammer?“

„Ja.“

Edgar hatte den Eindruck, vom Gang Schritte zu hören. Er sah zur Tür, sie blieb geschlossen. Wahrscheinlich war jemand vorbeigegangen. Er lehnte sich näher zu Anna-Sophie.

„Okay. Was ist mit ihm?“, fragte er leise.

„Ich weiß nicht, vielleicht stimmt es auch gar nicht. Aber Julian hat sich selber Nachrichten aufs Handy gesprochen. Er hat das in einem Film gesehen ... ist egal, jedenfalls hat er das gemacht.“

„Was für Nachrichten?“

„Er hat gesagt, manchmal fällt es ihm schwer, mit jemandem zu reden. Und das, was er nicht sagen kann, spricht er dann auf sein Handy.“

„Wie eine Art Tagebuch?“

„Nein, ich glaub nicht. Mehr so, als würde er wirklich mit wem reden. Und da sagt er dann der Person, was er in echt nicht sagen kann." Sie sah ihn abwartend an.

Einen kurzen Moment lang fragte sich Edgar, ob sie ihn anlog.

„Er hat gesagt, er macht das noch nicht lang", sprach sie weiter. „Erst seit einem Monat. Weil da ist was passiert. Ich hab gefragt, was, aber er hat gesagt, das sagt er mir später." Ihre Augen wurden wieder glasig. „Ich wollte es Mama erzählen. Aber sie würde es sofort Kirsten sagen. Und ich habs ihm versprochen ..."

Edgar nickte. „Und du meinst, diese Person, mit der er da spricht, ist Gustav Hammer?"

Sie zögerte. Weil sie nicht mit dieser Frage gerechnet hatte? Oder weil sie ihr Angst machte?

„Ich weiß nicht. Aber vor einem Monat hat Kirsten ihm Gustav Hammer vorgestellt. Und vielleicht hat Mama ja recht, sie mag ihn nicht."

Das war wahrscheinlich noch untertrieben, dachte Edgar.

„Aber vielleicht stimmt das auch nicht." Sie sah aus dem Fenster. „Ich mein, Julian hat ihn ja vorher schon gekannt und da war er noch gar nicht mit Kirsten zusammen. Glaub ich zumindest."

„Was heißt, er hat ihn vorher gekannt? Du meinst Hammer?"

Sie sah Edgar wieder an. „Ja. Seine Klasse war auf der Comic Con und dort hat ..."

„Was ist die Comic Con?"

„Das ist eine Messe, wenn man ein Fan ist von Comics und Sciencefiction und so Sachen. Dort hat Hammer aus einem seiner Bücher vorgelesen. Unter einem anderen Namen, nicht unter seinem. Da hat Julian ihn kennengelernt."

„Anna-Sophie, das ist jetzt sehr wichtig. Ist das die Wahrheit? Stimmt das wirklich?"

Sie zuckte kurz zurück. Die Frage schien sie zu treffen. „Ja", sagte sie dann unsicher.

Bevor er weiter nachfragen konnte, trat Miriam Schill ins Zimmer.

„Ich habe niemanden gefunden", sagte sie tonlos. Sie sah von ihm zu ihrer Tochter und wieder zu ihm. Mit einem Blick, der wohl als verstört durchgehen würde. Als hätte sie Edgar und das Mädchen ertappt.

„Wahrscheinlich hat er das Weite gesucht", sagte Edgar und stand auf. Anna-Sophie hatte den Blick wieder auf das Fenster gerichtet.

„Anna-Sophie muss sich ausruhen", sagte Miriam Schill. Ihr Tonfall klang streng, sie wollte ihn ganz offensichtlich raushaben.

In dem Moment klopfte es energisch an der Tür. Ohne auf Antwort zu warten, wurde sie aufgerissen.

Da stand Sarah.

Anna-Sophies Freundin wirkte noch zerbrechlicher als gestern in ihrem Zimmer. Ohne etwas zu sagen, lief sie an ihnen vorbei zu Anna-Sophie. Sie umarmte ihre Freundin unbeholfen, als hätte sie Angst, ihr wehzutun. Beide fingen zu weinen an.

Edgar hatte nichts dagegen zu gehen, im Gegenteil. Während er den Stuhl wegstellte, warf er einen Seitenblick zu Miriam Schill. Sie sah nicht zu ihrer Tochter, sie starrte ihn an. Er hatte sich geirrt. Ihr Blick war nicht verstört. Sondern wütend. Irgendwas musste in diesen vergangenen Minuten geschehen sein. Entweder sie hatte am Gang jemanden getroffen und etwas über ihn erfahren, das sie wütend machte. Oder es ging nicht um ihn – sondern um etwas, das sie bei seinem Gespräch mit Anna-Sophie belauscht hatte.

Miriam Schills Handy läutete, sie runzelte die Stirn, als sie auf das Display sah, und hob ab. Eine männliche Stimme war zu hören.

Edgar war sich nicht sicher. Aber er bildete sich ein, den Mann am anderen Ende sagen zu hören: „Bist du jetzt von allen guten Geistern verlassen?"

Niemand hier nahm noch Notiz von ihm, er murmelte eine Verabschiedung, verließ das Zimmer und eilte zu den Liften. Zum Glück war das Reporter-Wiesel nicht zu sehen.

„Herr Brehm", hörte er seinen Namen und drehte sich um. Sarah war ihm nachgelaufen. Sie kam auf ihn zu und bedeutete ihm mit dem Zeigefinger, seinen Kopf zu neigen.

„Ich soll Ihnen von Anna-Sophie sagen, es ist die Wahrheit", flüsterte sie ihm ins Ohr. „Sie hat nicht gelogen."

VIII.

Ich muss aufhören, dich zu lieben. Ich muss aufhören, an dich zu denken. Aber vor allem muss ich aufhören, dein Geheimnis zu bewahren. Nein, nicht dein Geheimnis. Unser Geheimnis.

Ich muss aufhören zu schweigen.

25.

Es war für Toni beschlossene Sache, dass sie nicht mehr in Ravingers Unterricht gehen würde. Nicht nach dem Abend gestern, nicht nach seinem Verhalten und vor allem nicht nach dem, was sie von Lena erfahren hatte.

Edgars Bedenken, sie wäre zu sensibel für den Job bei ihm, waren absoluter Blödsinn. Falls sie sich irgendwas zu sehr zu Herzen genommen hatte, dann würde sich das ab sofort ändern. Ja, gut, sie war froh, dass Edgar sie nicht gebeten hatte, ihn zu Anna-Sophie zu begleiten. Was weniger mit dem Mädchen und mehr mit der Mutter zu tun hatte. Aber nicht nur. Denn Toni musste die ganze Zeit an Anna-Sophies erste Frage denken – ob es Julian gut ging.

Julian war an dem Nachmittag bei Ralph gewesen, um was auch immer zu beichten. Ein paar Stunden später war er gestorben. Ralph hatte zwar gesagt, es hätte nichts damit zu tun, aber dann war es Toni eingefallen. Das hatte er gemeint, als sie alle davon ausgegangen waren, Julian wäre abgehauen. Was, wenn Julians Beichte doch mit dem Mord an ihm zu tun hatte?

Toni musste zu Ralph. Und vielleicht war es sogar von Vorteil, dass Edgar nicht dabei war, ihr allein hatte er sich auch schon in der Bar geöffnet. Sie würde also in seine Kirche fahren und mit ihm reden.

Trotzdem stand sie nun um kurz nach zehn Uhr vor dem Saal im zweiten Stock des Konservatoriums. Das alles nur wegen Ravingers blöder Textnachricht, die er ihr gestern nach ihrem Date, das keines war, geschickt hatte.

Sie hatte nicht vorgehabt, diese Nachricht zu lesen. Doch nachdem Edgar weggegangen war und danach plötzlich der Kapitän vor der Tür stand, der mit ihrer Oma reden wollte – anscheinend sah er die fehlende Antwort auf seinen Heiratsantrag nicht ganz so entspannt –, hatte Toni sich anders entschieden. Würde sie Ravingers Nachricht nicht lesen, würde sie vor ihm davonlaufen und sich eingestehen, wie enttäuscht sie war. Und das gab ihr das Gefühl, sie würde Miriam Schill und ihrer idiotischen Handleserei damit recht geben. Also scrollte sie, alleine am Küchentisch sitzend, um 20 Minuten vor zehn auf ihrem Handydisplay zu Tims Nachricht.

„Hi, ich bin's, Tim. Ich habe deine Nummer von der Teilnehmerliste. Bitte bereite für morgen den Maggie-Monolog vor. Den möchte ich mit dir erarbeiten, die Szene lassen wir. Liebe Grüße, Tim.“

Sie hatte mit vielem gerechnet – mit einer Entschuldigung, einer Ausrede, einer Begründung – was auch immer. Aber nicht damit. Was dachte sich dieser Idiot eigentlich? Als könnte er sie herumschubsen, wie er gerade drauf war. Voller Ärger hatte sie sich durch den Schmutzwäscheberg gewühlt, ein schwarzes T-Shirt und eine schwarze Jeans für akzeptabel befunden und war ohne Textbuch zur U-Bahn gelaufen.

Sie atmete tief durch und wollte die Tür zum Saal öffnen.

„Oh, du bist schon da. Ich hab dich gar nicht gehört.“

Ravinger stand hinter ihr im Gang, er war nicht die Treppen hochgekommen, sondern musste in einem der anderen Zimmer gewesen sein. Er hatte eine braune Ledertasche umgehängt und lächelte. Als wäre alles normal, nichts vorgefallen. Es war schwerer, ihn einfach nur als Idioten zu betrachten, wenn sie ihn vor sich sah.

Toni lächelte nicht zurück, obwohl ein Teil von ihr automatisch dazu ansetzen wollte. Der Teil, der ihn noch immer mochte und verstehen wollte. Das war genau derselbe Teil, der Entschuldigungen für Felix' Verhalten gesucht hatte, als er schon längst mit dem Geld abgehauen war. Nein. Sie würde nicht lächeln und sich Ausreden anhören. Sie hatte sich vorgenommen, Ravinger zu sagen, dass sie alles wusste. Dass er sich seine Spielchen sparen konnte.

Er runzelte die Stirn. „Wartest du schon lange?“

„Nein."

„Okay."

Ein Moment peinlicher Stille entstand. Sollte sie ihm gleich hier alles sagen? Ihn vor vollendete Tatsachen stellen?

„Gehen wir rein?", fragte er. Ihr Verhalten schien ihn zu irritieren. Er bedeutete ihr, als Erste einzutreten.

„Wegen meiner SMS gestern", sagte er, ohne sie anzusehen. „Ich hätte es dir erklären sollen, tut mir leid, wenn ich dich damit vor den Kopf gestoßen habe." Er stellte seine Tasche auf einem Stuhl ab und fing an, geschäftig darin zu kramen. „Das war nicht meine Absicht. Ich habe gestern noch mit Beate telefoniert." Er holte einen Collegeblock und einen Stift aus der Tasche und legte sie zur Seite. „Sie hat mir ein bisschen Ärger gemacht – zu Recht." Er hob die Hände, noch immer, ohne Toni anzusehen. Wahrscheinlich war das seine Taktik. Nein, nein und nochmals nein, sie würde nicht darauf reinfallen. Ja, sie war enttäuscht von ihm. Mehr, als sie sich eingestehen wollte. Weil es gar nicht zu dieser Version vom ihm, die vor ihr stand, zu passen schien. Und vielleicht hatte Miriam Schill mit ihrer blöden Handleserei recht und Toni würde damit leben müssen. Aber wie sie damit umging, war immer noch ihre Sache.

„Wenn wir die Szene erarbeiten, hast du nach dem Sommer nichts, womit du weiterarbeiten kannst. Aber mit dem Monolog hast du auch in anderen Stunden etwas, du könntest ihn später bei Vorsprechen zeigen. Daran hätte ich denken sollen. War mein Fehler." Er klang, als würde er mehr mit sich sprechen als mit ihr. Wahrscheinlich, weil er bereits merkte, dass sie nicht mehr auf seinen Charme reinfiel. Oder auf sein Talent, sein gutes Aussehen, ach, einfach auf alles. Sie war Ravinger-immun, jawohl.

„Obwohl es natürlich schade ist", er verzog den Mund

zu einem Lächeln, das seine Augen nicht erreichte. „Ich hab gern mit dir daran gearbeitet." Er räusperte sich. „Also gut, fangen wir wieder mit einer Impro an?"

Es klang wie eine Frage. Er schien keine Antwort zu erwarten, denn er nahm einen Stuhl und stellte ihn in die Mitte des Raums.

Eine innere Stimme in Toni befahl ihr, den Mund aufzumachen. Sie war nicht wegen des Unterrichts gekommen, sie war hier, um ihm zu zeigen, dass er sie nicht für blöd verkaufen konnte. Wollte er irgendwelche Insider-Informationen über Steiner wissen? Hatte er Wind bekommen, dass die Sache mit dem Regisseur anders verlaufen war, als die Öffentlichkeit wusste? Vielleicht erhoffte er sich einen finanziellen Vorteil von den Auskünften?

Endlich sah er sie an. Sie öffnete den Mund – und schaffte es nicht. Als wäre in ihr die Tür eines Tresors zugefallen, in dem sich alle Worte befanden. Sie brachte keinen Ton raus. Nicht mal die „20 Sekunden Mut", die ihr einfielen, hatten eine Wirkung. Sie war ein Jammerlappen. Wie ein erlöschender Feuerball spürte Toni, wie die Wut in ihrem Bauch kalt wurde.

„Maggie hat sich ihre Ehe mit Rick anders vorgestellt."

Toni hatte den Eindruck, dass Ravinger verunsichert wirkte. Er blinzelte oft, konnte den Blick nicht lange halten. Ahnte er, was sie herausgefunden hatte, und schämte sich?

Ja, klar, das wird es sein, hörte sie Lenas sarkastischen Tonfall in ihrem Kopf. Toni biss die Zähne zusammen. Sie tat es schon wieder. Sie interpretierte etwas in ihn, das er gar nicht war.

So, wie sie es immer bei Felix gemacht hatte. Jeder normale Mensch wäre sofort zur Polizei gegangen und hätte eine Anzeige gemacht, wenn der Freund mit Schmuck, Sparbüchern, Bargeld und der Bankomatkarte verschwand.

Und was hatte Toni getan? Einen Detektiv engagiert, weil Felix das sicher nicht mit böser Absicht gemacht hatte, sondern in Schwierigkeiten stecken musste.

Ravinger deutete auf den Stuhl. „Rick kommt aus einer wohlhabenden Familie, Maggie war arm – sie dachte, sie hat mit ihm den großen Fang gemacht. Ein sozialer Aufstieg. Und das stimmt, nur hat die Sache einen Haken. Rick ist Alkoholiker, er steht unter der Fuchtel seines Vaters, Big Daddy. Alle wissen, dass Big Daddy todkrank ist, doch niemand sagt es ihm. Ricks bester Freund Skipper ist vor Kurzem gestorben. Rick hat dieses Geheimnis, mit dem er nicht umgehen kann. Maggie sieht, wie unglücklich Rick ist, sie ahnt, was für ein Geheimnis es sein könnte. Aber es ist zu schlimm für sie, um es wahrhaben zu wollen. Und sie ist unglaublich wütend auf ihn." Ravinger trat vom Stuhl weg, deutete darauf. Anscheinend stand der stellvertretend für Rick. „Rick ist nicht so, wie sie ihn haben möchte. Er stößt sie von sich weg und sie ist zu sehr in den Konventionen gefangen, zu ehrgeizig, um die Wahrheit zuzulassen. Sie rebelliert. Verstehst du das, Toni? Verstehst du Maggie? Bekommst du ein Gefühl für sie?" Er sah Toni wieder an, nur ganz kurz. Energisch krempelte er seine Ärmel hoch.

„Was für eine *Wahrheit* ist das denn?", fragte Toni herausfordernd. Ihr Hals wurde eng.

„Das Stück ist aus den 50ern, es wird nie wirklich ausgesprochen, aber Rick war in seinen besten Freund Skipper verliebt. Das war zu einer Zeit, als man für Homosexualität noch ins Gefängnis musste."

Ravinger hatte ihre Andeutung nicht verstanden. Im Gegenteil, er redete einfach weiter, fasste sich ans Herz. Als würde Toni dieses Stück wirklich interessieren. „Deshalb hat Maggie mit Skipper geschlafen – sie wollte beweisen, dass er nicht schwul ist. Worauf sich Skipper umgebracht hat. Statt irgendwas besser zu machen, ist die Situation eskaliert. Maggie ist genauso unglücklich wie Rick. Doch während sein Verhalten selbstzerstörerisch ist, ist Maggie nicht bereit, das alles zu akzeptieren. Sie meint, die Ursache für Ricks Probleme hat mit seinem Vater Big Daddy zu tun. Womit sie im Endeffekt recht hat."

Toni wollte, dass Tim zu reden aufhörte. Das ging in eine falsche Richtung. Sie hatte weder vor, diese Impro zu machen, noch würde sie so tun, als wäre alles okay.

„Ich kann gar nicht sagen, warum ich dieses Stück so liebe", sagte er und fuhr sich durch die Haare. „Vielleicht, weil ich eine Schwäche für dysfunktionale Familien und kaputte Beziehungen habe." Er lächelte traurig, senkte den Blick.

Was sollte das jetzt? War das Teil seines Spiels? Auf die Tränendrüse zu drücken?

Sie musste etwas sagen. Sofort.

Ravinger deutete wieder auf den Stuhl und trat hinter sie. „Sieh ihn dir an. Dein Mann Rick rührt dich nicht an, er kann nicht über seine Gefühle reden. Er verschließt sich immer mehr und ertränkt seine Probleme im Alkohol. Nichts in deinem Leben ist so, wie du es erwartet hast. Das meinst du damit, wenn du als Maggie sagst, du bist wie eine Katze auf dem heißen Blechdach. Du kannst keinen Moment stillstehen. Weil die Umstände so unangenehm sind und sie sonst zu schmerzhaft wären. Du musst immer in Bewegung bleiben. Du bist wütend und aggressiv und du schleichst um Rick herum, wie ..."

„Was sollte das gestern?", platzte Toni heraus.

Die Worte waren aus ihrem Mund gekommen, ganz von selbst. Es war leichter, jetzt, wo er hinter ihr stand und sie ihn nicht ansehen musste.

Sekunden verstrichen, er sagte nichts.

„Wieso hast du mich belogen?", fragte sie. „Von Anfang an. Ich war so dumm. Ich hab dir wirklich geglaubt." Die Wut bahnte sich ihren Weg an die Oberfläche. „Nur Lügen. Alle sagen mir immer, ich bin naiv, weil ich nicht glauben will, dass Menschen manchmal einfach Arschlöcher sind."

Ihr kamen die Tränen, sie blinzelte sie weg. „Was wolltest du von mir? Was hast du vorgehabt?"

Er sagte noch immer nichts. Sie drehte sich zu ihm um, er stand am Ende des Raums, an die Wand gelehnt, und sah ihr zu.

Er nickte, deutete zum Stuhl. „Das ist gut. Bleib weiter bei ihm."

„Was?"

„Bleib an Rick dran. Das ist super. Du machst es sehr gut."

„Ich ... was?", fragte sie verwirrt.

„Ich würde Maggie nicht auf den ersten Blick als naiv bezeichnen. Aber du hast recht, wahrscheinlich war es naiv von ihr, nicht zu sehen, was Rick die ganze Zeit versucht hat zu verheimlichen. Nicht nur vor ihr, sondern auch vor sich selbst, weil er ..."

„Aber ich rede nicht mit Rick. Ich rede mit dir. Ich ..." Es war schwieriger, ihn dabei anzusehen. Toni wollte sich am liebsten wieder umdrehen. Ihr Herz klopfte wie verrückt.

„Mit mir?" Er klang überrascht.

„Ja, mit dir. Was soll das alles hier?"

„Ich verstehe nicht, was meinst du?"

„Das gestern. Zuerst bist du nett, dann tust du so, als wäre nichts passiert. Ich weiß, dass du Geld verloren hast, wegen Peter Steiner."

Sie konnte seinen Blick nicht einordnen. Er wirkte nicht direkt überrascht. Seine Augenbrauen waren hochgezogen, sein Mund leicht geöffnet.

„Peter Steiner, der Regisseur?"

„Ja. Ich war der Lockvogel im Steiner-Fall. So ist doch alles ins Rollen gekommen. Weswegen eure Produktionsfirma pleitegegangen ist." Ihre Stimme kiekste und klang nicht in dem Ausmaß überzeugend, wie sie es sich gewünscht hätte. „Und auch alles, was du gesagt hast ..." Sie verstellte ihre Stimme und machte ihn nach. „Die Schmitz findet mich ja so toll." Sie schüttelte den Kopf. „Was für ein

Blödsinn. Warst du gestern deshalb so abweisend? Hast du plötzlich Gewissensbisse bekommen, mich anzulügen? Oder war es wegen deiner Freundin?"

Er löste sich von der Wand und kam ein paar Schritte auf sie zu. „Meiner Freundin?"

„Ja, deiner Freundin, mit der du die Wohnung am Prenzlauer Berg gekauft hast."

Sie konnte sehen, dass sie ins Schwarze getroffen hatte. Auf seiner Stirn trat eine Ader hervor und seine Wangen hatten sich rot gefärbt.

Am liebsten wäre Toni einfach rausgelaufen, aber sie hielt sich zurück. Keine überhastete Flucht. Sie würde voller Stolz und Selbstachtung hier rausgehen. Ihm nicht zeigen, wie sehr er sie getroffen hatte.

Er sagte nichts, sah sie nur an. Aus der Nähe betrachtet kam er ihr jetzt eher gekränkt als verärgert vor. Aber darauf würde sie nicht reinfallen. Diese Masche hatte schon Felix ausgereizt. Toni hatte es satt.

„Ich bin nur hier, um dir zu sagen, dass mich das alles nicht interessiert und ich nicht mehr komme. Du kannst die Stunden jemand anderem geben. Ciao."

In ihrem Kopf hatte das selbstsicherer geklungen. Egal, das war irrelevant. Sie hatte es gesagt und das war alles, was zählte. Toni drehte sich um, ging zur Tür. Ihre Knie zitterten.

„Kann ich dazu bitte auch was sagen?", fragte Ravinger.

Sie zögerte, drehte sich um, verschränkte die Arme.

Er stemmte die Hände in die Hüften und senkte den Kopf. „Ich weiß, ich hab mich gestern scheiße verhalten. Und das tut mir leid."

„Okay. Aber es ist egal jetzt, machs gut", sagte sie rasch.

„Warte, das ist nicht alles. Ich habe keine Freundin. Schon seit einem Jahr nicht."

Nein, sie würde sich jetzt keine Ausreden anhören. Sie hatte es gelesen, es stand in der Zeitung.

„Weißt du, wie viel Blödsinn in der Presse über mich

geschrieben wird?", sagte er, als würde er sehen, was sie dachte. „Ich weiß, meine Exfreundin hat das Gerücht verbreitet, sie hätte mit mir die Wohnung in Berlin gekauft. Vielleicht, um im Gespräch zu bleiben, damit sie bessere Jobs bekommt, keine Ahnung. Es war mir egal. Und zweitens ...", er kam näher. „Ich hab keine Ahnung, was du meinst, wenn du sagst, du hättest was mit Peter Steiner zu tun. Meinst du, weil er verhaftet wurde? Oder was? Es stimmt, wir hatten gemeinsame Pläne, aber das war alles erst am Anfang. Damit will ich sagen, ich hatte keine finanziellen Einbußen. Ich hab die Gerüchte um ihn gekannt, aber ich war mir nicht sicher, deshalb habe ich abgewartet und wollte erst mehr Informationen einholen, was da dran ist. Ein Investor hat ihm bereits Geld gegeben, das ist alles weg, das stimmt. Aber das hat nichts mit mir zu tun."

Das war eine Masche. Ganz sicher. Im Nachhinein konnte er das leicht sagen.

„Es ist in diesem Artikel gestanden, Tim."

„Dann haben sie falsch recherchiert. Wäre nicht das erste Mal. Wieso hast du mich gestern nicht einfach danach gefragt?"

Jetzt tat er auch noch so, als wäre es ihre Schuld.

„Erstens, ich wusste davon bei unserem Treffen noch nichts." Sie warf die Hände in die Höhe. „Und zweitens ..."

Was zweitens? Sie konnte gar nicht mehr richtig denken.

„Was denn?"

„Du erzählst mir, die Schmitz hat gesagt, ich soll dir bei irgendwas helfen, und als ich dich danach frage, lenkst du nur ab."

Er zögerte. Wahrscheinlich suchte er bereits nach einer weiteren Ausrede. „Ja, denn es hat sich erübrigt."

„Alles klar. Na dann."

Das war doch Unsinn, natürlich versuchte er, sie hier zu verarschen.

Sie drehte sich um, bereit zu gehen.

„Warte, bitte. Es ist … es geht um eine familiäre Sache.“ Sie hörte seine Schritte, er kam zu ihr, stellte sich vor die Tür. „Vor ein paar Monaten war ich für ein Interview in Wien. Am Flughafen hab ich den Mann meiner Mutter gesehen. Er hat eine Frau abgeholt – die nicht meine Mutter war. Sie waren innig – zu innig – und … ich bin mir sicher, er geht fremd. Er hat mich nicht gesehen, ich bin ihnen nachgegangen. Dann waren sie plötzlich weg. Und da war nur das Hotel am Flughafen, kein Auto oder Taxi. Ich wusste nicht, was ich tun soll, meine Mutter und ich haben keinen Kontakt und ich dachte, wenn ich es ihr sage, wird sie mir nicht glauben. Ich habe es Beate erzählt, sie hat gemeint, wenn du bei mir im Unterricht bist, soll ich dich fragen, wegen deines Detektivs, bei dem du arbeitest. Der einzige Grund, warum ich dir nichts davon gesagt habe, ist, weil ich nicht weiß, ob das wirklich der richtige Weg ist. Warum soll ich mich einmischen? Vielleicht ist es besser, alles zu lassen, wie es ist. Es geht mich nichts an. Ich kann ihn zur Rede stellen, aber ich weiß schon jetzt, das bringt nichts. Soll ich es meiner Mutter sagen? Auch wenn sie mir nicht glaubt? Wir haben uns lange nicht gesehen, ich kann doch nicht einfach so damit ankommen. Ohne Beweise. Aber andererseits, ich kann ihm doch keinen Detektiv an den Hals hetzen. Das wäre verrückt. Ich weiß einfach nicht, was ich tun soll.“ Er trat energisch zur Seite und gab die Tür frei. „Das war alles, was ich sagen wollte.“

„Und warum warst du gestern so nett und dann so, so … abweisend? Als wäre ich auch nur, was weiß ich, irgendein Fan, den du abwimmeln willst?“

„Du bist auf einmal rausgelaufen“, brauste er auf und ging zurück in die Mitte des Raums.

„Ja, und?“

„Ich wusste nicht, was los ist.“

„Das ist alles?“ Sie kam ihm hinterher. „Entschuldigung, Herr superberühmter Schauspieler, wenn sich mal jemand verhält, wie du es nicht erwartest.“

Er ging weiter zu seiner Tasche. „Entschuldige bitte, wenn ich dich mag und es mich erschreckt, wie sehr du mich ... ach, vergiss es“, blaffte er über seine Schulter hinweg. „Und dann warst du weg und bist nicht zurückgekommen und ich dachte, okay. Vielleicht ist es besser so. Vielleicht hat mir das Universum gerade einen Wink gegeben und ich sollte dankbar sein.“

„Das Universum, nicht du auch noch. Hör doch auf mit diesem Blödsinn.“

„Ich war froh, als meine Agentin angerufen hat. Denn die Wahrheit ist ... ich wollte die ganze Zeit nur ...“

„Was?“

„Nichts.“ Er schüttelte den Kopf, stopfte den Collegeblock in die Tasche und atmete geräuschvoll ein. „Wahrscheinlich hast du recht. Es ist besser, wir hören hier auf. Ich sage Beate Bescheid, dass du den Kurs nicht mehr besuchst.“

Jetzt wurde Toni richtig wütend. Sie war diejenige, die das hier beenden wollte. Es war ihre Entscheidung. Sie ging zu ihm, baute sich vor ihm auf.

„Ah, klar, sehr gut. Und diesen ganzen Schwachsinn soll ich glauben?“

„Glaub es oder nicht. Ist mir egal.“

„Super. Mir ist es auch egal.“

„Ich bin echt froh, dass ich dich nicht geküsst habe.“ Energisch nahm er die Tasche hoch, klemmte sie unter den Arm.

„Das bin ich auch.“

Er drehte sich zu ihr. Sie sah ihn triumphierend an.

„Und zu deiner Information, es wäre mir sogar egal gewesen, wenn irgendwer ein Foto von uns macht. Aber dann dachte ich, mir ist es vielleicht egal, aber dir nicht.

Ich weiß, wie die Dinge laufen, ich habe jeden Tag damit zu tun."

„Oh, Wahnsinn, du bist ja so rücksichtsvoll, vielen Dank."

„Gut, dann kannst du ja jetzt gehen."

„Ja, dann kann ich jetzt gehen, genau."

Sie starrten einander an. Keiner von ihnen bewegte sich. Nicht einmal ein Blinzeln.

Die Bedeutung seiner Worte sickerte durch Tonis Gefühlschaos hindurch in ihr Bewusstsein. In ihrem Kopf herrschte plötzlich Leere. Wie die Stille nach einem Sturm.

Ihr wurde heiß, das Blut schoss ihr in die Wangen. Sie sah ihn an. Sein Blick hatte sich verändert. Er war weich und offen.

Und bevor Toni rational begriff, was sie tat, küsste sie Tim Ravinger.

26.

„Wenn Anna-Sophie die Wahrheit gesagt hat, wovon ich ausgehe, hat Julian Hammer bereits gekannt, als Kirsten ihn vorgestellt hat", sagte Edgar in sein Handy. „Wie gut, weiß ich noch nicht. Aber wenn es so war, hat Hammer es zumindest nicht erwähnt."

„Was? Das hast du von Anna-Sophie?"

Toni klang atemlos. Und irgendwie anders. Sie war erst bei seinem zweiten Anruf rangegangen.

„Ja. Ich erzähl es dir später, mein Akku ist bei fünf Prozent. Und ich denke, das hat auch mit Julians verschwundenem Handy zu tun." Er erzählte ihr in knappen Worten von den Aufnahmen.

„Ach, du Scheiße. Das heißt, es war Hammer."

„Das wissen wir noch nicht. Und solange das Handy nicht auftaucht, bleibt es reine Spekulation."

„Welches Modell hatte er? War es ein iPhone?"

„Keine Ahnung, wieso? Ist das wichtig?"

„Ja, wenn es ein iPhone war, dann kann es sein, dass er auf seinen Mac ein automatisches Backup gemacht hat. Das heißt, man braucht nur das Passwort des Laptops ..."

Edgars Handy vibrierte in seiner Hand. Ein Zeichen, dass sein Akku wahrscheinlich nur mehr bei drei Prozent war.

„Das ist großartig, aber mein Telefon ist gleich aus."

„Ja, sorry."

Drei Tage, er würde Toni nur noch drei Tage für diesen Fall in Anspruch nehmen, dann würden sie weitersehen. Es stand außer Frage, dass er sie jetzt brauchte. Sein rechter Arm steckte fest verankert in einer Schlinge, die an seinem Oberkörper fixiert war. Er hatte sich die Schulter röntgen lassen. Zum Glück nur eine Prellung, aber irgendeine Kapsel hatte sich bei der Zerrung gelockert, weswegen er den Arm schonen musste. Er war mit dem Taxi direkt vom allgemeinen Krankenhaus in die Landespolizeidirektion gefahren, um sein Handy zu holen.

„Wo bist du?“, fragte Toni.

„Am Weg zurück zum Krankenhaus. Ich darf wegen der Schulter die nächsten drei Tage nicht selbst fahren. Der Wagen steht noch in der Tiefgarage. Könntest du ...“

„Ich komme. Da gibt es sicher ein Café, warte dort auf mich. Ich ... ich bin gerade auf dem Weg zu Ralph.“

„Was? Warum?“

„Wegen Julians Beichte. Mir geht das die ganze Zeit nicht aus dem Kopf. Vielleicht redet er ja mit mir darüber, jetzt, wo Anna-Sophie wieder aufgetaucht ist.“

„Verstehe. Gut, ich komme hin. Wir treffen uns dort, ich bin in 15 Minuten da.“

Toni schien zu zögern, sagte dann aber: „Bis gleich.“

30 Minuten später schälte Edgar sich aus dem Taxi. Er biss die Zähne zusammen und ächzte. Dieser Verband tat mehr weh als die Schulter an sich. Andauernd schlief seine Hand ein. Am Kai hatte es einen unerwarteten Stau wegen eines liegengebliebenen Sightseeing-Busses gegeben, weshalb die Taxirechnung nun beachtlich hoch war und er sich verspätet hatte.

„Edgar“, hörte er Toni. „Hier.“ Sie stand auf der gegenüberliegenden Straßenseite, versteckt in einem Hauseingang, und winkte ihn zu sich.

„Was ...“, begann er laut, doch sie legte den Finger auf ihre Lippen und winkte energischer.

„Ich hab dich angerufen, dein Handy ist aus“, sagte sie, als er die Straße überquert hatte. Sie zog ihn in den Hauseingang.

„Der Akku ist leer.“

„Die Frau, ich hab sie gesehen.“

„Welche Frau?“

Sie deutete zum Eingang der Kirche. „Diese blonde Frau mit dem Porzellangesicht, die uns gefolgt ist. Die gestern im Hawelka war."

„Bist du dir sicher, dass sie es ist?"

„Ich hab sie zwar nur aus der Entfernung gesehen, aber ich glaube, das ist sie."

„Hat sie dich bemerkt?"

„Nein, darum wollte ich auch noch nicht reingehen. Und sie kennt Ralph. Er ist gerade rausgekommen, sie haben sich begrüßt und sind dann gemeinsam reingegangen."

„Okay." Edgar sah auf die Uhr. In einer Stunde sollten sie am Landeskriminalamt sein, um noch mal die Geschehnisse von letzter Nacht durchzugehen und die Protokolle zu unterschreiben. „Gehen wir rein."

Die Kirche, die Ralph „seine Kirche" nannte, war nicht so furchteinflößend, wie Edgar erwartet hatte. Sie war weitläufiger, als man es von außen erahnte, mit einer modernen Architektur. Rötlichbraune Holzvertäfelungen verliefen an allen Wänden und versetzte Bauelemente aus demselben Holz an der Längsseite. Wahrscheinlich, um die Akustik in dem großen, hohen Raum zu verbessern. Schnörkellose Holzbänke. Ein schmuckloser Altartisch, der auch als riesiger Esstisch durchgegangen wäre. Ein paar bunte Gemälde, die irgendwelche religiösen Szenen zeigten und nicht besonders antik wirkten. Das alles erinnerte Edgar mehr an einen Festsaal als an eine Kirche. Was er absurderweise als beruhigend empfand, obwohl es doch gar keinen Unterschied machte. Nur die lebensgroße Heiligenstatue einer Mutter Gottes in blau-weißem Kleid und rechts und links davon die zwei Beichtstühle am hinteren Ende des Raums hatten etwas sehr Katholisches.

Daneben war eine Tür, auf der ein schwarzes Schild mit der Überschrift „Kanzleizeiten" hing. Dahinter hörte man gedämpfte Stimmen. Es klang nach mehreren Frauen, die sich angeregt unterhielten.

„Edgar?“, sagte Ralph hinter ihm.

Edgar drehte sich um, öffnete den Mund, doch kein Wort kam heraus.

Ralph trug seine Arbeitskleidung, wenn man das so nannte. Edgar musste seinen Fluchtreflex unterdrücken. Dieser weiße Priesterkragen erinnerte ihn an ein Faschingskostüm.

Wo war Toni hin?

„Was ist mit deinem Arm?“, fragte Ralph besorgt.

„Ist alles in Ordnung“, murmelte Edgar. Er deutete auf die Kanzleitür. „Gibt es nur diesen Ausgang oder kommt man von dort drin noch auf einem anderen Weg raus?“

„Nein, man muss durch den Altarraum. Wieso willst du das wissen? Ist etwas passiert?“

„Später.“

Ralphs Anblick brachte Edgar aus der Fassung. Er musste sich beruhigen. Normalerweise hatte er seine Emotionen hervorragend im Griff, was auch ein Teil seines Berufsgeheimnisses war. Aber Ralph drückte auf andere Knöpfe als seine übliche Klientel. Was Ralph ja noch nicht mal war. Herrgott, was suchte er überhaupt hier? Und wo war verdammt nochmal Toni, wegen ihr waren sie doch da.

„Ralph, kennst du Miriam Schill?“

„Wer soll das sein?“

„Die Mutter des Mädchens, das Julian an dem Abend getroffen hat. Sie und Kirsten König waren Freundinnen, bevor sie und Hammer …“

„Ach, ich weiß. Gustav hat mir von ihr erzählt. Nein, wieso fragst du?“

Edgar schüttelte den Kopf. Ralph musste noch nicht wissen, dass Miriam Schill für die anonymen Anrufe bei der Polizei verantwortlich sein konnte.

„Ich weiß, es widerspricht deinen Prinzipien, Ralph. Aber es ist die einzige Möglichkeit, wie wir hier weiterkommen.“ Er hatte *wir* gesagt, wieso hatte er *wir* gesagt? „Wieso wollte Julian beichten? Worum ging es da?“

„Aber …“

„Nein, kein Aber. Du musst es mir nicht im Detail sagen, gib mir wenigstens eine Richtung. Hat er einen Namen erwähnt? Was hat er getan, weswegen er unbedingt beichten wollte?“

Ralph senkte den Kopf, seufzte, wiegte ihn hin und her. Diese Geste löste eine unangenehme und schmerzhafte Erinnerung bei Edgar aus, an die er lieber nicht denken wollte.

„Ich kann das nicht, Edgar.“

Und schon war sie da. Ralph hatte genauso ausgesehen und dasselbe gesagt, damals. Als Edgar noch an eine gemeinsame Zukunft geglaubt hatte. Er wurde wütend, der Schmerz von früher hatte sich in Ärger verwandelt. Na, das war doch wenigstens eine Entwicklung, die er begrüßte.

„Dir ist schon klar, dass du im Verdacht stehst, etwas mit dem Mord an Julian zu tun zu haben?“ Edgars Stimme hallte durch das Kirchenschiff.

Ralph verzog keine Miene, es schien ihn nicht zu stören.

„Die anonymen Anrufe bei der Polizei wegen dir und Julian, was willst du wegen denen machen? Sie einfach wegbeten?“

„Woher weißt du von den Anrufen?“

„Das spielt keine Rolle.“

Ralph sah ihn mit so gütigem Blick an, als wollte er ihm sagen: *Gib mir deinen Ärger, ich ertrage alles.* „Wer das auch war, hat sich geirrt.“

„Ach so, na dann, das wird der Polizei reichen. Ist nichts dran an den Vorwürfen, war nur ein Irrtum. Das glauben sie sicher.“

„Ich habe nichts zu verbergen.“

„Ach, na das ist ja wenigstens mal etwas Neues“, entkam es Edgar. Er bereute seine Worte sofort.

Ralph hatte ein gleichzeitig mitfühlendes und trauriges Lächeln auf den Lippen. Edgar musste sich zurückhalten, ihn nicht zu stoßen und ihm „Scheißkerl“ entgegenzubrüllen.

„Was soll das? Bist du jetzt ein Heiliger, Ralph?“

Ralph schüttelte den Kopf, er schien sich einen Kommentar zu verkneifen. Dann legte er eine Hand auf Edgars Oberarm. „Lass uns in mein Büro gehen, Edgar.“

„Von mir aus.“

Ralph ging vor zur Kanzleitür, doch bevor er sie öffnete, drehte er sich langsam um. Seine Augenbrauen waren hochgezogen und er wirkte auf einmal sehr jung.

„Edgar, denkst du denn etwa, an den Anschuldigungen ist etwas …“, begann er. Sein Blick wanderte an Edgar vorbei, nur für einen kurzen Moment. Und dann wieder.

„Hallo, wer ist da?“, rief er Richtung Altar.

Edgar drehte sich um, er wollte Entwarnung geben, dass es sicher Toni sei, da trat eine Frau hinter einem der versetzten Bauelemente hervor.

„Barbara“, sagte Ralph, seine Stimme klang freundlich. Er ging auf sie zu, Edgar folgte ihm. „Ich hab gedacht, du bist schon weg.“

Auch ohne Toni wusste Edgar sofort, dass er die Verfolgerin vor sich hatte. Sie trug einen Pagenkopf-Haarschnitt, der ihr etwas Kindliches verlieh, und ihr Gesicht glänzte im hellsten Weiß, das Edgar je gesehen hatte. Wie eine Porzellanpuppe, hatte Toni gemeint – und genau so war es.

„Barbara ist unglaublich, sie ist jeden Tag hier und kümmert sich um alles“, sagte Ralph.

„Barbara …“ Edgar ließ ihren Vornamen in der Luft hängen.

„Barbara Aninger, Edgar Brehm“, stellte Ralph sie einander vor.

Die Frau vermied es, Edgar anzusehen, und murmelte etwas von einem wichtigen Termin, zu dem sie aber jetzt wirklich losmüsse.

„Hallo, wo bist du, Edgar?“, rief Toni vom Eingang.

„Wir sind hier“, rief er zurück.

Aninger wollte an Edgar vorbei, doch Toni kam mit schnellem Schritt durch den Mittelgang direkt auf sie zu. Mit hochgezogenen Schultern sah Aninger hinter sich, als würde sie einen anderen Fluchtweg suchen.

„Oh, hallo“, sagte Toni und stellte sich neben Edgar. „Wir haben uns gestern gesehen. Im Café Hawelka.“ Sie nickte der Frau zu.

„Nein, das ... muss ein Irrtum ...“, stammelte Aninger und warf einen Blick zu Ralph. Sie war unübersehbar panisch. Auf ihrem Hals tauchten kleine, dunkelrote Flecken auf, wie Stecknadelköpfe.

„Haben Sie einen Moment für mich, Frau Aninger? Es dauert nicht lange“, sagte Edgar.

„Nein, ich muss jetzt ...“

„Oder wir reden gleich hier“, schlug Edgar vor und sah zu Ralph.

„Ich verstehe nicht ...“, sagte Ralph und sah mit einem fragenden Lächeln von Aninger zu Edgar.

„Nein, nicht nötig. Ich habe noch kurz Zeit“, warf sie sofort ein.

„Barbara, ist alles in Ordnung?“, fragte Ralph.

„Ja, natürlich.“ Sie lachte gekünstelt.

Edgar gab Toni ein Zeichen, mit Ralph hier zu warten, und bat Aninger, ihm zu folgen. Vor dem Eingang der Kirche blieb er stehen.

„Wieso sind Sie mir gestern mit dem Auto gefolgt?“

„Ich? Nein, das muss ein Missverständnis sein.“

„Sie können diesbezüglich auch von der Polizei befragt werden, wenn Ihnen das lieber ist“, sagte Edgar.

Ihr Gesicht bekam einen gequälten Ausdruck, sie presste die Lippen zusammen und fasste sich mit einer Hand ans Herz. „Sie haben recht. Es tut mir leid, das war dumm von mir“, sagte sie. Ihre Lippen bebten. Fahrig strich sie sich die Stirnfransen aus der Stirn. „Wirklich.“

Erst jetzt sah er, dass sie schwitzte. Ihre Stirn glänzte,

Schweißperlen standen auf der Oberlippe.

„Ich wollte nicht ... ich wusste nicht ... ich dachte, Sie sind von der Polizei."

„Deshalb sind Sie mir gefolgt?"

„Ja, weil ... also, ich ..."

Sie biss sich auf die Unterlippe, schüttelte den Kopf und begann, ihren Ehering am Finger zu drehen.

„Ich ... ach, ich weiß auch nicht."

„Ich verstehe es nicht, wenn Sie dachten, ich bin von der Polizei, warum sind Sie mir dann nachgefahren?", fragte Edgar so diplomatisch wie möglich. „Haben Sie denn irgendetwas hier gesehen, das Sie beunruhigt hat?"

Sie riss die Augen auf, schüttelte mit dem Kopf. „Nein." Sie winkte ab. „Nein, im Gegenteil. Ich bin Ihnen gefolgt, weil ich ... ich will ihn beschützen."

„Wen meinen Sie?"

Sie zuckte kurz zusammen, als wäre ihr das gerade rausgerutscht.

„Sprechen Sie von Ralph? Wollen Sie ihn beschützen?", fragte Edgar nach.

Ihr Nicken war zögerlich, er sah eine tiefe Falte zwischen ihren Augenbrauen.

„Das will ich auch", sagte Edgar. Erst als er es ausgesprochen hatte, wurde ihm klar, dass es die Wahrheit war. „Ich bin Privatdetektiv, Frau Aninger. Und ich möchte Ralph helfen."

„Er steckt in großen Schwierigkeiten, nicht wahr?" Barbara Aninger sah Edgar bekümmert an.

„Ich hoffe nicht", sagte er. „Aber sicher bin ich mir nicht."

Sie schluckte schwer.

„Wieso fragen Sie?", wollte Edgar wissen.

Sie sagte nichts, senkte nur den Blick. Wieder spielte sie an ihrem Ehering, drehte ihn, schob ihn ein Stück vor und zurück.

„Frau Aninger, wenn Sie Ralph auch helfen möchten ..."

„Das will ich. Nichts anderes.“

„Gut. Gibt es irgendwas, das Sie hier mitbekommen haben?“

„Er ist ein guter Pfarrer. Wirklich. Der beste, den wir jemals hatten“, sagte sie, ohne Edgar anzusehen. „Er nimmt sich für alle Zeit, er ist liebenswert, er … er urteilt nicht, verstehen Sie? Egal, welches Problem man hat, er hört zu. Er interessiert sich aufrichtig für die Menschen hier. Er möchte wirklich, dass es allen besser geht. Ich habe mitbekommen, dass er zur Polizei musste. Wegen dieses Jungen. Ich habe es in den Nachrichten gesehen. Das war so ein Schlag für ihn, als er gefunden wurde.“

Edgars Puls wurde schneller. „Dass er deswegen verhört wurde, hat Sie so beunruhigt“, stellte er fest.

Sie nickte.

„Warum?“, fragte er.

Sie sagte nichts.

„Wissen Sie etwas über Julian?“, hakte er nach.

Ihre Augen wanderten über den Steinboden, als würde darauf die Antwort liegen. Natürlich, sie war oft da. Sie musste etwas mitbekommen haben.

„Normalweise benutzt fast niemand mehr den Beichtstuhl“, sagte sie so leise, dass Edgar sich weiter vorbeugen musste, um sie zu verstehen. „Ralph mag es, sich mit den Menschen zu unterhalten. Es ist ihm ein Anliegen, sich die Sorgen anderer anzuhören. Ein Gespräch soll immer auf Augenhöhe stattfinden, sagt er. Das geht nicht in einem Beichtstuhl, wenn man sich nicht sieht und davor schon der Nächste wartet. Es fehlt der Austausch. Dabei geht es nicht nur um das Sakrament der Beichte, sondern auch darum, dass die Menschen sich selbst verzeihen. So etwas hat noch keiner der anderen Priester gesagt.“ Ein rosiger Schimmer tauchte auf ihren Wangen auf, ein kurzes Lächeln. Dann wurde sie wieder ernst. „Ich wollte in die Kanzlei. Da waren Stimmen. Aus dem Beichtstuhl. Es war überhaupt nicht meine Absicht zu horchen, wirklich nicht.

Aber er hat gesagt, er liebt jemanden, den er nicht lieben darf. Und deshalb fühlt er sich schuldig. Und da bin ich stehen geblieben."

„Wer hat das gesagt?"

„Der Junge."

Edgar schluckte. „Und wer soll das sein, den er liebt?"

Sie schüttelte den Kopf. „Ich weiß es nicht. Das hat er nicht gesagt. Ralph hat auch nicht nachgefragt. Er hat ihn von seinen Sünden losgesprochen und ihn beruhigt, dass er ein guter Mensch ist. Dass jemand, der von ihm geliebt wird, sich glücklich schätzen kann. Und es keinen Grund gibt, warum der Junge sich schuldig fühlen soll, wer auch immer die Person ist, die er liebt." Sie seufzte.

Dafür, dass sie nicht hatte lauschen wollen, wusste sie sehr viel über das Gespräch.

„Er war einfach wunderbar zu dem Jungen. Aber der wollte es nicht glauben. Ich hab gehört, wie er geweint hat. Er war so verzweifelt. Er hat gesagt, Ralph würde das nicht verstehen. Und Ralph meinte nur, er versteht sehr gut, was der Junge durchmacht. Bevor er Priester wurde, hat es eine Zeit gegeben, da ist es ihm ähnlich gegangen. Er hat dem Jungen zugeredet, ihm gesagt, es erfordert viel Mut, zu sich zu stehen. Und dass diese Dinge mehr wie ein Marathonlauf sind und nicht wie ein Sprint und er sich Zeit geben soll. Darauf hat der Junge gesagt, Zeit hätte er nicht. Ralph wollte wissen, warum, aber der Junge hat nur noch mehr geweint. Dann ist er aus dem Beichtstuhl gekommen ..."

„Und weiter?"

„Ich weiß nicht. Ich bin schnell gegangen, bevor mich jemand gesehen hat. Bitte sagen Sie ihm nicht, dass ich es gehört habe."

„Das werde ich nicht. Danke, Sie haben mir sehr geholfen", sagte Edgar.

Ihr Lächeln war schüchtern. „Ich habe gehört, es gab anonyme Anrufe bei der Polizei wegen Ralph und dem

Jungen. Stimmt das?“

Edgar bejahte.

„Wissen Sie, wer das war?“, fragte sie.

„Das versuche ich herauszufinden.“

„Es gibt hier einige Mitglieder ...“ Sie räusperte sich. „Ich meine, nicht bei allen hier kommt Ralphs liberaler Stil gut an. Aber ich wüsste niemanden, der deshalb bei der Polizei anruft. Nein, sicher nicht.“

„Ich verstehe. Danke. Falls Ihnen sonst dazu etwas einfällt, egal was, würden Sie mich anrufen?“ Er reichte ihr seine Visitenkarte.

„Natürlich. Kann ich jetzt gehen?“

Er nickte, streckte ihr die linke Hand entgegen, um sie zu schütteln. Sie lächelte.

„Die Schulter, nicht wahr? Tut die Armschlinge weh?“

„Ein wenig.“

„Sie ist wahrscheinlich zu eng. Mein Mann hatte auch so eine. Ist vom Fahrrad gestürzt. Darf ich?“

Mit zwei Handgriffen lockerte sie die Schlinge und verschob den Riemen. Der stechende Schmerz in seinem Schulterblatt war sofort verschwunden, das Kribbeln in der Hand hörte auf.

„Danke“, sagte Edgar überrascht.

„Gerne. Darf ich Sie noch was fragen? Der Junge, musste er leiden?“

„Nein“, log Edgar. „Wieso fragen Sie?“

Sie legte den Kopf in den Nacken und atmete tief aus.

„Weil es mir so geht wie diesem Jungen. Weil ich jemanden liebe, den ich nicht lieben darf.“

In dem Moment waren Schritte zu hören, Ralph trat zu ihnen heraus.

„Du bist ja immer noch hier, Barbara“, sagte er lächelnd.

Aninger nickte Ralph zu. Und obwohl Edgar es bereits ahnte, gab ihm ihr Blick Gewissheit.

Dieser Jemand, von dem sie eben gesprochen hatte, war Ralph.

27.

„Also, Barbara Aninger war das auf jeden Fall nicht mit den anonymen Anrufen bei der Polizei ... wegen Ralph und Julian“, sagte Edgar und kratzte sich am Kinn. Er wirkte irgendwie verändert, seit er mit dieser Frau gesprochen hatte.

„Bist du sicher?“, fragte Toni und nahm einen Schluck des Automatenkaffees. Er war süß und stark und schmeckte überraschend gut. Vielleicht war es aber auch gar nicht der Kaffee, sondern ihr momentaner Gefühlszustand, der aus einer dünnen Plörre ein wohlschmeckendes Getränk machte.

Tim Ravingers Gesicht tauchte in regelmäßigen Abständen vor Tonis geistigem Auge auf, und dann musste sie lächeln. In den unpassendsten Augenblicken, so wie jetzt, wo sie neben Edgar im Wachzimmer der Polizeidirektion am Schottenring saß.

Edgar nickte. „Aber wer verdammt nochmal war es dann?“, fragte er so laut, dass sich einige der anderen Wartenden zu ihnen umdrehten.

Diese Kommissarin, die im Monteofelio am Nebentisch gesessen hatte, ließ sie nun schon eine halbe Stunde hier warten, obwohl sie eigentlich nur irgendwelche Formulare wegen gestern Nacht unterschreiben sollten.

„Diese Aninger hat doch gesagt, sie will ihn beschützen“, sagte Toni und nahm einen weiteren Schluck.

„Ja, das hat sie.“

„Und du glaubst ihr.“

„Ich denke, ja.“

Toni verdrehte die Augen.

„Was ist?“, fragte Edgar.

„Stell dir vor, sie war es doch mit den Anrufen. Gar nicht aus böser Absicht. Sie streut diese Vorwürfe, Ralph muss sein Priesteramt zurücklegen, er ist frei und sie haben eine glückliche Zukunft zusammen. Happy End.“

Edgar lachte gequält. „In der Theorie klingt das nicht mal unplausibel, aber in der Praxis glaub ich nicht, dass es bei den Katholiken so abläuft."

„Nein, wahrscheinlich nicht. Und wenn Miriam Schill die Anruferin war?"

„Aus welchem Grund?"

„Vielleicht ist es so, wie Hammer gesagt hat, und sie hat einfach einen Knall. Ich meine, dass sie deshalb bei der Polizei angerufen und das über Julian und Ralph gesagt hat, ohne Grund. Vielleicht ist es ja in den Karten oder so gestanden. Und dieser Anrufer vorhin bei ihr im Krankenhaus, der hat das gewusst und deshalb gefragt, ob sie jetzt von allen guten Geistern verlassen ist."

Edgar hob überrascht die Augenbrauen. „Das klingt etwas weit hergeholt."

„Ja, stimmt", überlegte Toni. „Außerdem, wieso hätte sie irgendwas davon wissen sollen, sie hatte ja keinen Kontakt mehr mit Kirsten König."

Wie absurd, dass Toni sich noch vor ein paar Stunden solche Sorgen gemacht hatte, Miriam Schill könnte mit ihrer Handleserei recht haben. Wieder sah sie Tim vor sich, sein wunderschönes Lächeln, der liebevolle Blick, mit dem er sie beim Abschied angesehen hatte. Und sein „Wann kann ich dich wiedersehen". Ein tiefes Seufzen entkam ihr.

Edgar runzelte die Stirn. „Warst du heute doch in Ravingers Unterricht?"

Toni konnte ihr Grinsen nicht unterdrücken. „Du bist ein sehr guter Detektiv", sagte sie so ernst wie möglich. „Sieht so aus, als hätten wir alles geklärt. Es war ein Missverständnis."

Edgar nickte langsam. Sie konnte seinen Blick nicht deuten. Begeistert sah er auf jeden Fall nicht aus.

„Ich erzähl es dir später", sagte sie.

Es war immer noch völlig unwirklich. Sie hatte Tim Ravinger geküsst. Wie war denn das passiert? Dieser erste Moment der Überraschung, nicht nur bei ihm, sondern auch bei ihr. Wie sie sich voneinander gelöst und sich völlig erstaunt angesehen hatten. Ein paar Sekunden, die sich anfühlten, als würde die Zeit stillstehen. Und dann sein Lächeln. Dieses Lächeln! Er hatte sie an sich gezogen und sie so vorsichtig geküsst, als müsste er sichergehen, dass es kein Irrtum war. War es nicht.

Toni fühlte sich noch immer ein bisschen wie betrunken. Nein, sie musste sich konzentrieren.

„Also, du glaubst dieser Frau Aninger, was sie mitgehört hat?“, fragte Toni.

Edgar schien zu überlegen, runzelte die Stirn. Schließlich sagte er: „Ja, tue ich.“

„Dann hat also wer anderer bei der Polizei angerufen? Ralph und Julian haben sich gut verstanden, das hat irgendwem nicht gefallen. Vielleicht war jemand deshalb eifersüchtig“, überlegte Toni.

Edgar antwortete nicht, er schien abgelenkt zu sein. Sie lehnte sich vor und folgte seinem Blick.

Durch eine große Glasscheibe sah man, dass die Kommissarin aus dem Aufzug gestiegen war. Und bei ihr waren Gustav Hammer und Kirsten König. Toni sog Luft ein. Es war naheliegend, dass sie befragt worden waren, weil Anna-Sophie aufgetaucht war. Trotzdem hatte Toni nicht damit gerechnet, sie noch einmal zu sehen.

Edgar stand auf. Niemand von den dreien schien ihn zu bemerken, dafür waren sie auch noch zu weit entfernt.

Kirsten König wirkte, als würde sie gar nicht registrieren, was vor sich ging. Hammer hatte den Arm um ihre Schulter gelegt. Er sprach mit der Kommissarin, nickte immer wieder, während Kirsten König nicht reagierte, sondern nur auf den Boden starrte. Der Schockzustand war ihr anzusehen. Und trotzdem – irgendwas fand Toni an ihrem Verhalten irritierend. Und unpassend. Im ersten Moment wusste sie nicht, was es war. Doch dann erkannte sie es. Es war Kirsten Königs Haltung. Sie schien sich neben Hammer grenzenlos unwohl zu fühlen. Als würde sie unter seiner Berührung erstarren. Ihre Schultern waren hochgezogen. Der Nacken angespannt, ihr Kopf von Hammer abgewandt. Sie blinzelte kaum. Genau so würde Toni spielen, wenn sie eine Rolle verkörperte, die Angst hatte und es nicht zeigen durfte. Ob Edgar das auch merkte?

Die Kommissarin führte Hammer und König zu einer der gläsernen Sicherheitsschleusen, die sie mit einer Magnetkarte öffnete. Das war ein Ausgang, der nicht durch das Wachzimmer führte.

Toni schämte sich dafür, wie erleichtert sie war, weder Hammer noch König persönlich begegnen zu müssen. Es war ihr gar nicht bewusst gewesen, aber es kam ihr ein bisschen wie ein Verrat vor, dass sie keinen Gedanken mehr an Kirsten Königs Kummer verloren hatte. Hammer schob seine Verlobte behutsam in die Schleuse und nickte ihr zu. Seine Geste war so liebevoll, dass Toni ihre Überlegung gleich wieder infrage stellte. Vielleicht hatte sie nicht Angst vor Hammer? Erschreckte sie der Gedanke, dass jemand ihren Sohn ermordet hatte und es nicht, wie angenommen, Anna-Sophie gewesen war?

Hammer schüttelte der Kommissarin die Hand. Auch ohne ihn zu hören, war klar, dass er sich bei ihr bedankte. Dann trat er durch die Schleuse und folgte König. Ob es schon neue Erkenntnisse gab?

Die Kommissarin sah ihnen nach und zog das Gummiband um ihren Zopf enger. Sie merkte nicht, dass sie von Edgar und Toni beobachtet wurde. Sie wirkte erschöpft. Im nächsten Moment straffte sie die Schultern, zog ihren Blazer glatt.

Toni wollte sich wegdrehen, als die Kommissarin auf sie zukam, doch Edgar blieb stehen und machte keine Anstalten, zu verbergen, dass er die ganze Verabschiedung mitbekommen hatte.

Der Blick der jungen Kommissarin verfinsterte sich, je näher sie kam. Das gefiel Toni nicht, nein, ganz und gar nicht. Statt einer Begrüßung nickte sie ihnen nur zu, gab einem der uniformierten Polizisten ein Zeichen, der ihr eine beige Aktenmappe reichte. Sie warf einen Blick auf Edgars Arm in der Schlinge, ihr Gesichtsausdruck blieb ungerührt.

„Bitte kommen Sie beide mit", sagte die Kommissarin und ging voraus zu dem Lift, aus dem sie eben mit Hammer und König gestiegen war.

Wortlos fuhren sie hinauf und folgten Schebesta in einen kleinen, fensterlosen Raum, in dem sich außer einem Tisch und vier Sesseln nichts befand. Sie bedeutete Edgar und Toni, sich nebeneinanderzusetzen, schloss die Tür und nahm gegenüber von ihnen Platz. Toni war noch nie in einem Verhörraum gewesen, sie kannte so etwas nur von Filmen, aber dort gab es einen großen Spiegel und meistens eine Kamera. Die Kommissarin öffnete die Mappe, nahm einen Kugelschreiber aus der Seitentasche des Blazers und schob beides zu Edgar.

„Hier sind die Mitschriften Ihrer Aussage von gestern. Bitte lesen Sie alles durch und unterschreiben Sie die Durchschläge."

Kein dankendes Wort, keine Anerkennung, nichts. Toni musste sich zurückhalten, um nicht den Kopf zu schütteln.

Edgar sah die Kommissarin an, er schien zu überlegen. „Es gibt etwas, das Sie wissen sollten", sagte er.

„Ich höre."

„Gustav Hammer hat Julian bereits gekannt. Und zwar …"

„… schon lange, bevor Frau König und er ein Paar wurden. Das hat er uns mitgeteilt."

Dann stimmte es also. Toni konnte nicht genau sagen, was die Kommissarin davon hielt, dass Edgar ihr das sagte.

„Wissen Sie auch, weswegen Julian beichten wollte?"

Ihre Augenbraue zuckte kurz. „Herr Frey hat es Ihnen jetzt doch gesagt?" Sie klang skeptisch.

Toni sah fragend zu Edgar, wer war Herr Frey? Den Namen hörte sie zum ersten Mal.

„Nein. Ich weiß es von einem Mitglied seiner Pfarre."

Oh, dann war Herr Frey also Ralph. Komisch, dass Priester anscheinend ihren Nachnamen verloren.

„Diese Person hat die Beichte gehört."

„Wie ist der Name dieser Person?"

Edgar schien zu zögern. „Ich habe versprochen, den Namen nicht zu nennen", sagte er schließlich.

„Ach so?"

„Wollen Sie wissen, was ich erfahren habe?"

„Natürlich."

Die Kommissarin lehnte sich zurück und verschränkte kurz die Arme. Sofort löste sie ihre Haltung wieder, als hätte sie sich erinnert, dass es abweisend wirkte.

Sie war jung, wahrscheinlich nur ein paar Jahre älter als Toni. Trotzdem hatte Toni den Eindruck, dass sie Welten trennten.

„Julian hat gebeichtet, dass er jemanden liebt, den er nicht lieben darf."

„Okay. Und wen?"

„Das hat er nicht erwähnt."

Sie hob einen Mundwinkel und nickte. Aber ihre Reaktion wirkte nicht abschätzig. Im Gegenteil.

„Ich verstehe. Danke. Das ist alles?"

Sie klang auf einmal viel freundlicher. Fast schon versöhnlich. Hatte Toni irgendwas versäumt?

„Ja." Auch Edgar schien die Änderung zu bemerken. „Hören Sie, ich weiß, Ihr Vater und ich hatten unsere Differenzen."

„Mein Vater hat hiermit nichts zu tun, Herr Brehm", sagte sie bestimmt.

„Das finde ich gut. Nicht gut finde ich, dass ein Reporter mich verfolgt und mich damit zu erpressen versucht, was er von Ihnen über mich weiß."

Schebesta zuckte zurück. „Das tut mir leid. Wie heißt dieser Reporter?"

„Feichtinger."

Ihr Gesicht zeigte keine Reaktion. Entweder kannte sie ihn nicht, oder sie hatte sich gut unter Kontrolle. Auf jeden Fall notierte sie sich keinen Namen.

„Ich kümmere mich darum. Das wird kein Problem mehr sein. Sie können die Angelegenheit vergessen."

„Danke." Edgar verschränkte die Finger und lehnte sich vor.

„Herr Hammer hat ein Alibi für die Tatzeit", sagte sie plötzlich, als hätte irgendwer danach gefragt.

„Ach so?"

„Ja. Nachdem er an dem Abend von Kirsten König weggegangen ist, war er bei seiner Exfrau. Sie hat es bestätigt. Sie hat ihn kurzfristig um dieses Treffen gebeten. Anscheinend wollte sie ihn zurück, als sie erfahren hat, dass er Vater wird. Sie haben mehrere Stunden geredet."

„Und Frau König hat das gewusst?", fragte Toni.

„Nein. Sie hat es vorhin erst erfahren."

Was ihre Reaktion Hammer gegenüber erklärte, dachte Toni. Das Letzte, was sie jetzt noch brauchen könnte, war ein Partner, der mit seiner Ex ins Bett ging. Mehrere Stunden reden, das musste man erst mal glauben.

„Gibt es noch andere Aussagen oder nur die der Exfrau?", fragte Edgar.

„Das wird gerade überprüft. Aber selbst, wenn nicht, ihre Aussage scheint zuverlässig zu sein. Und zu der Tatsache, dass Herr Hammer und Julian sich bereits kannten ..." Sie schlug die Beine übereinander. „Er hat es nicht als wichtig empfunden, weil es eine kurze Begegnung war, die Julian anscheinend mehr beeindruckt hat als Herrn

Hammer. Julian war einfach einer seiner Fans. Deshalb konnte sich Herr Hammer nicht daran erinnern."

„Und woher wusste er es dann überhaupt?"

„Weil Julian ihm später davon erzählt hat. Sie haben ein paar Worte auf der Comic-Con miteinander gewechselt, aber das hat Herr Hammer mit vielen. Er scheint eine große Fangemeinde zu haben." Schebesta beugte sich vor und legte den Kopf schief. Sie war plötzlich so nett – zu nett. Sofort dachte Toni an die Schmitz. Die wurde dann so, wenn sie etwas wollte. Auch wenn Edgar und Schebesta sich von früher kannten, bekam Toni ein mulmiges Gefühl. War das eine Falle?

„Hören Sie, wir hatten keinen guten Start, Herr Brehm. Ich erinnere mich an Sie." Sie lächelte, es wirkte ehrlich. „Sie waren immer sehr nett zu mir. Da war ein Fest. Sie haben mit mir Walzer getanzt. Ich war nicht älter als sechs oder sieben Jahre. Erinnern Sie sich?"

Edgar nickte. „Ja, ich weiß."

Das war ja herzallerliebst. Vielleicht war Toni einfach viel zu misstrauisch.

„Ich bin Ihnen sehr dankbar für gestern", sagte sie. „Das ist auch der Grund, warum ich Sie sprechen wollte. Wir haben mit einigen von Julians Mitschülern gesprochen und auch mit seinen Lehrern. Es ist erstaunlich, aber er scheint kaum Kontakt mit jemandem gehabt zu haben. Er war weder auf Partys, noch hat er sich außerhalb der Schule mit Mitschülern getroffen. Es gibt keinen Freundeskreis. Sein Klassenvorstand und auch einige der anderen Professoren haben Julian als ‚nicht greifbar' beschrieben – ein hervorragender Schüler, hochintelligent, aber extrem in sich gekehrt. Das wurde auch mit seiner Mutter an den Sprechtagen behandelt, man wusste von Julians psychischer Belastung durch den Tod seines Vaters. Tatsächlich scheint der einzige engere Kontakt außerhalb seiner Familie mit Herrn Frey bestanden zu haben. Also haben wir die Erzdiözese kontaktiert." Sie lehnte sich zurück. Ihr Blick sollte wohl Mitgefühl ausdrücken, aber es wirkte gezwungen. „Wie es aussieht, gab es dort ebenfalls bereits eine Meldung wegen Herrn Frey und Julian, der aber nicht nachgegangen wurde." Sie räusperte sich. „Das war vor zwei Wochen. Die Anruferin war sehr explizit in der Beschreibung, was sie beobachtet hat."

„Dafür gibt es Beweise? Oder nur eine anonyme Beschuldigung?", fragte Edgar gereizt.

„Das ist etwas komplizierter. Die Sache ist die, wir haben Julians Handy zwar nicht, aber es wurde aus der Cloud bis jetzt zumindest eine Audio-Datei wiederhergestellt. Daraus ergibt sich ein Hinweis, nach dem wir davon ausgehen müssen, dass Julian tatsächlich eine Beziehung mit einem Mann hatte." Sie hob die Hände. „Es ist, wie Sie gesagt haben, er hat jemanden geliebt, den er nicht lieben durfte. Und ich muss leider sagen, nicht nur der Zeitpunkt der Aufnahme deutet darauf hin." Sie legte den Kopf schief und ließ Edgar nicht aus den Augen. „Auf wen trifft so eine Aussage besser zu als auf einen Priester, Herr Brehm?"

28.

Hey, schrieb Tim Ravinger.

Obwohl es bei der momentanen Entwicklung der Ereignisse unpassend war, konnte Toni ihr Lächeln nicht unterdrücken.

Sie saß im Schneidersitz auf der Biedermeiercouch in Edgars Büro und streichelte den Kater. Ihre Beine waren schon eingeschlafen, aber das Tier schnurrte und sie wollte es nicht aufscheuchen.

Hey, schrieb sie zurück.

Heute Abendessen?, fragte er.

Toni sah zu Edgar. Er hatte die Pizza, die sie sich hatten liefern lassen, kaum angerührt. Das war zwar nicht das gesündeste Nahrungsmittel und widersprach allen guten Vorsätzen, aber beim momentanen Stand der Dinge war das ein Thema, das sie nach hinten verschieben mussten. Wenigstens war es eine Spinatpizza, gegen den Vollkornteig, den Toni vorgeschlagen hatte, hatte sich Edgar erfolgreich gewehrt. Sie hätte für sich furchtbar gerne eine Salamipizza bestellt, aber sich für Thunfisch entschieden, um mit gutem Beispiel voranzugehen. Der Kater fand das auch eine gute Entscheidung, weil sie ihm wegen Katzenfuttermangels von der Hälfte der Pizza den Fisch abgekratzt hatte.

Edgar sah bekümmert seinem Handy beim Laden zu, als würde es dann schneller gehen. Sein momentaner Gefühlszustand beunruhigte Toni. Normalerweise war er ein Fels in der Brandung, der seine Fassade immer aufrechtzuhalten schien. Der einzige Moment, in dem er ihr etwas anderes gezeigt hatte, war bei einem Begräbnis, auf das er nicht hatte gehen können. Dabei hatte er den Mann gar nicht gekannt. Toni wusste nicht, ob es so etwas wie eine Phobie vor Begräbnissen gab, das musste sie mal googeln. Falls so etwas existierte, wovon sie ausging, dann hatte

Edgar es. Wie damals war er jetzt blass und wirkte fahrig.

Ist gerade viel los, ich weiß nicht, wann ich wegkomme. Geht es morgen Abend?, antwortete sie.

Tim schickte *Okay*, dazu ein Gif, auf dem ein Zeichentrickhamster sich dramatisch aufs Herz griff und zusammenbrach. Sie musste so sehr grinsen, dass sie den Kopf senkte.

Sorry, schickte sie hinterher. *Ich mach es wieder gut.*

Dann sehen wir uns morgen um 10 Uhr im Kons, war seine Antwort. Drei Sekunden später kam noch eine Nachricht von ihm. Ein Kuss-Smiley. Sie schickte ein Kuss-Smiley zurück und legte das Handy weg.

Edgar schien in seinen Gedanken versunken, mit einem Kugelschreiber trommelte er auf den Schreibtisch und starrte ins Leere. Irgendwie wurde sie aus ihm nicht schlau. Sein Ärger, was Ralph betraf, war unübersehbar. Aber er war mehr wie ein Vorhang, hinter dem sich etwas ganz anderes befand. Vielleicht war Liebe ein zu großes Wort, aber über eines war sich Toni absolut sicher. Auch, wenn er es zu verbergen versuchte, so wie Ralph hatte Edgar noch niemanden angesehen. Nicht einmal Vincent. Es waren nur ganz kurze Momente, in denen sie das beobachtet hatte. Wie bei einem Filter auf Instagram wirkte er dann auf einmal sehr jung.

Wäre es nach ihr gegangen, hätte Toni sofort, nachdem sie die Polizeidirektion verlassen hatten, Ralph angerufen und ihm von den Neuigkeiten und Schebestas immer konkreterem Verdacht erzählt. Aber Edgar war dagegen gewesen.

Also hatten sie sein Auto aus der Tiefgarage geholt und waren in die Detektei gefahren.

„Kannst du mir nochmal erklären, wieso wir Ralph nichts sagen sollen?“, fragte sie jetzt und nahm einen Schluck Cola.

„Weil es genau das Falsche wäre“, murmelte Edgar.

„Aber warum denn? Sollte er das nicht wissen? Ich meine, die Sache mit dieser Aufnahme von Julian?“

„Erstens denke ich, was auch Julian da aufgenommen hat, konkret von Ralph wird er nicht sprechen. Sonst hätte Schebesta viel mehr gegen ihn in der Hand und die Aufnahme gar nicht erwähnt. Und genau deswegen glaube ich, dass sie uns informiert hat und nicht Ralph. Sie will, dass wir ihn vorwarnen. Mir ist nur nicht ganz klar, was sie damit bezweckt.“ Er presste die Lippen zusammen und runzelte die Stirn.

„Wieso hast du ihr den Namen von dieser Frau aus Ralphs Kirche nicht genannt?“, fragte Toni. „Die die Beichte mitgehört hat, meine ich. Die kann doch aussagen, dass Julian über wen anderen gesprochen hat.“

„Und wenn er das gar nicht hat?“, fragte Edgar leise.

„Du glaubst doch nicht, Ralph hatte wirklich was mit Julian?“

„Nein. Aber vielleicht hat der Junge seine Gefühle auf Ralph projiziert?“

„Wieso ist er dann mit Anna-Sophie ausgegangen?“

Edgar lachte sehr trocken auf.

„In dem Alter bin ich auch mit Mädchen ausgegangen.“

„Ach so?“

Er nickte und trommelte wieder mit dem Stift auf die Tischplatte.

„Also, was machen wir jetzt?“, fragte Toni schließlich.

Edgar stieß ein tiefes Seufzen aus. „Wenn ich das wüsste.“

Sein Handy läutete, er warf einen Blick auf das Display und hob ab.

Toni hörte ihm zu, wie er einen neuen Fall ablehnte. Es schien sich um die Observation eines untreuen Ehemanns zu handeln. Was Toni augenblicklich wieder an Tim denken ließ. Vielleicht war er das ja am Telefon, er hatte sich von ihr Edgars Nummer geben lassen. Nein, sie konnte die Stimme am Telefon zwar nicht verstehen, aber es war eindeutig eine Frau dran.

Ob sie Edgar von Tim und dem untreuen Mann seiner Mutter erzählen sollte? Es hätte sie interessiert, was er davon hielt. Denn Tim hatte recht, eigentlich war es die Sache von den beiden. Noch dazu, da seine Mutter anscheinend diesen Mann ihrem Sohn vorzog.

Eine Whatsapp riss sie aus den Gedanken. Jemand von den Teilnehmerinnen von Ravingers Sommerkurs hatte eine Whatsappgruppe erstellt. Toni klickte auf „Einladung annehmen“.

Es schien eine bereits bestehende Gruppe zu sein, zu der sie zugefügt worden war. Eine Unterhaltung war im Gange. Sie las die Beiträge. Im ersten Moment konnte sie es nicht glauben. Ihr Körper reagierte vor ihrem Verstand, denn ihr wurde schlagartig schlecht. Sie las noch einmal. Und noch einmal. Der Kater miaute. Anscheinend hatte sie ihm wehgetan, ohne es zu merken. Er sprang von ihr herunter und rannte aus dem Büro.

Ich weiß echt nicht, ob ich mit ihm ausgehen soll.

Wer hatte das geschrieben? Sie klickte auf das Profilbild. Es war eine Aufnahme von Janina aus ihrer Model-Zeit. Sie trug ein rotes Kleid, warf den Kopf in den Nacken, ihre glänzenden langen Haare bildeten eine Welle. Atemberaubend schön.

Klar gehst du mit ihm aus, schrieb jemand. *Ich meine, das ist Tim Ravinger, Süße.*

Aber ist das nicht unprofessionell von ihm?

Fuck, das ist doch scheißegal. Er ist nicht viel älter als du. Go for it.

Darauf folgten ein paar Melanzani-Emojis, Herzen und Kuss-Smileys. Das musste nichts bedeuten. Vielleicht wollte Janina Tim um eine Verabredung bitten. Aus keiner der Nachrichten ging hervor, dass er sie gefragt hatte.

Na gut, dann sag ich ihm für heute Abend zu, schrieb Janina.

Toni starrte auf die Worte. Zusagen konnte man nur,

wenn man gefragt worden war. Sie ließ das Handy sinken. Ihr Magen ballte sich zu einem festen, tonnenschweren Klumpen zusammen. Sie schnappte nach Luft.

„Was ist los?“, fragte Edgar.

Sie hatte nicht mitbekommen, dass er sein Telefonat beendet hatte.

Sofort schoss ihr Miriam Schills Vorhersage wieder in den Kopf. Nein, das konnte nicht sein. Es musste sich um einen Irrtum handeln.

„Ich bin gleich wieder da“, sagte sie zu Edgar und ging aus dem Büro, auf den Gang hinaus. Sie wählte Tims Nummer.

„Ja?“, meldete er sich. Er klang völlig anders. Förmlich.

„Ich bin’s, Toni.“

„Ich weiß.“

„Ist es gerade ungünstig?“

„Nein. Was gibt es?“ Sein Tonfall war abweisend. Genervt.

„Ich ... wegen heute Abend, es tut mir leid.“

„Kein Thema.“

„Wo bist du?“

Sie hörte Schritte.

„Zu Hause“, sagte er.

War er nicht alleine?

„Okay ...“

„Sonst noch was?“

Sollte sie ihn einfach fragen, ob er sich wirklich mit Janina treffen wollte?

„Bist du noch dran?“

„Ja, ich ...“

Die Worte blieben stecken. Was war los? Wieso war er so anders?

„Wenn es nicht wichtig ist, lass uns morgen reden“, unterbrach er sie. Das war eindeutig Ärger in seiner Stimme. Vor ein paar Stunden hatte er sie noch geküsst.

„Klar, ciao“, sagte sie und legte auf.

Sie starrte auf ihr Handy. Hatte Miriam Schill also doch recht mit ihrer Vorhersage. Und Toni war wieder einmal eine naive Idiotin gewesen.

Was war nur los, wie konnte das sein? Da, wo bis eben ihre Lippen bei dem Gedanken an den Kuss noch geprickelt hatten, spannten sie nun, als hätte man ihr die Haut abgezogen.

Wie dumm war sie gewesen. Wie dumm, dumm, dumm.

Die Wut auf sich selbst kippte schlagartig um. Dieses Arschloch. Sein unfreundliches Verhalten war eine Sache. Aber wenn es harmlos wäre, hätte er erwähnen können, dass er Janina traf, auch ohne dass sie fragte. Und überhaupt! Wahrscheinlich war nichts von allem, was er ihr sonst gesagt hatte, wahr.

„Toni?", hörte sie Edgar aus dem Büro rufen.

Sie ging zu ihm zurück. Ein Teil von ihr wollte ihm alles sagen. Aber Edgar hatte im Moment genug Probleme, sie würde selbst damit fertigwerden.

„Also, was machen wir jetzt?", fragte sie und ließ sich auf die Couch fallen.

Edgar drückte sich die Handballen auf die Augen. „Diese Nachrichten, die Julian sich selbst aufs Handy gesprochen hat. Du hast gesagt, man kann vielleicht auf Inhalte des Handys mit dem Laptop zugreifen."

„Ja, genau, wenn er ein iPhone hatte und das automatische Backup nicht ausgeschalten hat."

Edgar stand auf und nickte ihr zu. „Dann sollten wir nochmal mit Kirsten König sprechen, ob die Polizei was auf dem Laptop gefunden hat."

„In Ordnung", sagte Toni und nahm nochmal ihr Handy hoch.

Du solltest ihn auf jeden Fall treffen, Janina, schrieb sie in die Whatsappgruppe.

Eigentlich hätte es Toni nicht verwundern sollen, dass Gustav Hammer die Tür öffnete, als Edgar bei Kirsten

König läutete. Aus der Nähe betrachtet sah er ungepflegt aus, als hätte er die letzten Tage weder geduscht noch die Haare gewaschen. Edgar hatte Kirsten König angerufen und eine Nachricht auf ihrer Mobilbox hinterlassen mit der Bitte, ob sie vorbeikommen durften. Von dem Laptop hatte er nichts gesagt. Eine Minute später hatte sie ihm geantwortet, sie sei zu Hause. Mehr nicht, doch das war für Edgar anscheinend Zustimmung genug. Als er Toni ganz selbstverständlich die Autoschlüssel reichte, fühlte sie sich richtiggehend erleichtert.

Vielleicht hat Edgar gar nicht Kirsten König geantwortet, sondern Hammer, dachte Toni jetzt, als er ihnen die Hand schüttelte.

„Kirsten hat sich hingelegt. Es geht ihr sehr schlecht", sagte Hammer und bat sie ins Wohnzimmer. „Aber vielleicht kann ich Ihnen helfen? Worum geht es denn?" Er bedeutete ihnen, auf der Couch Platz zu nehmen, und setzte sich gegenüber.

„Ich habe Sie und Frau König vor ein paar Stunden in der Landespolizeidirektion mit der ermittelnden Beamtin gesehen. Gibt es irgendwelche Neuigkeiten?", fragte Edgar.

Hammer machte eine wegwerfende Geste. „Keine, die man ernst nehmen kann."

„Was meinen Sie damit?"

„Diese Schebein ... Schebster ..."

„Schebesta", korrigierte Edgar.

„Ja, genau, Schebesta. Sie meint, Ralph hätte was damit zu tun. Dass er und Julian ... also, das ist vollkommen lächerlich. Ich kenne Ralph bereits seit Jahren. Und außerdem war Julian eindeutig an Mädchen interessiert."

Toni wunderte sich ein bisschen, wie flüssig Hammer die Vergangenheitsform für seinen gerade verstorbenen Fast-Stiefsohn über die Lippen ging. Gut, er hatte ihn auch erst seit einem Monat richtig gekannt. Aber trotzdem.

„Es gibt aber doch Hinweise, die Ralph belasten", sagte Edgar nüchtern.

„Es gab eine Meldung bei der Erzdiözese und diesen anonymen Anruf bei der Polizei. Diese Frau Schebesta ist nicht schlecht, aber ich fürchte, sie hat sich da in was verbissen. Was ein Jammer ist, denn natürlich macht ein Priester viel mehr her als eine durchgeknallte Esoterikerin."

„Meinen Sie Miriam Schill?", fragte Edgar.

Hammer lehnte sich vor und senkte die Stimme. „Wen sonst? Ich weiß nicht, wie und warum, aber eines weiß ich sicher. Wenn ich jemandem so etwas zutrauen würde, dann dieser Frau."

„Und mit welchem Motiv?"

„Keine Ahnung. Vielleicht hat Julian das falsche Sternzeichen gehabt." Er lachte kurz auf. „Entschuldigung, das war ein dummer Witz. Ich bin nicht ganz da, ich hab die letzten Nächte so gut wie nicht geschlafen. Das ist alles ein einziger Alptraum. Kirsten sollte wegen des Babys jede Art von Aufregung vermeiden ..."

Er verdrehte die Augen und Toni spürte einen brodelnden Groll gegen Hammer. Ihn interessierte nur sein Kind, tatsächlich wirkte er nicht im Mindesten betroffen über Julians Tod.

„Wussten Sie, dass Julian sich selbst Nachrichten auf sein Handy gesprochen hat?"

„Ja, diese Schebesta hat so was gesagt. Aber das bedeutet gar nichts."

„Was meinen Sie damit?"

„Es kann tausend Gründe geben. Ich habe Julian zum Beispiel einmal erzählt, dass ich mir Ideen für meine Bücher aufs Handy spreche, manchmal sind es sogar ganze Textpassagen. Ich verwende dafür ein stinknormales Diktierprogramm. Vielleicht sind diese Aufnahmen von Julian nichts anderes als solche Ideen."

Toni betrachtete Gustav Hammer und fragte sich, ob er das wirklich so meinte oder vom Inhalt der Nachrichten von Julian ablenken wollte.

„Anna-Sophie sagt, Julian hätte diese ...“, setzte Edgar an.

„Sie haben mit Anna-Sophie gesprochen?“ Hammers Stimme war hochgerutscht.

„Ja, ich war heute Morgen bei ihr im Krankenhaus.“

Es war nur der Bruchteil einer Sekunde, doch Hammer waren seine Gesichtszüge entglitten. Er fasste sich sofort wieder. „Wie geht es ihr?“

„Den Umständen entsprechend. Sie meint, Julian ...“

Edgar hörte auf zu reden, Toni sah ihn fragend an. Mit einem leichten Kopfnicken deutete er zum Flur. Erst da hörte Toni die Schritte. Kirsten König tauchte in der Tür zum Wohnzimmer auf. Sie war kaum wiederzuerkennen. Als wären zwischen ihrem ersten Besuch hier und jetzt nicht Tage, sondern Jahre vergangen. Ihre Wangen waren eingefallen, sie wirkte kleiner, als wäre sie geschrumpft. Obwohl es warm war, hatte sie einen Wollschal um den Hals. Es hatte den Anschein, als würde sie jeden Moment zusammenklappen. Sie fasste sich mit einer Hand auf ihren Bauch und sah zu Hammer. Bildete sich Toni das ein oder war da Angst in ihrem Blick?

Edgar stand auf und ging zu ihr. Er streckte ihr seine linke Hand entgegen, sprach mit brüchiger Stimme sein Beileid aus. Sie dankte ihm mit genauso brüchiger Stimme.

„Was ist mit Ihrem Arm passiert?“, fragte sie.

„Nur geprellt, nichts Schlimmes.“

Toni stand auf, um Kirsten König ebenfalls zu begrüßen, doch Hammer stellte sich ihr in den Weg.

„Willst du dich nicht lieber wieder hinlegen?“, fragte er.

„Nein, Gustav, ich will mich nicht hinlegen.“ Sie klang verärgert. „Entschuldige, ich weiß, du meinst es gut, aber ... lass mich wenigstens mit Herrn Brehm sprechen.“

„Natürlich. Tut mir leid“, räumte er sofort ein.

Sie sahen einander an, ein Blick, der deutlich machte, dass sie dieses Gespräch nicht zum ersten Mal führten.

„Sie sind wegen Ralph hier, oder?“, fragte Kirsten König.

„Ja, auch, aber Herr Hammer hat mir schon gesagt ...“, sagte Edgar.

„Gustav und ich sind nicht einer Meinung, was Ralph betrifft“, sagte sie scharf. Hammer wollte etwas einwenden, doch sie hob die Hand. „Ich weiß, du kennst ihn schon lange. Aber Menschen können sich ändern, Gustav.“

„Hat Julian denn irgendwann etwas in der Art geäußert?“, fragte Edgar.

Sie streichelte mit beiden Händen über ihren Bauch, als wollte sie ihn beschützen. „Es ist mir nie in den Sinn gekommen, aber rückblickend betrachtet ...“

„Kirsten ...“ Hammer klang tadelnd.

„Rückblickend betrachtet war Julian sehr begeistert von Ralph.“ Sie blickte Hammer mit einer Mischung aus Missbilligung und Trauer an. „Er hat ihn besucht, in seiner Kirche, sogar recht oft. Und ich habe das nie hinterfragt. Ehrlicherweise habe ich mich darüber gefreut. Ich dachte, vielleicht findet er dort Antworten, um über Alberts Selbstmord hinwegzukommen.“

„Albert war sein Vater?“

Sie nickte. „Ich meine, natürlich gibt es diese ganzen Geschichten, was Übergriffe in der katholischen Kirche betrifft. Aber ich hätte das nie in Betracht gezogen. Niemals. Das hätte nicht zu Julian gepasst. Aber er ist erwachsen geworden und ich war so beschäftigt mit meinem Job und der Schwangerschaft.“ Sie legte den Kopf in den Nacken, Tränen liefen ihr über die Wangen. „Ich hätte aufmerksamer sein sollen.“

„Ich verstehe“, sagte Edgar. „Und das haben Sie der ermittelnden Beamtin mitgeteilt?“

„Natürlich. Wieso fragen Sie?“

Toni warf einen Blick zu Hammer. Er wirkte ruhig, doch sein Kiefer war angespannt, auf seinem Hals waren zwei Adern hervorgetreten. Es sah aus, als müsste er sich beherrschen. Wieso brachte ihn das so aus der Fassung?

„Weil sie mich um meine Mitarbeit gebeten hat. Inoffiziell", log Edgar. „Darum wollte ich sichergehen, dass wir den gleichen Wissensstand haben."

Toni konnte sich nicht erinnern, Edgar während ihrer Zusammenarbeit schon einmal bei einer so offensichtlichen Lüge erlebt zu haben. Sie ging ihm erstaunlich leicht von den Lippen.

„Wir sind noch aus einem anderen Grund hier", fuhr er fort. „Es geht um Julians Laptop. Dürfen wir einen Blick darauf werfen?"

„Warum?", fragte Hammer. „Das hat die Polizei doch schon getan und nichts gefunden. Julian hat seinen Computer ausschließlich für die Schule genutzt."

„Ich weiß", log Edgar wieder. „Es ist nur für einen Doppelcheck."

„Mir ist nicht klar, warum das ...", sagte Hammer.

„Sie können gerne nochmal seinen Laptop sehen", fuhr Kirsten König dazwischen. „Gustav, bringst du ihn bitte?"

„Was glauben Sie denn zu finden?", fragte Hammer.

„Herrgott", fluchte Kirsten König, „dann hol ich ihn halt selber."

Sie verließ das Wohnzimmer, Hammer folgte ihr sofort, man hörte ihn wispern, ohne zu verstehen, was er sagte. Edgar sah fragend zu Toni. Sie nickte. Ja, Hammer verhielt sich auffällig.

Kirsten König kam alleine zurück und streckte Edgar einen schwarzen Laptop entgegen.

„Bitte schön, Sie können ihn mitnehmen. Sein Passwort ist Brexit."

„Nein, wir meinen den anderen Laptop", sagte Toni und stand auf. „Das MacBook."

„Was für ein MacBook?"

„Als wir vor ein paar Tagen bei Ihnen waren, stand ein MacBook auf seinem Schreibtisch."

Kirsten König runzelte die Stirn. „Julian hat kein MacBook." Sie drehte sich um, sah Richtung Flur. „Auf seinem Schreibtisch, sagen Sie? Komisch, das wäre mir gar nicht aufgefallen. Sind Sie sicher?"

„Ja, ganz sicher, am Schreibtisch. Was für ein Handy hatte Julian?"

„Ein ganz normales Smartphone, warum?"

„Ich dachte nur, weil ... egal. Haben denn Sie ein MacBook?", fragte Edgar.

„Ich habe eines und Gustav auch. Aber meines lasse ich, seit ich schwanger bin, immer im Verlag. Mein Rücken bringt mich schon so um."

„Und wenn es das von Herrn Hammer war?"

Kirsten König lachte leise auf.

In dem Moment kam Gustav Hammer zurück ins Wohnzimmer. Er schien sich wieder beruhigt zu haben und sah Kirsten König mit einem bemühten Lächeln an.

„Wir haben gerade über dich gesprochen. Das kann nicht dein Laptop auf Julians Schreibtisch gewesen sein. Du hättest ihn Julian nie geliehen, oder?" Sie sah zu Edgar. „Nicht mal ich darf ihn mir ausborgen."

Eine leichte Röte erschien auf Hammers Wangen.

„Was ist?", fragte Kirsten König ihren Verlobten.

Er senkte den Blick. „Na ja, es war mein MacBook. Ich musste schreiben, es gibt einen Abgabetermin, und als Julian weg war – ich habe seinen Schreibtisch benutzt."

Kirsten König sah ihn so erschrocken an, als hätte er ihr einen Mord gestanden.

„Auf seinem Schreibtischsessel bekomme ich keine Kreuzschmerzen", fügte er kleinlaut hinzu.

Sie verabschiedeten sich rasch, Kirsten König hatte es plötzlich sehr eilig, sie aus der Wohnung zu bekommen.

Kaum schloss sie die Tür hinter ihnen, war zu hören, wie sie anfing, hemmungslos zu weinen.

„Okay, es war also nicht Julians MacBook auf dem Schreibtisch, sondern Hammers. Was machen wir jetzt?“, fragte Edgar, als sie aus dem Wohnhaus auf die befahrene Taborstraße traten. Die Abenddämmerung setzte ein, es war drückend schwül. Wahrscheinlich würde es wieder regnen.

„Was machen wir jetzt?“, fragte Toni. „Ich glaube ihm kein Wort, du? Da stimmt doch was nicht.“

„Ja, aber darum geht es nicht. Die Frage ist, wie kommen wir an diese Aufnahmen von Julian?“

Toni legte den Kopf in den Nacken. „Hast du denn nicht irgendeinen Spezialisten an der Hand, der dir bei solchen Sachen hilft?“

„Vielleicht. Es gibt jemanden, aber ich weiß nicht, ob das in sein Gebiet ...“

Die letzten Worte gingen im Lärm einer vorbeifahrenden Straßenbahn unter.

„Was hast du gesagt?“, fragte Toni.

In dem Moment läutete Edgars Handy.

„Frau Aninger“, sagte er und die Überraschung in seiner Stimme war deutlich. Der Verkehrslärm war zu laut, Toni konnte nicht mithören. Aber an Edgars Gesicht, das schlagartig erstarrte, sah sie, dass etwas Schlimmes passiert war.

IX.

Haben wir uns etwas vorgemacht? Hast du mit mir gespielt? Die ganze Zeit? Erst jetzt? Schon immer? Wieso habe ich dir vertraut wie niemandem sonst? Und zugleich: Wieso hätte ich es nicht tun sollen?

Ich habe eine Überraschung für dich.

Du siehst mich an und ich weiß, du hast keine Ahnung. Kennst du mich eigentlich wirklich?

Das dachte ich. Bis heute.

29.

Das Handy läutete und läutete. Edgar versuchte abzuheben, aber das Display seines Handys funktionierte nicht. Er wischte darüber. Nochmal. Und nochmal. Nichts änderte sich. Außer, dass bei jeder Bewegung seine Schulter entsetzlich wehtat.

Er rief nach Hilfe. Niemand schien ihn zu hören.

Mit klopfendem Herzen wachte er auf, er war schweißgebadet. Er hatte geträumt, aber der Schmerz in seiner Schulter, der war sehr real. Er war zu Hause und – da läutete sein Handy wieder. Er bekam wirklich gerade einen Anruf. Draußen war es noch dunkel, es musste mitten in der Nacht sein.

Ohne Brille konnte er nicht sehen, wer ihn anrief. Eilig hob er ab.

„Edgar, entschuldige, wir haben einen Ausflug gemacht und ich hatte mein Handy nicht mit", hörte er Fernandas lachende Stimme. Sie klang vergnügt und definitiv besser drauf als das letzte Mal. „Ich weiß, bei euch ist es fünf Uhr früh, aber du hast gesagt, es ist dringend. Also, was gibt es?"

Edgar versuchte zu sprechen, er war heiser und seine Stimme ein einziges Krächzen. Anscheinend hatte er wirklich um Hilfe gerufen und nicht nur im Traum.

„Was, ich versteh dich nicht. Du musst lauter sprechen, Edgar. Ich bin gerade in der Lobby, ich treffe gleich die Kinder, wir gehen essen. Ach, ich sag dir, es gefällt mir hier immer besser. Es war unglaublich, wir waren auf einer riesigen Hängebrücke, alles hat geschwankt und ..."

Edgar räusperte sich. „Fernanda, Ralph wurde verhaftet."

„... die Kinder haben gekreischt und ... WAS? Sag das nochmal."

„Schebesta hat Ralph verhaften lassen."

„Das ist nicht dein Ernst. Das hat sie nicht wirklich?"

„Doch.“ Er konnte es selbst kaum glauben.

„Warum? Was ist passiert?“

Edgar erzählte ihr in kurzen Sätzen von den Nachrichten, die Julian auf seinem Handy aufgenommen hatte.

„Am Nachmittag war ich bei ihr, sie hat mir davon erzählt. Ich weiß nicht, warum sie das getan hat, aber das waren nur Verdächtigungen. Irgendwas muss sich geändert haben. Sonst hätte sie keinen Haftbefehl durchgebracht.“ Es klang noch immer so, als wäre es nicht wahr. „Ich brauche deine Hilfe, Fernanda. Nicht nur wegen Ralph – ich glaube, ich weiß, wer den Jungen getötet hat.“

„Wirklich? Wer?“

„Sein zukünftiger Stiefvater.“

„Wer ist das?“

„Sein Name ist Gustav Hammer … das führt zu weit, wenn ich das alles erzähle. Aber er und der Junge scheinen eine Affäre gehabt zu haben.“

„Okay.“ Fernandas Stimme klang ein wenig gedehnt. „Ich werde versuchen, rauszufinden, was passiert ist. Aber das geht erst in ein paar Stunden.“

„Wieso, wie spät ist es bei dir?“

„Nein, bei euch ist es fünf Uhr in der Früh. Vor neun kann ich niemanden erreichen.“ Sie sprach zu jemandem im Hintergrund. „Ich muss auflegen, Edgar. Ich melde mich.“

„Kennst du wen, der auf Inhalte eines verschwundenen Handys zugreifen kann?“, fragte er eilig.

„Ja, klar.“

„Wen?“

„Die Korruptionsstaatsanwaltschaft.“

„Die hilft mir nicht. Ich brauche alles, was in Julians Cloud gespeichert ist.“

„Ich weiß nicht mal, was das genau heißt, Edgar. Versuch, ein bisschen zu schlafen. Ich rufe dich an, sobald ich was habe.“

Sie verabschiedeten sich, Edgar setzte sich im Bett auf und rieb sich die Augen. Er tappte nach der Nachttischlampe. An Schlaf war nicht mehr zu denken. Dann konnte er auch gleich aufstehen. Er machte sich einen doppelten Espresso und ging damit ins Wohnzimmer.

Sein Handy läutete so unvermittelt in die Stille, dass er zusammenzuckte.

„Entschuldige, dass ich so früh anrufe. Hab ich dich geweckt?“, fragte Toni.

„Nein, ich war wach.“

„Ich glaub, ich weiß, wer uns weiterhelfen kann. Hagenbauer.“

„Wer ist das?“

„Hagenbauer, der dich in der Naglergasse bedroht hat, weil er dachte, du hättest was mit seiner Frau.“

Edgar brauchte einen Moment, um sich zu erinnern. Es war zwar erst zwei Tage her, aber es kam ihm vor wie eine Ewigkeit.

„Wieso Hagenbauer?“

„Weil er bei einem Telekommunikationsunternehmen arbeitet. Ich hab gegoogelt, natürlich dürfen die auf nix zugreifen. Aber die Sache ist, sie könnten es. Also, wahrscheinlich. Hast du die Adresse von denen?“

„Ja, sicher. Irgendwo in den Unterlagen.“

„Gut. Schick sie mir. Wir treffen uns dort in einer Stunde.“

Ohne auf eine Antwort zu warten, legte Toni auf. Edgar leerte seine Tasse auf einen Zug. Er versuchte, sich die Schlinge für seine Schulter anzulegen, aber der Arm tat mittlerweile so weh, dass das unmöglich war. Der Arzt im Krankenhaus hatte ihn vorgewarnt, dass es so kommen würde. Wieso hatte Edgar bloß das Rezept für Schmerzmittel abgelehnt?

„Du alter Sturschädel“, brummte er sich selbst an und ging ins Schlafzimmer, um sich anzuziehen.

Die Hagenbauers bewohnten eine Doppelhaushälfte jenseits der Donau mit einem kleinen Vorgarten. Die Pflanzen sahen so künstlich aus, als wären sie aus Plastik.

Edgar war als Erster da, er war mit dem Auto gekommen, was sich als schlechte Idee herausstellte. Den Schalthebel zu betätigen war nahezu unmöglich, weswegen er den Großteil der Strecke im ersten Gang zurückgelegt hatte.

Er wartete im Auto, Toni stieg aus einem Bus, der in ein paar Metern Entfernung hielt. Sie sah genauso müde aus wie er selbst, doch er bezweifelte, dass ihre Schlaflosigkeit ebenfalls mit Ralphs Verhaftung zu tun hatte. War ihm irgendwas entgangen?

Sie winkte Edgar zu, steuerte sofort die Haustür der Hagenbauers an und klopfte energisch. So resolut kannte er sie gar nicht. Er stieg eilig aus dem Auto, ihm tat mittlerweile alles weh. Als hätte seine Schulter eine Kettenreaktion in seinem Körper ausgelöst.

Die Tür wurde von Frau Hagenbauer geöffnet, sie trug einen rosa Seidenbademantel und hatte Lockenwickler am Kopf.

„Oh“ war alles, was sie sagte.

„Wir würden gerne mit Ihrem Mann sprechen“, sagte Toni.

„Sie meinen, jetzt?“ Frau Hagenbauer sah unsicher zu Edgar.

„Ja, jetzt“, sagte Toni, bevor er reagieren konnte.

„Wenn es wegen der Rechnung …“

„Es geht um keine Rechnung“, sagte Toni. „Können wir reinkommen?“

Ohne auf ihre Antwort zu warten, drückte sie sich an Frau Hagenbauer vorbei. Ja, es musste definitiv irgendwas bei ihr vorgefallen sein.

„Bitte, kommen Sie herein“, sagte Frau Hagenbauer überflüssigerweise. „Sie können im Wohnzimmer warten. Mein Mann steht gerade unter der Dusche. Ich hole ihn sofort.“ Und damit verschwand sie über eine Treppe ins obere Stockwerk.

Das Wohnzimmer sah aus wie aus einem Möbelkatalog aus den Achtzigerjahren. Alles war blitzblank sauber und Lavendelduft lag in der Luft. Aus dem Radio erklang hübsche klassische Musik. Griegs Morgenstimmung.

„Lass mich mit ihm reden“, sagte Toni noch, da hörten sie schon eilige Schritte die Treppe herunterkommen.

Hagenbauer war in einen weißen Bademantel gehüllt, auf seiner Halbglatze perlten Wassertropfen. Sein Kopf war rot und sein Brustkorb hob und senkte sich, als wäre er weit gelaufen.

„Was ist los?“, fragte er statt einer Begrüßung und starrte von Toni zu Edgar, das Gesicht eine ängstliche Grimasse. Unglaublich, dass dieser Mann ihn bedroht hatte.

„Wir brauchen Ihre Hilfe und es ist nicht legal“, sagte Toni.

Ihre Stimme klang anders, viel tiefer als sonst, und auch ihre Art zu sprechen hatte sich verändert. Als wäre da eine ältere und beleibtere Frau und keine Anfang-20-Jährige, die halb so viel wog wie er. Wenn überhaupt. Edgar hatte Toni noch nie spielen gesehen, er war einfach überzeugt gewesen, dass sie eine gute Schauspielerin sein musste. Aber was er da sah, war wirklich beeindruckend.

„Wie bitte?“, fragte Hagenbauer.

Toni nahm einen Notizzettel aus ihrer Jeans und reichte ihn Hagenbauer. Edgar sah, dass ihre Hand leicht zitterte.

„Das ist die Handynummer, von der wir alles brauchen, was in der Cloud gespeichert ist“, sagte sie bestimmt. „Besonders Sprachaufnahmen, wahrscheinlich über Whatsapp gesendet, an die eigene Nummer. Bis wann können Sie das besorgen?“

Hagenbauer sah erstaunt aus, die Angst war aus seinem Blick gewichen. „Ist das ein Scherz?“

„Nein, das ist kein Scherz. Genauso wenig, wie es ein Scherz ist, dass Herr Brehm Anzeige gegen Sie erstatten wird, wenn Sie uns nicht helfen."

„Aber das kann ich nicht. Ich ... das geht nicht."

„Doch, das geht. Ich habe mich erkundigt. Es ist uns egal, wie oder wen Sie darum bitten müssen, aber es wird in Ihrem Unternehmen sicher jemanden geben ..."

Wieder waren Schritte zu hören, Frau Hagenbauer kam nun auch die Treppe herunter. Sie hatte die Lockenwickler aus den Haaren entfernt, die ihr in Wellen auf die Schultern fielen. Den rosa Seidenschlafmantel hatte sie enger um sich gewickelt und hielt den Kragen am Dekolletee zu.

„Nein, ich kann das wirklich nicht", sagte Hagenbauer. „Das ist ... ich meine, selbst wenn es theoretisch geht, wissen Sie, was für ein Aufwand das ist? Und falls es rauskommt, kann ich nicht nur meinen Job verlieren, sondern ich kann gleich ..."

„Sie können auch eine Anzeige wegen versuchten Mordes bekommen", entgegnete Toni scharf. „Ich werde bezeugen, wie Sie ihn verbal und mit dem Messer bedroht haben und ..." Sie klang mit jedem Wort wütender. Das war nicht gespielt. „... und ich weiß nicht, wie Ihre Firma damit umgehen wird, wenn das Ganze vor Gericht geht. Also, was ist Ihnen lieber? Herr Brehm hat auch Kontakte zur Presse, Sie können davon ausgehen, dass er die nutzen wird."

Ja, es war definitiv irgendwas vorgefallen. Wahrscheinlich mit diesem Idioten von Schauspieler. Um den würde Edgar sich später kümmern. Jetzt hielt er sich zurück und ließ Toni die Sache durchziehen. Sie lieferte eine beachtliche Show ab. Und er selbst war zu erstaunt, um auf Hagenbauers fragenden Blick zu reagieren.

„Erwin, bitte, mach doch, was sie sagen", wisperte Frau Hagenbauer. Er schüttelte energisch den Kopf. Sie ging zu ihrem Mann und flüsterte ihm ins Ohr. Wegen der Musik aus dem Radio konnte Edgar nur „Skandal“, „Schande“, „beide arbeitslos“ und „Kredit“ verstehen.

Hagenbauer straffte sich, blies die Backen auf und trat einen Schritt von seiner Frau weg. „Sonja, bitte. Das geht nicht. Ich meine ...“ Er sah von seiner Frau zu Toni und wieder zu ihr. „Wenn das rauskommt, dann ...“

„Dann sorge dafür, dass es das nicht wird“, zischte sie.

Er riss die Hände in die Höhe. „Und wie soll ich das machen?“

Sie zog ihn weiter weg zum Fenster, flüsterte ihm wieder ins Ohr, in seinem Gesicht spiegelte sich blanke Panik.

„Scheiße“, fluchte er laut und wischte sich über die Stirn.

Seine Frau und er sahen einander an, dann wandte er sich zu Toni.

„Okay, ja, ich besorg es Ihnen.“

Niemand nahm noch Notiz von Edgar.

„Wie lange brauchen Sie dafür?“, fragte Toni.

Hagenbauer wirkte zerknirscht, seine Schultern hingen herab. Als hätte er soeben eine Schlacht verloren.

„Bis heute Abend haben Sie alles.“

„So viel Zeit haben wir nicht. Wir brauchen es in spätestens vier Stunden. Sie rufen an, wenn Sie alles haben, und bringen es in der Detektei vorbei.“

Bevor Hagenbauer etwas entgegen konnte, nickte Toni Edgar zu und ging voraus zur Tür, ohne sich nochmal umzusehen.

Toni hätte am liebsten die Tür zum Haus der Hagenbauers hinter sich ins Schloss geknallt, aber das war dann wahrscheinlich doch zu dramatisch. Edgar kam ihr hinterher, sie nahm ihm wortlos die Autoschlüssel ab und setzte sich hinter das Steuer.

Vielleicht war das gerade eben so etwas wie eine Flucht nach vorne gewesen. Seit dem Moment, als sie Janinas Nachricht in der Whatsapp-Gruppe gelesen hatte, war irgendwas in ihr passiert. Natürlich war sie gekränkt und traurig, auch wütend. Aber da war noch etwas anderes. Eine Gewissheit, dass sie es aushalten konnte. Dass sie nicht einknickte. Sie konnte die Schmitzes aushalten, die Ravingers, die Felixes.

„Ist alles in Ordnung?“, fragte Edgar. „Das war eben ... du hast mich umgehauen.“ Er lachte auf.

Sie drehte sich zu ihm. Bei all dem Scheiß, den sie aushalten konnte und musste, brauchte sie Rettungsleinen in ihrem Leben. Edgar war eine davon.

„Ja, alles in Ordnung. Was machen wir jetzt?“

Er seufzte, sah wieder zum Haus der Hagenbauers. „Warten, schätze ich.“

„Okay. Frühstück?“

Edgar nickte, sie suchte auf ihrem Handy die nächste Bäckerei und fuhr los.

Toni kaufte für Edgar und sich Zimtschnecken, die frisch aufgebacken worden waren. Mit zwei großen Bechern Kaffee kam sie zurück zum Auto.

Edgar rieb sich die Schulter, er schien Schmerzen zu haben.

„Wo ist deine Armschlinge?“, fragte sie.

„Daheim.“

„Edgar ...“, sagte sie mahnend.

„Ich konnte sie alleine nicht anlegen.“

„Frühstücken wir, und dann lass uns die Armschlinge holen.“

Edgar nickte, was bedeutete, dass es ernsthaft wehtun musste.

„Wann musst du bei deinem Unterricht sein?“, fragte er und biss von der Zimtschnecke ab.

Sie schüttelte den Kopf und nahm einen Schluck Kaffee, der so heiß war, dass sie sich die Zunge verbrannte.

„Ist etwas passiert?“

Toni spürte plötzlich einen dicken Kloß im Hals, den sie mit einem Bissen Zimtschnecke zu vertreiben versuchte.

„Er hat gestern noch eine andere gefragt, ob sie mit ihm ausgeht. Ich hab es zufällig erfahren."

Edgar ließ seine Zimtschnecke sinken, er zog die Augenbrauen hoch und wirkte so betroffen, dass sie den Blick abwenden musste.

„Was für ein Arsch", sagte er.

Toni musste lachen, nicht, weil er es gesagt hatte, sondern über seinen Tonfall. Er klang so empört wie Lena, wenn sie sich aufregte. Im nächsten Moment brannten ihre Augen. Nein, sie würde jetzt nicht heulen, auf gar keinen Fall. Sie reichte ihm ihren Kaffeebecher, startete den Motor und reihte sich in den Verkehr ein. Die morgendliche Rushhour hatte bereits eingesetzt, es ging schleppend voran. Sie brauchten fast eine Stunde bis zu Edgars Wohnung im 13. Bezirk. Toni war erst ein Mal hier gewesen. Bei einem Abendessen, zu dem Edgar sie und ihre Oma eingeladen hatte.

Wie in der Detektei hatte er auch hier diese wunderbar antiken Möbel. Die Wände waren mit dunkelroten Stofftapeten überzogen, es gab goldene Stuckleisten, Kristallluster, im Wohnzimmer ein hellbraunes altes Schaukelpferd aus Holz, das zu einer Stehlampe umfunktioniert worden war, und eine riesige Chesterfield-Sitzgarnitur.

„Hat Ralph eigentlich damals auch hier gewohnt?", fragte Toni, als sie Edgars Armschlinge anlegte.

Er zuckte kurz zusammen, ob wegen der schmerzenden Schulter oder ihrer Frage, war nicht ersichtlich.

„Ja, hat er."

„Geht es so?", fragte sie und zog die Schlinge ein wenig enger.

Er nickte und bedankte sich. „Ich glaube, ich brauche noch einen Kaffee."

Sie wechselten in die Küche, wo eine eingerahmte, mit Zigarettenspitze rauchende Audrey Hepburn als Holly Golightly aus „Frühstück bei Tiffany" über dem Kühlschrank auf sie herablächelte.

„Edgar, ich habe nochmal über etwas nachgedacht. Diese Sache, dass Julian so erschrocken ist, an dem Morgen, als er reingeplatzt ist, während Hammer mit seiner Mutter Sex hatte. Also ... vielleicht hat Julian gar nicht so reagiert, weil es ihm generell peinlich war. Sondern aus einem ganz anderen Grund."

„Daran hab ich auch schon gedacht."

„Nicht wahr? Julian hat gesagt, er liebt jemanden, den er nicht lieben darf. Hätte er Anna-Sophie gemeint, dann hätte er gesagt, er liebt jemanden, von dem seine Mutter nicht wollen würde, dass er das tut. Aber wenn es stimmt, was diese Frau Aninger gehört hat, dann hat er gesagt, er darf nicht. Und ich glaube, Julian war zu intelligent, um sich dessen nicht bewusst gewesen zu sein."

Edgar drehte sich mit dem Siebträger in der Hand zu ihr und sah sie nachdenklich an.

„Also, wenn er es Ralph gesagt hat", fuhr Toni fort, „dann hat er höchstwahrscheinlich nicht ihn gemeint. Und selbst wenn doch, was ich nicht glaube, dann spricht das dafür, dass Ralph davon überhaupt keine Ahnung hatte. Julian kann natürlich auch über jemanden völlig anderen gesprochen haben. Aber wenn er Hammer gemeint hat, dann ..."

„... dann hat er wirklich über jemanden gesprochen, den er nicht lieben darf."

„Genau. Nämlich den zukünftigen Mann seiner Mutter, seinen Stiefvater und Vater seines Halbgeschwisterkinds, oder wie man das nennt."

Edgar nickte, sein Blick verlor sich.

„Und noch was", fuhr Toni fort. „Hammer kann sich ja angeblich nicht an Julian bei der Comic-Con erinnern. Schebesta hat gesagt, weil Julian einfach nur ein weiterer Fan war. Ich hab heute Nacht mal über Hammer im Netz recherchiert. Wenn man das mit den Pseudonymen weiß, ist er nicht schwer zu finden. Er schreibt unter drei verschiedenen Namen, und wie Ralph gesagt hat, sind das alles Science-Fiction-Reihen. Es geht so in Richtung James Bond in der Zukunft. Nicht besonders anspruchsvoll, aber wirklich ziemlich beliebt. Also, wenn Julian so ein Fan von Hammer war, wieso ist dann in seinem Zimmer kein einziges dieser Science-Fiction-Bücher gewesen?“

Edgar sah sie wieder an. „Du hast recht. Hast du heute noch was vor?“

„Nein, wieso?“

Er legte den Siebträger hin. „Ich glaube, Schebesta hat uns einen Gefallen getan.“

„Inwiefern?“

„Ralph sitzt in Untersuchungshaft. Wer auch immer für Julians Tod verantwortlich ist, kann sich nun in Sicherheit wiegen.“

„Und?“

„Falls das alles stimmt, was du gesagt hast, sollten wir diese Zeit nutzen und mal ein bisschen mehr über Gustav Hammer herausfinden.“

30.

Toni sah auf ihr Handy und Ravingers Nummer blinkte auf. Es war 15 Minuten nach zehn Uhr und er rief sie bereits zum zweiten Mal an.

Sie ließ es klingeln. Auch seine SMS, ob alles ok sei, er warte auf sie im Konservatorium, hatte sie nicht beantwortet.

Seit einer Stunde saß sie neben Edgar im Auto und beobachtete Kirsten Königs Wohnhaus in der Taborstraße. Dass Hammer bei ihr war, wussten sie, da Edgar ihn unter einem Vorwand angerufen hatte. Auf die Frage, ob er gestern zufällig sein Notizbuch vergessen hatte, vielleicht wäre es ja unter einem der Polster auf der Couch, sah Hammer nach und verneinte. Seit sie hier standen, hatte er auch schon einmal in Jogginghose und T-Shirt das Haus verlassen. Leider nur, um etwas aus der Apotheke zu holen.

Toni war sich nicht sicher, was diese Warterei bringen sollte.

„Wäre es nicht besser, wenn wir irgendwas tun?", fragte sie Edgar. „Mit jemandem reden, Nachforschungen anstellen, was weiß ich."

Er schüttelte den Kopf und schien sehr überzeugt von seiner Vorgehensweise zu sein. „Wenn wir richtigliegen, dann warten wir auf das Naheliegende", sagte er.

„Was bedeutet das?"

Er drehte sich zu ihr, runzelte die Stirn. „Manchmal macht man sich zu viele Gedanken, anstatt geduldig auf das Naheliegende zu achten. Auf das zu warten, was passieren wird."

„Und naheliegend ist, dass sich Hammer durch Julian bedroht gefühlt hat?"

„Vielleicht. Auf jeden Fall werden Menschen unvorsichtig, wenn sie sich in Sicherheit fühlen."

Toni reckte den Kopf. Eine Frau kam die Straße entlang, sie war noch gut 100 Meter entfernt. Ihre roten Haare und das grüne Kleid weckten bei Toni sofort unangenehme Erinnerungen. Aber das konnte sicher nicht sein. Die Frau kam näher, ihre bronzefarbene Handtasche reflektierte das goldene Sonnenlicht. Oder war sie es doch?

„Ist das Miriam Schill?", fragte sie Edgar.

„Wo?"

„Da vorne." Sie deutete in die Richtung und Edgar kniff die Augen zusammen.

„Ja, ich glaube, das ist sie."

Toni konnte gar nicht sagen, warum, aber Miriam Schill war eine Erscheinung, die Blicke auf sich zog. Ihre aufrechte Haltung, ihr Hüftschwung, ihr selbstsicheres Auftreten. Aber das war es nicht allein. Bildete Toni sich das ein, oder umgab diese Frau eine Ausstrahlung und Präsenz, die ihr bis jetzt entgangen war?

Plötzlich blieb Miriam Schill stehen. Edgar deutete zum Wohnhaus von Kirsten König und Toni zog automatisch den Kopf ein, obwohl sie weit genug weg standen, um nicht entdeckt zu werden.

Hammer war aus dem Haus getreten. Er hatte sich umgezogen, trug ein weißes Hemd mit aufgekrempelten Ärmeln und eine Leinenhose. Er sah sich um, sein Blick und der von Miriam Schill trafen sich.

Und dann ging er tatsächlich auf sie zu. Und sie auf ihn.

„Was ist denn das jetzt?", fragte Toni.

Die beiden blieben voreinander stehen. Schill sagte etwas und Hammer nickte. Sie schüttelten sich die Hände. Dafür, wie sie voneinander gesprochen hatten, wirkten sie im Umgang miteinander völlig normal. Es war keine Feindseligkeit zu erkennen.

Ihre Körper waren einander zugewandt, sie standen nah beieinander. Es sah aus wie ein Gespräch von zwei Leuten, die sich kannten.

Hammer griff in seine Hosentasche. Er holte etwas heraus und streckte es Schill hin. Sie wollte es nicht nehmen, schüttelte den Kopf. Aber er ließ nicht locker, hielt es ihr weiterhin entgegen. Schließlich griff sie danach und steckte es in ihre Handtasche. Es sah aus wie eine Karte. Er würde ihr doch keine Tarotkarte gegeben haben? Vielleicht eine Visitenkarte? Ein Ausweis?

„Hast du gesehen, was das war?“, fragte Edgar.

„Nicht wirklich. Irgendeine Karte, glaube ich.“

Tonis Handy machte sich erneut bemerkbar, es war wieder Tim. Erschrocken drückte sie den Anruf weg, als könnte das Klingeln sie verraten.

Als sie wieder hochschaute, sah sie, dass Miriam Schill den Kopf gesenkt hatte und offenbar angefangen hatte, zu weinen. Hammer redete auf sie ein. Sie hob den Kopf, fing an zu gestikulieren, legte sich eine Hand auf ihr Herz und nickte. Aus den Augenwinkeln sah Toni, dass sich bei dem Wohnhaus wieder etwas bewegte. Die Tür ging auf und Kirsten König trat auf die Straße. Sie hatte eine Sonnenbrille auf und trug ein leichtes blaues Sommerkleid, das um ihren schwangeren Bauch gerafft war und ihn deutlich zeigte. Die blonden Haare waren zu einem unordentlichen Dutt gebunden. Weder Hammer noch Schill registrierten sie. Mit einer Hand hielt sie sich an der Hausmauer fest, während sie langsam in Richtung der beiden ging.

Als Miriam Schill Kirsten König erblickte, trat sie an Hammer vorbei und ging zuerst langsam und dann immer schneller auf König zu. Weinend fielen sich die beiden in die Arme. Das war eindeutig eine Versöhnung.

„Ist das jetzt das Naheliegende?“, fragte Toni.

„Ich bin mir nicht sicher.“

„Auf jeden Fall scheinen Schill und Hammer ihre Vorbehalte gegeneinander ad acta gelegt zu haben.“

„Ja, sieht so aus.“

„Falls sie je welche hatten“, murmelte Toni, ohne groß darüber nachzudenken.

Edgar atmete scharf ein.

Hammer legte eine Hand auf Kirsten Königs Oberarm und streichelte darüber, während die beiden Frauen noch immer umarmt weinten. Es kam Toni vor wie eine Szene aus einem französischen Film. Automatisch dachte sie an eine Dreiecksbeziehung.

Kirsten König griff nach Miriam Schills Hand und zog sie zum Hauseingang, in dem zuerst die beiden Frauen und dann Hammer verschwanden.

Tonis Handy vibrierte. Wieder eine Nachricht von Tim. *Ich mache mir Sorgen, bitte melde dich!!!*

Wenigstens verschaffte es ihr ein kleines bisschen Genugtuung, dass er so ein Verhalten anscheinend nicht gewohnt war. Sie musste sich beherrschen, um nicht zu antworten, ob er einen netten Abend mit Janina gehabt hatte.

„Was, glaubst du, hat diese Versöhnung zu bedeuten?“, fragte Toni.

„Das werden wir jetzt rausfinden“, murmelte er. „Komm, wir gehen rauf zu ihnen.“

„Moment.“ Toni deutete zum Eingang.

Das Haustor wurde gerade geöffnet, Hammer kam wieder heraus. Er war alleine, sprach in sein Handy und schien es sehr eilig zu haben. Im Laufschritt ging er die Taborstraße hoch, in Richtung des ersten Bezirks.

„Schau du alleine rauf zu König. Ich gehe Hammer nach.“ Toni öffnete die Autotür.

„Pass auf dich auf“, hörte sie Edgar noch. Er klang besorgt.

Toni lief über die Straße. Hammer war schnell, aber da er weiterhin in sein Handy sprach, war es kein Problem, ihm zu folgen. Er war so in das Gespräch vertieft, dass er einen Mann anrempelte. Statt sich zu entschuldigen, ging er einfach weiter. Toni war zu weit weg, um zu verstehen, was er sagte, aber er schien sich über irgendwas aufzuregen. Jetzt war er bei der Brücke und überquerte den Donaukanal zum Schwedenplatz. Die Fußgängerampel sprang auf Rot. Toni setzte zu einem Sprint an, um ihn nicht zu verlieren. Ein Auto quietschte und ein Hupkonzert startete. Zum Glück merkte Hammer nichts, sondern ging einfach weiter. Beim Schwedenplatz bog er rechts ab, dann links die Rotenturmstraße hoch. Sein Gespräch hatte er beendet und war jetzt schneller unterwegs. Wegen der vielen Touristen verlor Toni ihn immer wieder aus den Augen. Wo wollte er hin?

Am Stephansplatz eilte er die Treppen hinunter zur U-Bahn. Sie nahm zwei Stufen auf einmal und wäre fast in Hammer hineingelaufen. Er stand da, sah sich um. Im letzten Moment stoppte sie und bog zu den öffentlichen Toiletten gleich neben dem Abgang ab. Sie blieb davor stehen, das Gesicht von ihm abgewandt. Wartete Hammer auf jemanden? Es sah ganz danach aus.

Wenn er sich in ihre Richtung drehte, würde er sie sofort sehen. Aber wenn sie nicht hier stehen blieb, war die Gefahr zu groß, ihn zwischen den vielen Menschen zu verlieren. Das Herz klopfte ihr bis zum Hals.

Hammer drehte sich in Tonis Richtung, in dem Moment kam eine Frau mit einer Jugendlichen aus der Toilette. Toni trat zur Seite, um von den beiden verdeckt zu werden. Sie ging ein paar Schritte mit ihnen. Hammer hob die Hand. Anscheinend sah er die Person, auf die er gewartet hatte. Eine Frau kam die Rolltreppen hochgefahren. Sie hatte lange braune Haare und hatte eine dieser teuren Nerdbrillen auf und trug eine schwarze Leggins und ein lila T-Shirt, um die Schulter eine eingerollte grüne Yoga-Matte. Ihre Gesichtszüge waren verhärtet, sie war eindeutig wütend auf Hammer. Kaum war sie oben angekommen, blaffte sie ihn an. Er gestikulierte, deutete zu einer anderen Rolltreppe, wollte nach ihrem Arm greifen, doch sie wich sofort energisch zurück.

Toni musste näher an die beiden ran, um etwas zu verstehen, aber das war so gut wie unmöglich. Hammer redete auf die Frau ein, versuchte sie immer wieder zu berühren. Sie zuckte jedes Mal weg.

Wer war das?

Plötzlich drehte die Frau sich um und steuerte die Rolltreppe nach oben Richtung Kärntnerstraße an. Hammer lief ihr hinterher. Toni nahm die Treppe und folgte ihnen. Die Frau eilte zur Aida-Konditorei und setzte sich an einen Tisch am Rand. Hammer sah sich um. Er schien sie zum Aufstehen überreden zu wollen, aber sie blieb sitzen und studierte die Karte.

Toni drehte den beiden den Rücken zu, griff nach ihrem Handy. Tat so, als wäre sie damit beschäftigt. Sie wartete, riskierte dann einen Blick. Hammer hatte sich gegenüber von der Frau hingesetzt. Sie winkte nach der Kellnerin. Was war das? Eine Verabredung zu Kaffee und Kuchen?

Toni ging einen Bogen, um nicht in Hammers Blickfeld zu geraten. Die beiden führten augenscheinlich ein Streitgespräch. Sich „unsichtbar" zu machen, wie bei der Übung im Schauspielunterricht, würde Toni nichts bringen. Sie müsste sich schon direkt vor den Tisch der beiden stellen, um etwas hören zu können.

Einer der Tische hinter Hammer wurde frei, aber Tonis Tasche mit ihrer Geldbörse lag in Edgars Auto und sie hatte nicht einen Euro dabei. Außerdem war der Platz zu weit weg, um mithören zu können. Sie entschied sich trotzdem, sich hinzusetzen.

Obwohl zwei Tische zwischen ihrem und dem von Hammer waren, konnte sie jetzt deutlich das Gesicht der Frau mit der Brille sehen. Sie sah Hammer hasserfüllt an. Toni nahm ihr Handy hoch und schaltete die Kamera ein. Sie wollte ein Foto machen, im letzten Moment entschied sie sich jedoch anders und wählte die Videoaufnahme.

„Was darf ich Ihnen bringen?", fragte die Serviererin. Toni hatte sie gar nicht bemerkt.

„Ein Soda bitte."

„Himbeere oder Zitrone?"

„Nur ein Soda."

Auch Hammer und die Frau bestellten. Die Unterhaltung der beiden nahm Fahrt auf. Über irgendwas schien sich die Frau immer mehr aufzuregen, bis sie schließlich so energisch aufsprang, dass ihr Stuhl umkippte.

„Entweder ich krieg heute noch das Geld, oder ich sage alles", brüllte sie so laut, dass sogar Toni es hören konnte. Hammer schien auf seinem Stuhl zu erstarren.

Toni erschrak, als das Handy in ihrer Hand vibrierte und einen Anruf von Edgar anzeigte. Rasch drückte sie ihn weg. Als sie wieder vom Handy hochsah, waren weder die Frau noch Hammer zu sehen.

„Hier Ihr Soda, wenn ich bitte gleich kassieren darf", sagte die Serviererin und stellte das kleine silberne Tablett am Tisch ab.

„Entschuldigung, ich muss weg. Ein Notfall", sagte Toni und sprang auf.

Wo waren die beiden hin? Während die Serviererin hinter ihr zu schimpfen anfing, lief sie ein paar Schritte Richtung U-Bahn-Abgang. Nichts. Wieder zurück. Es waren doch nur ein paar Sekunden, die sie nicht aufmerksam gewesen war. Scheiße. Sie drehte sich im Kreis, stellte sich auf die Zehenspitzen. Es waren so viele Leute unterwegs. Etwas Grünes blitzte in der Menge hervor. War das die Yogamatte? Ja, das war sie. Hammer und die Frau bewegten sich Richtung Stephanskirche. Nein, sie gingen in die Bankfiliale an der Ecke.

Toni zögerte. Sollte sie ihnen hinein folgen? Und wenn Hammer sie entdeckte? Andererseits, nicht weit von hier war das Konservatorium. Und er wusste doch nicht, dass sie ihm folgte. Sie könnte auch einfach in die Bank gehen, und falls er sie entdeckte, hatte sie das als Ausrede parat. Aber ihr Gefühl sagte ihr, er sollte sie nicht sehen. Da stimmte was nicht. Die Scheiben waren getönt, sie konnte nicht in das Innere der Bank blicken.

Sie fokussierte sich, verlangsamte, so gut es ging, ihren Atem. Und betrat das Foyer der Bank.

Hammer stand bei einem der Geldautomaten, die Frau wartete abseits von ihm. Toni stellte sich zu einer Maschine am anderen Ende des Foyers, auf der „Einzahlung“ stand. Sie tat so, als drückte sie irgendwelche Tasten und verfolgte nicht vorhandene Anweisungen auf dem Bildschirm.

Hammer hob Geld ab, ging zu der Frau, reichte es ihr.

Augenblicklich schien die Frau ein wenig besänftigt zu sein, duldete jetzt sogar seine Hand auf ihrem Rücken. Toni folgte den beiden aus der Bank.

Vor dem Abgang zur U-Bahn-Unterführung verabschiedeten sie sich. Hammer wartete, bis die Frau auf der Rolltreppe verschwunden war, dann hastete er über den Stephansplatz in Richtung Rotenturmstraße. Er war so schnell, dass Toni ihn sofort aus den Augen verlor. Sie blieb stehen und ihre Beine fingen zu zittern an. Das Adrenalin, das durch ihren Körper gerauscht war, sackte schlagartig ab, ihr wurde schwindlig, sie musste sich dringend setzen.

Auf den Betonblöcken vor dem Haas-Haus wurde ein Platz frei, sie querte den Platz und wählte Edgars Nummer.

„Wo bist du?“, meldete er sich.

„Am Stephansplatz.“ Im Sitzen wurde es auch nicht viel besser. Toni schloss die Augen.

„Verstehe. Hagenbauer hat sich gemeldet. Er fährt jetzt zur Detektei. Er hat es wirklich geschafft, Dateien aus der Cloud runterzuladen.“

Toni musste lächeln, bis vor Kurzem hatte Edgar gar nicht gewusst, was das bedeutete. Jetzt klang er wie ein Profi.

„Soll ich zu dir kommen?“

„Nein, ich fahre gleich los. Treffen wir uns dort?“

„Ja. Und wegen Hammer, er hat eine Frau getroffen. Ich weiß nicht, wer sie ist ...“

„Ach so? Angeblich sollte er was zum Frühstück besorgen."

„Wer sagt das?"

Stimmengewirr neben Toni wurde lauter, sie öffnete die Augen. Um sie herum nahmen ältere Damen einer amerikanischen Touristengruppe Platz. Eine Wolke aus Trockenshampoo und klebrigsüßem Duft hüllte Toni ein, es wurde über „gorgeous little city" und „the best Schnitzel in town" gesprochen. Toni musste sich ein Ohr zuhalten, um Edgar zu verstehen.

„König. Ich war bis eben bei ihr. Sie und Schill haben sich versöhnt."

„Warum jetzt?"

„Es war der Wunsch von Anna-Sophie."

„Oh, ich verstehe."

„Und ich hab erfahren, warum Ralph verhaftet wurde. Damit kommt Schebesta nie durch."

„Oh, Edgar ... warum?"

„Wegen eines beschissenen Kristallherzens."

„Was?"

„Ja, in den Tonaufnahmen hat Julian ein Herz aus Kristall erwähnt. Eine Art heimliches Liebesgeschenk. Schebesta hat eine Hausdurchsuchung veranlasst und genau dieses Kristallherz bei Ralph gefunden. Mit Julians Fingerabdrücken drauf. Das ist Irrsinn. Ich verstehe nicht, wie sie damit durchkommt. Was war mit Hammer und dieser Frau?"

Neben ihr quietschte eine der Touristinnen laut auf, Toni rückte an den Rand des Betonblocks, beugte sich vor und presste das Handy an ihr Ohr. „Sie haben gestritten. Sie war wütend. Ich konnte nur eine Sache verstehen. Sie hat gesagt, entweder ich kriege das Geld oder ich sage alles. Danach sind sie zur Bank und er hat Geld für sie abgehoben."

„Hast du ein Foto von ihr gemacht?"

„Ich hab sie sogar auf Video."

„Gut, wir finden raus, wer sie ist. Schick mir das Video. Ich muss jetzt aufhören, sonst kann ich nicht lenken."

Toni wollte Edgar gerade fragen, ob er sich nicht ein Taxi nehmen wollte, als es über ihr dunkel wurde. Jemand hatte sich vor sie gestellt. Sie sah zwei schwarze Hosenbeine. Hammer.

„Edgar", sagte sie mit einem Anflug von Panik ins Handy. Aber er hatte schon aufgelegt.

Sie wappnete sich für eine Ausrede und hob den Blick. Die Sonne blendete, sie musste ihre Augen abschirmen, um in das Gesicht des Mannes zu sehen.

Das war nicht Hammer. Vor ihr stand Tim Ravinger. Das Konservatorium war zwar nur zwei Minuten entfernt, aber mit ihm hatte sie trotzdem nicht gerechnet.

Er schob seine Sonnenbrille ins Haar und sah sie mit einer Mischung aus Erleichterung und Ärger an. „Was ist los? Du gehst nicht an dein Handy, warst nicht in deiner Stunde ..."

Toni starrte ihm ins Gesicht. Schon wieder waren alle Worte plötzlich weg, zurück blieben sehr widersprüchliche Gefühle. Ärger, Sehnsucht, Hoffnung, Fassungslosigkeit, Zuneigung. Sie alle spielten Ping-Pong in ihr.

Tim sah sie abwartend an, dann ging er plötzlich in die Knie. „Hey, ist alles okay?" Seine dunklen Augen schauten liebevoll. „Wegen gestern? Als du mich angerufen hast? Es tut mir leid, wenn ich unfreundlich war. Es war ... nein, sag du. Ist es deswegen, oder ist irgendwas passiert?" Er legte seine Hand auf ihre. „Ich habe Pause und wollte ins Hawelka, um was zu essen. Wir könnten reden ..."

Toni öffnete den Mund, wollte etwas sagen. Vielleicht hatte Janina ja gelogen, das stimmte alles gar nicht und er hatte sie nicht um eine Verabredung gebeten.

Sein Handy läutete. Er öffnete die Ledertasche, nahm es raus und drückte den Anruf weg.

„Toni, ich …“, begann er, da läutete das Handy wieder. Nachdem er den Anruf erneut weggedrückt hatte, erklang der Klingelton zum dritten Mal. Er zog eine Augenbraue hoch und hob ab. „Kann ich dich gleich … oh, wirklich?“ Er drehte sich um, sagte: „Ach ja, ich seh dich.“ Seine Stimme klang angespannt. Er warf einen kurzen Blick zu Toni, aber alles Liebevolle von eben war verschwunden. Sie schaute in die Richtung, in die er gesehen hatte.

Janina stand keine 20 Meter entfernt. Und sie sah wütend aus.

31.

Edgar fluchte laut auf, jedes Mal, wenn er versuchte, in den zweiten oder dritten Gang zu schalten. Es war die dümmste Idee des Jahrhunderts, dass er nicht auf Toni gewartet hatte. Zwei Mal war er fast in den Wagen vor sich reingefahren, weil er mit links hinübergegriffen hatte, um den Gang zu wechseln, und zu spät auf die Straße geschaut hatte.

Endlich bog er zur Detektei ab. Wahrscheinlich war Toni schon längst hier. Sein Handy hatte unterwegs geläutet, aber er hatte vergessen, die Freisprechverbindung zu aktivieren, und konnte nicht rangehen.

Hagenbauer war nirgends sehen, vielleicht war er schon mit Toni oben im Büro.

Ein kleiner Parkplatz direkt vor dem Haus war als einziger frei. Wie Edgar den Wagen mit seinem Arm in der Schlinge da reinbekommen sollte, war ihm ein Rätsel. Er musste Toni bitten, runterzukommen und für ihn einzuparken. Doch kaum hatte er das Auto in zweiter Spur abgestellt, rief Fernanda an.

„Hallo?“, meldete er sich.

„Edgar, entschuldige, dass es länger gedauert hat. Ich habe alles versucht. Aber das ist wie eine Mauer. Ich versteh das gar nicht. Ich hab nicht eine Information bekommen. Nur ...“

„Nur?“

„Schebesta scheint im Alleingang vorzugehen. Sie hat sich einigen Unmut aus der Kollegenschaft zugezogen. Und sie soll ziemlich pressegeil sein. Das wird zumindest behauptet. Sie ist oft mit einem Reporter zusammen und es gab einen Streit mit ihrem Vater. Alle haben es mitbekommen, sie haben sich am Gang angeschrien. Aber niemand weiß, was los ist.“

Jemand klopfte energisch an Edgars Seitenfenster. Er zuckte zusammen. Da stand Barbara Aninger, die Frau, die ihm von Julians Beichte erzählt hatte. Sie sah ihn mit verängstigtem Blick durch die Glasscheibe an, bedeutete ihm, das Fenster runterzulassen.

„Fernanda, kann ich dich später zurückrufen?“, fragte er ins Telefon.

„Musst du nicht, mehr Informationen hab ich nicht. Wenn ich noch was rauskriege, melde ich mich. Und Edgar, halt dich von der Schebesta fern. Was mir die Kollegen erzählt haben, klingt nicht gut. Sie scheint viel zu ehrgeizig zu sein. Kommt doch ganz nach ihrem Vater. Na ja, der Apfel fällt nicht weit vom Stamm.“

Edgar dankte ihr und sie verabschiedeten sich rasch.

„Herr Brehm, ich muss Ihnen etwas sagen“, sagte Barbara Aninger laut und überdeutlich durch die Scheibe.

„Ja, einen Moment, ich ...“

Edgar deutete zum Haus, da entdeckte er im Eingang Hagenbauer. Er stand in die Ecke gedrängt, hatte die Arme verschränkt und man konnte ihm ansehen, wie unwohl er sich fühlte. Also war Toni noch nicht hier. Edgar schaltete die Warnblinkanlage ein und stieg aus.

„Ich komme mit meiner Schulter nicht in den Parkplatz rein.“

Barbara Aninger nahm ihm die Autoschlüssel ab. „Lassen Sie mich das machen.“

Während sie gekonnt in die Parklücke manövrierte, ging Edgar zu Hagenbauer. Dessen Stirn glänzte vor Schweiß, seine Oberlippe zitterte und die Haare um seine Halbglatze standen in alle Richtungen ab. Er sah aus wie ein kleiner Vogel, der aus dem Nest gefallen war.

„Hier“, sagte er mit erstickter Stimme und reichte Edgar einen USB-Stick. „Es ist alles drauf, was auf der Cloud war. Ist das jetzt erledigt? Kann ich gehen?“

Edgar hatte direkt ein bisschen Mitleid mit dem Mann. „Danke, Herr Hagenbauer. Alles erledigt.“

Ohne Edgar noch eines Blickes zu würdigen, eilte Hagenbauer mit gesenktem Kopf davon.

„Hier sind Ihre Autoschlüssel“, sagte Barbara Aninger hinter ihm.

„Danke.“

„Ich ... mir ist was eingefallen. Ich habe nicht gleich daran gedacht, aber ...“

„Kommen Sie, wir gehen in mein Büro.“

Sie durchquerten den Innenhof, der Kater saß vor der Tür zur Detektei und sah Edgar vorwurfsvoll an. *Wo warst du die ganze Zeit,* schien sein Blick zu sagen. Manchmal hatte Edgar den Eindruck, der Kater bildete sich ein, er wäre mit ihm verheiratet.

Er sperrte die Tür auf und bat Barbara Aninger herein.

„Herr Brehm“, sagte sie, ohne sich hinzusetzen. „Ist es wahr, man hat Ralph verhaftet wegen eines Herzens aus Kristall, das man bei ihm gefunden hat?“

„Woher wissen Sie das?“

„Ich habe es vorhin im Internet gelesen. Ein Privatsender berichtet davon, es wurde bei einer Hausdurchsuchung in seinem Schreibtisch entdeckt.“

Edgar hatte Mühe, sich zurückzuhalten, um nicht die Augen zu verdrehen. Dass ein Priester verhaftet war, musste ein gefundenes Fressen für die Presse sein. Er nahm hinter dem Schreibtisch Platz und war einen Moment panisch. Der USB-Stick, wo war er? Er hatte ihn von Hagenbauer genommen, und dann? Wo hatte er ihn danach hingesteckt? In der Brusttasche war er nicht.

„Davon habe ich auch gehört“, sagte er.

In der linken vorderen Hosentasche konnte er den Stick ebenfalls nicht finden. Verdammt. Rechts hatte er ihn sicher nicht eingesteckt, das ging gar nicht, wegen seines Arms in der Schlinge. Er hatte ihn in der Hand gehalten, als Aninger ihm den Autoschlüssel gereicht hatte.

„Ist es dieses Herz?“, sie deutete mit Zeigefinger und Daumen eine Größe von ungefähr fünf Zentimetern in die Luft. „Außen ist es durchsichtig und in der Mitte hat es einen roten Einschliff. Es sieht aus wie ein Herz im Herz. Ist es das?“

„Ich weiß es nicht. Wieso?“ Edgar wurde heiß. Mühsam drehte er sich zur Seite, damit er doch in die rechte Hosentasche greifen konnte. Aber auch die war leer. Fehlanzeige.

„Weil das …“ Sie rieb sich die Hände. Edgar nahm wahr, dass sie ihren Ehering nicht mehr trug. „Also, dieses Herz wurde in Ralphs Schreibtisch gelegt.“

„Woher wissen Sie das?“

„Das … ich habe vorgestern in Ralphs Schreibtisch gesehen, da war es noch nicht da. Und gestern hat die Polizei es dort gefunden.“

Meine Güte, das durfte doch nicht wahr sein. Sie versuchte, Ralph zu helfen, indem sie irgendeine fadenscheinige Geschichte erfand. Und damit vergeudete er nicht nur seine Zeit, jetzt war auch noch dieser verdammte USB-Stick verschwunden.

„Okay, Frau Aninger“, sagte er und stand auf. Er wies ihr die Tür. „Danke, dass Sie mir das gesagt haben.“

Während er wartete, bis sie ging, ließ er seinen Blick durch den Raum gleiten. Wo waren die Autoschlüssel? Hatte er die mit dem USB-Stick am Weg ins Büro verloren? Er musste nachsehen. Sofort.

„Sie glauben mir nicht“, sagte Aninger.

„Darum geht es nicht. Ich kann mir bloß nicht vorstellen, dass die Polizei Ihnen glauben wird.“

Edgar rekapitulierte, er hatte die Tür aufgesperrt und – wo war eigentlich der Büroschlüssel? Das war ja zum Wahnsinnigwerden.

„Suchen Sie das hier?“, fragte Aninger und deutete auf die Couch. Da lagen sie – der Autoschlüssel, der fürs Büro und auch der USB-Stick. Er musste alles dorthin gelegt haben, als sie reingekommen waren. Diese Frau mit ihrer Hektik brachte ihn ganz durcheinander.

„Danke, ja. Also dann …“, wollte er sich erneut von ihr verabschieden.

„Okay, Herr Brehm, also … nach unserem Gespräch … Dieser Junge, er hat jemanden geliebt und jetzt …“ Sie schloss die Augen, nickte und murmelte etwas, das wie „20 Sekunden Mut“ klang. Sie öffnete wieder die Augen und blickte Edgar direkt an. „Ich habe Ralph einen Brief geschrieben. Vorgestern. Als er nicht da war, habe ich ihn in seinem Schreibtisch hinterlegt.“ Sie sah ihn an, als befürchtete sie, Edgar könnte nach dem Inhalt des Briefes fragen. Aber das brauchte er gar nicht, er wusste auch so, was darin stand. „Ich bin nach Hause gegangen und musste die ganze Zeit darüber nachdenken. Ich konnte nicht schlafen. Weil ich dachte, vielleicht geht es gar nicht um Ralph oder wenigstens nicht nur. Vielleicht ist er meine Ausrede, der Grund, den ich brauche, um meinen Mann zu verlassen. Verstehen Sie? Aber ich will keine Ausreden mehr. Jedenfalls, ich habe am nächsten Morgen mit meinem Mann geredet. Ich habe ihm gesagt, dass ich nicht mehr mit ihm verheiratet sein kann. Und er … er hat anders reagiert, als ich dachte. Hat auf einmal von Paartherapie und Urlaub gesprochen und … deshalb wollte ich meinen Brief zurückholen. Also bin ich in die Kirche, in seine Kanzlei. Aber als ich den Brief rausnehmen will, kommt Ralph rein. Er sagt, er hat Besuch, sie hätten was Wichtiges zu besprechen, ob ich später wiederkommen kann.“

Edgar hörte ein Geräusch von draußen. Und Schritte. Er wollte Frau Aninger sagen, sie sollte kurz warten, da wurde an die Tür geklopft und geöffnet. Toni stand da, sie sah elend aus.

„Ich warte draußen“, sagte sie beim Anblick von Frau Aninger und zog sofort wieder die Tür zu.

„Gut, weiter“, bat Edgar.

„Ich bin aber nicht gegangen, ich hab vor der Kanzlei gewartet. Ralph ist kurz rausgekommen, er hat Kaffee geholt. Er hat gesagt, es wird noch ein bisschen dauern.

Weil die Pastoralassistentin gekommen ist, bin ich dann doch gegangen. Eine Stunde später bin ich wiedergekommen, niemand war mehr in der Kanzlei. Also bin ich rein, um meinen Brief zu holen. Er war zum Glück noch da und auch nicht geöffnet. Aber es ist etwas auf ihm gelegen. Und zwar ein Kristallherz. Das war am Tag davor, als ich den Brief reingelegt habe, noch nicht da. Ich hab mich gewundert, denn der Brief war ungeöffnet, und wenn Ralph das Herz in die Lade gelegt hat, dann hätte er ihn doch sehen müssen. Jedenfalls habe ich den Brief mitgenommen und den Rest kennen Sie ja. Und als ich es vorhin im Internet gelesen habe, da wurde mir ganz schlecht."

„Frau Aninger, ist das wirklich wahr? Sie erzählen mir das nicht, weil Sie Ralph helfen wollen?"

„Ich schwöre bei Gott. Es ist die Wahrheit."

„Okay. Einen Moment bitte." Edgar öffnete die Tür. Toni saß zusammengekauert auf einem Stapel Akten, die er im Gang aufbewahrte. „Komm bitte rein. Ich brauche deine Hilfe", sagte er. „Kannst du Frau Aninger auf deinem Handy ein Foto von Hammer zeigen, bitte?"

„Meinen Sie Gustav?", fragte Aninger.

„Sie kennen ihn?"

„Natürlich. Aus der Kirche. Schon lange."

„Ach so, natürlich. Hätte er das Herz dort reinlegen können?"

„Das weiß ich nicht. Ich meine, die Kanzlei ist immer nur in der Nacht abgesperrt, jeder hätte das tun können. Aber warum sollte Gustav ..."

„Haben Sie gesehen, mit wem Ralph diese Besprechung hatte?"

„Ja, aber ich kenne sie nicht. Sie war sicher noch nie in der Kirche."

„Sie?"

„Ja, die Frau in Ralphs Büro."

Edgar warf Toni einen Blick zu, sie verstand sofort, tippte auf ihrem Handy herum und zeigte Aninger das

Display. „War es diese Frau?“, sagte sie. Edgar sah, dass Toni ihr ein Foto von Miriam Schill zeigte.

„Nein. Sie war auch viel jünger.“

„Wie hat sie ausgesehen?“

„Hübsch. Lange schwarze Haare, ein Zopf, schlank. Sie hatte etwas Schwarzes an, darum und wegen ihres ernsten Gesichtsausdrucks dachte ich, sie ist wegen eines Trauerfalls bei Ralph.“

Edgar runzelte die Stirn.

Toni wischte erneut auf ihrem Display herum, tippte, wischte wieder. Und hielt schließlich Aninger das Display erneut hin.

Sie beugte sich näher darüber, kniff die Augen zusammen. „Ja. Ja, genau, das war die Frau.“

Toni streckte Edgar das Display entgegen. Darauf war ein Foto von Carolin Schebesta zu sehen, wie sie gerade ein Interview gab.

„Was ist?“, fragte Aninger. „Wer ist das?“

„Das ist die ermittelnde Beamtin, die für Ralphs Verhaftung verantwortlich ist“, sagte Edgar.

Aninger schnappte nach Luft. „Oh, das wusste ich nicht.“

„Frau Aninger, würden Sie mir helfen?“

„Natürlich.“

„Können Sie herausfinden, ob irgendjemand sonst in Ralphs Kanzlei war von dem Zeitpunkt, als Sie den Brief in die Lade gelegt haben, bis zu dem Moment, als Sie ihn wieder geholt haben?“

Sie nickte eifrig. „Natürlich kann ich das machen.“

Toni hatte ihr Handy wieder genommen.

„Noch eine Frage, kennen Sie auch diese Frau?“, fragte sie und zeigte Aninger erneut das Display. Im lauten Stimmengewirr war eine Frauenstimme zu hören. Sie sagte, sie wolle das Geld.

„Ja, natürlich“, sagte sie. „Das ist Ulrike Hammer. Gustavs Exfrau.“

32.

„Mein Name ist Edgar Brehm. Ich muss mit Carolin Schebesta sprechen. JETZT. SOFORT."

Toni stand neben Edgar im Wachzimmer der Landespolizeidirektion am Schottenring. Sie hatte ihn noch nie so wütend erlebt. Nachdem diese Frau aus Ralphs Kirche gegangen war, hatte Toni den USB-Stick in Edgars Laptop gesteckt.

Hagenbauer hatte es wirklich zustande gebracht. Alle WhatsApp-Nachrichten von Julians Handy waren darauf, ebenso die Unterhaltung mit Anna-Sophie, ein paar Nachrichten mit seiner Mutter, ein Gruppenchat seiner Klasse, in den er aber nie etwas geschrieben hatte. Weder Unterhaltungen mit Hammer noch mit Ralph, was aber nichts bedeuten musste. Dazu die Lieder, die er gespeichert hatte, viel Neunzigerjahre-Musik, Klassik und ein bisschen Schmusepop. In seiner Galerie waren Fotos, die ein hohes künstlerisches Talent zeigten. Momentaufnahmen von Straßenszenen und Gegenständen, fast alle in Schwarzweiß. Es gab auch Fotos von etlichen Gemälden, die Julian nachgemalt hatte. Toni hatte die Bilder ausgedruckt, damit sie überprüfen konnten, ob es tatsächlich keine Originale waren. Edgar erkannte neben einigen perfekten Kopien von Van Gogh noch nachgemalte Picassos, Gauguins und Magrittes. Julian war ein beachtlicher Maler gewesen, wenn man bedachte, wie exakt er die unterschiedlichen Stile beherrschte.

Sie mussten auch nicht lange suchen, bis sie seine Tonaufnahmen fanden, von denen Anna-Sophie erzählt hatte.

Es war ein Kontakt auf WhatsApp, den Julian „Amare" genannt hatte. Was laut Edgar als Name durchging, aber auch das lateinische Wort für lieben war. Sie hatten sich die Nachrichten angehört. Mit dunkler Stimme, die in Tonis Vorstellung nicht zu einem Achtzehnjährigen passte, sprach Julian über seine verzweifelte Liebe und auch über seinen Hass, stieß immer wieder Drohungen aus. Mit keinem Wort erwähnte er einen Namen.

Was trotzdem eindeutig aus allem hervorging, war das Verbotene, das über dieser Beziehung hing. Wenn man das hörte, konnte man wahrscheinlich wirklich daraus schließen, dass er über einen Priester sprach. Auch das Datum passte – er hatte vor einem Monat damit begonnen. Vor einem Monat hatte er Hammer kennengelernt. Was so nicht stimmte, wie sie mittlerweile wussten. Und sie hörten, wie er über das Kristallherz sprach. Es war in einer der ersten Nachrichten von vor einem Monat. Das Herz, das in Ralphs Schreibtisch gefunden worden war.

Edgar hatte sofort versucht, Carolin Schebesta anzurufen, aber sie war nicht an ihr Telefon gegangen. Deshalb standen sie jetzt hier.

„Wie gesagt, sie ist in einer Besprechung", sagte der junge Polizist. „Sie können hier warten, ich weiß allerdings nicht, wann sie fertig ist."

Edgar bat um einen Stift, er schrieb etwas auf einen Zettel, den er aus der Hosentasche genommen hatte.

„Bringen Sie ihr diese Nachricht. Jetzt sofort ..."

„Aber ..."

„JETZT." Edgars Kiefer war angespannt, die Muskeln traten hervor.

Der Polizist nahm den Zettel und ging davon.

„Was hast du draufgeschrieben?", fragte Toni.

„Dass sie den Falschen hat und ich es beweisen kann."

Toni schluckte. Ihr war nicht klar, wie Edgar das anstellen wollte.

Es dauerte eine Weile, dann kam der junge Polizist alleine wieder. „Tut mir leid, ich hab mich geirrt. Sie ist nicht im Gebäude. Ich hab die Nachricht bei ihr im Büro gelassen."

„Rufen Sie sie an", sagte Edgar energisch.

„Hab ich vorhin versucht, aber sie geht nicht ran."

„Wo ist sie?"

„Das weiß ich leider nicht."

„Dann fragen Sie jemanden, der es weiß."

„Was ist denn da los?", fragte eine ungehaltene Männerstimme hinter dem jungen Beamten. Er trat zur Seite. Toni kannte den älteren Polizisten, der Edgar fixierte, während er übertrieben lässig Kaugummi kaute. Sie hatte ihn bereits einmal gesehen – es war derjenige, der vor Jahren für Edgars Rauswurf verantwortlich gewesen war. Was bedeutete, er war der Vater von Carolin Schebesta.

„Was willst du, Brehm?", fragte er.

„Ich muss mit deiner Tochter reden."

Der Beamte schüttelte den Kopf. „Wenn sie nicht da ist, dann ist sie nicht da. Du hältst den Betrieb auf."

Edgar sah so aus, als würde er jeden Moment explodieren. Er presste die Lippen zusammen.

„Oh, da ist sie ja", sagte der junge Polizist und deutete zum Eingang. Er wirkte richtig erleichtert.

Carolin Schebesta betrat gerade das Gebäude. Sie redete mit einem Mann neben sich, als ihr Blick an Edgar hängen blieb. Vielleicht auch an ihrem Vater, so genau konnte Toni das nicht ausmachen. Schebesta blieb stehen, während seine Tochter auf sie zukam.

„Herr Brehm, Sie wollen zu mir?"

„Ja. Ich muss mit Ihnen reden. Es ist dringend."

„Geht es um Herrn Frey?"

„Auch."

Es war nur ein kurzer Seitenblick, nicht länger als der Bruchteil einer Sekunde, den Carolin Schebesta zu ihrem Vater warf.

„Gut. Kommen Sie mit in mein Büro. Sie auch, Frau Lorenz."

Als sie gemeinsam das Wachzimmer in Richtung der Lifte verließen, hörte es sich an, als würde ihr Vater vor sich hinschimpfen.

„Hier, sehen Sie sich dieses Video an", sagte Edgar, kaum hatten sie ihr Büro betreten. „Das ist Hammers

Exfrau. Die Person, die ihm ein Alibi gibt. Und sie will Geld."

Toni spielte das Video ab.

„Und?", fragte Schebesta und verschränkte die Finger.

„Und? Was heißt und?"

„Ich verstehe nicht, was das beweisen soll?"

„Wie wäre es damit, dass sie ihm ein Alibi gegeben hat? Und jetzt Geld will, sonst sagt sie die Wahrheit?"

„Herr Brehm, ich kann verstehen, dass die Entwicklung schwierig für Sie ist. Und ich habe auch darüber hinweggesehen, dass Sie die Einwilligung, den Fall nicht länger zu bearbeiten, weder unterschrieben noch zurückgebracht haben." Sie seufzte. „Es ist zweifellos so, dass wir das alles in Betracht gezogen haben. Herrn Hammers Handy war an dem ganzen Abend bei Frau Hammer eingeloggt. Es gibt keinen Anhaltspunkt, ihre Aussage in Zweifel zu führen. Tut mir leid. Vielleicht war es keine harmlose Unterhaltung, die die beiden an diesem Abend in ihrer Wohnung geführt haben. Und vielleicht geht es schlicht und einfach darum, dass er Kirsten König betrogen hat. In der Nacht, als ihr Sohn umgebracht wurde."

„Gut. Und wie erklären Sie sich das?" Edgar erzählte ihr, was sie von Aninger erfahren hatten. Das Herz, das innerhalb eines Tages in Ralphs Schreibtisch aufgetaucht war.

„Wenn Sie rausfinden, wer in der Zeitspanne von dem Moment, in dem Frau Aninger den Brief in die Lade gelegt hat, bis sie ihn wieder holen gekommen ist, in Ralphs Kanzlei war, haben Sie den Täter."

Schebesta schüttelte leicht den Kopf. „Sie meinen Barbara Aninger?", sagte sie abschätzig.

„Ja." Edgar klang leicht irritiert. Das war kein gutes Zeichen.

„Frau Aninger hat uns bereits sehr viele ‚Beweise'", sie machte Gänsefüßchen in die Luft, „geliefert, die Herrn Freys Unschuld belegen sollen."

„Verstehe. Was sagt Ralph zu dem Herz? Hat er bestätigt, dass es ihm gehört? Dass es ein Geschenk war?"

Sie senkte den Kopf. „Nein, hat er nicht. Aber es ist nicht nur das Herz, Herr Brehm." Sie seufzte. „Die Daten von Julians Handy – darauf wurde ein Bild gefunden. Er hat es gemalt. Eine Kopie eines Gemäldes von Magritte. Es heißt ‚Die Liebenden'. Bei der Hausdurchsuchung wurde es in der Wohnung von Herrn Frey entdeckt. Herr Frey hat selbst bestätigt, dass Julian dieses Bild für ihn gemalt und ihm geschenkt hat."

„Na und, dann hat er eben ein Bild für ihn gemalt." Edgars Stimme klang nicht mehr selbstsicher.

Schebesta schürzte die Lippen. Sie sah zu Toni und wieder zu Edgar. „Okay, ich müsste das nicht, aber ..." Sie tippte auf ihrem Computer und drehte ihnen den Bildschirm zu. „Das ist das Bild." Toni erkannte es, sie hatte es auch gesehen. Edgar zuckte leicht zusammen. Es waren zwei mit weißen Tüchern verhüllte Köpfe zu sehen. Einer war größer, der andere etwas kleiner. Sie küssten sich. Es wirkte wie ein inniger Kuss, was erstaunlich war, denn weder ihre Gesichter noch ihre Haare waren zu erkennen.

„Fällt Ihnen etwas an dem Bild auf?", fragte Schebesta. Sie klickte mit der Maus, dasselbe Bild erschien nochmal, aber es war irgendwie anders.

„Das ist das Original. Obwohl auch hier die Identitäten der beiden nicht zu erkennen sind, sieht man die Kleidung. Die Person mit dem größeren Kopf trägt einen Anzug, die mit dem kleineren Kopf ein Kleid. Und nun sehen Sie sich Julians Bild nochmal an."

Toni brauchte einen Moment, bis sie es erkannte. In Julians Bild trugen beide einen schwarzen Pullover.

„Julian hat hier nicht einen Mann und eine Frau gemalt. Sondern zwei Männer. Und wie es aussieht, einen jüngeren und einen älteren. Es tut mir sehr leid, wirklich. Auch, wenn Sie mir das nicht glauben, ich wünschte, es wäre anders. Aber die anonymen Anrufe, das Herz, das

Bild, Julians Nachrichten – das alles ergibt ein Gesamtbild aus eindeutig belastenden Indizien."

Edgar schien in sich zusammenzufallen. Er schüttelte den Kopf. „Das ist ein Irrtum. Ralph hat nichts damit zu tun. Ich bin überzeugt, es war Gustav Hammer."

Schebesta verschränkte die Finger ineinander. „Das glaube ich nicht, Herr Brehm. Die letzte Nachricht von Julian könnte nicht eindeutiger sein. Es tut mir wirklich leid."

„Welche letzte Nachricht?"

Toni sah Edgar an. Sie hatten doch alle Nachrichten abgehört, die waren nur sehr kryptisch und es war kein Name gefallen.

Schebesta seufzte. Sie sah zur Tür. Seufzte wieder. „Okay. Das ist dafür, dass Sie so nett zu mir waren, als ich klein war." Sie tippte auf der Tastatur, klickte mit der Maus. „Ich spiele Ihnen die letzte Aufnahme von Julian vor."

X.

Heute Abend breche ich mein Schweigen. Das klingt theatralisch, nicht wahr? Heute ist der Moment gekommen, in dem ich die Wahrheit sagen werde. Über alles, was geschehen ist. Über uns.

Ich habe es dir nicht gesagt, aber ich treffe heute ein Mädchen. Nein, nicht irgendein Mädchen. Ich treffe Anna-Sophie. Ich habe wieder Kontakt zu ihr. Sie hat mir gefehlt. Und ich vertraue ihr, was sonst nicht so oft bei mir vorkommt. Natürlich nicht.

Du würdest lachen, wenn du wüsstest, wo wir hingehen. In den Prater. Wir werden Zuckerwatte essen und mit der Achterbahn fahren, als wäre es eine ganz normale Verabredung. Vielleicht werden wir uns sogar küssen. Das würde ich gerne. Ich habe noch nie ein Mädchen geküsst. Was völlig hirnrissig klingt, wenn ich daran denke, was wir alles getan haben.

Ich werde ihr von dir und mir erzählen. Ich muss es jemandem sagen.

Danach wird sich dein Leben ändern. Nein, nicht nur deines. Das Leben von vielen Menschen wird sich ändern. Das tut mir leid, aber ich kann nicht anders. Ich halte es nicht mehr aus.

Ich weiß, du wirst mir niemals verzeihen. Ich dir übrigens auch nicht. Es spielt in Wahrheit auch gar keine Rolle. Wir sind dem falschen Gott gefolgt und ich gehe diesen Weg nicht mehr weiter. 20 Sekunden Mut. Das ist alles, was ich brauche.“

33.

„Es ergibt keinen Sinn", sagte Edgar immer wieder. „Es ergibt einfach keinen Sinn. Nur, weil Julian das mit dem falschen Gott gesagt hat … was hat das überhaupt zu bedeuten?"

Toni saß hinter dem Steuer. Edgar hatte noch länger mit Schebesta diskutiert, ihr verschiedene Szenarien vorgelegt – alles ohne Erfolg. Sie waren abgezogen wie zwei verwundete Krieger nach der Schlacht. Und obwohl Toni bis jetzt felsenfest an Ralphs Unschuld geglaubt hatte, kamen ihr langsam leise Zweifel. Konnte man einen Menschen wirklich kennen? Edgar hatte sich schon einmal in Ralph geirrt – als er ihn verlassen hatte, um eine Frau zu heiraten. Vielleicht war Ralph nicht der, für den sie ihn hielten? Tonis Gefühl sagte ihr etwas anderes, aber wie sollte sie dem noch vertrauen? Sie dachte an Tim, seinen liebevollen Blick, mit dem er sie am Vormittag am Stephansplatz angesehen hatte. Und an Janinas Anruf und daran, wie sie zu ihnen rübergekommen war. Tim wollte Toni etwas sagen, aber da hatte Janina ihn schon an der Taille gefasst und ihren Kopf auf seine Schulter gelegt. Toni war sofort aufgestanden, hatte sich verabschiedet und war gegangen. Sie fand sich selbst lächerlich. Wieso tat das überhaupt so weh? Es war doch nichts weiter passiert als ein alberner Kuss.

„Darf ich dich was fragen, Edgar?"

„Was?"

„Ich meine, ich mag Hammer auch nicht. Aber … du denkst wirklich, er war es?"

Edgar fuhr sich durch die Haare. Er wirkte erschöpft. „Ich weiß nicht, ob es Hammer war. Aber eines weiß ich definitiv. Dass Ralph nichts mit dem Mord zu tun hat."

Dass sie die neuen Beweise gegen Ralph sehr stichhaltig fand, erwähnte Toni nicht. Dieses Bild, dazu die anonymen Anrufe. Und was sprach für Hammer als Täter?

Toni war hin und her gerissen. Sie wollte, dass Edgar recht hatte. Und da fiel es ihr ein. Vielleicht gab es doch einen Weg, den sie bis jetzt übersehen hatten.

„Edgar, was ist mit dem Handy?"

„Welches Handy?"

„Na, Julians Handy. Angenommen, es war doch Hammer. Er hätte das Handy mitnehmen können, am Abend, als er König das Essen vorbeigebracht hat. Er hört die Nachrichten ab und schaltet es auf offline. Weil er jetzt weiß, was Julian vorhat. Und das muss er verhindern. Darum hatte Julian auch solche Angst, dass er beobachtet wird. Das hat Anna-Sophie doch gesagt, richtig?"

Edgar nickte zögerlich. „Richtig."

„Er verfolgt Julian, stellt ihn zur Rede, als er allein ist. Und so nimmt alles seinen Lauf. Er schlägt Julian nieder, und als Anna-Sophie zurückkommt, muss er sie ebenfalls loswerden, denn er nimmt ja an, sie weiß jetzt auch von ihrer Beziehung."

„Moment, da hat die Sache einen Haken. Es war reiner Zufall, dass sie zurückgekommen ist. Das wusste er doch nicht."

„Ja, stimmt. Was weiß ich, ist doch jetzt mal egal. Jedenfalls bringt er Julian runter zum Donaukanal, dann kommt er zurück und will Anna-Sophie holen. Aber sie ist weg." Toni kam immer mehr in Fahrt. „Und es ist ja nicht nur das." Sie konnte sehen, dass Edgar ungebrochen skeptisch war. „Denk nur mal an deine Unterhaltung mit Hammer. Nachdem Anna-Sophie gefunden wurde. Er ist erschrocken, als du gesagt hast, du hast im Krankenhaus mit ihr geredet. Und er wollte wissen, wie es ihr geht. Aber das ist doch merkwürdig. Weil ..."

„Du meinst, weil er Anna-Sophie gar nicht kennt?", fragte Edgar.

„Ja. Aber wenn er das war, in der Nacht im Prater, dann ist seine Reaktion plausibel. Er will wissen, wie es ihr geht. Ob sie sich an was erinnern kann."

Edgars Handy läutete. Toni sah Vincents Namen auf dem Display, aber Edgar hob nicht ab.

„Vielleicht sollten wir uns nochmal die Aufnahmen von Julians Handy anhören?“, fragte er. „Oder warte, musst du nicht zu deinem Unterricht?“

Toni überging die Frage. „Bei Hammer wurde keine Hausdurchsuchung gemacht, oder?“

„Nein, ich denke nicht. Wieso?“

„Sein Handy. Julians Handy. Es wurde offenbar noch nicht gefunden, also muss es irgendwo sein.“

„Na ja, er wird es ja wohl kaum in seiner Wohnung haben. Wer es auch immer gehabt hat, ist es sicher schon losgeworden.“

„Und wenn nicht? Ich meine, wissen wir das? Und selbst wenn er Julians Handy nicht hat, vielleicht gibt es sonst irgendwelche Hinweise?“

„Meinst du, wir sollen in seine Wohnung einbrechen, um sie zu durchsuchen?“

„Hast du eine bessere Idee?“

Edgar sah sie einen Moment zu lange an. „Nein.“ Sehr langsam schüttelte er den Kopf. „Hab ich nicht.“

34.

Das letzte Mal, als Edgar etwas wirklich Illegales aus reinem Eigennutz gemacht hatte, war über 40 Jahre her. Damals hatte er sich mit einem Klassenkollegen Zutritt ins Lehrerzimmer verschafft, um die Fragen für einen Französischtest zu klauen. Was zwar geklappt hatte, aber dann aufgeflogen war. Jeder in der Klasse hatte ein „Sehr gut" geschrieben, die Arbeit musste wiederholt werden und Edgar kam mit einem knappen „Genügend" davon.

„Woher wissen wir eigentlich, dass er nicht zu Hause ist?", fragte Toni.

„Ich läute an", sagte Edgar. „Wenn er nicht aufmacht, gehe ich rein. Du bleibst im Wagen und rufst mich an, falls er kommt."

Sie riss die Augen auf. „Du willst alleine in seine Wohnung?"

„Ja, einer muss sehen, ob jemand kommt, und wenn sich wer von uns strafbar macht ..."

„Aber, Edgar." Sie deutete auf seinen Arm in der Schlinge. „Wie willst du denn damit alles durchsuchen?"

Ohne eine Miene zu verziehen – zumindest kam es ihm so vor –, schlüpfte Edgar aus der Schlinge. Seine Schulter tat höllisch weh, doch er versuchte ein Lächeln. „Das ist kein Problem."

Es sah so aus, als müsste Toni sich ein Lachen verkneifen. „Klar. Also Oscar bekommst du mit der Darbietung keinen. Außerdem finde ich vielleicht einen Computer oder so was, wo ich auch noch nachsehen kann."

Edgar wollte vehement widersprechen, doch Toni hielt ihm den Zeigefinger vors Gesicht.

„Wir können jetzt hier stundenlang diskutieren, bis du einsiehst, die Sache hat nur Sinn, wenn du unten bleibst und ich raufgehe. Oder wir machen es gleich so."

„Toni ..."

„Edgar, bitte, glaub mir. Ich kann das. Wir machen es wie damals bei Steiner." Sie wählte auf ihrem Handy seine Nummer und hob auf seinem Handy ab. „So sind wir die ganze Zeit miteinander verbunden. Okay? Es kann doch gar nichts passieren. Nur bei einer Sache brauch ich Hilfe."

Edgar fühlte sich sehr zerknirscht. „Bei welcher?"

„Wie komme ich in Hammers Wohnung rein?"

Edgar schürzte die Lippen und stieß Luft aus. Widerwillig öffnete er das Handschuhfach und nahm ein schwarzes Lederetui heraus.

„Na ja", räusperte er sich, „es wäre nicht das erste Schloss, das ich knacke. Aber ..."

„Kein Aber. Gut, dann los."

Hammers Wohnung war die einzige im letzten Stock des Altbaus. Und nicht nur deshalb war es noch einfacher als gedacht, das Schloss zu öffnen. Was aber weniger mit Edgars Können zu tun hatte als mit der Tatsache, dass Hammer seine Wohnung gerade renovieren ließ. Vor dem Eingang lehnte eine Leiter und einige Farbkübel waren gestapelt. Wahrscheinlich war deshalb nur eines der drei Türschlösser versperrt, vermutete Edgar. Seine Überlegung, dass Hammer höchstwahrscheinlich nichts Belastendes in seiner Wohnung haben würde, wenn Handwerker dort ein und aus spazieren konnten, sprach er nicht aus. Toni hatte recht. Was sollten sie sonst tun?

Kaum war sie in der Wohnung und schloss die Tür, eilte er die Treppen hinunter. Er kam außer Atem an, ob wegen der Anstrengung oder weil seine Nerven schlichtweg schon überstrapaziert waren, konnte er nicht sagen. Es war auch egal.

„Toni, ich bin jetzt im Auto", sagte er in sein Handy. Sie meldete sich nicht. „Toni, bist du da?" Es war nichts zu hören. Kein Knacken, kein Rauschen. Nichts. So eine Scheiße. Das war eine hirnverbrannte Idee, seine Sorgen wegen Ralph mussten einige Sicherungen bei ihm gekappt haben. Was hatte er sich nur dabei gedacht? Vielleicht war Hammer in der Wohnung, hatte einfach nicht geöffnet und Toni lag schon längst irgendwo. „Toni?“, versuchte er es wieder. Nichts. Er öffnete die Autotür, da knackste es im Handy. „Toni, Toni, bist du da?“

„Ja, was ist denn?“

„Ist alles in Ordnung?“

„Ja, ich musste das Handy zur Seite legen.“

„Gott sei Dank. Lass uns die Sache abblasen. Bitte. Ich krieg hier einen Herzinfarkt.“

„Nein, das werden wir nicht. Warte, ich stell auf Lautsprecher. Kannst du mich hören?“

„Ja.“

„Gut. Ich bin in seinem Schlafzimmer. Bis jetzt hab ich nichts gefunden. Ich suche weiter.“

Er hörte ihre Schritte, Laden, die geöffnet und geschlossen wurden, Türen von Kommoden.

„Da ist nichts. Absolut nichts. Da ist ... Moment, ich hab was.“

„Was denn?“

„Oh, Edgar. Ich bin bei ihm im Wohnzimmer. Hier ist eine Kiste.“ Er hörte sie kramen. „Mit lauter alten Handys“, sagte sie aufgeregt. „Das sind sicher zehn alte Handys. Ach, du Scheiße. Was für ein Modell hatte Julian?“

„Ich hab keine Ahnung.“

„Was mach ich jetzt? Soll ich versuchen, sie einzuschalten?“

„Nein, nimm sie mit und komm runter.“

„Alle?“

„Ja, alle.“

„Gut, gleich. Nur noch einen Moment. Da ist noch eine Kiste dahinter. Sie ist eingeklemmt.“ Sie klang angestrengt. „Ich ... schau nur noch, dass ich ... sie rausbekomme.“

Auf Edgars Bildschirm erschien eine Nummer. „Ich glaube, Aninger ruft mich an“, sagte er.

„Dann geh ran und halt mich in der Leitung."

Edgar tippte auf „Anruf annehmen". Zwei Zeilen in viel zu kleiner Schrift erschienen auf dem Display. Er tastete nach seiner Brille, die er wie üblich nicht fand. Um etwas lesen zu können, hielt er das Handy weg. Aber auch so verschwammen die Buchstaben. Er drückte auf die erste Zeile. Anscheinend war das richtig, er hörte eine Stimme.

„Hallo, Herr Brehm, sind Sie dran? Ich bin es, Barbara Aninger."

„Ja, ich hör Sie, Frau Aninger."

„Sie wollten doch, dass ich rausfinde, ob jemand in Ralphs Kanzlei war. Das habe ich. Aber ich weiß nicht ..."

„Wer denn, wer war da?"

„Es war Gustav."

„Gustav Hammer?"

„Ja. Die Pastoralassistentin hat es mir gesagt. Er war da, wollte Ralph sprechen, hat in der Kanzlei gewartet. Und ist dann irgendwann wieder gegangen."

Edgar fluchte innerlich laut auf und hielt sein Handy so fest, dass das Gehäuse knackste. Schebesta war vielleicht ehrgeizig, aber sie war auch schlampig. Wie hatte sie das übersehen können?

„Danke, Frau Aninger, ich rufe gleich die ermittelnde Beamtin an und melde mich sofort wieder."

Er legte auf. „Hallo, Toni, bist du da?"

Keine Antwort.

Er tippte am Telefon herum, aber er musste sie aus der Leitung geworfen haben. Rasch drückte er auf ihre Nummer. Doch statt eines Freizeichens hörte er nur ihre Mobilbox.

35.

Toni hatte die eingeklemmte Kiste endlich rausbekommen und sie geöffnet, als sie hörte, wie die Tür aufgesperrt wurde.

Jetzt kam Edgar sie doch holen, so was Blödes. Er war viel zu besorgt um sie und ...

Sie hörte Stimmen. Das war nicht Edgar. Das war Hammer. Und eine Frau.

Panisch sah sie sich nach einem Versteck um. Da waren eine Couch, ein Fernseher an der Wand, ein Esstisch, Stühle, nichts, wo sie sich verstecken konnte.

Scheiße. Scheiße. Scheiße.

Sie musste irgendwo drunterkriechen, aber es gab absolut nichts. Die Stimmen kamen näher. Sie sah zu den Fenstern mit den bodenlangen, schweren Vorhängen. Keine sehr zuverlässige Deckung, aber es war die einzige Möglichkeit. So schnell sie konnte, stopfte sie die Kisten zurück, sprang zum Fenster und schlüpfte hinter den Vorhang.

Die Stimmen waren bereits im Raum, Hammer klang aufgebracht.

Bitte nicht, bitte nicht, bitte hab mich nicht gesehen.

„Sag mir, was du in dieser Nacht wirklich gemacht hast, Gustav“, forderte die Frau.

Jeder Muskel in Tonis Körper war angespannt.

„Das hab ich schon“, sagte Hammer.

Er hatte nichts bemerkt. Toni wagte auszuatmen.

„Ich will nicht wissen, was du mir erzählt hast. Sondern die Wahrheit.“

Schweigen. Warum sagte er nichts? Beobachtete er den Vorhang? Merkte er etwas?

Toni versuchte, sich darauf zu konzentrieren, mit ihrer Umgebung zu verschmelzen. Wie bei der Übung in der Schauspielschule. Aber alles an ihr zitterte. Ihr Herzschlag hämmerte in den Ohren. Wenn sich der Vorhang bewegte, würde er sie sofort entdecken.

„Jetzt red schon“, fauchte die Frau.

„Ulli ...“, sagte Hammer gedehnt.

Das musste seine Exfrau Ulrike sein. Der Parkettboden knarrte.

„Nein, nix Ulli“, presste sie hervor. Es hörte sich an, als würde sie vor Wut weinen. „Ich lass mich von dir nicht verscheißern.“

„Ich verscheißer dich nicht.“

Wieder der knarrende Parkettboden.

„Was war das?“, fragte Hammer.

„Was?“

„Hast du die Wohnungstür geschlossen?“

„Natürlich hab ich die Tür geschlossen.“

Eilige Schritte. Gingen sie aus dem Zimmer? Ja, sie bewegten sich weg von ihr.

War das Edgar? Hatte er die beiden gesehen und kam nun, um sie hier rauszuholen? Toni hatte noch immer ihr Handy in der Hand. Sie wagte einen Blick darauf. Edgar war nicht mehr dran. Das letzte Mal hatte sie aufs Display gesehen, bevor er den anderen Anruf angenommen hatte. Scheiße. Ihr Herzschlag wurde noch schneller. Sie musste das Telefon sofort auf Flugmodus stellen, bevor er anrufen konnte. Eilig tippte sie auf ihrem Handy herum.

Die Schritte kamen zurück.

„Okay, was ist los, Gustav? Du bist ja paranoid.“

„Ich bin nicht ...“

„Doch. Es war eine Sache, für dich zu lügen. Aber jetzt haben sie Ralph eingesperrt, Gustav. Ralph! Ich wusste doch nicht, dass er ...“

„Ich habe nichts damit zu tun.“

„Wieso sagst du mir dann nicht, wo du warst?“

„Zu Hause, wie oft noch?“

Wieso sagte er zu Hause, wenn er doch angeblich bei ihr gewesen war?

„Ich glaub dir nicht.“

„Ulli, bitte. Mach mir du nicht auch noch Stress.“ Er klang jetzt richtig wehleidig.

Schweigen.

„Du bekommst dein Geld, das hab ich dir gesagt. Ich warte doch nur auf meinen nächsten Vorschuss.“

„Wo warst du in dieser Nacht wirklich?“, fragte sie leise.

Er seufzte. „Bitte glaub mir endlich.“

„So, aus. Ich kann das nicht. Ich gehe zur Polizei, und sollen die …“

„Das wagst du nicht“, zischte er. „Wenn du das tust, schaust du durch die Finger und kannst deine 200.000 Euro vergessen.“

„Aber wenn du nichts damit zu tun hast … Gustav, bitte, sag mir einfach, was los ist. Sonst dreh ich durch. Ralph war mir immer ein guter Freund und …“

„Ja. Das dachte ich auch. Hast du gewusst, dass er schwul ist, Ulli?“

„Das interessiert mich nicht.“

„Interessiert es dich, dass er was mit Julian hatte?“

Eine Weile war nichts zu hören.

„Selbst wenn es so gewesen ist, was ich nicht glaube, hat Ralph niemanden umgebracht.“

„Ach so? Ralph hat niemanden umgebracht, aber mir traust du das zu?“

„Ich weiß, wie eifersüchtig du bist, Gustav. Mich hat doch nicht mal ein anderer Mann anschauen dürfen, während du auf Tinder mit diesen Frauen gechattet hast.“

„Es ist nie was passiert. Ich hab dir gesagt, ich habe nicht eine von ihnen getroffen. Und das ist die Wahrheit.“

„Nur weil es online war, ist es trotzdem Betrug. Also, hast du was mit der Sache zu tun?“

„Das ist doch krank.“

„Ist es das? Du mit deiner Eifersucht hast eine Freundin, die einen Sohn hat, den sie abgöttisch liebt.“

„Mach dich nicht lächerlich …“

„Okay, was würdest du denken? Du kommst an diesem Abend zu mir, das erste Mal seit unserer Scheidung."

„Ich wollte dir nur erzählen, dass ich heirate und Vater werde. Entschuldige bitte, dass ich angenommen habe, es interessiert dich."

„Ja, das dachte ich auch."

„Können wir bitte damit aufhören?"

Sie schien ihn zu ignorieren. „Aber dann gehst du und nach ein paar Stunden stehst du plötzlich wieder da", sprach sie weiter, „völlig durchnässt und sagst, du hast dein Handy vergessen. Ich bin nicht blöd, Gustav. Also sag mir, wo du wirklich warst. Sonst ..."

„Sonst was? Willst du mich erpressen?"

„Okay, ich bin raus. Das war's. Ciao."

Schritte. Sie ging weg.

„Ich habe mich mit jemandem getroffen", rief Hammer.

Die Schritte kamen zurück. „Mit wem?", fragte sie.

Er stieß einen gequälten Laut aus. „Mit einer Frau. Einer jungen Frau."

„Wie jung?"

„Was weiß ich. Anfang 20."

„Wie bitte? Machst du noch immer diese Sache auf Tinder?"

„Nein. Sie hat mir auf Instagram geschrieben. Wir haben uns vor ein paar Monaten auf der Comic-Con kennengelernt. Und sie hat mich angeschrieben, ob wir uns treffen können."

„Warum?"

„Was weiß ich, warum. Zuerst wollte ich nicht. Aber dann – ich war einfach genervt von Kirsten und dem Theater, das sie um Julian gemacht hat, weil ... er hat uns an diesem Morgen beim Sex überrascht. Wir schlafen ohnehin so gut wie nicht mehr miteinander, seit sie schwanger ist und ..."

„Zu viel Info. Das will ich nicht hören. Wieso ist sie überhaupt schwanger? Du hast doch immer gesagt, du willst keine Kinder?“

„Du wolltest keine Kinder. Ich hätte nichts dagegen gehabt.“

„Nichts dagegen haben heißt nicht, welche zu wollen.“

„Es war ein Unfall.“

„Was?“

„Ein Kondom ist geplatzt“, sagte er kleinlaut.

Es hörte sich an, als würde sie lachen. „Nimmt deine zukünftige Frau nicht die Pille?“

„Nein. Sie hält nichts davon.“

„Tja, Pech für dich. Diese junge Frau und du ... wo habt ihr euch getroffen?“

„Das muss jetzt echt nicht sein.“

„Doch, natürlich. Also?“ Die Genugtuung in ihrer Stimme war nicht zu überhören.

„Nachdem ich von dir weg bin, hat sie mich mit dem Auto abgeholt. Es war völlig harmlos. Wir sind rauf zum Cobenzl, wollten spazieren gehen.“

„In der Nacht?“

„Ja, sie hat gesagt, die Aussicht ist dort oben schön.“

„Du heiratest und wirst Vater und triffst eine junge Frau, um mit ihr in der Nacht spazieren zu gehen? Ach, komm ...“

„Ja. So war es. Es hat sich rausgestellt, sie ist ein Fan, kennt alle Bücher in- und auswendig. Das hat mir geschmeichelt. Ich weiß, es ist nicht ehrenwert, aber es ist auch kein Verbrechen.“

„Und. Was war sonst noch?“

„Nichts. Wir waren spazieren, es hat angefangen zu regnen, wir sind ins Auto zurück und sie hat mich hergebracht, weil ich gemerkt hab, dass ich mein Handy bei dir vergessen hab.“

„Und das kannst du niemandem sagen? Das glaubst du doch selbst nicht, Gustav. Du zahlst mir 200.000 Euro, damit ich dir ein Alibi gebe, obwohl du eines hast?"

Toni hielt die Luft an.

Hammer nuschelte etwas, doch sie konnte ihn nicht verstehen. Seine Exfrau anscheinend auch nicht.

„Was sagst du?", fragte sie.

„Ich habe mit ihr geschlafen, okay?", sagte er laut. „Ich habe mit dieser jungen Frau geschlafen, sie war 21 Jahre alt. Darum kann ich es nicht sagen."

Das sarkastische Auflachen von Ulrike Hammer war zu hören. Zuerst leise, dann wurde es immer lauter. „Ich fasse es nicht."

„Es ist … ich weiß auch nicht, warum ich das gemacht habe. Als wir wieder im Auto waren … es ist einfach passiert. Plötzlich ist sie auf mir gesessen. Ich wollte das gar nicht."

„Ach so? Willst du mir jetzt ernsthaft erzählen, eine Einundzwanzigjährige hätte dich vergewaltigt? Mein Gott, du bist erbärmlich."

„Du hast keine Ahnung. Kirstens Schwangerschaft – ich weiß, es klingt furchtbar, aber ich hab nicht erwartet, dass es so sein würde."

„Was bist du für ein Arschloch. Mein Gott, es war die beste Entscheidung, mich von dir scheiden zu lassen."

Toni wurde schlecht. Kirsten König durfte diesen Mann niemals heiraten.

„Du weißt jetzt alles. Können wir gehen?"

„Noch nicht. Zeig sie mir."

„Wen?", fragte Hammer seine Exfrau.

„Zeig mir das Instagramprofil dieser jungen Frau. Zeig mir die Nachrichten, die ihr geschrieben habt."

„Nein, hör auf damit, das ist genug. Ich muss wieder zu Kirsten."

„Nein. Zeig sie mir. Vorher geh ich hier nicht weg."

Er seufzte, murmelte etwas, das klang wie „Du gehst mir auf die Nerven“ und sagte schließlich: „Hier, bitte.“

„Wo sind die Nachrichten?“

„Da auf Instagram. Hier ist die App und ... warte ... sie sind nicht mehr da.“

„Und wo sind sie hin?“

„Was weiß ich. Sie muss die Nachrichten gelöscht haben.“

„Na, dann warst du wohl nicht der tolle Liebhaber und der Sex mit dir hat ihr Leben von Grund auf verändert?“ Sie lachte. „Du, der immer so getan hat, als wäre es eine religiöse Erfahrung, mit dir zu vögeln. Hat dich das beleidigt? Oh, das tut mir aber leid. Also dann zeig mir halt ihr Profil.“

Es dauerte einen Moment.

„Das hat sie auch gelöscht. Aber ich schwöre dir, es ist die Wahrheit.“

„Weißt du was? Ich glaub dir sogar. Und weißt du, weswegen? Weil ich mit dir im Bett war. Ich frage mich nur ...“

„Was?“

„Ich frage mich, ob die Polizei dir das alles glauben würde?“

„Was soll das heißen?“

„Ich meine, das ist mehr wert als 200.000 Euro.“

„Siehst du, und genau deshalb wollte ich es dir nicht sagen. Weil ich gewusst hab, du würdest mich erpressen.“

Es hämmerte laut an der Tür. Toni zuckte hinter dem Vorhang zusammen.

„Wer ist das?“, fragte Ulrike Hammer.

Wieder das Hämmern, das musste Edgar sein. Toni hörte wieder Schritte, dann eine Tür, die geöffnet wurde.

Und dann die Stimme von Carolin Schebesta: „Herr Hammer, können wir uns einen Moment unterhalten? Ich habe ein paar Fragen an Sie.“

Toni konnte nicht hier im Versteck bleiben. Das war

ihre Chance. Sie trat hinter dem Vorhang hervor.

Ulrike Hammer stieß einen spitzen Schrei aus. Sie war im Zimmer geblieben und starrte Toni an.

„Wer ... was soll das?“, fragte sie. „Wer sind Sie?“

Hammer erschien in der Tür, hinter ihm Schebesta und dahinter Edgar.

„Gustav, ist das die junge Frau, mit der du ...“ Ulrike Hammer deutete auf Toni.

„Was soll das?“, unterbrach Hammer seine Exfrau. „Was wollen Sie hier? Waren Sie ...“

Er wurde blass. Langsam schien er zu begreifen, seine Augen fingen an, vor Zorn zu funkeln.

„Sie sind hier eingebrochen“, sagte Hammer. Er kam auf sie zu, deutete auf Schebesta. „Wie sind Sie ...“

Toni wich ihm aus und hielt ihr Handy hoch. „Frau Schebesta, Sie sollten sich das anhören“, sagte sie.

„Was?“

„Das Gespräch, das ich eben mit meinem Handy aufgenommen habe.“

36.

Edgar stand in der Wickenburggasse, gegenüber der Justizanstalt, und tippte auf das Lenkrad. Er hatte seine Schulter zwar nicht als völlig geheilt diagnostiziert, aber dennoch beschlossen, statt der Schlinge auf Schmerzmittel zu setzen. Tonis Angebot, ihn zu begleiten und die Fahrerin zu spielen, hatte er ausgeschlagen. Denn Edgar hatte eine Entscheidung gefällt.

Das hier war sein Abschied von Ralph. Ein Abschied für immer.

Schebesta und Ralph kamen aus der Glastür, hinter der Ralph in Untersuchungshaft gewesen war. Sie schüttelten einander die Hand. Auch aus der Entfernung sah Edgar, dass Schebesta sich entschuldigte. Und was tat Ralph? Er nickte ihr mit einem Lächeln zu. Wie es aussah, hatte Ralph ihr nicht nur vergeben, er schien sie sogar zu loben.

Julians Handy war zwar nicht bei Hammer gefunden worden, dafür hatte das Labor die Glitzerpartikel aus Julians Zimmer analysiert. Sie stammten von Julians Handy, das mit einem Werkzeug oder etwas in der Art zerstört worden war. Nachdem die Pastoralassistentin bestätigt hatte, Hammer vorgestern in der Kanzlei von Ralph gesehen zu haben, wurde das Kristallherz noch einmal ins Labor geschickt. Und nicht nur Julians Fingerabdrücke waren darauf zu finden, sondern auch die von Hammer. Seine angebliche Verabredung wurde nicht gefunden, auch ihr Profil blieb trotz Nachforschungen auf seltsame Weise verschwunden. Aber etwas anderes war herausgekommen. Der Grund, warum Hammer sich so nach Anna-Sophie erkundigt hatte. Das Mädchen war einer seiner Chat-Flirts auf Tinder gewesen, kurz bevor er Kirsten König kennengelernt hatte. Sie hatten sich nie getroffen, angeblich hatte es nicht viele Unterhaltungen gegeben. Als Anna-Sophie gefragt wurde, warum sie das nicht ausgesagt hatte, meinte sie, sie hätte mit so vielen Typen gechattet, sie hatte sich nicht an ihn erinnern können. Anscheinend stimmte das wirklich, denn Hammer hatte für Tinder ein Jugendfoto von sich verwendet, auf dem er keinen Bart trug und lange Haare hatte.

Die letzten Zweifel an seiner Schuld räumte dann eine Entdeckung auf einem seiner ausrangierten Handys aus. Hammer hatte auf einem die App Grindr runtergeladen – die Erweiterung von Tinder für homo-, bi- und transsexuelle und queere Männer. Seine Rechtfertigung war, er hätte sie für Recherchezwecke seiner Bücher benutzt, doch das würde nicht durchgehen. Schließlich schrieb der Mann Science-Fiction.

Dass er Julian ins Wasser geworfen hatte, machte bei genauerer Betrachtung auch Sinn. Hammer war seit vielen Jahren in einem Schwimmteam, er kannte sich mit Strömungen aus. Eine Leiche ging schneller unter, als man annahm, und sie kam wegen der sich bildenden Gase auch nur für einen kurzen Zeitraum wieder an die Wasseroberfläche. Hätte der Motor des Twincityliners Julians Körper nicht eingesogen, wäre er wahrscheinlich nie entdeckt worden.

Edgar stieg aus dem Auto.

Carolin Schebesta sah ihn zuerst. Er wollte keinen Groll gegen sie fühlen, doch das war ein Entschluss, der mehr aus seinem Verstand als aus seinem Herzen kam.

Sie war sofort gekommen, als er sie angerufen hatte, um ihr zu sagen, dass Hammer sich gerade mit Toni in seiner Wohnung befand und da etwas nicht stimmte. Auf die Frage, wie Toni in die Wohnung gelangt war, hatte Edgar nicht einmal lügen müssen.

Toni war geistesgegenwärtig genug, zu sagen, Hammer hätte die Tür offengelassen und sie wäre reingegangen, da sie Stimmen gehört hatte. Hammers Exfrau bestätigte sogar, dass Hammer etwas bei der Tür gehört und kurz das Zimmer verlassen hatte. Wieso Toni dann hinter dem Vorhang aufgetaucht war, schien in dem Trubel untergegangen zu sein.

Schebesta und Edgar nickten einander zu. Dann ging sie zurück in das Gebäude und Ralph kam zu ihm über die Straße.

„Edgar, bist du wegen mir hier?“

„Ich dachte, das ist besser, als mit dem Taxi zu fahren. Außerdem wollte ich mit dir reden.“

Ralphs Blick machte Edgar ein mulmiges Gefühl. „Du willst dich verabschieden. Hab ich recht?“

Wie konnte es sein, dass dieser Mann ihn so gut kannte?

Ohne etwas zu sagen, öffnete Edgar die Heckklappe, damit Ralph seine Tasche hineingeben konnte. Sie setzten sich ins Auto und fuhren los. Eine Weile sagten sie nichts. Bis Edgar an einer roten Ampel stehen blieb.

„Ich habe mich noch gar nicht bei dir bedankt“, sagte Ralph. „Ohne dich wäre es wahrscheinlich anders ausgegangen. Also, was willst du mir sagen, Edgar? Das ist eine einmalige Gelegenheit. Sag mir alles, was du in den letzten Jahren für dich behalten hast. Wirf es mir an den Kopf.“

Edgar war noch nicht bereit. Er wünschte sich, dass die Ampel wieder auf Grün schaltete.

„Wieso hast du nicht gesagt, was Julian dir gebeichtet hat?“, wich Edgar aus. „Es hätte dir helfen können.“

„Hätte es das? Ich weiß nicht. Vielleicht. Die Sache ist, ich habe verstanden, wie Julian sich gefühlt hat. Ich … ich hätte immer gerne Kinder gehabt, aber …“

Edgar schluckte. Sie hatten nur einmal darüber geredet und Edgar hatte damals vorgeschlagen, sie könnten sich einen Hund nehmen. Oder eine Katze. Danach hatte Ralph es nie wieder erwähnt.

„Da Julians Vater nicht mehr gelebt hat, hab ich mich vielleicht ein bisschen wie sein Vaterersatz gefühlt. Aber dass Gustav und er … wenn ich es geahnt hätte …“

Ralph sah aus dem Seitenfenster. „Was hättest du dann getan?"

„Wahrscheinlich mit Gustav gesprochen. Ihm ins Gewissen geredet. Wenn ich an Kirsten denke ... Frau Schebesta hat gesagt, ein Kriseninterventionsteam kümmert sich um sie. Hast du sie gesehen?"

„Nein. Aber die haben gute Leute", brummte Edgar. „Und sie hat sich mit Miriam Schill versöhnt. Dieser Esoterik-Tante."

Ralph lachte auf. „Gottes Wege sind unergründlich."

Die Ampel schaltete auf Grün. Der Verkehr ging zügig voran. Für Edgars Empfinden ein bisschen zu zügig. Hier mit Ralph im Auto zu sitzen, fühlte sich auf schmerzhafte Weise vertraut an. Einen kurzen Moment kam ihm der Gedanke, einen Umweg zu fahren. Nein, das würde er nicht.

Schließlich bog er bei Wien Mitte ein.

„Kannst du mich hier irgendwo aussteigen lassen?", bat Ralph.

„Soll ich dich nicht zu deiner Kirche bringen?"

Ralph griff nach Edgars Hand auf dem Lenkrad. Er drückte sie ganz kurz. „Nein. Ich glaube, es ist besser, wenn wir unsere letzte Unterhaltung nicht dort führen."

Edgar nickte, bog in die nächste Seitengasse, nahm den erstbesten Parkplatz und stellte den Motor aus. Keiner von ihnen öffnete den Sicherheitsgurt. Sie blieben einfach sitzen. Ihre Blicke geradeaus gerichtet. Und dann, ganz von selbst, kamen die Worte.

„Es ist kein Charakterzug, auf den ich stolz bin, aber ich habe dir nie verziehen", sagte Edgar.

Aus dem Augenwinkel sah er, wie Ralph nickte.

„Es tut mir leid. Wenn dir das hilft, ich habe mir auch nie verziehen."

„Nein, tut es nicht. Ich dachte immer, ich kenne dich."

„Das hast du auch. Ich glaube, die Wahrheit ist, niemand hat mich so gut gekannt wie du. Die Sache war eher … ich hab mich selber nicht gekannt."

„Und jetzt?" Edgar drehte sich zu Ralph. Die Schulter stach heftig, aber dieser Schmerz war ihm lieber als der, der gerade in seinem Herzen tobte. „Bist du jetzt angekommen? Dort, wo du hinwolltest?"

Ralph zuckte mit den Achseln. „Vielleicht geht es gar nicht ums Ankommen. Vielleicht geht es um den Weg. Hat das nicht mal ein kluger Mensch gesagt?"

„Ich glaube, das ist von Madonna. Der Sängerin, nicht der Heiligen", sagte Edgar.

Ralph sah ihn erstaunt an. Dann lachte er so sehr, dass ihm die Tränen kamen. Wie glücklich es Edgar früher immer gemacht hatte, Ralph zum Lachen zu bringen. Er verrenkte sich absichtlich ein Stückchen, damit der Schmerz in der Schulter stärker wurde.

Ralph wischte sich die Tränen aus den Augenwinkeln. Er öffnete seinen Gurt und sah Edgar an. „Du hast mir gefehlt. Jeden einzelnen Tag. Ich möchte nur, dass du das weißt", brach er sein Schweigen.

„Ich hoffe, dein Gott macht dich glücklich."

Es war schroffer herausgekommen, als Edgar es beabsichtigt hatte.

„Du hast es verdient, geliebt zu werden, Edgar. Stoß den nicht weg, der es tut."

„Du redest nicht von dir?"

„Nein, ich rede nicht von mir." Ralph senkte den Kopf. „Ich rede von … wie ist sein Name?"

„Vincent."

„Ja, genau, ich rede von Vincent. Gib ihm eine Chance."

Edgar wollte Ralph sagen, dass er nicht Vincent wollte. Dass alles, was er sich wünschte, hier in diesem Auto war.

Ralph hob wieder den Kopf, seine Augen waren glasig. Er streckte Edgar die Hand entgegen.

„Auf Wiedersehen, Edgar."

„Auf Wiedersehen, Ralph."

Und dann stieg Ralph aus.

Es fühlte sich an, als würde die Luft aus Edgars Lunge gepresst.

Ralph holte seine Tasche aus dem Kofferraum. Nach einem letzten Blick, den sie sich durch die Glasscheibe zuwarfen, drehte er sich um und ging davon.

Durch seinen Tränenschleier verfolgte Edgar ihn über den Rückspiegel, bis er verschwunden war. Dann startete er den Motor und fuhr los.

37.

Toni saß in ihrer kleinen bunten Küche und nippte an einer Tasse heißem Kaffee. Ihre Oma stand an der Kredenz und schmierte Honigbrote. Sie war vor einer Stunde gekommen und hatte sie nur ansehen müssen, dann war Toni ihr heulend in die Arme gefallen. Ohne ein Wort zu sagen, hatte ihre Oma sie in die Küche gebracht, auf den Stuhl verfrachtet, Kaffee aufgesetzt und ihre Einkäufe in den Kühlschrank geräumt. Fast so wie früher, weswegen Toni noch viel mehr weinen musste.

Dann hatte sie zwei Tassen Kaffee eingeschenkt, gegenüber von Toni Platz genommen und gesagt: „Was ist los?"

Die Worte waren nur so aus Toni herausgesprudelt. Angefangen von Miriam Schill, die ihr aus der Hand gelesen hatte, über Tim Ravinger, der sie so belogen hatte, und darüber, wie dumm Toni sich fühlte, weil sie gar nicht mehr wusste, woran sie noch glauben sollte. Ihre Oma hatte zugehört, genickt, sie hatte das Gesicht erbost verzogen, wieder genickt und schließlich sehr lange und ausgiebig geseufzt.

„Also, wenn du mich fragst, ich glaube nicht, dass dir diese Dame wirklich deine Zukunft aus der Hand gelesen hat. Wenn sie so etwas tatsächlich könnte, wäre sie steinreich. Ach, Spatz ..."

„Was denn?"

Sie strich sich eine ihrer weißen Locken aus der Stirn und sah in ihre Kaffeetasse. „Damals, als deine Mama dich zu mir gebracht hat, haben wir immer unsere Horoskope in der Zeitung gelesen. Kannst du dich erinnern?"

„Nein, nicht wirklich." Die Wahrheit war, Toni wusste aus dieser Zeit nicht mehr besonders viel. Als wäre das alles hinter einem Nebelschleier. „Warum haben wir das gemacht?"

„Weil es lustig war. Manchmal hat ja auch was davon gestimmt. Vielleicht war es Zufall, ich weiß es nicht. Aber was ich weiß, ist, dass es gegen die Angst geholfen hat. Wir hatten beide Angst um deine Mama, ich hatte Sorge, wie es dir geht bei mir, ob ich das kann, und du hattest generell Angst, was aus deinem Leben wird. Ich glaube, diese Horoskope zu lesen, hat uns das Gefühl von Kontrolle gegeben." Langsam tauchten die Bilder in Tonis Kopf auf. Ihre Oma mit der Zeitung in der Hand am Küchentisch. Aber es wirkte so diffus, als hätte sie es in einem Film gesehen.

„Ich kann dir rückblickend nicht sagen, ob wir daran geglaubt haben, aber es war besser als die Realität", sprach ihre Oma weiter. „Das, was passiert ist, wurde wenigstens teilweise erklärbar. Deine Mama konnte nicht anders, da war ja der Mond in den Fischen, der sie so irrational machte. Oder wir waren traurig, weil man eben empfindlicher ist, wenn die Sonne in den Mars rückt, was weiß ich. Irgendwann haben wir damit aufgehört. Und jetzt, nach der Sache mit Felix, ist dein Weltbild erneut so durcheinandergebeutelt worden."

„Aber sie hatte doch recht mit Mamas Tod und mit Felix. Sogar Edgar hat sie erwähnt. Und Tim ..." Toni kamen wieder die Tränen.

„Vielleicht hat es gepasst, vielleicht aber auch nicht. Wer weiß das schon? Womit sie auf jeden Fall recht hat, ist die selektive Wahrnehmung." Toni musste erstaunt ausgesehen haben, denn ihre Oma hob die Schultern. „Der Kapitän sieht sich immer so Wissenschaftssendungen an."

„Was ist denn jetzt bitte auch noch selektive Wahrnehmung?", schluchzte Toni.

Ihre Oma wischte ihr die Tränen von den Wangen. Die Berührung der leicht runzeligen Finger hatte Toni vermisst.

„Du weißt doch noch, als du dir in Turnen den Fuß gebrochen hast und mit Krücken gehen musstest?"

Natürlich wusste sie das, sie war 16 gewesen und von der Reckstange gefallen, peinlicherweise vor ihrem Schwarm.

„Weißt du noch, dass du dich damals gewundert hast, wie viele andere Leute auf der Straße ebenfalls mit Krücken unterwegs sind?"

„Ich weiß. Ich hab gedacht, das ist eine Verschwörung der Krückenindustrie", sagte Toni schniefend und ihre Oma lachte.

„Genau. Es waren sicher genauso viele Leute mit Krücken unterwegs wie vorher, sie sind dir nur nie aufgefallen. Erst, als es dich selber betroffen hat. Das ist selektive Wahrnehmung." Sie klang direkt ein bisschen stolz.

„Und du meinst, so ist es auch mit dieser Handlese-Sache?"

„Jawohl, das meine ich." Ihre Oma legte den Kopf schief und lächelte leicht.

„Was ist?", fragte Toni.

„Nichts. Ich musste nur gerade an den Kapitän denken. Der würde sicher sagen, glaub daran oder glaub nicht daran. Du hast in beiden Fällen recht. Er ist da sehr pragmatisch."

Das war neu. Ihre Oma hatte den Kapitän bis jetzt eher selten erwähnt, und wenn, dann nicht in so einem Zusammenhang.

„Selektive Wahrnehmung", murmelte Toni und betrachtete ihre Handfläche. Wie hätte sie auf die ganze Sache mit Tim reagiert, hätte Miriam Schill ihr das alles nicht gesagt? Wieso war da diese Stimme in ihr, die so sehr an dem festhielt, was sie gehört hatte? Hatte ihre Oma recht? Machte es das Unsichere ein wenig sicherer? Darüber musste sie erst mal nachdenken.

„Hab nichts gegen ein bisschen Magie in deinem Leben, Spatz", sagte ihre Oma, stand auf und nahm Tonis Gesicht in beide Hände. „Aber schau dir genau an, was und vor allem wem du glaubst. Es gibt sicher mehr zwischen Himmel und Erde, als unser Verstand begreift."

„Das ist aus Hamlet", sagte Toni erstaunt. Ihre Oma hatte noch nie Shakespeare zitiert. Ob dafür auch der Kapitän verantwortlich war?

„Na, bitte, der muss es ja wissen. Aber alles mit Maß und Ziel. Es ist immer …"

„… eine Sache der Balance", beendete Toni den Satz. „Ich weiß."

Ihre Oma goss Toni Kaffee nach. Jetzt musste sie einfach fragen.

„Und wie ist die Balance zwischen dir und deinem Kapitän?"

Ihre Oma war plötzlich sehr beschäftigt damit, das Brot aufzuschneiden.

„Oma? Du magst ihn doch, oder?"

„Mögen, mögen, natürlich mag ich ihn. Aber ich mag auch das Meer, nur lebe ich deshalb trotzdem nicht an der Riviera."

„Ja, aber die Riviera hat dich auch nicht gefragt, ob du zu ihr ziehen möchtest. Der Kapitän hat aber …"

Ihre Oma tat sehr geschäftig und fing an, über die Arbeitsfläche zu wischen. „Du interessierst dich jetzt für Kunst?", fragte sie und hob einige Papiere hoch, die Toni dort abgelegt hatte.

„Was? Wieso?"

Martha Lorenz streckte ihr die ausgedruckten Seiten mit den Gemäldekopien von Julian entgegen. Toni hatte ganz darauf vergessen. Dort musste auch noch irgendwo der USB-Stick liegen. Toni erklärte ihrer Oma, was es damit auf sich hatte.

„Meine Kosmetikerin hat mich auf diesen Verbrechens-Podcast gebracht, sehr seriös, eine Gerichtsreporterin und ein Journalist erzählen von echten Fällen, du glaubst nicht, was es da alles gibt. Ich habe alle Folgen verschlungen und fühle mich jetzt als ausgebildete Verbrechens-Fachkraft."

In Momenten wie diesem war Tonis Liebe zu ihrer Oma so gewaltig in ihrer Brust zu spüren, dass sie das Gefühl hatte, auch wenn nicht gerade alles gut war, dann war es trotzdem in Ordnung.

„Darf ich mir die Bilder genauer ansehen?", fragte Martha Lorenz.

„Natürlich."

Sie holte ihre Brille aus der Tasche, im selben Moment klopfte es an der Tür.

„Erwartest du Besuch?", fragte ihre Oma.

Toni schüttelte den Kopf, ging in den Flur und öffnete. Ein sehr deprimiert aussehender Edgar stand ihr gegenüber. Er hatte sich an den Türrahmen gelehnt, als würde er sonst umkippen. Seine Augen waren gerötet, sein Gesicht voller kleiner Fältchen. Die Armschlinge trug er auch nicht mehr. Es sah aus, als würde er sich zu einem Lächeln zwingen.

„Ich hätte anrufen sollen, entschuldige", sagte er, seine Stimme klang rau. „Hast du noch den USB-Stick?"

„Ja, klar, komm rein."

„Kannst du das alles löschen, was drauf ist?"

„Brauchst du ihn nicht mehr?"

„Nein. Das ist jetzt Schebestas Sache. Sie hat ohnehin alles."

„Herr Brehm", grüßte Tonis Oma ihn. „Wie schön, Sie zu sehen. Kommen Sie herein, ein Kaffee?"

„Gerne, danke."

„Hey, hast du Ralph nochmal gesehen? Ist bei ihm alles okay?", fragte Toni leise.

Er nickte müde. „Hat alles überstanden. Es geht ihm gut."

Fast hätte Toni gefragt: „Und dir auch?", aber die Frage war überflüssig. So wie Edgar aussah, kannte sie die Antwort. Er hätte einfach anrufen können, um ihr zu sagen, sie solle den Stick formatieren. Aber er war extra hergefahren.

Sie gingen in die kleine Küche. Ohne auf seine Antwort zu warten, drückte Tonis Oma Edgar eine Kaffeetasse in die Hand und bot ihm einen Stuhl an.

„Wie geht es Ihrer Schulter?“, fragte sie.

„Ich hab Oma davon erzählt“, erklärte Toni.

„Geht so, danke.“

Toni warf ihrer Oma einen Blick zu. Sie hatte ihr nicht nur von Edgars Schulter erzählt, sondern auch von Ralph. Ihre Oma trat zu Edgar, beugte sich ein wenig vor – sie war im Stehen nicht viel größer als Edgar, wenn er saß. Liebevoll streichelte sie ihm über die Haare.

Edgar sah überrascht auf und Tonis Oma lächelte ihn aufmunternd an. Er wirkte plötzlich sehr viel jünger und Toni hatte den Eindruck, sie konnte Edgar als Kind sehen.

Martha Lorenz sagte nichts, aber in ihrem Blick lagen Trost und Verständnis. Sie nickte mitfühlend, legte ihm die Hand auf die Schulter.

Edgars Augen glänzten, er blinzelte und bemühte sich um ein Lächeln, das ihm nicht gelang.

Toni musste sich wegdrehen, sie hätte schon wieder heulen können. Warum war die Welt nur manchmal so ungerecht? Warum musste Kirsten König ihren Stiefsohn verlieren, den sie so geliebt hatte, und von dessen Mörder schwanger sein? Warum konnte Edgar nicht die Liebe in seinem Leben haben, die er wollte?

Vielleicht, weil es wirklich um die Balance ging. Weil auch viele gute Dinge passierten, wie gerade eben. Toni drehte sich wieder um, sie betrachtete ihre Oma und Edgar, um sich den Moment gut einzuprägen.

„Also dieser junge Mann scheint außergewöhnlich talentiert gewesen zu sein“, sagte ihre Oma und deutete auf die Ausdrucke von Julians Bildern. „Besonders dieses hier. Atemberaubend. Als hätte Gauguin diese Berge auf Tahiti selbst gemalt.“

Toni sah auf das Bild einer exotischen Landschaft mit Palmen vor zwei Bergen, einem Wasserträger und einem kleinen Hund. Es war wirklich wunderschön. Edgar seufzte, sie drehte sich zu ihm, um ihn zu fragen, ob er etwas essen wollte. Im Augenwinkel bemerkte sie eine Veränderung auf dem Bild. Was war das? Sie drehte sich zurück. Es sah aus, als hätte sich ein kleiner Teil der Landschaft bewegt. Toni beugte sich vor und betrachtete das Bild genauer. Nein, sie musste sich geirrt haben. Sie kam erneut hoch, wendete den Blick zur Seite. Doch. Da war es wieder. Sie bewegte den Kopf hin und her.

„Hast du einen Schlaganfall oder ist das ein neuer Tanz?“, fragte Edgar.

Sie nahm den Zettel hoch. „Da, rechts unten im Bild. Im Gras.“

Edgar setzte sich die Lesebrille auf. „Ich sehe nichts.“

„Ich auch nicht“, sagte ihre Oma.

„Ihr müsst eure Köpfe bewegen.“

Edgar legte den Kopf zu einer Seite, dann zur anderen. „Ich sehe immer noch nichts“, sagte er.

„Doch, du hast recht“, sagte ihre Oma. „Da ist was. Aber ich glaube, das ist vom Drucker. Vielleicht ein Fehler.“

Toni holte ihren Laptop, steckte den USB-Stick hinein und öffnete die Datei mit den Bildern. Auf dem Bildschirm war es auch zu sehen. Auf den ersten Blick wirkte es wie ein Fehler. Aber wenn Julian so exakt ein Gemälde kopieren konnte, war ein Fehler dann nicht ausgeschlossen? Sie vergrößerte die Stelle, doch das Bild verschwamm nur. Sie musste es schärfer stellen und kopierte dazu Gauguins Gemälde. Dann wechselte sie in ein Bildbearbeitungsprogramm und klickte auf die automatische Korrektur. Das Bild änderte sich kaum. Sie probierte unterschiedliche Belichtungen. Ja, da war was, aber noch immer zu undeutlich, um es zu erkennen. Es hatte irgendwas mit den Farben zu tun. Sie klickte auf den Button, um in die Gegenfarben zu wechseln. Das Gras war nun nicht mehr grün, sondern blau, es hatte verschiedene Schattierungen. Und Toni hatte recht gehabt. Was darin versteckt war, konnte man nun genau erkennen. Ein Bild im Bild.

„Oha“, entkam es Tonis Oma. „Wer ist das?“

Edgar atmete scharf ein. Sie sahen einander an.

„Kannst du das auch bei den anderen Bildern machen?“, fragte er.

Toni nickte.

In jedem seiner 18 Gemälde hatte Julian dieselbe Person versteckt. Die Posen waren eindeutig. So malte man nur jemanden, den man sehr gut kannte. Und mit dem man Sex gehabt hatte.

„Wer ist das?“, fragte Tonis Oma erneut.

Weder Toni noch Edgar wagten, den Namen auszusprechen.

38.

Edgar stand hinter zwei versetzten Bauelementen in der Nähe des Beichtstuhls und rührte sich nicht. Niemand wusste, dass er sich hier befand, und das war auch gut so.

Bis auf drei Kerzen beim Altar und eine Notbeleuchtung über dem Eingang war es im Kirchenraum dunkel.

Wie viel Zeit war schon vergangen, seit er hier stand? Er wusste es nicht. In ihm hatte sich ein merkwürdiges Gefühl ausgebreitet. Er war vollkommen ruhig. Gefasst.

Wie absurd das Leben manchmal war.

Was war das für ein Geräusch? Hatte eine Tür geknarrt?

Er schloss die Augen. Es klang, als würde ein Riegel vorgeschoben. Schritte waren zu hören. Er hatte sich nicht geirrt. Die Schritte klangen zögerlich. Blieben stehen. Und dann war Stille.

„Hallo?“

„Ich bin im Beichtstuhl“, hörte er Ralph.

„Was ... wieso im Beichtstuhl?“

„Es ist ein Angebot.“

„Ich verstehe nicht ...“

„Doch, du verstehst es.“

Schweigen.

„Julian hat es dir gesagt.“ Es klang wie eine Feststellung, nicht wie eine Frage.

„Darum geht es nicht. Es geht darum, dass dein Kind nicht mit der Last dieser Sünde auf die Welt kommen soll, Kirsten.“

Wieder Schweigen.

„Du hast es die ganze Zeit gewusst und nichts gesagt. Obwohl du verhaftet wurdest“, sagte Kirsten König leise.

Ralph antwortete nicht. Die Stille zog sich. Ein leises Schluchzen durchbrach sie.

„Ich wollte das nicht, Ralph. Oh Gott, ich wollte das wirklich nicht.“

„Ich weiß. Setz dich zu mir, Kirsten. Erzähl es mir und nimm die Last von deinem Gewissen."

„Das kann ich nicht."

„Was du mir in der Beichte sagst, muss unter uns bleiben. Ich darf mit niemandem darüber sprechen. Das weißt du. Auch was Julian mir gesagt hat, habe ich für mich behalten, obwohl es mich entlastet hätte. Tu es für dein Kind, Kirsten. Sag Gott die Wahrheit und dir wird vergeben werden."

Edgar hörte wieder Schritte. Holz, das knarzte. Ein viel leiseres Knarren als vorhin, wie eine Tür, die geschlossen wurde. Die des Beichtstuhls?

„Was ist passiert, Kirsten?"

„Was hat Julian dir erzählt?"

„Ich darf dir nichts über Julians Beichte sagen, Kirsten. Die Anrufe bei der Erzdiözese und der Polizei, das warst du, nicht wahr?"

„Es ... es tut mir leid. Von Miriam wusste ich, wie man anonyme Anrufe ... ich habe es getan, um uns zu schützen. Julian hat dich sehr gemocht. Als ich schwanger wurde, hatte ich solche Angst, er würde dir alles erzählen."

„Ich verstehe. Was ist in der Nacht geschehen, in der Julian gestorben ist?"

„Oh Gott." Wieder ein Schluchzen.

„Er hört dich. Es gibt nichts, das er nicht vergibt, wenn du aufrichtig bereust."

„Ist das wahr?"

„Ja."

„Ich weiß nicht, wie es begonnen hat. Nachdem Albert sich umgebracht hat ... es hat alles geändert. Als wäre ohne Albert ich das Kind und Julian der Erwachsene geworden. Es klingt absurd, aber ich hätte nie gedacht, wie tief ich fallen könnte. Denn Albert und ich ... es war keine gute Ehe. Seine Traurigkeit war wie ein schwarzes Loch, das auch mich aufgesaugt hat. Julian war das Licht. Ich habe ihn so geliebt. Vom ersten Moment an. Manchmal hatte ich den Eindruck, Albert war eifersüchtig. Das hat mich gestört, wir waren doch eine Familie. Als Albert sich umgebracht hat, bin ich zerbrochen. Ich habe nicht mehr funktioniert. Es hat mich nicht nur erschüttert, es war größer … vielleicht, weil ich diese Dunkelheit von Albert in mir gespürt habe. Julian hat ihn gefunden. Aber er konnte durch die Trauer gehen, sie sogar teilweise hinter sich lassen. In Wahrheit war er viel stärker als ich. Er war wieder das Licht. Und er hat sich verändert. Immer mehr Alberts Platz eingenommen. Vielleicht hat ihn auch das aus der Verzweiflung geholt, ich weiß es nicht."

„Diese Zeit muss sehr schwer für euch gewesen sein."

„Ja, darum hat Julian angefangen, bei mir zu schlafen. Es hat sich einfach so ergeben. Ich bin fast nicht mehr aus dem Bett gekommen, konnte weder arbeiten noch alleine sein. Ich hatte Angst vor mir selbst. Und dann … eines Nachts ist Julian wieder in mein Bett gekommen. Ich hatte einen Alptraum. Vielleicht war ich noch schlaftrunken, ich weiß es nicht mehr. Julian hat mich in den Arm genommen, er hat mich getröstet. Wir haben uns gehalten. Und da ist es passiert. Einfach so. Wir hatten schon immer diese besondere Bindung, Julian und ich. Albert hat oft gesagt, es wäre absurd, denn er war ja Julians leiblicher Vater, aber er fühlte sich von uns ausgeschlossen. Ich habe ihn ausgelacht, ihm gesagt, er bilde sich das ein, aber er hatte recht. Nach dieser Nacht haben wir nicht darüber gesprochen, Julian und ich. Ich wollte es nicht wahrhaben. Aber dann kam er wieder zu mir ins Bett. Und wieder und wieder und wieder. Es war wie ein Zwang. Und gleichzeitig wurde es so normal. In der Nacht war ich von Julian besessen und am Morgen war eine Stimme in mir, die gesagt hat, dass es aufhören muss. Dass es falsch ist. Dass ich sein Leben zerstöre. Unser beider Leben. Als Julian 16 war, habe ich mich gefragt, ob es anders wäre, wenn ich ein Mann wäre? Und Julian meine Stieftochter? Ob wir dann eine Zukunft haben dürften? Denn die

Wahrheit ist, unmoralisches Verhalten wird bei Männern viel leichter toleriert. Und ich war machtlos gegenüber den Gefühlen, die ich für Julian hatte. Und dann habe ich durch dich Gustav kennengelernt. Das war der erste Moment, in dem ich dachte, ich kann Julian loslassen, er kann erwachsen werden und wir würden es schaffen, eine ganz normale Familie zu sein."

„Weiß Gustav von dir und Julian?"

„Nein. Natürlich nicht."

„Und wie hat Julian auf Gustav reagiert?"

„Er hat ihn akzeptiert. So, wie man einen neuen Nachbarn akzeptiert, der einzieht."

„Was ist an diesem Abend geschehen?"

„Julian ist in der Früh hereingeplatzt, als Gustav und ich miteinander geschlafen haben. Ich wollte gar nicht mit ihm schlafen, aber ich dachte, Julian muss es mitbekommen. Damit er es sieht und ... es mit ihm und mir aufhört."

„Das hat es nicht?"

„Nein. Nie. An dem Morgen ist er einfach dagestanden und hat uns beobachtet. Ich habe ihn bemerkt und weitergemacht. Absichtlich. Dann habe ich zu ihm gesehen. Und sein Blick – er hat mich angeschaut, als wäre etwas in ihm zerbrochen. Da habe ich sofort aufgehört, wollte mit ihm darüber reden, es ihm erklären. Ich dachte wirklich, das wäre eine Lösung, Gustav und das Baby. Am Abend habe ich auf ihn gewartet, aber er ist nicht gekommen. Da bin ich in sein Zimmer gegangen, sein Handy lag auf dem Bett. Ich nahm an, es muss ihm rausgefallen sein. Ich habe mich auf sein Bett gesetzt. Sein Passwort ist mein Geburtsjahr." Sie schluchzte auf. „Und da hab ich sie abgehört, alle Nachrichten, die er aufgenommen hat. Er hat es so eingestellt, dass sie losgehen, wenn das Handy entsperrt wird. Ich hatte keine Ahnung, was die ganze Zeit in ihm vorgegangen ist. Er hat sein Telefon absichtlich dagelassen. Er wollte, dass ich es höre. Vielleicht, damit ich ihn aufhalte, bevor er es Anna-Sophie sagt. Damit ich alles rückgängig mache. Mich von Gustav trenne und es nur noch uns beide und das Baby gibt. Ich habe sein Handy sofort zerstört. Dann bist du gekommen."

„Was ist danach passiert, Kirsten?"

„Ich habe auf ihn gewartet, aber er ist nicht gekommen. Es hat eine Stunde gedauert, bis ich ihn und das Mädchen im Prater entdeckt habe. Sie haben Zuckerwatte gegessen und plötzlich ist Anna-Sophie weggelaufen. Ich dachte, weil er es ihr erzählt und sie mich gesehen hat. Als sie weg war, bin ich zu Julian. Er war so wütend, wollte nicht mit mir reden. Dann ist er davongestürmt und ich bin ihm hinterher. Bei der Prater Hauptallee ist er in den Wald gegangen. Und da ist dann auch Anna-Sophie aufgetaucht. Ich habe mich versteckt. Er wollte, dass sie geht." Kirsten Königs Stimme klang monoton, ohne jedes Gefühl. „Als sie weg war, habe ich ihn zur Rede gestellt. Er war völlig außer sich. Wir haben uns gestritten und ich hab angefangen zu weinen. Er hat versucht, mich in die Arme zu nehmen. Ich wollte das nicht und hab ... hab ihn mit ganzer Kraft weggestoßen. Er ist nach hinten gefallen. Und nicht mehr aufgestanden. Zuerst habe ich es gar nicht begriffen, dachte, er erschreckt mich, weil er es mir heimzahlen will. Doch er hat sich nicht gerührt. Und dann ist Anna-Sophie zurückgekommen." Sie verstummte.

„Was ist dann geschehen?", fragte Ralph.

„Ich konnte nicht mehr richtig denken. Ich war so wütend auf sie und gleichzeitig in Panik. Ich musste mein Baby schützen. Da hab ich den Gürtel aus Julians Jeans gezogen." Die Worte sprudelten jetzt aus Kirsten König heraus. Als hätte sie darauf gewartet, das alles auszusprechen. „Danach bin ich weggelaufen. Ich war mir sicher, alles würde herauskommen. Und dann, ich weiß nicht, wieso, habe ich plötzlich gewusst, was ich tun muss. Ich bin zurück. Habe Julian so hingelegt, dass es aussah, als hätte er sie mit dem Gürtel erwürgt und wäre dann nach hinten gestürzt. Da habe ich seine Stimme gehört. Ganz leise. Er war nicht tot. Du hast sie umgebracht, hat er immer wieder gesagt. Du hast sie umgebracht. Ich habe ihm aufgeholfen, ihn gestützt. Er konnte kaum gehen. Den Gürtel habe ich ihm wieder in die Jeansschlaufen gesteckt. Ich wollte es ungeschehen machen. Niemand musste davon erfahren. Ich habe ihm gesagt, alles wird gut. Er muss mitkommen, alles wird gut. Es hat so geschüttet, der viele Regen, ich hab gesagt, ich hab sie nicht erkannt, das war alles ein Unfall, ein Missverständnis. Wir sind vor zum Donaukanal ... ich dachte, ich bringe ihn nach Hause, er wird nichts verraten. Ich habe wirklich geglaubt, alles wird gut. Aber da hat er mich angesehen und gesagt, es wird erst alles gut, wenn die ganze Welt erfährt, dass er der Vater unseres Kindes ist."

„Es ist nicht Gustav?"

„Nein. Nachdem wir miteinander geschlafen haben, habe ich zu Gustav gesagt, sein Kondom wäre undicht gewesen. Und dass hoffentlich nichts passiert sei. Da war ich bereits von Julian schwanger. Als Julian gesagt hat, die Welt soll es erfahren, ist etwas in mir geschehen. Wie ein Blitz in meinem Kopf. Ich habe einen Stein genommen und ihn geschlagen. Ihn ins Wasser gestoßen. Und dann war alles vorbei."

„Und das Herz aus Kristall? In meinem Schreibtisch?"

„Ich habe Gustav von dem Bild erzählt, von dem Magritte, den Julian dir geschenkt hat. Ich habe ihm gesagt, Julian hat das getan, weil ihr eine Beziehung hattet."

„Das hatten wir nie, Kirsten. Und das weißt du."

„Ja, ich weiß." Sie seufzte. „Julian hat das Bild nicht für dich gemalt. Er hat mir erzählt, dass er es dir gezeigt und es dir so gut gefallen hat, du wolltest es ihm abkaufen. Da hat er es dir geschenkt."

„Und weiter?"

„Ich habe Gustav gesagt, dass ich bis jetzt auch nicht daran geglaubt habe, dass du Julian etwas angetan hast, aber nach allem, was die Beamtin uns gesagt hätte, würde ich zweifeln. Von Julians Aufnahmen wusste ich, er war es, der mir heimlich das Kristallherz vor die Tür gelegt hat. Ich habe Gustav erzählt, es war ein Geschenk von dir an Julian. Er wollte dich noch immer schützen, aber ich habe ihm gesagt, er soll das Herz in deinen Schreibtisch legen. Damit dir klar ist, dass wir es wissen, und du die Möglichkeit hast, dich selbst zu stellen, falls du schuldig bist. Und da hat er es getan."

Edgar öffnete die Augen. Kirsten König hatte ihren Stiefsohn umgebracht. Den Vater des Kindes, mit dem sie schwanger war. Und sie hatte alles dafür getan, dass Ralph in den Fokus der Ermittlungen rücken würde.

Ein Rütteln war von der Tür her zu hören, gleich darauf hallte ein Knall durch den Kirchenraum. Edgar sprang hinter den Bauelementen hervor. Die beiden Türen des Beichtstuhls waren offen, Kirsten König und Ralph standen davor. Wieder ein Knall. Jemand versuchte, von außen die Kirchentür aufzubrechen. Das also war das Geräusch gewesen, als Kirsten König gekommen war. Sie hatte den Riegel vorgeschoben. Die Tür war verschlossen.

„Was hast du getan?", fragte Kirsten König. Sie starrte Ralph an.

Er schüttelte den Kopf. „Verzeih mir", sagte er leise.

Es dauerte den Bruchteil einer Sekunde, dann stürzte sie auf ihn zu. Ein Gegenstand blitzte in ihrer Hand. Hatte sie ein Messer? Edgar hechtete zu ihr, riss sie von Ralph fort. Seine Schulter schien vor Schmerz zu explodieren. König schrie und strampelte, gemeinsam stürzten sie auf den Steinboden.

Wieder ein Knall von der Tür her.

„Kirsten, hör auf", schrie Ralph. „Bitte, hör auf."

Er schien an ihr zu ziehen, Edgar konnte ihn nicht sehen, sie lag mit dem Rücken auf ihm. Immer wieder schlug sie nach hinten. Mit dem Metall in ihrer Hand traf sie seine Schulter. Es war ein Kreuz. Sie musste es aus dem Beichtstuhl haben.

Edgar stemmte sich gegen den Schmerz. Versuchte, König von sich wegzuschieben.

„Kirsten, nicht ...“

Sie schien Edgars Schwachstelle erkannt zu haben. Mit Wucht bohrte sie das Metallkreuz in seine Schulter.

Er schrie auf, konnte sie kaum mehr festhalten. Sie nutzte die Gelegenheit und riss sich los, trat nach Ralph. Edgar hörte den Aufprall seines Kopfes auf dem Steinboden, als er nach hinten stürzte. Wie das Platzen eines Ballons.

Ohne auf seine Schulter zu achten, umfasste Edgar erneut Königs Oberkörper. Er rollte sich mit ihr zur Seite. Weg von Ralph. Sie trat ihm gegen die Beine. Er ließ nicht los. Die Madonna-Statue fiel um und zerbrach in Tausende Scherben.

Wieder ein Knall. Und ein lautes Krachen.

Im nächsten Moment erhellten unzählige Lampen den Kirchenraum.

„Keine Bewegung, Polizei“, hörte Edgar Carolin Schebestas Stimme.

39.

Toni stand vor dem großen Saal im zweiten Stock des Konservatoriums und sah aus dem Fenster auf die Johannesgasse hinunter. Die Sonne tauchte die Straße in goldenes Licht. Trotz des geschäftigen Treibens dort unten war irgendwas heute anders. Als hätte es einen Tornado gegeben – und nun war alles ruhig.

Es war eine verrückte Nacht gewesen. Sie fühlte sich noch immer, als wäre sie eine Woche lang jeden Tag Marathon gelaufen. Carolin Schebesta schien ein schlechtes Gewissen gehabt zu haben, anders konnte es sich Toni nicht erklären, warum sie Toni vor der Kirche zu sich ins Auto geholt hatte. Über die Verkabelung im Beichtstuhl hatten sie Kirsten Königs Beichte mitgehört. Toni war dabei so angespannt gewesen, dass ihr jeder Muskel im Körper schmerzte.

Weder Ralph noch Schebesta hatten mitbekommen, dass Edgar sich neben dem Beichtstuhl befand. Er hatte sich einfach eingeschlichen und versteckt, um Ralph zu Hilfe kommen zu können.

Nicht auszudenken, was passiert wäre, wenn Edgar sie nicht überwältigt hätte.

Ralph hatte zum Glück nur eine Platzwunde am Kopf davongetragen. Die Sanitäter wollten ihn mit ins Krankenhaus nehmen, um sicherzugehen, dass er keine Gehirnerschütterung hatte. Doch er hatte abgewehrt. Was das betraf, schien er genauso stur zu sein wie Edgar.

Während seine Platzwunde verarztet wurde, war Toni neben ihm gesessen.

„Wieso bist du so überzeugt gewesen, dass Kirsten König überhaupt auf dein Angebot zur Beichte eingehen wird?“, hatte sie gefragt.

Er war kurz zusammengezuckt, entweder wegen des Desinfektionsmittels auf der Wunde oder wegen ihrer

Frage. „Weil nichts so schwer auf der Seele lastet wie Schuld“, sagte er.

Ralph hatte es zuerst gar nicht glauben wollen, als Edgar ihn angerufen hatte, um ihm von der Entdeckung zu berichten. Doch dann hatte ihm Toni die Fotos von Julians Gemälden in umgekehrter Farbe geschickt. Kirsten König war in jedem Bild versteckt. Sogar, als sie bereits schwanger war, hatte Julian sie gemalt. Die Posen waren eindeutig, mit gespreizten Beinen, stöhnend, in Ekstase. Und der Babybauch wurde auf einigen Bildern immer größer. Dazu kam dieser Blick in ihren Augen. So real, als würde sie den Betrachter des Bildes direkt ansehen.

Wieso Ralph zugelassen hatte, dass der Beichtstuhl verkabelt wurde, verstand Toni noch immer nicht. Das schien eine Sache zwischen ihm und Schebesta zu sein. Sie hatten miteinander gesprochen und waren sofort verstummt, wenn jemand in Hörweite kam.

Und dann hatten Edgar und Ralph sich verabschiedet. Es war nur ein Händedruck gewesen, der länger dauerte, nichts, das für Außenstehende irgendeinen Hinweis gegeben hätte. Doch Toni waren die Blicke der beiden aufgefallen. Als wäre es nicht nur eine Verabschiedung. Sondern ein Abschied für immer.

Edgar hatte Toni nach Hause gebracht. Sie hatten kaum ein Wort miteinander gewechselt, als stünden sie noch immer unter Schock. Toni wollte ihn nicht gehen lassen, hatte eine Flasche Rotwein geöffnet, die noch von Felix stammte – eines der wenigen Dinge, die er zurückgelassen hatte. Und dann hatten sie doch noch viel geredet, aber auch viel geschwiegen.

Mit Edgar konnte sie das.

Kurz vor Mitternacht war Vincent gekommen. Edgar hatte ihm eine Nachricht geschickt und er war sofort bei Toni aufgetaucht.

Sie hatte die beiden alleine gelassen und im Bad eine heiße Dusche genommen. Als sie in einen Bademantel gehüllt zurückgekommen war, verabschiedete sich Edgar gerade von Vincent.

„Danke für alles, Vincent“, sagte Edgar leise zu ihm, und dann waren sie wieder zu zweit.

Toni war froh gewesen, dass Edgar noch blieb.

„War das ein endgültiger Abschied?“, fragte sie.

Er nickte. „Ich hab mich nicht korrekt verhalten. Dafür wollte ich mich bei ihm entschuldigen. Und reinen Tisch machen ...“

„Aber er liebt dich. Ich meine, bist du sicher, dass du ihn nicht ...?“

Er rollte mit den Augen, lächelte sie mit einer Prise Wehmut an und nickte. Sie verstand.

„Zwei Abschiede in einer Nacht“, murmelte Toni und schenkte Edgar Wein nach.

Die Flasche war leer geworden und Edgar hatte erneut im Zimmer von Tonis Oma übernachtet. Vielleicht würde sie sich das mit der Mitbewohnerin noch eine Weile überlegen. Der Gedanke, dass Edgar einfach so bleiben konnte, gefiel ihr. Und wenn ihre Oma wirklich in ein noch kleineres Zimmer in der Seniorenresidenz ziehen musste, weil Toni sich, wenn das Semester losging, ihre derzeitige Wohneinheit nicht mehr leisten konnte, vielleicht würde sie dann auch gerne ab und zu bei Toni übernachten. Das hing ganz davon ab, wie die Sache mit dem Kapitän ausgehen würde. Was das betraf, war sich Toni noch nicht sicher.

Auf ihrem Handy traf eine SMS ein, sie holte es aus der Tasche.

Tut mir echt leid, dass ich mich so lange nicht gemeldet habe. Ich bin noch immer in Spanien. Ist was Unerwartetes passiert. Ich habe mich verliebt. In Michel aus Mün-

chen, der auf dem letzten Foto. Er will Anwalt werden. Der Spießer schlechthin, aber er ist fantastisch und ich bin verrückt nach ihm.

Toni schickte unzählige Herzen – eine verliebte Lena hatte sie noch nie erlebt. Niemand war so kritisch bei Männern wie ihre beste Freundin. Sie schrieb zurück, dass sie gleich Unterricht bei Ravinger hätte, ob sie später telefonieren könnten, sie wollte alles wissen.

Dann stellte sie ihr Handy auf lautlos und steckte es wieder ein. Sie hatte keine Ahnung, ob Tim nach ihrer Begegnung gestern vor dem Haas-Haus überhaupt kommen würde. Es überraschte sie ja selbst, dass sie da war.

Als sie am Morgen aufgewacht war, hatte sie gewusst, was sie tun wollte.

Toni horchte auf, Schritte kamen die Treppe hoch. Sie wappnete sich innerlich, gleich Tim zu begegnen. Doch ein blonder Haarschopf tauchte auf. Es war die Mitschülerin, deren Namen sie vergessen hatte, in dem coolen 80er-Jahre-Jumpsuit.

„Oh, hallo“, sagte sie. „Toni, richtig? Hast du jetzt doch deine Stunde? Tim hat gemeint, ich kann früher kommen, weil du nicht mehr …“

Da fiel es ihr ein. Tim hatte ihr gestern Abend eine SMS geschickt, ob sie zu ihrer Stunde kommen würde. Durch die ganzen Ereignisse hatte sie völlig vergessen, ihm zu antworten.

„Ja. Nein. Ich meine, ist schon okay. Du kannst die Stunde haben. Ich wollte nur kurz mit ihm reden.“

Dann würde er also gleich kommen. Toni schluckte schwer.

„Echt? Aber nur, wenn es wirklich passt. Ich hab ja eigentlich erst um elf, aber ich hab ein Vorsprechen nächste Woche in München und er bereitet mich darauf vor.“

Toni bemühte sich um ein Lächeln, das ihr nicht gelang.

„Na dann geh ich schon mal rein und wärme mich auf. Willst du drinnen auf ihn warten?“

„Nein, danke. Es dauert auch nicht lange.“

„Alles easy.“

Jumpsuit lächelte, ging in den Raum und schloss die Tür hinter sich.

Toni überlegte, ob sie einfach wieder gehen sollte. Nein, das hier musste aufhören. Er war ihr nichts schuldig. Es gab einen ersten Kuss, den sie initiiert hatte. Und auch, wenn sich dieser Kuss wie ein Feuerwerk in ihr angefühlt hatte, bedeutete das nichts. Er war nicht Felix, er hatte ihr keine Versprechungen gemacht und dann gebrochen. Vielleicht war das einfach ein kleiner Flirt, wenn überhaupt. Ja, sie mochte ihn, wahrscheinlich mehr, als sie bereit war, sich einzugestehen, aber er war ihr nicht verpflichtet.

Wenn er sich mit Janina verabredete, war das vielleicht nicht der beste Charakterzug. Aber es rechtfertigte nicht Tonis Gefühlschaos, was ihn betraf. Ja, möglicherweise hatte sie sich ein bisschen in ihn verknallt. Na und?

Toni brachte die Stimme in ihrem Kopf, die protestieren wollte, zum Schweigen. Die Stimme, die sie daran erinnerte, wie er im Café Hawelka gesagt hatte, so etwas sei ihm schon lange nicht passiert. Die ihr einflüsterte, dass sie sich das bei der Schauspielübung, als sie sich nur angesehen hatten und ineinander verschmolzen waren, doch nicht eingebildet hatte.

„Toni?“

Sie wirbelte herum. Tim stand da, er war wieder nicht die Treppe hochgekommen, sondern musste in einem der anderen Räume gewesen sein. Seine Haare sahen ein wenig verlegt aus, er hatte dunkle Augenringe. Sein schwarzes Hemd war zerknittert und er sah sie mit müdem Blick an. Dass er trotzdem wieder umwerfend aussah, war nicht fair. Ihr wurde flau.

Nein, sie durfte sich davon nicht ablenken lassen.

Trug er nicht dieselbe Kleidung wie gestern? Wahrscheinlich hatte er bei Janina übernachtet, sie hatten ganz fantastischen Sex gehabt und Toni war ihm ohnehin vollkommen egal.

„Ich hab nicht gedacht, dass du kommst."

Er ließ seine Ledertasche von der Schulter gleiten, verschränkte seine Arme und lehnte sich an die Gangwand.

Toni spürte, wie ihr das Blut in die Wangen schoss. Alle guten Vorsätze und jede Vernunft, jeder Satz, den sie sich zurechtgelegt hatte, wurden aus ihrem Gehirn gespült.

Sie konnte keinen klaren Gedanken fassen, wenn sie ihn ansah. Weg, sie musste weg von hier. Wieso war sie überhaupt hergekommen?

„Ich wollte nicht, dass du auf mich wartest. Aber da du die Stunde ohnehin weitergegeben hast ... sie ist bereits drinnen und ... also dann, mach's gut."

Sie machte kehrt und steuerte auf die Treppen zu. Hinter sich hörte sie, wie er die Tür zum großen Saal öffnete.

Das war es also. Ihre Tim-Ravinger-Episode.

„Warte", hörte sie ihn. „Toni, warte bitte."

Sie blieb stehen und drehte sich um. Er bedeutete ihr, dass er gleich wieder da war, und verschwand im großen Saal. Toni hörte ihn etwas sagen. Keine zehn Sekunden später kam er wieder raus. Und wieder einmal läutete sein Handy.

Beim Blick auf das Display sah er verärgert aus.

Mit einem genervten „Kann ich dich später zurückrufen?" hob er ab. Anscheinend konnte er das nicht, denn er hielt sich das Handy an die Brust, um das Mikrophon abzudecken.

„Bitte warte, Toni, ich ... ich bin gleich wieder da."

Ob das wohl Janina war?

Tim verschwand in Richtung der anderen Zimmer, die im hinteren Gang lagen, eine Tür wurde geöffnet und geschlossen. Dann war es still.

„Hey.“ Die Jumpsuit-Schülerin steckte ihren Kopf aus der Tür des großen Saals. „Wo ist er denn hin?“, fragte sie.

Toni deutete in die Richtung, in die er gegangen war.

„Meine Güte, den hat es ja ganz schön erwischt“, sagte sie zu Toni.

„Bitte?“

Sie grinste. „Sag bloß, du hast davon nichts mitbekommen?“

„Wovon?“

Tonis Herz begann, außer Takt zu schlagen.

„Na, die Schmitz macht ihm die Hölle heiß. Weil er was mit Janina am Laufen hat.“

Oh Gott, sie wollte auf der Stelle verschwinden. Ihr wurde schlecht. Es war eine sehr dumme Idee gewesen, hierherzukommen. Ein Anruf hätte es auch getan, eine SMS, was auch immer.

„Aha.“ Tonis Stimme klang so gequetscht, wie ihr Herz sich anfühlte.

„Ja. Weil er ist, wenn auch nur für die paar Wochen, ein Lehrer. Und sie seine Schülerin. Geht gar nicht. Ich hoffe nur, die Schmitz suspendiert ihn nicht.“ Sie verzog den Mund. „Oder wenigstens erst nächste Woche, wenn ich mein Vorsprechen hinter mir habe.“

Toni bemühte sich um ein unparteiisches Lächeln, obwohl ihr zum Heulen zumute war. Eine Tür, die sich öffnete, war wieder zu hören. Eilig kam Tim zurück.

„Petra, ich bin gleich bei dir“, sagte er zu Jumpsuit. Anscheinend fand Petra das alles zu interessant, denn sie machte keine Anstalten, wieder zurück in den großen Saal zu gehen.

„Toni, hast du eine Minute?“ Er deutete hinter sich. „Bitte, komm mit“, sagte er und sah sie mit einem Gesichtsausdruck an, den sie nicht deuten konnte.

Er führte sie in ein kleines Zimmer, das er sich anscheinend als eine Art Büro eingerichtet hatte. Toni war schon einmal zum Einzelunterricht für Stimmbildung hier gewesen, aber jetzt sah es völlig anders aus.

Da stand ein Campingbett mit zwei dicken Polstern, daneben ein kleiner Tisch, auf dem Bücher lagen. *Meditation für Dummies* las Toni. Und *Grundlagen des Buddhismus*. Dann war da die Biografie von Michael Caine. Und ein Buch über Schauspieltraining. Auf dem Boden lag eine Yogamatte, auf einem Schreibtisch stapelten sich Drehbücher und Theaterstücke, außerdem lagen ein paar Fotos herum.

Der schwere Duft von Räucherstäbchen hing in der Luft. Toni bekam weiche Knie. Das musste an dem Geruch liegen.

Tim schloss die Tür hinter sich. „Toni, wir müssen reden." Er drehte sich zu ihr, sein Blick war ernst. „Ich weiß nicht, wie ich es dir sagen soll." Er fuhr sich durch die Haare, nestelte an seinem Hemdkragen herum, wendete den Blick ab. Die Wut, die Toni noch vor ein paar Augenblicken empfunden hatte, war weg. Vielleicht, weil es ihm so schwerfiel, es ihr zu sagen.

Tim Ravinger war kein Arschloch. Er war auch nicht Felix. Sie waren einander nähergekommen und dann hatte er sich eben einfach in Janina verschaut. Wenn er jetzt eine große Sache daraus machte, wie leid es ihm täte, blablabla, änderte es nichts an der Situation. Vielleicht hatte Miriam Schill mit manchem recht, vielleicht waren es auch nur Zufallstreffer. Wie auch immer. Toni konnte das hier noch immer gut enden lassen. Und zwar so, dass sie nicht das Weite suchen müsste, wenn sie Janina wieder begegnete.

Wenn wir schon untergehen, dann mit erhobenem Haupt.

Das stammte aus irgendeinem Stück, Toni konnte sich nicht erinnern.

„Hey, bist du das auf den Fotos?", lenkte sie in schrecklich schlecht gespielt fröhlichem Tonfall ab.

„Was?"

Sie ging zum Schreibtisch. „Oh, das sind ja Kinderfotos."

Ihre Stimme klang in ihren eigenen Ohren fremd. Als würde eine innere Toni den Kopf schütteln und fragen: *Was um alles in der Welt tust du da?*

Auf den Fotos war ein sehr süßer Junge zu sehen, vielleicht fünf Jahre alt, strahlend an der Hand seiner Eltern, unter einem Christbaum, im Fußballdress.

„Bist du das?"

Sag auf Wiedersehen und dann raus hier, sagte die innere Stimme.

„Äh, ja. Meine Mutter hat mir die gegeben."

„Du hast wieder mit ihr Kontakt?"

Er nickte. Senkte den Kopf. „Schauen wir mal, wie lange. Ich hab es ihr erzählt – die Sache vom Flughafen."

„Oh, wie hat sie reagiert?"

Okay, dann eben noch ein bisschen Smalltalk und dann kannst du gehen. Ein Abschied zweier zivilisierter Menschen.

Er rieb sich die Stirn. „Nicht so gut. Deshalb war ich ein bisschen durch den Wind, als du mich angerufen hast. Es tut mir leid. Ich hätte es dir erklären sollen. Aber ... ich bin in sowas nicht gut."

Toni wusste nicht, was er mit „sowas" meinte. Bevor sie nachfragen konnte, sagte er: „Und dann auch noch die Sache mit Janina."

Es traf sie mitten ins Herz.

Sag es nicht. Bitte sag es nicht, flehte Toni stumm. Hör auf. Ich will es nicht hören.

Sie biss die Zähne zusammen, so fest, dass ihr Kiefer knirschte. „Das ist doch okay", presste sie heraus. Hoffentlich bemerkte er das Zittern in ihrer Stimme nicht. Sie würde hier als starke, selbstsichere Version von sich rausgehen.

Tim hob überrascht eine Augenbraue. „Findest du wirklich?"

„Ja, sicher. Vergiss es einfach." Sie machte eine wegwerfende Handbewegung.

Und jetzt geh endlich.

„Wow. Du bist wirklich … nett.“

Nett. Das Wort wummerte in Tonis Kopf wie eine Glocke. Nett. Nett. Nett. Sie war nett. NETT. Und da bahnten sich die Worte wie ganz von selbst den Weg aus ihrem Mund.

„Ja. Ich bin nett. Ist das nicht toll? So nett, dass es mir nicht mal was ausmacht, wenn du dich, kaum sage ich dir ab, mit Janina triffst. Und bitte, warum solltest du auch nicht?“ Toni warf die Hände in die Höhe. Das mit dem zivilisierten Abschied konnte sie schon mal vergessen. „Ist doch egal. Triff dich mit allen. Ich hab mich einfach in dir geirrt.“

Er trat einen Schritt zurück, verzog erschrocken das Gesicht. Okay, wenn er jetzt so tat, als wüsste er nicht, wovon sie sprach, dann konnte sie nur froh sein, wenn sie ihn nie wiedersehen musste.

„Warum sollte ich mich nicht mit Janina treffen?“, fragte er.

Oh, das hatte gesessen. Er fand nicht mal was dabei.

„Ja, eben.“ Tonis Stimme klang schrill.

„Es tut mir leid, dass du dich in mir geirrt hast. Ich weiß, ich bin nicht der, für den mich immer alle halten. Aber ich dachte … für dich wäre ich es gerne gewesen.“

Das konnte doch nicht sein Ernst sein.

„Wovon redest du?“

„Davon, dass ich verkorkst bin. Es war kein Wunder, dass ich diese Angstattacken beim Dreh bekommen hab. Weil ich einfach … die Leute glauben immer, sie kennen mich. Aber ich bin launisch, ich hab Angst, ich geh mir manchmal selber auf die Nerven. Normalerweise dauert es länger, bis die Menschen enttäuscht sind, weil sie merken, dass ich und der Typ im Film nicht viel gemeinsam haben.“

„Jetzt fang bloß nicht mit der Mitleidsmasche an. Ist das deine Rechtfertigung, eine nach der anderen abzuschleppen?“

„Ich hab dich nicht abgeschleppt. Wieso sagst du das?"

„Wieso?", platzte es aus Toni heraus. „Was meinst du mit wieso? Entschuldige bitte, ich wusste nicht, dass so etwas okay ist. Aber vielleicht ist das bei dir ja normal, dass du gleich zur Nächsten weitergehst und Janina abschleppst, wenn ich keine Zeit habe."

Er sah sie mit einer Mischung aus Verwunderung und Verletztheit an. „Ich habe Janina abgeschleppt? Zuerst dich, dann sie?"

„Du hast nicht erwartet, dass wir voneinander wissen."

„Ihr wisst voneinander?"

Sie griff nach ihrem Handy, öffnete den Gruppenchat auf Whatsapp. „Sag der Nächsten besser, sie soll es nicht hier drin schreiben."

Er runzelte die Stirn, nahm das Handy und begann zu lesen. Toni sah, wie sich seine Mundwinkel immer mehr kräuselten.

„Was?", blaffte sie ihn an.

„Nichts." Er reichte ihr das Handy zurück, sah sie ernst an. „Bitte tu mir den Gefallen und frag Janina nach dem Treffen. Auch, warum ich sie darum gebeten habe."

Toni wollte nur raus. Sofort. Sie ging zur Tür, griff nach der Klinke.

„Eine Sache noch, bevor du gehst. Hat Beate dich schon angerufen?", fragte er.

Sie drehte sich um. „Wieso soll die Schmitz mich anrufen?"

„Das wird sie. Sie hat das rausgefunden mit uns."

Warum hatte er „uns" gesagt? Es gab doch gar kein „uns".

„Und wegen Janina – ich habe sie um das Treffen gebeten, weil sie sich bei Beate über mich beschwert hat. Sie fand, ich habe sie in der Stunde zu sehr kritisiert. Darum wollte ich das mit ihr persönlich klären."

„Und wieso hat sie sich so an dich geschmiegt?"

„Keine Ahnung. Weil es einfach ihre Art ist, vielleicht? Es war mir unangenehm, aber da sie schon Stress gemacht hat, wollte ich nichts sagen."

Er sah sie abwartend an.

Toni wusste nicht, was sie sagen sollte. Ihre Gefühle überschlugen sich, sie schämte sich, im selben Moment war sie erleichtert und verwirrt.

„Und es tut mir leid, dass ich am Telefon so genervt war", sprach er weiter. „Es hatte nichts mit dir zu tun. Aber es war trotzdem bescheuert von mir. Okay?"

Weil ihr noch immer die Worte fehlten, nickte sie langsam.

„Okay. Bitte, nimm mir diese Frage nicht übel – aber spielst du irgendwelche Spielchen mit mir, Toni?"

„Nein. Ich dachte, du spielst welche mit mir."

„Warum sollte ich?"

„Ich ... ich weiß nicht. Ich meine, hallo, du bist Tim Ravinger."

„Was?"

„Na ja, Tim Ravinger eben", sagte sie vehement und warf erneut die Hände in die Luft.

Er lachte auf. „Ach so. Ja, stimmt. Wahnsinn. Das denke ich mir auch jeden Morgen. Ich bin Tim Ravinger. Irre." Er schnalzte mit der Zunge.

Toni presste die Lippen zusammen, um nicht zu zeigen, dass sie lachen musste. Sie verschränkte die Arme vor der Brust.

„Und Janina hat sich über dich beschwert?", fragte sie ernst. „Steht darauf nicht Gefängnisstrafe?"

„Sollte es. Das sage ich Beate."

Er kam näher und sah sie mit tiefem Blick an. „Ich spiele keine Spielchen, Toni."

„Das ist gut. Ich nämlich auch nicht." Er war jetzt sehr nah. Ihr Herz klopfte wie verrückt. „Außer Poker. Und Schnapsen."

Er lächelte. „Das sollten wir mal machen."

„Ich bin sehr gut. Nur als Vorwarnung, falls du um Geld spielen willst."

Er streckte ihr die Hand entgegen. „Deal?", fragte er.

Sie griff danach und schüttelte sie. „Deal."

Er ließ ihre Hand nicht los. „Und wann?"

Toni verlor sich in seinem Blick. Ihr fielen Ralphs 20 Sekunden Mut ein. Und sie dachte daran, was sie Tim wirklich sagen wollte. Langsam zog sie ihre Hand aus seiner. Die Wahrheit war, dass sie sich selbst überholt hatte. Die Wunde von Felix war nicht verheilt, vielleicht würde sie das auch nie. Doch irgendwann würde sie dazu bereit sein, sich wieder vollständig auf jemanden einzulassen. Aber noch nicht jetzt.

„Ist das okay, wenn ich mich bei dir melde? Ich glaube ... ich brauche mal ein wenig Zeit", sie tippte auf ihr Herz, „um da drinnen alles ein bisschen mehr in Ordnung zu bringen."

Tim wirkte überrascht. Im nächsten Moment verzog er den Mund zu einem leichten Lächeln.

„Okay."

Sie verabschiedeten sich mit einer raschen Umarmung. Als sie bei der Tür war, rief Tim ihr nach.

„Ach Toni, ich bin übrigens ganz froh, dass ich dich nicht mehr unterrichte. Das wäre ein schlimmer Interessenkonflikt."

Sie drehte sich um. „Warum?"

Er zuckte mit den Achseln. „Ich denke, man sollte niemanden unterrichten, den man so umwerfend findet."

Ihr Herz schwoll ein bisschen an. „Danke. Das ist gut zu wissen", sagte sie ernst und Tim lachte.

Sie sahen sich einen Moment an und es war, als müsste keiner von ihnen ein Wort sagen, um den anderen zu verstehen.

Toni verließ das Konservatorium und ging zur U-Bahn, um zu Edgar zu fahren. Es warteten schließlich etliche Fälle, bevor das Schuljahr in ein paar Wochen startete.

Epilog

Edgar stand vor dem Spiegel und betrachtete sich. Toni war mit ihm einkaufen gegangen. Sie hatte darauf bestanden, dass er unbedingt einen neuen Anzug brauchte. Die dunkelblaue Farbe würde seine blauen Augen betonen, hatte sie gesagt. Und hatte dann gespielt, dass sie in Ohnmacht fiel, als er aus der Anprobe gekommen war.

„Wunderschön“, sagte sie jetzt und trat neben ihn.

„Du auch“, sagte er.

Und das war sie, in ihrem langen roten Kleid, dessen Stoff wie Wasser an ihr heruntterglitt.

„Hast du Taschentücher dabei?“, fragte sie.

„Jede Menge.“

„Dann gehen wir mal zu deiner ‚plus eins‘.“

Plus eins – so hatte es auf den Einladungen gestanden. Edgars plus eins war Fernanda, die mittlerweile aus Vancouver zurück war. Die Reise hatte ihr gutgetan. Was Edgar daran erinnerte, vielleicht doch endlich mal sein Vorhaben, ans Meer zu fahren, in die Tat umzusetzen.

Tonis hatte kein plus eins. Momentan drehte Tim Ravinger in Berlin, aber Toni hatte sich noch nicht mit ihm getroffen. Edgar war nicht entgangen, dass sie sich regelmäßig schrieben, doch er war zu diskret, um genauer nachzufragen. Lena, die aus Spanien zurückgekehrt war, hatte Michel, ihren angehenden Anwalt aus München, als plus eins dabei. Er war groß und schlaksig und erinnerte Edgar an eine Comicfigur. Mit seinem dröhnenden Lachen steckte er alle an.

Es war ein herrlicher Samstag. Die Sonne schien, eine leichte Brise wehte und aus den Lautsprechern sang Bette Midler „Going to the chapel and we’re gonna get married“ in Dauerschleife.

Tonis Oma und der Kapitän hatten sich den perfekten Ort für ihre Hochzeit ausgesucht – das Weingut am Cobenzl mit Blick über Wien.

Die Trauung fand unter einem strahlend blauen Himmel statt. Es waren um die 100 Gäste, die meisten aus der Seniorenresidenz, weswegen der Altersdurchschnitt 70 plus war.

„Herrlich, ich fühl mich richtig jung", flüsterte Fernanda Edgar ins Ohr. „Wer sind die Grantscherme?" Sie deutete in die erste Reihe zu vier sehr vergrämt aussehenden Menschen, die alle in Schwarz gekleidet waren.

„Das sind die Kinder des Kapitäns und ihre Ehepartner", flüsterte Edgar zurück.

Sie nahmen Platz, der Kapitän stand vorne unter einem Blumenbogen, neben ihm die Standesbeamtin. Er war sichtlich nervös und richtete sich immer wieder sein Stecktuch und die Rose am Revers.

Die Musik aus den Lautsprechern wurde leiser und verstummte. Drei Geigenspielerinnen hoben ihre Bögen und die ersten Töne von Pachelbels Kanon setzten ein. Alle Köpfe drehten sich nach hinten, wo Martha Lorenz in einem lachsfarbenen Kostüm am Arm von Toni den Mittelgang entlangkam. Edgar musste sich zusammenreißen, er bekam schon jetzt feuchte Augen. Fernanda neben ihm schniefte leise.

„Es tut mir leid, ich muss bei Hochzeiten immer heulen", sagte sie und Edgar griff nach ihrer Hand.

Als Toni und Martha Lorenz auf ihrer Höhe waren, trafen sich ihre Blicke. Toni strahlte ihn an und neigte leicht den Kopf zur gegenüberliegenden Sitzreihe. Als wollte sie Edgar etwas damit zeigen. Sie schritten weiter und gaben den Blick frei. Und da sah er, was sie gemeint hatte.

„Ralph", kam es heiser aus Edgars Kehle.

„Was, wo?", fragte Fernanda. „Oh, wirklich."

Ralph hatte ihn nicht bemerkt, er sah Toni nach.

Seine Haare waren etwas länger, er trug einen hellgrauen Anzug, dazu ein dunkles Hemd.

„Wow, der sieht ja immer noch so gut aus. Was für eine Verschwendung. Pardon, so was darf man sicher nicht über einen Priester sagen", korrigierte sich Fernanda. „Wusstest du, dass er eingeladen ist?"

Edgar schüttelte den Kopf, er hatte keine Ahnung gehabt.

„Sag mal, das ist doch Carolin Schebesta neben ihm?", fragte Fernanda.

Tatsächlich. Schebesta bemerkte ihre Blicke, nickte Fernanda und Edgar zu. Ralphs Blick folgte ihrem und ein Lächeln breitete sich auf seinem Gesicht aus, als er Edgar entdeckte.

Edgar hätte sich gerne souverän und großherzig über das Wiedersehen gefreut, aber so ein Gefühl stellte sich nicht ein. Er spürte nur die scharfe Klinge des Verlusts.

Die Standesbeamtin begann mit ihrer Rede und er war erleichtert, sich wieder der Braut und dem Bräutigam zuwenden zu können.

Der Kapitän war so nervös, er ließ den Ehering zwei Mal ins Gras fallen. Martha Lorenz gab ihm einen Kuss, als er ihn ihr ansteckte, und als sie dafür Beifall bekamen, küsste er sie gleich noch einmal.

Toni wischte sich immer wieder Tränen aus den Augenwinkeln. Sie weinte und lachte gleichzeitig, als die Standesbeamtin Martha Lorenz und den Kapitän zu „Mann und Frau" erklärte.

Und dann war die Trauung vorbei und alle bewegten sich zur Terrasse, wo Sekt ausgeschenkt wurde.

Edgar beglückwünschte Martha Lorenz und den Kapitän herzlich.

„Wer hat Ralph eingeladen?", flüsterte er Toni dann zu.

„Das war Oma. Ich hatte keine Ahnung, ich schwöre."

„Und Carolin Schebesta?"

„Die ist sein plus eins."

So viel zum Thema Vergebung. Ralph hatte die Frau zur Hochzeit mitgenommen, die ihn für schuldig gehalten und ins Gefängnis gesteckt hatte.

Es gab eine Tischordnung und Edgar war froh, dass er nicht mit Ralph und Schebesta am Tisch saß. Für ungezwungenes Plaudern hätte er eine Menge Alkohol gebraucht. Er saß mit Toni, Fernanda und den Griesgramen, die mit jeder Flasche Rotwein sanfter wurden, am Tisch des Brautpaares. Vielleicht erlagen sie auch nur dem Charme von Martha Lorenz und Toni.

Lena, ihr Freund Michel, Ralph und Carolin Schebesta saßen ein paar Tische entfernt mit drei älteren Paaren, die zur Seniorenresidenz zu gehören schienen.

Edgar hatte noch kein Wort mit Ralph gesprochen. Sie warfen sich immer wieder Blicke zu, hoben das Glas, ein Lächeln ab und zu. Das Essen war köstlich, danach gab es eine Rede von Toni, die alle zu Tränen rührte. Und schließlich setzte die Dämmerung ein, die Tanzfläche wurde eröffnet und das Brautpaar legte einen Walzer zu „Moon River" aufs Parkett.

Edgar liebte dieses Lied. Er hatte es immer geliebt. Das wusste Ralph. Und spätestens jetzt wurde Edgar wieder sehr schwer ums Herz. Weitere Paare fanden sich auf der Tanzfläche ein. Edgar wollte aufstehen und sich draußen ein bisschen die Beine vertreten, als ihn jemand an der Schulter berührte. Im Umdrehen erwartete er, gleich Ralph zu sehen. Und war sehr überrascht, als er in Carolin Schebestas Gesicht blickte.

„Hallo, Herr Brehm."

„Hallo, Frau Schebesta."

„Eine schöne Hochzeit. Herr Frey hat mich gebeten, ihn zu begleiten." Es klang, als würde sie sich dafür entschuldigen. „Wie geht es Ihnen? Was macht die Schulter?"

„Danke, alles wieder wie neu."

Natürlich war das übertrieben. Aber wenn er damit anfing, dann hätte er ihr auch gleich eine ganze Liste geben können, was ihm alles wehtat. Sein Vorhaben, sportlich zu werden und Gewicht zu verlieren, würde er in die Tat umsetzen. Bald. Nach seinem Urlaub am Meer.

„Das freut mich." Sie nickte. „Ich hab mich gefragt, würden Sie vielleicht mit mir tanzen?"

Automatisch wollte Edgar dankend ablehnen. Doch dann hielt er inne. Er hatte mit ihr getanzt, damals, als sie klein war. Warum nicht auch jetzt?

„Gerne."

Sie tanzten „Moon River" zu Ende und danach „Can't Help Falling in Love". Dann wurde die Musik schneller, Toni klatschte ab und nach ihr wollten auch noch Martha Lorenz und Lena mit Edgar tanzen. Und plötzlich stand Ralph da, mit zwei Sektgläsern in der Hand, und fragte, ob er Edgar auf die Terrasse entführen dürfte. Wofür Edgar dankbar war, er hatte den Eindruck, noch ein Tanz und er würde zusammenbrechen.

Es war ein wenig kühler geworden, weswegen sie hier draußen ganz allein waren. Die Lichter der Stadt funkelten unter ihnen in dieser sternenklaren Nacht. Von drinnen klangen leise die Stimmen von Louis Armstrong und Ella Fitzgerald, die „Dream a Little Dream of Me" sangen, zu ihnen.

„Du siehst sehr gut aus", sagte Ralph und schürzte anerkennend die Lippen. Edgar musste sich zurückhalten, sein Glas Sekt nicht gleich auf einen Zug zu leeren.

Er stützte sich ans Geländer, damit er Ralph nicht ansehen musste, und blickte auf die beleuchtete Stadt. „Ich müsste abnehmen", murmelte er.

„Ich hab mich gefreut, Fernanda zu sehen. Hatte Vincent keine Zeit?"

„Er ... wir sind nicht mehr zusammen."

„Oh, das tut mir leid."

Edgar warf einen Seitenblick zu Ralph. Er lächelte.

„Muss es nicht." Ralph lehnte sich neben Edgar und schaute in die Ferne. „Edgar ... ich würde dir gerne etwas sagen, wenn ich darf."

Das klang wie der Beginn einer Predigt. Edgar umklammerte sein Sektglas und brummte halbherzig.

„Damals, als wir zusammen waren ... da habe ich immer gedacht, du bist wie ich. Das habe ich wirklich."

Edgar wollte Ralph unterbrechen. Wenn jetzt noch irgendein Gleichnis käme mit irgendeinem Heiligen, würde er über das Geländer springen.

„Ich habe in letzter Zeit viel nachgedacht", sprach Ralph weiter. „Und ich bin draufgekommen, das hat nie gestimmt. Du warst nicht wie ich." Er machte eine kleine Pause. „Du warst immer der beste Teil von mir. Und ich ..."

„Danke für die Predigt", unterbrach Edgar ihn. Er hatte es sich nicht verkneifen können. Er leerte das Sektglas in einem Zug. „Über deine Begleitung war ich übrigens sehr überrascht. Das hat schon etwas zutiefst Katholisches, dass du Schebesta mitbringst."

„Wir hatten noch ein paar Mal Kontakt. Ich mag sie."

Es klang wie eine Rechtfertigung.

Edgar musste sich zurückhalten, um nicht mit den Augen zu rollen. Vielleicht kam Schebesta ja sogar zu Ralph in seine Kirche? Bei ihrem Vater konnte sie schließlich jeden Beistand gebrauchen.

Sie schwiegen eine Weile. Edgar fragte sich, ob Ralph jetzt gekränkt war. Das war nicht seine Absicht gewesen. Zumindest nicht ausschließlich. Langsam wurde es kalt hier draußen, wahrscheinlich sollten sie reingehen. Aber Edgar brachte es nicht über sich.

Die Wahrheit war, hier alleine neben Ralph zu stehen, war besser als alles, was er mit Vincent oder den Partnern vor ihm erlebt hatte. Ralph war ihm noch immer so vertraut. Er kannte jeden Blick von ihm, wusste, wie seine

Haut sich anfühlte, kannte seinen Geruch. Als wäre es gestern gewesen, seit er gegangen war. Bei dem Gedanken fühlte Edgar sich plötzlich sehr einsam.

„Edgar, glaubst du eigentlich an Gott?“

Edgar war so über diese Frage überrascht, er verschluckte Luft und musste husten. Ralph klopfte ihm auf den Rücken.

„Willst du mich bekehren?“

„Nein, ich meine es ernst. Glaubst du an Gott?“

„Wieso? Hat er denn gesagt, er glaubt an mich?“

Ralph lachte. „Ich meine es ernst.“

Edgar nahm einen tiefen Atemzug und legte den Kopf in den Nacken. „Ich glaube an so etwas wie innere Weisheit. Und an ...“ Edgar zögerte. „An Liebe. An eine Art der Liebe, die dafür sorgt, dass die Welt trotz allem nicht auseinanderfällt.“

Ralph warf ihm einen langen Blick zu. „Vielleicht ist das ja dasselbe“, sagte er leise.

„Ja, vielleicht. Wieso fragst du? Oder gehört das zum Repertoire der Standardfragen eines Priesters?“

Ralph schien etwas sagen zu wollen, doch in dem Moment wurde die Tür des Festsaals geöffnet.

Angeführt von Lena, die auffallend schwankte, kamen das Brautpaar und Toni auf die Terrasse.

„Hier seid ihr also“, sagte Martha Lorenz. „Unsere Lena braucht mal ein bisschen frische Luft.“

„ICH HAB EUCH ALLE SO LIEB“, rief Lena. Sie stolperte auf Edgar zu. „So lieb.“ Ihr Atem roch nach einer ganzen Bar.

„Wo ist denn ihr Anwalt-Freund?“, flüsterte Edgar Martha Lorenz zu, während er Lena stützte.

„Der liegt schon unter einem der Tische. Ich würde ja sagen, die Jugend verträgt nicht mehr viel, aber ich bin auch furchtbar beschwipst.“ Sie warf einen Blick Richtung Ralph. „Ich hoffe, wir haben nicht gestört.“

„Nein, gar nicht“, sagte Edgar und lächelte.

Lena ging einen nach dem anderen ab, nahm das jeweilige Gesicht in beide Hände und versicherte der Person, wie lieb sie sie hatte. Als drinnen der Donauwalzer gespielt wurde, gingen alle wieder hinein, um zu tanzen. Nur Edgar, Ralph und Toni blieben über.

„Ralph, hast du eigentlich noch etwas von Kirsten König gehört?", fragte Toni.

Edgar hatte nicht erwartet, dass sie das wissen wollte. Die Nachrichten waren voll von der Geschichte.

Ralph nickte. „Ich hab sie ein paar Mal im Gefängnis besucht."

„Wie geht es ihr?"

Er senkte den Kopf. „Nicht gut."

„Und dem Baby?"

„Da ist alles okay."

„Ist es ... ist es wirklich von Julian?"

„Ja. Bei einem pränatalen Test wurde es bestätigt."

Offenbar verschlug Toni diese Neuigkeit kurz die Sprache. Edgar hatte bereits davon gewusst.

„Wie wollte sie das machen? Ich meine, irgendwann wäre doch rausgekommen, dass Julian der Vater ist?", fragte sie.

„Nicht unbedingt. Julian und Gustav haben die gleiche Blutgruppe. Gustav hätte einen DNA-Vaterschaftstest machen müssen. Und selbst wenn, wäre das Ergebnis nur gewesen, dass es nicht sein Kind ist."

„Es gibt noch eine andere Sache, die habe ich nicht verstanden", sagte Toni.

„Was denn?", fragte Ralph.

„Als sie bei dir zur Beichte war – wieso war es okay, dass ihre Beichte abgehört wird, obwohl du vorher die ganze Zeit nicht sagen wolltest, was Julian gebeichtet hat? Ich meine, da gab es doch nicht wirklich einen Unterschied."

Ralph räusperte sich. „Doch, den gibt es. Bei Kirstens Beichte ... war ich streng genommen kein Priester mehr."

Edgar brauchte einen Moment, bis er begriff.

„Wie bitte? Du bist kein …“, fragte Toni.

Ralph nickte schweigend.

„Haben sie dich nicht mehr Priester sein lassen, wegen des Verdachts?“

„Man nennt es Laisierung. Und nein, ich wurde nicht entlassen. Ich habe den Antrag bereits ein paar Tage vorher gestellt. Es wird kalt. Ich gehe dann auch mal rein“, sagte er, ohne Edgar nochmal anzusehen.

„Hast du das gewusst?“, fragte Toni erstaunt und blickte Ralph nach.

„Nein, er hat es mit keinem Wort erwähnt.“

Edgar musste daran denken, was Ralph vorhin gesagt hatte. Dass er der beste Teil von ihm war. Sein Lächeln, als Edgar gesagt hatte, er und Vincent wären nicht mehr zusammen.

„Vielleicht wollte er dir keinen Druck machen?“, fragte Toni.

„Was?“

„Na ja, uns ist allen aufgefallen, wie er dich ansieht.“

„Ach so? Ist es das?“ Edgar wurde heiß. „Vielleicht hat er nur seine Brille vergessen“, murmelte er.

„Richtig, das wird es sein.“ Toni lächelte ihn an und legte ihren Arm um ihn. „Ich hab übrigens am Montag erst um zwölf Uhr Unterricht. Am Vormittag habe ich Zeit. Falls es was für mich zu tun gibt.“

„Gibt es. Wir haben drei Observationen wegen Verdacht auf Untreue, einen Versicherungsbetrug und einen verschwundenen Brillantring, für den angeblich eine Haushaltshilfe verantwortlich ist. Aber ich habe meine Zweifel.“

„Uh, das klingt doch alles sehr spannend“, lachte Toni.

Edgar wurde ernst. Die Sommerferien waren vorbei und sie hatten bis jetzt dieses Thema vermieden, aber er musste es ansprechen. Auch, wenn er es nicht wollte. Toni sollte sich nicht verpflichtet fühlen.

„Toni, falls du nicht mehr für mich arbeiten willst … ich meine, weil du keine Miete mehr für deine Oma zahlen musst. Das ist kein Problem für mich. Wirklich."

Ja, es war eine Lüge. Aber eine vertretbare.

Sie sah ihn an, kniff die Augen zusammen. „Hm. Gut. Danke", nickte sie. Plötzlich warf sie den Kopf in den Nacken und lachte schallend. „Edgar, ich würde in tausend Jahren nicht aufhören wollen für dich zu arbeiten."

Vor lauter Erleichterung hätte er sie umarmen können. Er stellte das Sektglas auf das Geländer, verfehlte es und das Glas landete klirrend auf dem Boden.

„Scherben bringen Glück", sagte Toni.

Seit rausgekommen war, dass Anna-Sophies Vater lebte, schien sie die Handlese-Sache ad acta gelegt zu haben. Miriam Schills Exmann wollte sie verklagen, weil sie im Fernsehen gesagt hatte, er sei bei dem Unfall auf der Baustelle umgekommen. Was nicht stimmte. Den Unfall hatte es zwar gegeben, er selbst war an dem Tag aber gar nicht vor Ort gewesen. Schill sprach von einem Missverständnis. Edgar tippte eher auf Rache.

Eines musste man Miriam Schill lassen. Sie war unglaublich geschäftstüchtig und hatte die ganze Angelegenheit für sich genutzt. Die Karte, die ihr Gustav Hammer damals vor dem Haus in die Hand gedrückt hatte, war die eines befreundeten Anwalts, an den sie sich wegen der drohenden Klage wenden sollte. Dieser Anwalt hatte gute Kontakte zu den Medien, er schien das Potential in seiner neuen Klientin zu erkennen, weswegen sie in unzähligen Talkshows zu sehen war. Die Verlust-Linien in ihrer Hand hatte sie rückwirkend so erklärt, dass es sich dabei natürlich um ihre Freundschaft mit Kirsten König gehandelt habe. Darüber, dass die schon ein Jahr vorher zerbrochen war, verlor sie kein Wort. Edgar hatte gehört, sie wollte jetzt sogar mit Hammer ein Buch über alles schreiben.

Toni hakte sich bei Edgar unter. „Woran denkst du?“, fragte sie.

Er lächelte sie nur an, aber Toni verstand auch so.

„Lass uns reingehen, Edgar. Ich friere mir hier den Arsch ab.“

Der DJ spielte „You Can’t Hurry Love“ von den Supremes. Die Tische hatten sich schon ein wenig geleert, anscheinend gab es in der Seniorenresidenz eine Sperrstunde.

Fernanda schien sich ausgesprochen gut mit Carolin Schebesta zu verstehen, sie hatten beide die hohen Schuhe ausgezogen und die Füße hochgelegt. Lena lag mittlerweile eingerollt auf einer Bank und schlief. Ihr Freund Michel hatte sich wieder erholt und tanzte mit Martha Lorenz auf der Tanzfläche, es sah sehr nach Ausdruckstanz aus, wie sie von einer Ecke in die andere wirbelten. Der Kapitän lachte und filmte die beiden mit dem Handy von seinem Stuhl aus.

Nur Ralph konnte Edgar nirgends sehen.

Ob er schon gegangen war? Edgar hatte nicht auf die Neuigkeit reagiert, dass er das Priesteramt niedergelegt hatte. Jetzt bereute er, nicht freundlicher gewesen zu sein. Er konnte ihn anrufen, vielleicht war er noch nicht weit.

Er wollte nach seinem Handy greifen, da spürte er, dass jemand hinter ihn getreten war. Ohne hinzusehen, wusste er, dass es Ralph war.

Er drehte sich um. „Warum hast du es mir nicht früher gesagt?“

Ralph hob die Schultern. „Ich wollte nicht ... ich schätze ... ich hatte Angst.“

„Wovor?“

„Dass ich dich endgültig verloren habe.“

Edgar schluckte. „Das hast du nicht.“

Ralphs Blick wurde weich und offen. Er lehnte sich nach vorne. „Darf dich ein geschiedener Ex-Priester küssen, Edgar?“, flüsterte er ihm ins Ohr.

„Hier? Vor allen Leuten? In der Öffentlichkeit? Bist du sicher?“

„Ja. Ich war mir noch nie einer Sache so sicher. Also darf ich?“

Edgar lächelte. Das war es, was ihm die ganze Zeit gefehlt hatte. Wärme breitete sich in seiner Brust aus. Es fühlte sich an, als würde er nach Hause kommen.

Er sah Ralph an. Und dann nickte er.

Von irgendwo hörte er Applaus.

Aber vielleicht bildete er sich das auch nur ein.

Danke

Ich habe es geliebt, dieses Buch zu schreiben, und dafür danke ich first and foremost der wunderbaren und brillanten Linda Müller und dem Haymon Verlag.

Danke an euch alle, die ihr jetzt diese Danksagung lest, weil das bedeutet, ihr habt das Buch gelesen (oder ihr seid so wie ich und lest diesen Teil auch immer vorher).

Bei der Recherche haben mir so viele Menschen geholfen:

Ein riesiges Danke an Franziska Tkavc – du bist unersetzlich!

Martin Herzog kann ich gar nicht genug danken, dieses Buch wäre ohne deine großartige Unterstützung nicht möglich gewesen! Danke an Rudolf Klaban, Brit Haslinger und Gerlinde Pisek für alles! Ein herzliches Dankeschön an Dr. Johannes Gönner. Tausend Dank an die allerbesten Testleserinnen: Sabine Bergmann, Judith Rumpf und nochmal Franziska Tkavc.

Ein riesiges Danke geht an meine Eltern und meine Tante Christa für eure Unterstützung und das weltbeste Schreibzimmer.

Und das größte Danke geht an meinen fabelhaften und bemerkenswerten Ehemann Joseph – du bist das Beste, was mir je passiert ist.

Auflage:
4 3 2 1
2026 2025 2024 2023

HAYMONkrimi
Innsbruck-Wien
www.haymonverlag.at

ISBN 978-3-7099-8171-9

Inhaltliche Betreuung, Lektorat: Haymon Krimi / Linda Müller
Projektleitung: Haymon Krimi / Valerie Meller / Phillip Ruby
Buchinnengestaltung nach Entwürfen von himmel. Studio für Design und Kommunikation, Innsbruck / Scheffau – www.himmel.co.at
Umschlaggestaltung sowie Gestaltung Vor- und Nachsatz: Designbüro Lübbeke Naumann Thoben
Umschlagabbildung: plainpicture / neuebildanstalt / Zickert
Satz: Da-TeX Gerd Blumenstein, Leipzig
Autorinnenfoto: Janine Guldener

Gedruckt auf umweltfreundlichem,
chlor- und säurefrei gebleichtem Papier.